DOUGLAS KENNEDY

Douglas Kennedy est né à New York en 1955 et vit entre Londres, Paris et Berlin. Auteur de trois récits de voyage remarqués – *Au pays de Dieu* (2004), *Au-delà des pyramides* (2010) et *Combien ?* (2012) –, il s'est imposé avec *Piège nuptial* (1997), porté à l'écran par Stephen Elliot, *L'homme qui voulait vivre sa vie* (1998), adapté au cinéma par Éric Lartigau en 2010 avec Romain Duris et Catherine Deneuve, et *Les Désarrois de Ned Allen* (1999). Ont suivi *La Poursuite du bonheur* (2001), *Rien ne va plus* (2002) – Prix littéraire du Festival du cinéma américain de Deauville 2003 –, *Une relation dangereuse* (2003), *Les Charmes discrets de la vie conjugale* (2005), *La Femme du V*^{e} (2007) – adapté au cinéma en 2011 par Pawel Pawlikowski, avec Kristin Scott Thomas et Ethan Hawke –, *Quitter le monde* (2009), *Cet instant-là* (2011), *Cinq jours* (2013), *Murmurer à l'oreille des femmes* (2014), *Mirage* (2015), *Toutes ces grandes questions sans réponse* (2016), *La Symphonie du hasard* (2017-2018) et *Isabelle, l'après-midi* (2020). Tous ses ouvrages ont paru chez Belfond et sont repris chez Pocket. En 2019, Douglas Kennedy a également publié un livre jeunesse illustré par Joann Sfar, *Les Fabuleuses Aventures d'Aurore*, aux éditions PKJ.

Retrouvez toute l'actualité de l'auteur sur :
www.douglas-kennedy.com

ISABELLE, L'APRÈS-MIDI

ÉGALEMENT CHEZ POCKET

L'Homme qui voulait vivre sa vie
Les Désarrois de Ned Allen
La Poursuite du bonheur
Rien ne va plus
Une relation dangereuse
Les Charmes discrets de la vie conjugale
La Femme du Ve
Piège nuptial
Quitter le monde
Cet instant-là
Cinq jours
Mirage
La Symphonie du hasard – Livre 1
La Symphonie du hasard – Livre 2
La Symphonie du hasard – Livre 3
Isabelle, l'après-midi

Récits

Au pays de Dieu
Au-delà des pyramides
Combien ?
Toutes ces grandes questions sans réponse

Nouvelles

Murmurer à l'oreille des femmes

DOUGLAS KENNEDY

ISABELLE, L'APRÈS-MIDI

Traduit de l'anglais (États-Unis)
par Chloé Royer

belfond

Titre original :
ISABELLE IN THE AFTERNOON
publié par Hutchinson, Londres

MIXTE
Papier issu de
sources responsables
FSC® C003309

L'éditeur de cet ouvrage s'engage dans une démarche de certification FSC® qui contribue à la préservation des forêts pour les générations futures.

Pour en savoir plus :
www.editis.com/engagement-rse/

ISBN : 978-2-266-31557-9
Dépôt légal : octobre 2021

Même lit, autres rêves.

Proverbe chinois

1

Avant Isabelle, je ne savais rien du sexe.

Avant Isabelle, je ne savais rien de la liberté.

Avant Isabelle, je ne savais rien de Paris – où le sexe et la liberté sont deux motifs éternels.

Avant Isabelle, je ne savais rien de la vie.

Avant Isabelle…

Quand je me replonge dans mes souvenirs…

Avant Isabelle, je n'étais encore qu'un enfant.

Et après Isabelle ?

Après l'« avant » et avant l'« après »… C'est de ça que sont faites les histoires. Surtout celles qui ont trait aux choses de l'intime.

Et, avec Isabelle, tout était intime.

Même lorsque nous ne passions pas l'après-midi enlacés.

L'après-midi et Isabelle.

La vaste trajectoire de cette petite histoire qui se trouve être, pour moi, une grande histoire. Car c'est celle de ma vie.

Toute vie n'est qu'un conte éphémère. C'est ce qui rend mon histoire, la vôtre, la *nôtre*, si essentielles.

Toute vie a sa propre portée, si fugace et mineure qu'elle puisse paraître. Toute vie est un roman. Et toute vie, lorsqu'elle le peut, a ses après-midi avec Isabelle. Quand tout est possible et infini – et aussi volatil qu'une tempête de sable dans le Sahara.

Isabelle, l'après-midi.

L'unique endroit où, à un tournant de ma vie, j'ai croisé le chemin de cette idée si insaisissable :

Le bonheur.

Paris.

Mes yeux s'y sont posés pour la première fois l'année de mes vingt et un ans. Mille neuf cent soixante-dix-sept, huit heures dix-huit du matin, à en croire la montre à mon poignet. Trois minutes plus tard, je passais sous l'horloge Art déco surplombant l'étendue glaciale de la gare du Nord.

Janvier à Paris. Tout en noir et blanc, envahi d'ombres sans fin. Je descendais du train de nuit en provenance d'Amsterdam, un périple de huit heures, ponctué d'assoupissements passagers dans l'étroit compartiment où j'étais assis. Tout au long du voyage, mon esprit était resté embrumé par le cannabis fumé légalement dans un *coffee shop* du Prinsengracht, juste avant mon départ. À l'entrée du métro, j'ai trouvé une petite boulangerie où j'ai mis un terme à ma nuit de jeûne grâce à un croissant et un café noir serré. Juste à côté, un tabac : trois francs m'ont valu un paquet de Camel, assez pour la journée. Quelques instants plus tard, comme nombre d'autres passagers sur le quai de la ligne 5 en direction du sud, je me livrais avec délices à ma première cigarette du matin.

À cette heure, il y avait encore la place de respirer dans les wagons de seconde classe. Tout le monde exhalait des nuages de fumée et d'air glacé. Le métro à l'époque avait une odeur pénétrante de bois brûlé et d'aisselles en sueur, et les faibles néons baignaient les wagons d'une lueur souterraine, aigue-marine. De petits écriteaux priaient les usagers de laisser leurs sièges aux mutilés de guerre.

J'avais l'adresse d'un hôtel à Jussieu, dans le Ve arrondissement. Pas loin du Jardin des plantes. Un hôtel modeste pour un prix modeste : quarante francs la nuit, soit six dollars américains. Ce qui me laissait encore quelques francs pour me nourrir, m'abreuver, aller au cinéma, fumer, traîner dans des cafés et…

Et quoi d'autre ? Je débarquais sans but ni plan établi. Je venais tout juste de terminer avec un semestre d'avance mes études dans une université du Midwest, et j'avais obtenu une bourse pour entrer dans une école de droit dont le diplôme me garantirait un chemin tout tracé vers les hauts échelons de la vie nationale.

Le fait que mon père n'avait pas subventionné mon éducation en pure perte me rendait à présent digne du plus grand éloge de sa part.

« Bien joué, mon fils. »

Mon père était un homme distant et taciturne. Rien d'un monstre. Rien d'un obsédé de la discipline. Mais absent, même s'il ne voyageait jamais, même s'il rentrait tous les soirs aux environs de dix-huit heures. Il travaillait dans les assurances, possédait sa propre entreprise avec trois employés. Son père à lui avait fait carrière dans l'armée, et on l'appelait toujours « le colonel ». Mon père m'a confié un jour, dans un rare moment de complicité – après que ma mère était morte d'un cancer foudroyant –, qu'il avait passé son enfance dans la crainte de cet homme et de son martinet. Il n'a jamais été sévère avec moi, et j'ai toujours été un bon élève, soigneux. Le genre qui n'attire pas l'attention, qui fait de son mieux pour satisfaire un père incapable de lui témoigner la moindre affection.

Ma mère, elle, était stoïque. Une femme discrète et visiblement résignée à son destin glacé auprès de l'homme qu'elle avait épousé. Jamais elle ne s'est disputée avec mon père. Elle a joué son rôle d'épouse dévouée, et m'a élevé comme « un bon garçon destiné à un avenir meilleur ». Elle était enseignante et c'est elle qui m'a donné le goût des livres. Contrairement à mon père, elle faisait de son mieux pour que je me sente aimé, et j'ai ressenti son affection, si mesurée soit-elle. Je n'avais que douze ans lorsqu'elle est tombée malade et je ne craignais rien davantage que de la perdre. Sa maladie a été pour moi un long cauchemar de six semaines, et ce n'est que dix jours avant sa mort que j'ai appris la gravité de son cancer. Je savais qu'elle n'allait pas bien. Mais elle écoutait mon père et niait la fatalité. Elle m'a avoué que ses jours étaient comptés, puis elle a été emportée vers un hôpital à une heure de trajet, à Indianapolis. Pendant des jours, j'ai erré dans un état de traumatisme silencieux. Le vendredi, mon père est venu sans prévenir à l'école, a conspiré en secret avec mon professeur et m'a fait signe de le suivre.

« Ta mère n'a plus que quelques heures à vivre, m'a-t-il dit une fois dehors. Il faut se dépêcher. »

Nous n'avons rien ajouté d'autre sur le trajet de l'hôpital, mais ma mère était déjà dans le coma quand nous sommes arrivés. Mon père a laissé l'oncologue de service faire son travail et confirmer qu'elle n'avait aucune chance de survivre jusqu'au lendemain. Elle n'est jamais sortie de son coma. Je n'ai pas pu lui reparler, lui dire adieu.

Un an après sa mort, mon père m'a annoncé qu'il épousait une femme du nom de Dorothy. Il l'avait rencontrée à l'église. Elle était comptable et, comme lui, réservée et mal à l'aise dans la vie. Elle me traitait avec une courtoisie froide. Lorsque je suis parti à l'université, Dorothy a convaincu mon père de vendre la maison familiale et d'acheter un logement avec elle. Pour être honnête, j'étais plus soulagé qu'autre chose, et même assez content que mon père ait trouvé cette femme. Elle m'enlevait le devoir d'être là pour lui – même s'il n'avait jamais exprimé ce besoin une seule seconde. Il aurait fallu pour cela se montrer vulnérable en présence de son fils, et mon père n'en était pas capable. Dorothy a décrété que la chambre d'amis me revenait de droit. Je lui en étais reconnaissant mais cette chambre ne me servait que pour les fêtes comme Thanksgiving ou Noël. Le reste du temps, je gardais mes distances. Mon père et Dorothy m'ont témoigné tout le contentement de rigueur lorsque j'ai été admis dans cette grande école de droit. Mais, en tant qu'homme habitué à se méfier du vaste monde au-delà de sa maigre expérience (il n'avait jamais quitté le pays, sauf pour ses quelques mois dans la

Navy pendant la guerre), mon père était loin d'être ravi quand, à Thanksgiving, je lui ai annoncé mon intention de me rendre à Paris.

« Tu aurais dû m'en parler, mon fils.

— Justement, je t'en parle. »

Et je lui ai calmement expliqué que tous mes étés à travailler comme clerc pour un cabinet d'avocats du quartier, mes dix heures par semaine à empiler des livres à la bibliothèque de l'université et une application stricte des vertus de frugalité qu'il prêchait si souvent m'avaient permis de mettre de côté un capital suffisant pour financer plusieurs mois au-delà des frontières américaines. Je m'étais inscrit à des cours supplémentaires pendant les deux semestres précédents, si bien que j'obtiendrais mon diplôme avec plusieurs mois d'avance.

« Je ne suis pas d'accord », a-t-il déclaré.

Mais il n'a pas insisté plus que ça – surtout quand Dorothy a signalé que je venais de lui faire économiser plusieurs milliers de dollars en m'épargnant un semestre de plus. Il m'a conduit à l'aéroport le soir de mon départ, et m'a même glissé une enveloppe contenant deux cents dollars en guise de « cadeau d'au revoir ». Puis, après la plus brève des étreintes, il m'a demandé de lui donner des nouvelles de temps à autre. Sa manière de me dire : « C'est à toi de te débrouiller, à présent. » Pour être honnête, c'était le cas depuis toujours.

Dans le métro, une femme de quelques années de plus que moi toisait ma veste bleue, mon sac à dos et mes chaussures de randonnée. J'ai vu la conclusion se former dans son esprit : un étudiant américain en vadrouille, complètement perdu. Brusquement, ce cliché m'a été insupportable. J'avais envie de briser les limites et le conformisme qui m'avaient accompagné jusque-là. J'ai même hésité à lui demander son numéro de téléphone et à lui dire : « Attendez de me voir dans une meilleure tenue. » Mais mon français était trop mauvais.

À Jussieu, il y avait un magasin des surplus de l'armée qui vendait des vareuses noires de la Navy – *importées des États-Unis*[1]. J'en ai essayé une. Elle me donnait l'air d'un vagabond à la Kerouac. Quatre cents francs, ce n'était pas une petite somme, mais je porterais ce manteau tout l'hiver, et il me permettrait de me fondre dans le décor, sans attirer l'attention sur mon anxiété d'Américain déraciné.

Car j'étais bel et bien anxieux.

J'étais seul. Mauvais en langues. Sans ami. Éjecté de la ligne droite qui avait toujours défini mon existence.

L'anxiété est le vertige de la liberté.

J'étais libre.

À Paris.

Avec une vareuse noire.

Pour la première fois, ma vie avait des airs de *tabula rasa*.

Une ardoise vierge a quelque chose d'effrayant, surtout lorsqu'on s'appuie depuis toujours sur des certitudes étroites.

À l'hôtel, j'ai payé une semaine de loyer, pris la clef, monté l'escalier et claqué la porte de ma chambre pour

1. Tous les termes en italique sont en français dans le texte. *(N.d.T.)*

quelques heures de sommeil, avec une seule pensée en tête : Je ne suis lié à rien ni à personne.

Une prise de conscience vertigineuse.

Ma chambre d'hôtel : un lit de cuivre antédiluvien au matelas terriblement mince. Un lavabo de porcelaine taché, aux robinets mangés de rouille. Une vieille armoire en acajou, une table de bistrot et une chaise. Du papier peint à fleurs jauni par les années et la fumée de cigarette. Un petit radiateur aux battements métalliques réguliers. Vue sur une impasse. Les murs suintants de bruits, de la toux grasse d'un voisin aux claquements d'une machine à écrire. Rien de tout cela ne m'a empêché de dormir jusqu'en fin d'après-midi. Les sanitaires se trouvaient au bout du couloir, des toilettes à la turque tristes à mourir et une petite cabine de douche un peu plus loin, protégée par un vieux rideau en vinyle vert, avec une pomme de douche au bout d'un tuyau. L'eau était chaude. Je me suis savonné le corps et les cheveux pour me débarrasser de ma longue sieste, puis j'ai utilisé la serviette rêche trouvée sur mon lit pour me sécher et dissimuler ma nudité pendant le retour vers ma chambre. Une fois habillé, je suis sorti dans le vaste monde.

Il neigeait. Paris semblait blanchi à la chaux. La faim rugissait à mes oreilles : je n'avais pas pris de vrai repas chaud depuis plus de vingt-quatre heures. J'ai déniché un petit restaurant derrière le boulevard Saint-Michel : un steak frites, un demi de vin rouge et une crème caramel pour vingt-cinq francs. Je suis obnubilé par l'argent, ai-je pensé, trop conscient du prix et de la valeur contradictoire des choses. La frugalité et le déni de soi étaient deux doctrines familiales qu'on m'avait inculquées dès ma plus tendre enfance ; à présent, je ne rêvais que de les jeter aux orties. Mais il me fallait aussi survivre aux cinq mois à venir sans être obligé de rentrer chez moi chercher du travail. Un job d'été m'attendait le 1er juin chez un juge fédéral de Minneapolis, puis, en septembre, l'école de droit, avec tout ce que cela impliquait. En attendant, j'étais là, dans cet espace, sans obligations… à part celle de m'en tenir à mon budget.

J'ai passé la soirée à errer, insensible au froid et à la neige. Pour qui n'a pas grandi au milieu des splendeurs urbaines – ni au contact d'une personne aimant les monuments historiques –, Paris fait se sentir tout petit. Mais, si ébloui que j'aie pu être par ses merveilles architecturales, mon attention se portait ailleurs : vers les zones d'ombre, le labyrinthe des ruelles. Et cet érotisme omniprésent, depuis les professionnelles guettant le chaland au bord du trottoir jusqu'aux couples enlacés contre les murs, les réverbères, et même les balustrades en pierre du Pont-Neuf. J'ai suivi le cours de la Seine, la progression imperturbable de ses eaux noires et glaciales. J'enviais les amants. J'enviais tous ceux qui avaient tissé un lien avec un autre être ; ceux qui ne se sentaient pas seuls dans la nuit.

J'ai appris à aller où mes pas m'emmenaient.

Ma première semaine à Paris n'a été que ça : une longue errance au hasard. Mes journées commençaient autour de dix heures du matin. Il y avait un café à côté de l'hôtel, où j'ai pris l'habitude de commander chaque jour le même petit déjeuner : *un citron pressé, un croissant, un grand crème*. L'endroit était fréquenté par les éboueurs et les ouvriers du coin. Le propriétaire – dents jaunes, traits tirés, toujours professionnel – se tenait en permanence derrière le comptoir. Lorsque je suis apparu pour le quatrième matin de suite, il m'a accueilli d'un signe de tête.

« *La même chose qu'hier ?* »

J'ai répondu : « *Bonjour* » et opiné du chef. Nous n'avons jamais échangé nos noms.

Je ne pouvais pas me permettre d'acheter l'*International Herald Tribune* tous les jours, mais, par chance, le patron en avait toujours un exemplaire de la veille derrière son comptoir.

« *Un compatriote du même hôtel que vous l'achète tous les matins avant de venir ici*, m'a-t-il expliqué, *et il le laisse sur la table en partant.* »

C'est du moins ce que j'ai compris, avec mon déplorable niveau de français.

« *Il vient quand ?* »

Je m'étais acheté un carnet, un stylo-plume bon marché, un dictionnaire et un livre de conjugaisons, et je m'étais fixé pour objectif quotidien de noter dix nouveaux mots et deux verbes conjugués au *présent*, au *passé composé* et au *futur simple*.

« *Tous les jours à sept heures. Je crois qu'il ne dort pas beaucoup. Il a les yeux trop mâchés par la vie.* »

Les yeux trop mâchés par la vie. J'ai tellement aimé cette expression que je l'ai immédiatement inscrite dans mon carnet.

Ce café, par un bel esprit de contradiction, s'appelait Le Sélect. C'était un endroit tout sauf sélect : petit, basique, avec quelques tables et pas grand-chose de plus. Je n'avais aucune expérience des troquets. Je ne connaissais que les établissements à l'américaine, les *diners*, avec leur café passé goutte à goutte, leurs briques de jus de fruits, leur linoléum rayé, leurs serveuses mastiquant des chewing-gums derrière leurs sourires fatigués. Ici, au Sélect, l'alcool faisait partie intégrante du rituel matinal. La plupart des éboueurs avalaient un calva avec leur expresso, et deux gendarmes passaient régulièrement boire un *verre de rouge* provenant de bouteilles d'un litre sans étiquette. Ils ne payaient jamais. Au Sélect, j'ai appris l'art de traîner. Je restais assis là jusqu'à midi, avec mon petit déjeuner, mon journal de la veille, mes cigarettes, mon carnet et mon stylo-plume. Jamais personne n'est venu me déranger ou me dire de déguerpir. C'est ainsi que j'en suis venu à comprendre le trait essentiel des cafés : une communauté improvisée, un refuge chaleureux au milieu de la froide indifférence urbaine.

Vers midi, je me forçais à aller flâner ailleurs, souvent dans les cinémas de la rue Champollion. Vieux westerns, vieux films noirs, comédies musicales obscures, rétrospectives : Hitchcock, Hawks, Wells, Huston… Tout en version originale, avec des sous-titres français dansant au bas de l'écran. La cachette idéale pour dix francs par séance.

Séance : une projection de film. Mais également un rassemblement, une forme de réunion.

Un nouveau mot pour mon carnet.

J'ai décidé d'explorer, à pied, chacun des vingt arrondissements. J'ai hanté les musées et les galeries. Je suis devenu un habitué des librairies anglophones. J'ai fréquenté les clubs de jazz de la rue des Lombards. J'ai goûté un tajine pour la première fois. Je cherchais désespérément à m'occuper, une sorte d'antidote à ma solitude de chaque instant. Je me disais : l'errance tempérera l'esseulement. Mais l'errance ne faisait qu'accentuer mon vide intérieur. Je n'étais pas malheureux à Paris. J'étais malheureux en moi-même, et incapable d'en identifier la raison. Mon foyer ne me manquait pas. Je n'avais pas le mal du pays ; au contraire, je me délectais de la nouveauté de tout ce qui m'entourait. Mais ma tristesse, telle une tache tenace, refusait de s'estomper.

Dans la chambre voisine, un couple se disputait sans cesse. Le réceptionniste de l'hôtel – Omar, un Berbère du sud du Maroc – m'a appris qu'ils étaient serbes. Des réfugiés, perpétuellement enragés l'un contre l'autre.

« Leur monde s'écroulerait s'ils se témoignaient de la tendresse. Alors ils s'en tiennent à la colère. »

Le claquement de la machine à écrire faisait lui aussi partie intégrante du paysage nocturne. Cela ne me dérangeait pas. Sa régularité de métronome me berçait jusqu'aux rives mystérieuses du sommeil. Un soir de la deuxième semaine, je suis rentré tard d'une *séance* au Sunside Jazz Club et j'ai trouvé la porte de la chambre voisine entrouverte. Des volutes de fumée dansaient dans la lumière.

« Tu peux entrer », a lancé une voix à l'intérieur.

Un Américain.

J'ai poussé la porte et je me suis retrouvé dans une chambre identique à la mienne, à ceci près que son occupant y avait élu domicile de manière permanente. Le type assis sur la chaise en bois ne semblait pas loin de la trentaine, cheveux blonds jusqu'aux épaules, lunettes rondes à monture d'acier, cigarette entre les dents, sourire brumeux.

« C'est toi, mon voisin ? Si tu préfères, on peut parler en mauvais français.

— Non, en anglais, ça me va.

— Ma machine à écrire t'empêche de dormir ?

— Je ne dors pas encore avec mon manteau.

— Donc tu as vu de la lumière et tu es entré ?

— Je peux m'en aller.

— Tu peux aussi t'asseoir. »

C'est ainsi que j'ai rencontré Paul Most.

« Oui, j'écris. Non, je n'ai jamais publié un mot. Non, je ne vais pas te raconter de quoi parle ce roman, parce que je sais me tenir. Oui, je suis new-yorkais, et, oui, j'ai tout juste assez d'argent pour foutre ma vie en l'air. »

Il s'était réfugié ici pour échapper à son père autoritaire, banquier d'affaires. Haute bourgeoisie. Large réseau. Appartement sur Park Avenue. Épiscopalien de la Haute Église.

« Le parcours classique, école préparatoire, Ivy League. Je suis entré à Harvard. Je me suis fait virer. Manque de motivation. Deux ans dans la marine marchande. J'ai été repris à Harvard, grâce aux contacts du paternel. Ça a bien marché pour Eugene O'Neill. Je suis allé au bout du cursus. Puis j'ai passé un an à faire cours à des cas désespérés au Burkina Faso.

Je suis passé par la blennorragie, la syphilis, le trichomonase. J'ai troqué Ouagadougou pour Paris il y a quinze mois. J'ai déniché cet hôtel, j'ai négocié un prix, et me voilà qui passe mes nuits à noircir du papier.

— Ton père n'a pas essayé de te faire rentrer de force pour le rejoindre à Wall Street ?

— Papa m'a déshérité. Quand j'étais en Afrique, j'ai eu un moment de folie à cause de la fièvre dengue, et j'ai écrit au magazine des anciens de Harvard qui demandait des nouvelles des promotions passées. Devine ce que j'ai envoyé ? “Paul Most, promo 1974, vit en Afrique centrale avec la chaude-pisse.” Sur le coup, ça m'a paru marrant.

— Et ils l'ont publié ?

— Non, bien sûr. Mais c'est remonté jusqu'à mon père, qui m'a écrit à Paris via l'American Express pour me dire que ce n'était plus la peine de compter sur ses largesses. Par contre, il ne pouvait pas m'empêcher de bénéficier du fonds fiduciaire établi par mon grand-père pour ses cinq petits-enfants. Je pouvais toucher ma part des intérêts à partir de vingt-cinq ans, soit il y a sept mois, à peu près au moment où papa m'a fichu à la porte. Ça me fait un petit revenu mensuel de huit cents dollars. Et comme j'ai obtenu une ristourne de la part des gérants de ce taudis, puisque j'habite ici à demeure, je m'en sors pour vingt-cinq francs la nuit. Moins de soixante-dix dollars par mois pour mon petit espace personnel à Paris. Et ils changent même les draps deux fois par semaine. »

Il m'a demandé où j'avais grandi, et ma réponse n'a pas eu l'air de lui plaire.

« C'est triste, de venir d'un coin perdu comme ça. »

J'ai désigné la bouteille d'eau-de-vie sur son bureau, une *vieille prune*, et il m'en a servi un verre. Pendant que je tapais dans ses Camel, il a voulu savoir où j'avais fait mes études.

« L'université locale, hein ? a-t-il commenté quand je lui ai répondu. Et maintenant, quel est le programme ? Le grand tour d'Europe réglementaire avant d'aller travailler dans les assurances agraires avec le paternel ?

— J'intègre l'école de droit de Harvard en septembre. »

Ça lui a coupé le sifflet.

« Sans rire ?

— Sans rire.

— *Chapeau*. Un camarade de Harvard. »

Et qui ne doit pas son admission au réseau paternel, ai-je songé.

Mais je n'en ai pas dit un mot.

Il a changé de sujet ; jamais plus il ne me poserait de questions sur ma vie. Deux cigarettes et trois eaux-de-vie plus tard, Paul Most était toujours sur le même mode.

« Je sais ce que tu faisais derrière ma porte tout à l'heure. C'est le mal de Paris. Cette ville est cruelle envers les gens seuls. À voir tout ce monde enlacé partout où tu vas, tu es rappelé à ton statut de petit garçon perdu, et au fait que tu vas chaque soir retrouver un lit vide dans un hôtel sans charme.

— Tout comme toi.

— Oh non, j'ai quelqu'un. Elle n'est pas là ce soir, c'est tout. Mais toi, tu es tout seul. Et incapable de te lier à qui que ce soit. »

J'aurais voulu le contredire, protester, lui faire ravaler sa cruauté. Mais c'était exactement ce qu'il voulait : me mettre sur la défensive. Je distinguais parfaitement le piège qu'il me tendait, et j'ai décidé de l'éviter.

« Tu as tout compris.

— Ça alors, un homme honnête.

— Tu as des conseils pour me sortir de là ?

— Je suppose que tu ne parles pas français, ou presque pas.

— J'ai quelques bases. Pas de quoi tenir une conversation.

— Je pourrais t'inviter à une soirée demain. On fête la sortie d'un livre. L'auteure est une amie de Sabine.

— Sabine ?

— La femme qui devrait être ici ce soir. Ne me demande pas de t'expliquer.

— Pourquoi je demanderais ça ?

— Ça rend curieux, de grandir à la ferme.

— Je n'ai pas grandi dans une ferme. »

Il a esquissé un sourire narquois.

« Si je t'invite, laisse-moi te prévenir : je ne suis pas ton chaperon. Et je ne te présenterai personne.

— Alors pourquoi m'inviter ?

— Parce que tu as dit que tu te sentais seul. Je fais un peu ça par pitié. »

S'emparant d'un bloc-notes, il a griffonné une adresse.

« Demain soir à sept heures. »

Puis il a toisé mon jean gris, ma chemise bleue et mon pull marron.

« C'est Paris, ici. Pense à te mettre au noir. »

Au magasin de surplus de l'armée, j'ai été accueilli par le même homme au visage de boxeur. Je lui ai fait la liste de ce qu'il me fallait, précisant que mon budget était limité. Il m'a mesuré du regard.

« Maigrichon », a-t-il commenté avant de s'en aller farfouiller parmi les étagères.

Il est revenu avec un col roulé en laine noir et un pantalon assorti, qu'il a dû épousseter avant de me les tendre. À l'essayage, l'ensemble m'allait comme un gant.

« J'ai des bottines d'hiver de la *Légion étrangère*, a-t-il ajouté. Cuir noir souple. Déjà portées. Chaudes, mais légères, et avec de bonnes semelles. Parfaites pour Paris. »

Je les ai enfilées. Impeccables.

« Je vous fais le tout à cent dix francs, a dit le vendeur. Vous voilà une vraie *symphonie en noir*. »

« On dirait que tu débarques de l'*USS East Village*. »

C'est par ces mots que m'a accueilli Paul Most, devant la librairie.

« Tu m'as dit de changer de style.

— Et c'est réussi, matelot. »

La librairie s'appelait La Hune. Most se tenait à l'extérieur, Camel aux lèvres, en compagnie d'une femme aux cheveux frisés, incroyablement mince, en veste de motard et foulard de soie noire.

« Voici Sabine. »

J'ai tendu une main, qu'elle a regardée avec amusement avant de me planter un baiser sur chaque joue.

« C'est un pied-tendre, il ne connaît rien au protocole », a commenté Most.

La réponse de Sabine a été cinglante.

« *Tu sais que je refuse de parler anglais.* »

Most a rétorqué dans un flot de français agressif, et Sabine a fait la grimace.

« *Espèce de con.* »

Il ne l'a pas volée, celle-là, me suis-je dit. Mais Most s'est contenté de me lancer un grand sourire.

« Regarde ce que tu as fait. Allez, on se retrouve au bar. »

Et il m'a désigné la porte.

L'intérieur n'était pas bien grand, encombré d'étagères pleines et de piles de livres. La foule était dense. Je me suis frayé un chemin jusqu'au bar, où j'ai mis la main sur un verre de rouge, puis j'ai battu en retraite dans un coin. L'étagère à côté de moi était étiquetée : « *Philo* ». J'ai baissé les yeux et je me suis retrouvé face à une falaise de noms : Deleuze, Démocrite, Derrida, Descartes, Diderot, Dworkin…

« *Vous êtes obsédé par les philosophes dont le nom commence par D ?* »

La voix était douce, profonde, taquine. Je me suis retourné d'un bloc. Une abondante chevelure rousse ondulée. Des yeux d'un vert profond, transparent, observateurs et pétillants. Un visage avenant, ouvert, constellé de taches de rousseur. Une robe noire et serrée, des bas noirs, des bottes noires, une cigarette tenue entre de longs doigts aux cuticules rongés. Un anneau d'or à l'annulaire gauche. Ma première pensée : Fragile. La deuxième : Belle. La troisième : Je suis amoureux. Et la dernière : Saleté d'alliance.

« Américain ? a-t-elle demandé en anglais.
— J'en ai bien peur.
— Il n'y a pas de honte à avoir. »
Son anglais était impeccable.
« J'ai honte de mon mauvais français, ai-je dit. Où avez-vous appris à parler anglais comme ça ?
— J'ai vécu deux ans à New York. J'aurais dû y rester, d'ailleurs.
— Et maintenant ?
— Je vis ici.
— Et vous y faites quoi ? »
Nouveau sourire amusé.
« Vous aimez les interrogatoires, dites-moi. Vous êtes criminaliste ?
— C'est vers ça que je m'oriente. Mais laissez-moi deviner : vous êtes professeure.
— Pourquoi voulez-vous à ce point savoir ce que je fais ?
— Je pose toujours beaucoup de questions.
— C'est plutôt une qualité. Très bien : je suis traductrice.
— Anglais-français ?
— Allemand-français, aussi. Et dans les deux sens.
— Vous parlez trois langues ?
— Quatre. Je me défends en espagnol.
— Plus vous parlez, plus je me sens comme un rustre.
— Tiens, un mot que je ne connaissais pas. Rustre.
— Un ignorant. Quelqu'un qui vient de la cambrousse. Un péquenaud. »
Elle a plongé la main dans le petit sac de cuir noir pendu à son épaule et en a tiré un carnet et un stylo argenté.

« Comment ça s'écrit, "rustre" ? »

Je le lui ai épelé.

« J'adore l'argot, a-t-elle dit en écrivant. C'est la véritable couleur de chaque langue.

— Donnez-moi un exemple d'argot parisien.

— *Benêt.*

— *Benêt*, ça veut dire bête, non ?

— Pas mal, pour quelqu'un qui se prétend mauvais en français. »

Je lui ai expliqué mon vœu quotidien concernant le vocabulaire.

« Quelle détermination. On ne peut pas dire que vous soyez *benêt*.

— Pourtant, c'est bien ainsi que je me sens.

— En général ou juste ici, à Paris ?

— Ici. Maintenant. Dans cette librairie, avec tous ces érudits et ces gens du monde.

— Et vous vous dites : "Je ne suis qu'un rustre, tout droit sorti de ma cambrousse"…

— Vous apprenez vite.

— Pour une traductrice, les mots sont l'essence de la vie.

— Alors vous êtes une curieuse, vous aussi.

— Incorrigible. »

Fugacement, elle a posé le bout de ses doigts sur mon bras. Nous avons échangé un sourire.

« Je m'appelle Isabelle.

— Je m'appelle Sam. C'est drôle que vous m'ayez posé cette question sur les philosophes. Je regardais tous ces noms sur la tranche des livres… Tous ces D. Et j'étais en train de me dire que je connaissais si peu de choses.

— Mais reconnaître qu'on a des lacunes, vouloir s'aventurer dans des lieux qu'on a toujours évités, c'est merveilleux. Pour moi, la curiosité est la plus belle des qualités. Alors cessez de vous traiter de rustre. Vous êtes ici, maintenant, à cette soirée si absurdement parisienne. Vous connaissez le livre qui va sortir ? Ou l'auteure ?

— Je me suis incrusté.

— Ce qui est d'autant plus admirable. Regardez là-bas, la petite femme aux boucles folles. »

La femme en question était minuscule, maigre, la soixantaine, en pantalon et chemisier imprimés léopard. Sa tignasse noire lui faisait un halo autour de la tête. Un homme de moins de trente ans se tenait près d'elle : le genre motard, lunettes d'aviateur vert sombre, l'air de s'ennuyer. Une main sur les fesses de la femme.

« C'est Jeanne Rocheferrand. *Philosophe. Normalienne.* Dans moins de dix ans, elle sera *académicienne.*

— Je n'ai pas compris un seul de ces termes, ai-je dit.

— Je n'en attendais pas tant. Ils ont beaucoup d'importance pour nous, ici. Restez un peu, apprenez la langue, et tout s'éclairera.

— Je n'ai que quelques mois. Et il se peut que j'aille voir ailleurs.

— Alors vous n'apprendrez pas grand-chose. Cela dit, ce n'est peut-être pas l'idée.

— Je n'ai pas vraiment de but, pour tout vous dire.

— Le but. C'est un concept tellement américain.

— Ça vous ennuie ? »

Ses doigts ont de nouveau effleuré mon bras.

« C'est attendrissant. Ici, personne ne parlera jamais d'objectif, ni de but. Nous sommes tous beaucoup trop théoriques, aveuglés par notre verbiage cérébral. Mais au fond, tout ce qu'on fait dans la vie, c'est tenter d'obtenir ce que l'on veut. Ou bien se créer des limites, des frontières.

— Vous êtes quelqu'un de libre, vous ?

— Oui et non. Je m'autorise certaines choses, c'est vrai, mais je m'arrête avant d'atteindre de nouvelles libertés. Les risques et les compromis ordinaires d'une vie parisienne.

— Je n'ai rien de parisien.

— Vous êtes ici. C'est un début. »

Un regard à sa montre.

« Le temps file. J'ai un dîner... »

Sans réfléchir, je lui ai pris la main. Ses yeux se sont fermés. Rouverts. Elle a détaché ses doigts des miens et fait un pas en arrière.

« C'était un plaisir, Sam.

— Oui, Isabelle. Un plaisir. »

Un silence est tombé, qu'elle a brisé sans attendre.

« Eh bien, demandez-moi mon numéro.

— Je peux avoir votre numéro ? »

Elle a croisé mon regard.

« Vous pouvez. »

Sa main a plongé rapidement dans son sac pour en émerger munie d'une simple carte.

« Le voilà. J'y suis le matin et l'après-midi, la plupart du temps. »

Elle s'est penchée pour m'embrasser sur les deux joues, et j'ai éprouvé un sentiment de manque pour quelqu'un que je venais à peine de rencontrer. Elle s'en est rendu compte. Elle a souri.

« *À bientôt.* »

Et elle s'est envolée, me laissant là, sa carte à la main. J'ai regardé les caractères noirs sur blanc, tout simples.

ISABELLE DE MONSAMBERT
Traductrice
9, rue Bernard-Palissy
75006 Paris
033 23 34

J'ai sorti mon portefeuille pour y ranger la carte. Je voulais croire, de toutes mes forces, que je passerais cet appel le jour suivant.

« Alors comme ça, tu as eu le numéro d'Isabelle. »

C'était Paul Most, debout à côté de moi, une bouteille de vin à la main.

« Tu la connais ? ai-je demandé.

— On s'est croisés à un autre lancement littéraire la semaine dernière. On a discuté, je lui ai demandé son numéro. Elle n'a pas voulu me le donner. On dirait bien que tu es l'élu, mon cher. Enfin, si tu te laisses faire. Tu as la carte. Vas-tu savoir la jouer ? »

Une fois Most disparu avec l'irascible Sabine, j'ai adressé un signe d'au revoir à l'écrivaine. Elle m'a souri. Le motard a grimacé. En regardant autour de moi, j'ai vu que l'événement touchait à sa fin. Dehors, il faisait nuit noire. J'ai jeté un œil en passant au menu du café de Flore : au-dessus de mes moyens. De retour dans le Ve, je me suis offert un croque-monsieur et deux verres de *vin ordinaire* dans une petite brasserie. Je me repassais en boucle ma conversation avec Isabelle. La main posée sur sa carte au creux de ma poche, je ne cessais de penser à l'alliance qu'elle portait. À son invitation : « *À bientôt.* » À ce qui se passerait si je faisais le choix de l'appeler.

Armé de mon stylo-plume, j'ai rédigé une courte lettre à l'intention de mon père pour lui dire que j'étais vivant et en pleine forme, que Paris était une ville « intéressante » (il préférait les euphémismes), et que j'avais hâte de travailler au cabinet du juge puis d'intégrer Harvard. J'ai ajouté cette dernière phrase uniquement pour le rassurer : aucun risque que je me défile, que je décide de ne pas rentrer. Il était la voix de l'autorité, et je ressentais toujours le besoin de lui obéir. Si mon père avait été un homme complètement renfermé sur lui-même, il m'aurait sans doute été plus facile de rationaliser notre manque de proximité. Il n'avait pas été beaucoup là, mais il n'avait pas non plus été froid… et ça ne faisait qu'augmenter ma culpabilité, la sensation que j'étais pour quelque chose dans son éternelle réserve.

J'ai terminé ma lettre – « Bises, Sam » –, vidé mon verre de vin, et je suis rentré à l'hôtel en fumant une Gauloise. La carte d'Isabelle a migré de ma poche jusqu'au coin de la table, dont j'avais fait mon bureau. Je l'ai cachée sous un carnet, où elle est restée deux jours sans que j'y touche. Je prenais mon petit déjeuner comme à l'ordinaire, j'allais au cinéma, j'errais en ville. Un soir, en quête de compagnie, j'ai frappé à la porte de Paul Most. Pas de réponse. J'ai noirci des pages entières de mon carnet, vu deux westerns dans un cinéma de la rue Champollion où j'étais seul spectateur, découvert le quartier chinois du XIIIe arrondissement et mangé des pieds de porc à la sichuanaise pour le simple plaisir de manger des pieds de porc à la sichuanaise. Je dormais par à-coups. Sans cesse, je me répétais : Prends sa carte, appelle-la. Sans cesse, sa voix amusée résonnait à mon oreille, avec ce sous-entendu : « Qu'est-ce que j'aurais à faire d'un rustre tel que vous ? »

Cette nuit-là, vers trois heures, le couple de la chambre voisine s'est de nouveau disputé. L'homme proférait ce qui ressemblait à des jurons. La femme pleurait, suppliante, tentait de l'apaiser. Le serbo-croate n'avait pour moi pas plus de sens que le martien, mais le vocabulaire de la rage conjugale n'a pas besoin de traduction. Impossible d'ignorer ce profond mépris, qu'il soit exprimé par un chapelet de reproches, ou, selon la méthode de prédilection de mes parents, distillé au fil de longs silences. Ce mépris sous-jacent qui sonne le glas de tant de relations amoureuses. Je me suis levé pour me verser un verre de vin rouge. Je m'étais acheté une bouteille d'un litre, pas cher mais buvable. J'ai allumé une cigarette tandis que la dispute montait crescendo – à présent, c'était la femme qui accablait son mari, le déchirait, le submergeait de son dédain. Au tour de l'homme de supplier en sanglotant. J'ai allumé le petit transistor emporté dans mes bagages depuis l'Amérique, et trouvé une station de jazz sur laquelle une femme chantait un air mélancolique sur la recherche de « quelqu'un pour veiller sur moi ». Un besoin universel… Malgré mon jeune âge, je commençais déjà à entrevoir la vérité : chacun, au fond, est livré à lui-même dans la tourmente.

Je me suis resservi du vin. La chanteuse a continué, avec sa langueur syncopée, sa complainte de l'âme sœur introuvable. Dans la chambre voisine, un objet s'est fracassé contre le mur. Des cris, des portes qui s'ouvrent et se ferment. Les voisins ont fait savoir leur mécontentement. J'ai augmenté le volume du jazz et terminé ma cigarette en jouant du bout des doigts avec la carte, à demi coincée sous mon carnet. Ma décision était prise : j'appellerais Isabelle dès que cette nuit sinistre ferait place au jour.

Il y avait un téléphone public au Sélect, avec un jeton coincé dans la fente. J'ai donc demandé au propriétaire si je pouvais utiliser l'appareil de bakélite rouge qui se trouvait près des bouteilles de Pernod et de Ricard, et il l'a posé devant moi sur le comptoir de zinc. Les cliquetis du cadran rotatif m'ont rappelé ceux d'une roulette de casino tandis que je composais le numéro d'Isabelle.

Elle a décroché à la troisième sonnerie.

« Oui, allô ?

— Bonjour, Isabelle ?

— Oui ? »

Son ton était méfiant. Un « oui ? » qui voulait dire : « Qui est-ce ? »

« *C'est moi*… Sam.

— Sam ?

— *L'Américain*. Il y a trois jours, à la librairie.

— Oh, Samuel ! Quelle bonne surprise. »

Sem-you-el. Elle donnait à mon nom une musicalité unique.

« Je me demandais juste… »

J'étais incapable de finir ma phrase. Merde.

« Ça te dirait de prendre un verre ? »

Voilà qu'elle la terminait à ma place. Double merde.

« Oui, avec plaisir.

— Bien. »

Je décelais l'amusement dans sa voix. Ses pensées me parvenaient clairement : C'est un gamin. Un gamin américain mort de peur.

« Si tu as mon numéro, a-t-elle repris, tu as aussi mon adresse. »

J'ai baissé les yeux sur la carte. Tout ça était nouveau pour moi, vertigineux.

« Oui, je l'ai.

— Tu as de quoi écrire ? »

J'ai fouillé la poche de ma vareuse à la recherche de mon carnet et de mon stylo.

« Prêt. »

Elle m'a donné le code de la porte, puis a indiqué que sa rue débouchait sur la rue de Rennes et que je devrais prendre le métro jusqu'à Saint-Germain-des-Prés.

« Cinq heures ? a-t-elle demandé.

— Quand ?

— Aujourd'hui. Sauf si tu es pris. »

Pris par quoi ?

« J'y serai.

— *À très bientôt*. »

À la fin de notre dernière – et unique – conversation, elle m'avait dit : « *À bientôt.* » Voilà qu'elle enrichissait cette promesse d'un « *très* ». Je n'avais encore que des rudiments de français, mais je commençais à en saisir les subtilités. Par exemple, les signaux et les non-dits cachés sous l'ajout d'un simple « *très* ».

C'était une journée cristalline de janvier. Froide, le ciel d'un bleu dur. J'ai marché jusqu'à me retrouver au fin fond du Xe. Un canal, des rues crasseuses, des immeubles au bord de la ruine. Seule la marche me permettait d'étouffer mon anxiété. Le canal m'a ramené tout droit à Bastille. Pourquoi cette peur intrinsèque ? Cet après-midi-là, sur les berges, je tentais de faire taire mes inquiétudes. Est-ce à ce moment que j'ai commencé à prendre conscience de la triste culpabilité qui avait coloré mon enfance ? de cette croyance, renforcée par l'attitude de mon père, que je méritais d'être maintenu à l'écart ? que je n'étais pas réellement digne d'amour ? Hanté par ce point de vue paternel, je ne pouvais à présent me défendre contre cette question : qu'est-ce qu'Isabelle, si exceptionnelle, si cérébrale, pouvait bien voir d'intéressant chez un naïf gamin du Midwest ?

Au bout du canal, je me suis engouffré dans le métro. Quelques minutes plus tard, je refaisais surface à Saint-Germain-des-Prés, au milieu du ballet électrisant des réverbères, des phares et des néons. J'ai traversé la rue de Rennes. La rue Bernard-Palissy était courte et étroite, le numéro 9 un immeuble bas, à la façade large. J'ai tapé le code de la porte, qui s'est ouverte avec un déclic. Elle donnait sur une cour tout en pavés et en étroites fenêtres. Isabelle m'avait dit d'avancer jusqu'à la porte du fond, où je trouverais une sonnette à son nom. Je n'ai eu besoin de sonner qu'une fois. Un nouveau déclic a retenti : poussant la porte, je me suis retrouvé au bas d'un escalier en colimaçon, à la rampe en corde cirée. Une voix – sa voix – m'est parvenue d'en haut.

« J'espère que tu aimes l'alpinisme. »

L'ascension n'avait effectivement rien d'une partie de plaisir. Chaque minuscule palier s'ornait de deux portes peintes en bordeaux. J'ai fini par atteindre le cinquième étage – la cime. Isabelle se tenait dans l'encadrement d'une porte, vêtue d'un col roulé noir et d'une longue jupe de laine noire serrée qui mettait en valeur sa silhouette mince. Une cigarette entre deux doigts, elle m'a jaugé du regard. Puis elle a souri et s'est approchée pour m'embrasser sur les deux joues.

« Tu as bien mérité un verre, après tous ces efforts. »

Je l'ai suivie à l'intérieur d'un appartement minuscule, au plafond bas. J'en effleurais presque la peinture du haut du crâne.

« J'avais peur que tu ne puisses même pas te tenir debout, ici.

— C'est l'un des inconvénients d'être grand.

— Ça me plaît, que tu sois grand. La plupart des Français sont trop petits. Dans tous les sens du terme. »

Elle m'a enlevé mon manteau et, ce faisant, a touché du bout des doigts la manche de mon pull. Je brûlais de la prendre dans mes bras ; au lieu de quoi j'ai allumé une cigarette. Isabelle est allée chercher deux grands verres en forme de bulbe sur une étagère de l'alcôve qui servait de cuisine, les a posés sur la table, puis elle a pris un tire-bouchon et une bouteille de vin, qu'elle a débouchée avec une aisance toute naturelle. Elle a versé dans chaque verre environ trois doigts de vin, un tourbillon tannique d'un rouge profond. Je voulais me saisir du mien et le siffler d'un trait. N'importe quoi pour me donner du courage.

« Attendons cinq minutes. Le vin, ça a besoin de respirer. »

J'ai tiré une longue bouffée sur ma cigarette. De sa main libre, Isabelle a saisi la mienne, entrelaçant ses doigts aux miens. Je me suis assis sur le sofa en m'ordonnant : Ne l'attire pas vers toi.

Mais c'est elle qui est venue s'asseoir. Ses doigts ont resserré leur prise.

« Embrasse-moi. »

En l'espace d'un souffle, nous étions enlacés. Mes lèvres contre les siennes. Ses mains dans mes cheveux. Sa langue dans ma bouche. Ses jambes ouvertes, enroulées autour de moi. L'éveil de la passion, immédiat, frénétique. Nos habits arrachés, ses sous-vêtements noirs, tout simples. Ses mains affairées sur ma ceinture, baissant mon jean, s'emparant de moi. Sa peau translucide, ses taches de rousseur. Sa toison triangulaire. Un gémissement étouffé à la caresse de mon doigt. Elle m'a guidé en elle, et j'ai obéi, pénétrant aussi loin que je pouvais aller. Ses gémissements n'avaient plus rien d'étouffé à présent, ses ongles s'enfonçaient dans mon dos. Nous étions possédés. Fous. Jamais je n'avais connu une telle frénésie, une telle liberté. Je me suis retenu aussi longtemps que possible. J'ai joui avec un abandon brusque, électrique, et je me suis affaissé sur elle en retenant mes halètements. Elle tremblait encore.

Je sentais contre moi le rapide métronome de son cœur, la moiteur de nos peaux. Nous étions unis l'un à l'autre. Elle m'a pris la main, l'a pressée. Solidarité d'une passion partagée. Puis elle m'a regardé dans les yeux, longuement, profondément. Dans les siens, j'ai lu des questions. Elle m'a embrassé, a fait courir un doigt depuis mon front jusqu'à mes lèvres.

« Tu peux revenir. »

J'ai souri pour masquer mon angoisse. L'angoisse d'être si entièrement sous son charme. Elle a allumé une cigarette pour chacun de nous, puis elle m'a tendu mon verre afin de trinquer.

« *À nous* », a-t-elle déclaré.

À nous.

Ce soir-là, j'ai frappé à la porte de Paul Most.

« Je travaille, a-t-il crié par-dessus le claquement léthargique de sa machine à écrire.

— C'est moi qui invite, si tu veux une excuse pour arrêter.

— Excuse acceptée. »

Cinq minutes plus tard, nous étions penchés sur deux calvados dans un recoin du Sélect.

« Alors comme ça, tu es amoureux ? » a-t-il lancé.

Je l'ai regardé, perplexe. Étais-je à ce point transparent ?

« Je ne vois pas de quoi tu parles.

— C'est ça. Tu viens de prendre un aller simple pour la vallée des transis. Laisse-moi deviner : la superbe, l'insaisissable Isabelle ? »

Je n'ai rien dit, le regard perdu dans les profondeurs cuivrées de mon verre. Most a ouvert mon paquet de cigarettes.

« Qui ne dit mot consent. Tu plaides coupable. »

Il s'est allumé une cigarette, et je l'ai imité.

« Tu es déjà tombé amoureux ? Je veux dire, vraiment ? ai-je fini par demander.

— Bien sûr. Trente-trois fois, je dirais. Et toujours en pleine conscience de l'ironie de ma chute. Mais toi, tu n'es pas comme ça, fiston. Ah, comment les faire revenir à la ferme une fois qu'ils ont vu Paris ? »

Lèvres pincées, j'ai recraché une bouffée de fumée avant de descendre le reste de mon calvados.

« Vas-y, a-t-il dit, traite-moi de connard. »

J'ai gardé le silence.

« Ah, qu'ils sont polis, ces petits campagnards.

— Je n'ai pas grandi dans une ferme, merde, ai-je sifflé.

— Échec et mat, a annoncé Most avec un sourire triomphant. Dis-moi si je me trompe : tu n'as jamais rien ressenti de tel, jamais connu une passion comme… »

J'ai levé une main, à la façon d'un policier de carrefour qui arrêterait la circulation. Most a souri de nouveau.

« Laisse-moi te dire une chose. J'ai eu un ou deux arrangements de ce genre depuis que je vis ici. Et ils fonctionnent très bien du moment que tu comprends ceci : la Française mariée suit ses propres règles… Et il ne t'arrivera rien de mal tant que tu te résigneras à ne jamais avoir ce que ton cœur désire si fort. »

Je n'avais rien à répondre à ça, sinon une pensée que je me refusais à exprimer.

Comment Isabelle avait-elle pu faire l'amour ainsi avec moi, si elle ne m'aimait pas en retour ?

Je l'ai appelée à dix heures le lendemain. Erreur de débutant ; trop de hâte, trop d'empressement. Tandis que la roulette de casino tournait sur le téléphone du Sélect, j'ai pensé : Pas tout de suite. Pas encore. Attends. Même si c'était elle qui m'avait dit : « Appelle-moi demain » au moment de nous séparer. Depuis, j'avais passé chaque minute à revivre cette fin d'après-midi. Ébloui par ma chance, et à présent inquiet à l'idée de peut-être la perdre.

Est-ce cela qu'on appelle la dualité ? Notre première rencontre avec la passion véritable est-elle le début de cette terrible tension entre l'euphorie et la perspective de voir tout cela nous glisser entre les doigts ? D'où ce besoin impérieux d'assurer, d'ancrer solidement cette chose dont on ne connaît pas même, si tôt au début de l'histoire, la nature exacte.

« Bonjour, Samuel. Tu es bien matinal. »

Son ton était formel, amusé ; une très légère réprimande.

« Que fais-tu de beau, depuis hier ?

— Je pense à toi. »

Merde. Trop fleur bleue.

« Voilà qui fait plaisir à entendre. J'ai passé un moment merveilleux, c'est vrai.

— Alors à quand le prochain ?

— *Très cher jeune homme...*

— Je peux passer dans l'après-midi.

— Ça me plairait beaucoup. Mais je dois partir en week-end dans quelques heures. Lundi, dix-sept heures ?

— Oh… D'accord.

— Tu as l'air hésitant.

— Pas hésitant. Juste idiot.

— Tu es loin d'être idiot, Samuel. J'attends notre prochain rendez-vous avec impatience. »

Le désespoir s'emparait de moi. D'où me venait cette impression tenace que mes sentiments n'étaient pas partagés ? Mais, aussitôt que cette question s'est formée dans mon esprit, je l'ai réduite au silence.

« À lundi, alors, ai-je dit.

— *Merveilleux. Bon week-end, Samuel.* »

Fin de la conversation.

« Je dois partir en week-end dans quelques heures… »

Lundi me paraissait une date lointaine, hors d'atteinte. Je ne rêvais que d'une chose : la rappeler, insister pour une heure de passion aujourd'hui. Ou bien me présenter rue Bernard-Palissy et…

Tout gâcher sur une impulsion immature.

J'ai repoussé le téléphone. Après avoir commandé un autre café, je me suis replongé dans mon journal et mon carnet. J'ai ouvert *Pariscope* afin d'établir le programme des films, concerts de jazz et récitals d'orgue qui rempliraient les jours me séparant de lundi. Pour me donner l'illusion d'être débordé.

Le week-end s'est écoulé avec une lenteur mortelle. Inquiet, je faisais de mon mieux pour rester actif, pour ne pas me bâtir d'attentes trop faciles à décevoir. Plus que tout, je craignais une annulation de dernière minute

– pourtant, rien dans le comportement d'Isabelle n'indiquait que ce soit une possibilité.

Lundi matin est arrivé comme une porte qui claque dans un courant d'air. En me dirigeant vers la salle de bains, je suis tombé sur Paul Most dans le couloir, deux valises posées à ses pieds.

« Tiens tiens, comme on se retrouve, a-t-il dit.

— Je suis venu frapper deux fois, ce week-end. Pas de réponse.

— J'avais des choses à faire. Et maintenant, j'ai un avion à prendre.

— Pour aller où ?

— Mon père est mort il y a deux jours.

— Je suis désolé.

— Merci pour cette platitude.

— C'était sincère, ai-je insisté.

— Je sais bien. Je ne suis pas de la meilleure humeur. Le vieux n'était pas quelqu'un de sympathique, mais je dois faire ce qu'il faut. L'enterrement est mercredi. Ma mère m'a informé que je figure toujours sur le testament, ce qui est un moyen détourné de me dire de ne pas faire de vagues, d'être là pour elle.

— Alors, c'est tout. Tu sors de scène pour ne plus revenir.

— J'ai fait mon temps, ici. J'en étais au point où je devais quitter l'état de transfuge, demander une carte de séjour, me trouver un appartement, un travail, et déclarer : "Paris est chez moi." Pour obtenir les papiers, il faudrait me marier. Il y a des candidates. Mais méfie-toi de ces Françaises bohèmes qui parlent d'amour libre et sans attaches. Elles ont toutes une face cachée, une face bourgeoise. Elles se mettront à te rebattre les oreilles avec l'engagement, la propriété, les enfants. Tout ça leur est fourré dans la tête dès le plus jeune âge. Ce vernis de liberté sexuelle recouvre souvent un avenir de captivité domestique.

— Et tu penses échapper à tout ça en rentrant au pays ?

— Non, évidemment. D'ici cinq ans, je serai marié et engagé dans quelque chose d'académique et de borné. À moins d'opter pour le grand pacte faustien et de suivre les pas de mon père dans la finance. C'était la caricature du banquier, tu sais. Audace, intelligence, réussite, et aucune présence. Il ne m'a jamais pris au sérieux. »

J'ai posé une main sur son épaule. Il s'est dégagé.

« Tu essaies de me consoler, là ?

— C'est de la solidarité.

— Et qu'est-ce que ça peut me faire ?

— Juste te montrer que quelqu'un te comprend. »

Il a baissé la tête. Puis ramassé ses bagages.

« New York m'attend.

— Je guetterai ton livre en librairie.

— Il ne sera jamais publié.

— Comment peux-tu en être sûr ?

— Je sais reconnaître un torchon. »

Il a refusé mon aide pour descendre ses valises. Tandis qu'il s'éloignait, j'ai jeté un regard dans sa chambre. Restaient tous ses livres, une pile de bloc-notes vierges, des bouteilles d'alcool.

« Et tes affaires ? ai-je crié.

— C'est du passé. Sers-toi.

— C'est gentil.

— Je suis tout sauf gentil. Et je sais qu'avec le temps cette idylle parisienne te paraîtra aussi une dernière illusion de liberté avant de rentrer faire ce que font tous les autres Yankees : la grande danse du conformisme. »

Ses dernières paroles. La porte a claqué, et il était parti.

Je suis entré dans sa chambre. Plus d'une centaine de livres. Des blocs-notes jaunes. Une collection de stylos. Une demi-douzaine de carnets noirs jamais ouverts. Du papier quadrillé. Des crayons de papier. Quatre bouteilles de vin rouge, deux d'eau-de-vie : *vieille prune*. Les vestiges d'une vie transitoire. Un étrange frisson m'a hérissé la nuque, le sentiment que tout ce qu'on accumule – ce qu'on entasse, ceux auxquels on se lie – sera, inévitablement, abandonné. Rien ni personne n'échappe à ce sort. C'est sans doute pourquoi, en ce qui concerne le présent, mieux vaut ne pas s'embarrasser de timidité. On ne possède rien de plus, en réalité, que ce qui est ici, maintenant.

Et tout ce que j'avais – tout ce que je voulais – à cet instant, c'était Isabelle.

J'étais à peine arrivé chez elle que nous nous retrouvions au lit, nus, à échanger des baisers fougueux sur l'édredon. Ces quatre jours de répit avaient décuplé notre désir. Elle m'a attiré en elle, jambes serrées autour de ma taille pour m'accueillir plus profondément encore. Ses gémissements fous. Mes bras autour d'elle. Mes lèvres dans ses cheveux. Son parfum – lavande, subtil – enivrait mes sens. Mes doigts pinçant ses mamelons. Sa respiration haletante au rythme de nos va-et-vient. Ses cris crescendo. Sa main plaquée sur sa bouche tandis qu'elle se laissait emporter. Et, quelques secondes plus tard, la pression en moi arrivée à son comble explosait comme un coup de poing en pleine tête, puis se muait en une cascade d'énergie libératrice. Je me suis écroulé sur un oreiller, éreinté. Elle s'est tournée vers moi et m'a caressé le visage du bout des doigts, tout en déposant de légers baisers sur ma peau.

« *Mon amour.* »

Un chuchotement à peine audible. Auquel j'ai répondu.

« *Mon amour.* »

Un lent, profond baiser. Elle s'est levée, sa haute silhouette découpée à la lueur d'une bougie posée sur son bureau, ses longs cheveux roux en bataille devant son visage. Des étincelles dans les yeux.

Cette miniature m'accompagne encore en pensée, où que j'aille : la beauté nue d'Isabelle, après que nous avons atteint l'apogée du plaisir. Le balancement de ses hanches étroites tandis qu'elle effectuait quelques arrangements pratiques : déboucher une bouteille. Trouver deux verres. Dénicher son paquet de Camel filtre, un Zippo en acier, un vieux cendrier dérobé dans un café.

Je ne comprenais presque rien de la vie, alors. Mais j'en savais assez pour saisir le miracle de ces simples éléments réunis en un ensemble merveilleux, source de profonde gratitude. Gratitude pour ce moment parfait en compagnie de cette femme magnifique dont je ne connaissais toujours rien. Mais qui m'accueillait dans son lit, sous son toit du XVIIIe siècle, au cœur de Paris.

« C'était bien, ton week-end ? »

Aussitôt que la question a eu franchi mes lèvres, j'ai regretté sa banalité, son aspect quasi intrusif. De dos, j'ai vu les épaules d'Isabelle se contracter en un frémissement désapprobateur.

« Oui, c'était bien. Tranquille.

— Dans quel coin ?

— Notre maison en Normandie. Près de Deauville. Il y a une plage. C'est au bord de la Manche, *the Channel*. Un peu de météo anglaise en France. Sombre et superbe. »

« Notre maison ». La première fois qu'elle utilisait un pronom au pluriel pour décrire sa vie en dehors de ces vingt mètres carrés sous les toits.

« C'est pour la météo que vous l'avez choisie ?

— Pour la plage. Et puis, c'est à deux heures de Paris. Moi, j'aime le bleu du Sud, le soleil aveuglant. Cette bouffée d'Afrique du Nord quand je descends du train à Marseille.

— Alors pourquoi n'avoir pas acheté là-bas ?

— Paris-Marseille, c'est neuf heures de train. Un autre monde. Impossible d'y aller pour le week-end. Et puis, la famille a toujours eu un pied-à-terre en Normandie.

— Ta famille ?

— Non, la famille qui a de l'argent. C'est une ancienne famille, ils ont des liens étroits avec l'armée, les hautes sphères de la République et, bien sûr, la haute finance.

— Et toi ? Ta famille n'a pas autant d'argent ?

— Mes parents étaient tous deux professeurs de lycée. C'étaient de grands lecteurs, des gens intéressants avec une belle maîtrise de soi, mais je crois qu'ils étaient secrètement frustrés. Mon père voulait être romancier, ma mère enseigner dans de grandes écoles. Au lieu de quoi ils faisaient classe à des gamins. Et à cause de ça, et à cause de la *vie quotidienne*, leur mariage a plus ou moins sombré. Ils ont chacun eu une liaison, avec les conséquences qu'on devine. Chaos. Divorce. Et ils se sont remariés avec des copies conformes l'un de l'autre. L'être humain a besoin de se répéter.

— Tu as des frères et sœurs ?

— Enfant unique.

— Comme moi.

— C'est un drôle de statut, d'être le seul et unique produit de leurs années de tendresse. Dis-moi. Qu'est-ce qui l'a rendue si triste, ton enfance de fils unique ?

— Je n'ai jamais dit…

— Pas besoin. Ça se voit dans ta manière de te tenir.

— C'est si évident que ça ?

— Pour quelqu'un comme moi, qui a aussi souffert, oui. C'est l'une des premières choses que j'ai senties chez toi l'autre soir, à la librairie : un jeune homme esseulé… et pas seulement parce qu'il est seul à Paris. C'est une solitude plus profonde. Qui remonte peut-être à l'enfance. »

Je ne savais que répondre.

« Il t'a suffi d'une seule conversation pour comprendre ça ?

— Tu ne le prends pas mal, j'espère.

— Non, pas du tout.

— Mais tu as l'air choqué.

— Choqué que tu aies réussi à me cerner aussi vite. »

Elle s'est penchée pour m'embrasser.

« Maintenant, dis-moi ce qui t'a rendu si seul. »

C'était le dernier sujet que j'aurais voulu aborder, allongé près d'elle, nu, entre les draps froissés. Mais mon instinct m'a averti : si je me défilais, ce serait renoncer à une intimité cruciale entre nous deux.

Alors je lui ai parlé de ma mère, de mon père, de mon enfance beaucoup trop normale dans l'Indiana, et du sentiment que mon avenir était ailleurs… surtout depuis la mort de ma mère. Elle m'a écouté sans mot dire. À la fin de mon récit, elle a passé un bras autour de moi, m'attirant contre elle.

« Mon monde était sans doute différent du tien. Mais ce que tu décris de ton enfance, j'y reconnais aussi la mienne. Je suis passée par les mêmes choses… À ceci près que ma mère était aussi distante que mon père. Renfermée sur elle-même. »

Mi-février. Notre quatrième semaine ensemble. De nouvelles chutes de neige, puis sept jours de désolation pluvieuse. J'ai appris un nouveau mot : « *glauque* ». Sinistre. Triste. Isabelle a attrapé un rhume, un toussotement constant qui s'est vite mué en grosse toux rauque.

« Il faut que j'arrête », a-t-elle déclaré en écrasant une Camel dans le cendrier posé en équilibre sur mon torse.

Nous étions au lit. Dix-huit heures, à en croire son horloge. Deux rendez-vous par semaine, toujours de cinq à sept, toujours séparés par trois ou quatre jours.

Telle était la règle. Sa règle, que je n'ai plus contestée après notre deuxième coup de fil. Je lui avais laissé entendre, avec lourdeur, qu'attendre quatre jours pour la revoir me semblait interminable, et sa réponse froide avait mis les choses au clair : « Telles sont les limites. Tu les acceptes ou tu t'en vas. »

Je les avais donc acceptées. Je scellais mes lèvres chaque fois que je sentais me venir des mots d'amour. C'était pourtant ce que je ressentais : de l'amour. Je ne voulais qu'elle au monde. Je voyais en nous le couple idéal, à tous les niveaux.

Elle le savait. Rien ne lui échappait de mes tourments romantiques, et elle ne s'en plaignait pas, car ils cimentaient ma passion pour elle. Mais la première fois où j'ai tenté de les exprimer, en murmurant : « *Je t'aime* », elle a posé un doigt sur mes lèvres.

« *Arrête.* »

C'était une autre de ses règles : nous pouvions parler de nous comme des « amants », mais pas comme des « amoureux ». Même si, lorsque nous étions au lit, ce n'était pas simplement du sexe. C'était de l'amour.

Je respectais les règles. Je lui posais peu de questions sur sa vie. Elle m'a appris qu'elle traduisait un roman d'un Autrichien spécialisé, m'a-t-elle dit, dans les « récits fracturés ». J'observais souvent ses étagères croulant sous les livres – des ouvrages en quatre langues différentes, tant d'auteurs dont je ne connaissais même pas le nom. Les immenses lacunes de ma culture, que je rêvais à présent de combler.

« J'ai lu si peu de fiction.

— Alors il est temps de t'y mettre. »

Le lendemain, armé de sa liste, je me suis rendu à Shakespeare and Company pour y acheter des romans de Dreiser, de Flaubert, de Zola et de Sinclair Lewis. J'avais à présent une nouvelle composante à mes longues journées, et je me suis fixé l'objectif de lire au moins deux romans par semaine. Isabelle était ma professeure de littérature. J'ai tout appris des réécritures obsessives de *Madame Bovary* par Flaubert, le premier roman à aborder le thème de la lassitude domestique et de la corrosivité du mariage.

« La plupart des gens se marient par amour, m'a expliqué Isabelle. Et puis, des années après, ils se réveillent piégés dans la routine et l'ennui mortel de la conjugalité à long terme.

— Ce n'est pas ton cas, bien sûr. »

Un pincement de lèvres. Je savais qu'elle réagirait ainsi, c'est même pour cela que je me suis autorisé le commentaire. J'étais frustré, après deux mois de relation – elle préférait le mot « *aventure* », qui, ainsi que je l'ai appris, est l'un des nombreux termes français désignant une liaison extraconjugale –, de ne toujours rien connaître de sa vie en dehors de nos rendez-vous. Rien de son mari, sujet dont elle détournait immanquablement toutes nos conversations. La tierce personne. Le mystère.

« Je parlais généralement, a-t-elle rétorqué. De toute façon, l'une des grandes vérités de *Madame Bovary*, c'est qu'Emma n'est pas très maligne et ne se rend pas compte dès le début que Charles, ce petit médecin de province qu'elle épouse par intérêt, est ennuyeux à mourir.

— Comment s'appelle ton mari ? »

Un silence.

« Charles. »

Il avait donc un nom, à présent.

Quelques jours plus tard, j'ai appris sa profession : banquier d'affaires dans une grande maison de finance parisienne. Divorcé. Pas d'enfants – sa première femme ne pouvait pas en avoir. Un type tout ce qu'il y a d'élégant : cultivé, lettré, discret, avec des relations en haut lieu. Il avait rencontré Isabelle en 1969, alors qu'elle rédigeait une thèse à la Sorbonne, à vingt-quatre ans. Elle venait de mettre fin à sa relation avec un motard maoïste du nom d'Edmond.

« Tout était extrême, chez Edmond. Ses opinions politiques, sa vision du sexe, sa rage contre tout ce qui était établi dans le monde. Une année intéressante, mais son agressivité a fini par devenir dangereuse. À un moment, j'ai décidé que j'en avais assez. Et, d'un seul coup, il est redevenu un petit garçon : il s'est mis à pleurer, à me supplier de lui donner une seconde chance. L'agressivité, le radicalisme… ce n'était qu'une façade. Et la dépendance affective est si repoussante chez un homme. »

Un avertissement à mon égard ? Elle a poursuivi.

« C'est là que, dans une volte-face totale, je suis tombée amoureuse d'un banquier. »

Je terminais tout juste de lui faire un cunnilingus : une envie post-coïtale d'enfouir mon visage entre ses cuisses. Elle ne s'en était pas plainte. Au contraire, lors de notre dernier rendez-vous, elle m'avait appris comment, quand je lui faisais ce plaisir, elle aimait que je lui écarte les lèvres pour les caresser avec ma langue, de préférence dans un lent mouvement de haut en bas. J'apprenais vite. Au début, elle avait hésité à me confier ce qui lui plaisait le plus, mais j'avais insisté pour qu'elle me dise tout.

Elle m'a enseigné comment prendre mon temps. Comment me retenir jusqu'à ce qu'elle ait joui. La manière intuitive dont il nous fallait suivre l'autre lors de nos étreintes. Quand me donner de toutes mes forces, quand me montrer doux et attentif. Elle m'a demandé si j'avais eu beaucoup d'expériences avant elle, et j'ai admis qu'elles avaient été limitées. J'avais eu une petite amie au lycée. Elle s'appelait Rachel et venait d'une famille très chrétienne. Dès notre première fois ensemble, elle s'était découvert une passion pour le sexe. « Tu sais que je t'aime. Le fait que j'aie couché avec toi le prouve. » Mais nous avions dix-sept ans, nous étions le couple typique d'adolescents du Midwest : nos ébats avaient lieu sur la banquette arrière de la Buick de son frère militaire, ou dans un motel à six dollars que nous avions trouvé dans l'État voisin, l'Illinois, plus permissif. Un jour, elle s'était crue enceinte – à tort. Elle avait exigé que je la soutienne, mais j'avais pris la fuite à l'université de Bloomington. Quant à elle, elle avait atterri dans une école pour devenir enseignante, avant de se retrouver enceinte de l'un de ses professeurs. Rachel avait eu un fils et s'était mariée à un homme qui avait vingt-trois ans de plus qu'elle.

« Au moins, je ne suis pas si vieille, fit remarquer Isabelle.

— Quel âge as-tu ?

— Tu ne sais pas que c'est une question interdite ?

— Pas quand on couche ensemble. »

Silence. Elle a pincé les lèvres.

« Trente-six ans.

— Ce n'est pas vieux du tout.

— Tu es trop gentil. Changeons de sujet, puisque c'est moi qui ai, bêtement, attiré l'attention sur notre différence d'âge.

— J'aime que tu sois plus âgée.

— Et j'aime que tu sois plus jeune.

— Quel âge a ton mari ? »

Elle s'est emparée de ses cigarettes.

« Tu ne m'as pas parlé de tes autres conquêtes.

— J'avais trop de travail à l'université pour avoir une petite amie.

— Mais tu as couché avec d'autres femmes, ces quatre dernières années.

— Trois ou quatre, oui. Il y a eu Elaine, qui faisait de l'économie et voulait quelque chose de sérieux.

— Mais toi, tu ne voulais pas t'engager ?

— Et ton mari ?

— Quoi, mon mari ?

— Son âge.

— Cinquante ans.

— Alors il a quatorze ans de plus que toi… Et j'en ai quatorze de moins.

— Pur hasard. »

J'ai appris le lieu de leur rencontre – un dîner organisé par un ami commun.

« Tu connais l'expression "*un coup de foudre*" ? C'est ce qui nous est arrivé, à Charles et moi, pendant ce dîner. Il ne lui a fallu que quelques semaines pour quitter sa femme et nous trouver un appartement.

— Tu l'aimes encore ? »

Elle a grimacé à cette question directe. Mais elle a tout de même répondu.

« Oui, mon amour pour Charles est toujours là, toujours profond.

— Alors qu'est-ce que tu fais avec moi ?

— Dans une vie, il faut plusieurs pièces, plusieurs compartiments.

— Avec, dans chacun d'entre eux, un jeune type célibataire comme moi, c'est ça ?

— Tu as l'air fâché.

— Je n'ai jamais considéré nos rendez-vous comme un compartiment, un arrangement.

— Moi non plus. Je t'expliquais juste que…

— En fait, je ne suis rien de plus qu'un placard. Une pièce où tu peux venir prendre ce que tu veux, puis repartir en refermant la porte pour échapper au désordre…

— Samuel, s'il te plaît…

— Quoi ? Je ne crois pas à ton approche "rationaliste" de ce qui est entre nous.

— Et qu'est-ce qu'il y a entre nous ?

— De l'amour.

— Tu confonds la passion et l'amour. Ce qu'on a, tous les deux, c'est de la passion, une passion exceptionnelle. J'attends toujours avec impatience ces heures passées avec toi. Ton contact. Ton désir pour moi. Et j'espère que tu ressens aussi mon désir pour toi.

— Tu es tout ce dont j'ai rêvé.

— Mais tu me connais si peu.

— Comment ça ? ai-je demandé.
— Tu ne partages pas mon quotidien.
— Parce que tu limites nos moments ensemble. Deux heures, deux fois par semaine. Rien de plus.
— Je te rappelle que je suis mariée. Je vis avec quelqu'un d'autre, et je n'ai aucune envie de perturber ça. Tu n'as jamais vécu avec quelqu'un, je me trompe ? »

J'ai secoué la tête, conscient que mon manque d'expérience en la matière jouait contre moi. Comme un miroir, il me renvoyait mon reflet de jeune amant pétulant en train de dépasser les bornes, de réclamer davantage, alors qu'Isabelle m'offrait déjà tant. Il en va souvent ainsi des affaires de cœur : impossible de s'en tenir aux plaisirs de la chair et de l'esprit sans y chercher un sens plus profond, la perspective d'un avenir ensemble. La passion seule ne suffit pas. J'avais encore beaucoup à apprendre sur ce besoin d'engagement et de possession, ce besoin que, de son côté, elle connaissait depuis longtemps.

« Le jour où tu partageras la vie de quelqu'un, tu verras tout ce que ça change dans une relation. Peu importe l'amour que vous vous portez, la routine s'installe. Vous vous réveillez dans le même lit chaque matin, et le désir que vous aviez l'un pour l'autre s'éteint petit à petit, parce qu'il perd de sa nouveauté, de son urgence. Et si vous avez des enfants…
— Pourquoi tu n'en as pas ?
— On parlera de ça une autre fois. »

Elle a écrasé sa cigarette, rejeté l'édredon, et elle s'est levée, son corps – que je connaissais maintenant si bien – illuminé par la flamme vacillante de la bougie.

Elle a ouvert la porte de la minuscule salle de bains pour attraper un peignoir gris tout simple pendu à un crochet à l'intérieur avant de l'enfiler.

« Je dois être à une réception dans moins d'une heure, a-t-elle annoncé.

— Donc tu veux que je parte ?

— Je pense qu'on en a assez fait pour aujourd'hui.

— Autrement dit, j'ai été trop possessif, et ça ne t'a pas plu.

— Autrement dit, si tu es incapable d'accepter tout le plaisir que nous pouvons prendre ensemble dans la limite de ces règles… si tu t'entêtes à dire que ça ne te suffit pas… Alors j'arrête tout. »

J'ai cligné des yeux. Plusieurs fois. J'ai observé son visage, à demi détourné de moi, dans la pénombre : il était de marbre, froid, sans la moindre émotion. Et moi, je gâchais tout en jouant les possessifs.

« Excuse-moi.

— Ne t'en fais pas, a-t-elle dit. D'une certaine manière, c'est touchant.

— Je vais être honnête : en dehors d'ici, je n'ai pas vraiment de vie.

— Tu es à Paris, enfin. Tu vis à Paris !

— Et je t'ai, toi. Deux fois par semaine. Ce qui est merveilleux.

— En effet. »

J'ai quitté le lit et je me suis avancé vers elle pour la prendre dans mes bras. J'ai ouvert son peignoir et je l'ai attirée contre moi, tendu de désir. Mais elle a reculé en se couvrant.

« Je n'ai pas le temps.

— Ta réception est à sept heures. Il est à peine six heures.

— Et c'est dans le VIIIe, à une demi-heure en métro. Ce qui me laisse à peine trente minutes pour me préparer.

— Pour nettoyer toute trace de moi, de nous. Il sera là, n'est-ce pas ?

— Mon mari, tu veux dire ? Charles ? Oui, il sera là. La soirée a lieu chez un de ses plus vieux amis.

— Pourquoi tu n'as pas d'enfants ? » ai-je répété, sans réfléchir.

La question a sonné comme un coup de fusil. Isabelle s'est passé une main sur les yeux avant de me faire face.

« Il s'appelait Cédric. Il est né le 31 décembre 1973. Les premiers mois, c'était le bonheur parfait, même avec les nuits sans sommeil, l'épuisement, la fébrilité. Charles lui aurait décroché la lune. Être mère surpassait tous mes rêves, surtout pour moi qui ai grandi entre deux parents peu assurés de leur rôle, présents mais toujours ailleurs. »

Elle a esquissé un geste vers ses cigarettes et son briquet, pêle-mêle dans le chaos que nous avions fait de son lit, et je suis allé les prendre, ramassant mon jean au passage. Tandis qu'elle portait une cigarette à ses lèvres, j'ai commencé à me rhabiller.

« Tu remets tes vêtements parce que tu sais déjà ce que je vais te dire. »

J'ai enfilé mon tee-shirt à la hâte. Elle avait raison, je savais ce que j'allais entendre – mais je n'ai rien dit. Son regard a cherché le mien, et l'a soutenu sans faillir tandis qu'elle reprenait.

« La nuit du 10 juin 1974, j'ai posé Cédric dans son berceau. Avant, je l'ai serré contre moi, comme tous les soirs, en lui disant combien je l'aimais. Il s'est endormi en quelques minutes. Avec Charles, nous sommes allés nous coucher et nous avons dormi toute la nuit. Quand je me suis réveillée, il était presque huit heures. On ne se levait jamais aussi tard, parce que Cédric nous servait de réveil. Mais ce matin-là, rien. Le silence. Quand je suis entrée dans sa chambre, il était là, dans son berceau, immobile. Un petit sourire aux lèvres. Je n'oublierai jamais ce sourire, aussi longtemps que je vivrai. Je l'ai pris dans mes bras et je me suis mise à hurler. Parce qu'il ne respirait pas. Il ne réagissait pas. Je le suppliais de bouger, d'ouvrir les yeux, mais ça ne servait à rien. Cédric était mort. »

Un silence. Son regard n'avait toujours pas lâché le mien.

« Mort subite du nourrisson. Les policiers, le médecin qui a fait l'autopsie, le psychiatre chez qui on m'a envoyée quand j'ai commencé à songer au suicide, parce que je ne voyais pas d'autre solution pour échapper à l'horrible souffrance qui m'étouffait, tous ces experts m'ont dit la même chose : ce n'était pas ma faute. La mort subite du nourrisson frappe au hasard, sans raison. C'est comme si l'Ange de la Mort choisissait un enfant en bonne santé parmi tous les autres et décidait de mettre fin à sa petite vie. Cédric avait cinq mois, une semaine et trois jours quand je l'ai perdu. Pendant les deux années qui ont suivi sa mort, je suis devenue une véritable recluse. J'ai perdu quinze kilos. Aucun médicament pour dormir ne fonctionnait plus de trois heures. Aucun calmant ne soulageait ma souffrance. Plusieurs fois, Charles et moi avons envisagé sérieusement de me faire interner pendant quelque temps. Je ne peux pas dire qu'il y ait eu un tournant décisif, un jour où j'ai appuyé sur un interrupteur et où ce cauchemar s'est arrêté. Il ne s'arrêtera jamais. Mais je n'ai pas eu d'autre choix que de recommencer à vivre. »

J'aurais dû lui prendre la main, faire un geste vers elle. Mais j'étais hanté par une nouvelle question.

« Et depuis cette tragédie…

— Est-ce qu'on a essayé d'avoir un autre enfant ? » m'a-t-elle coupé.

Je m'attendais à ce qu'elle détourne les yeux à ce moment-là. Elle n'en a rien fait.

« Pas encore. Mais dès que tu seras rentré en Amérique, j'arrêterai la pilule.

— Charles est au courant ?

— Charles est mon mari. Bien sûr qu'on a parlé de tout ça. C'est ce que font les couples, Sam.

— Merci pour cette précision cruciale.

— Tu as besoin d'être si insolent ?

— Insolent… Insolent ! Je ne suis qu'un gamin pour toi, pas vrai ?

— Je n'ai pas dit ça.

— Mais c'est ainsi que tu me vois : un gamin naïf qui se débrouille bien au lit. Quelqu'un que tu peux voir quelques heures, par-ci par-là, puis jeter aux oubliettes dès que tu es prête à avoir un autre enfant.

— Le fait de te fréquenter, de passer ces précieux moments ensemble n'a rien à voir avec ma décision de redevenir mère. Après la mort de Cédric, j'ai décrété que je n'aurais jamais d'autre enfant, parce que la possibilité de le perdre de nouveau m'était insupportable. Et puis j'ai changé d'avis.

— Comme par hasard, juste quand le petit Américain est sur le point de rentrer dans son pays.

— Comment peux-tu être aussi simpliste ? a-t-elle demandé d'une voix à présent teintée de colère.

— Simpliste ? Je ne suis qu'un interlude pour toi, un défouloir sexuel pour oublier ton deuil. Et maintenant, tu te débarrasses de moi…

— Tu n'as donc aucune empathie, Samuel ? Aucune délicatesse ?

— Tu n'envisagerais jamais d'avoir un enfant avec moi. »

Elle m'a fusillé du regard.

« C'est pour ça, ce petit caprice ? Tu veux que ce soit ta semence…

— Je t'aime.

— Tu ne connais rien de l'amour, Samuel. Parce que tu ne connais rien de la vie.

— Alors que ton mari croulant…

— Cinquante ans, ce n'est pas vieux. Mais oui, il a presque deux fois et demie ton âge, et c'est un adulte mûr.

— Contrairement à moi.

— C'est ce que j'allais dire. Un homme qui sait faire preuve de compassion, de compréhension, de sacrifice. Charles et moi avons perdu notre enfant, la pire épreuve que puisse traverser un couple. Et Charles m'a soutenue quand j'ai bien failli devenir folle. Voilà ce qu'est un homme. Pas un adolescent boudeur à la perspective étriquée, incapable de…

— Je ne te ferai plus perdre ton temps », ai-je lancé en attrapant mon pull et ma vareuse.

Et j'ai descendu l'escalier sans me retourner, sans savoir si elle me regardait sortir de sa vie pour toujours.

Le lendemain soir, j'ai attrapé un train pour Venise. Dix-sept heures de voyage. Je n'avais les moyens ni d'une couchette ni même d'une place réservée. Pendant notre arrêt à Toulon – alors que l'aube soulignait le ciel et se répandait en ridules à la surface de la Méditerranée –, un vieux couple m'a informé que j'étais allongé de tout mon long sur leurs sièges. Tout le compartiment était réservé. En fait, c'était le cas du train tout entier. Le wagon-restaurant n'était pas encore ouvert et, de toute façon, il était au-dessus de mes moyens. J'ai passé les cinq heures suivantes assis dans le couloir, adossé à mon sac. Je ne cessais de me répéter que j'avais eu raison de quitter Isabelle ainsi, qu'elle se servait de moi depuis le début. Comme je l'ai compris avec le temps, lorsqu'on commet une grossière erreur ou que l'on prend une décision stupide, on en vient souvent à réécrire l'histoire afin de s'épargner reproches et remords. Mais, plus j'essayais de déformer la réalité pour justifier mon attitude détestable, plus je me rendais compte que j'esquivais le cœur du problème. Au bout d'un moment, j'ai décidé de me distraire de toutes ces pensées en me plongeant dans le roman que j'avais emporté. *Madame Bovary*. Isabelle avait entièrement raison à propos de Flaubert. Charles Bovary était un triste fils à maman de province, plat et insipide. Le Charles d'Isabelle était un homme talentueux et distingué. Ils avaient trouvé l'amour l'un avec l'autre. Ensemble, ils avaient eu un enfant et traversé une tragédie au-delà de l'imaginable. Et moi, j'avais sauvagement piétiné sa souffrance, avec mon orgueil imbécile et un manque de délicatesse qui en disait long sur mon immaturité.

Les douaniers italiens sont montés à bord à Vintimille. Tandis que j'offrais une cigarette à celui qui venait de tamponner mon passeport, un plan germait dans mon esprit. Descendre ici. Reprendre un train vers la France, vers Paris – mais d'abord, m'arrêter à Lyon pendant une heure pour téléphoner à Isabelle et implorer son pardon.

De Lyon à Paris, il y avait cinq heures. De retour dans le Ve avant minuit, j'irais me coucher immédiatement. Je dormirais du profond sommeil des repentis, des acquittés. Au matin, je prendrais mon petit déjeuner au Sélect avant d'errer sans but dans la capitale, puis, à dix-sept heures, je taperais le code de la porte du 9, rue Bernard-Palissy, et je tomberais dans les bras rédempteurs d'Isabelle.

Qu'est-ce qui m'a retenu de réparer ainsi le tort que j'avais causé avant que la distance ne fasse empirer les choses ? J'avais désespérément envie de tout laisser tomber pour rentrer à Paris, mais, connaissant Isabelle – du moins le peu que je savais d'elle en dehors des divins contours de son corps –, je devinais qu'elle verrait encore dans cet acte quelque chose d'adolescent, de possessif. Peut-être même avait-elle décidé, après les événements de la veille, de me rayer de sa vie une bonne fois pour toutes. Comment lui en vouloir ?

Venise en avril. Un ciel tout en nuances obscures. Une pluie fine et persistante. L'éclairage sombre et douteux des canaux. Une chambre d'hôtel bon marché, au lit inconfortable, avec vue sur une placette où des chats colériques passaient leurs nuits à copuler. J'admirais la grandeur baroque, aquatique, de l'endroit. En entendant chanter du Monteverdi à la basilique Saint-Marc, je me suis dit qu'il pouvait bien exister un Dieu, ou du moins quelque chose qui ait donné vie à cette musique extatique. Je marchais cinq à six heures par jour, c'était le remède à mon invariable tristesse. En dehors des commandes de nourriture et de services, je me gardais bien de laisser quiconque engager une conversation. Une mesure punitive, il est vrai, mais je n'avais envie de parler à personne. Sur un coup de tête, j'ai acheté un billet pour un passage sur un navire postal à destination d'Alexandrie. Le bateau partait quatre jours plus tard et faisait escale au port du Pirée à Athènes. Avant de me fondre dans les méandres de la Grèce, j'ai décidé de faire ce qu'on appelle, dans le jargon du football américain, une passe « Ave Maria » : une tentative pour renverser une situation désespérée. Depuis un bureau Western Union, j'ai expédié un long télégramme à Isabelle.

J'ai agi bêtement.

Je suis profondément désolé. Je te demande pardon de ma stupidité. De t'avoir fait du mal.

Tu n'as qu'un mot à dire et je reviendrai à Paris. Et je ne demanderai rien de plus que nos précieux après-midi ensemble. Je suis à Venise jusqu'à vendredi.

Je comprendrais que tu dises non, et dans ce cas je ne te dérangerai plus.

Je pense à toi avec une immense tendresse.

J'ai ajouté un P.-S. pour lui donner l'adresse de mon hôtel, au cas où elle souhaiterait m'écrire, et lui dire que je serais ensuite joignable à l'American Express d'Athènes.

Je ne m'attendais pas à recevoir de réponse.

Je n'en ai pas reçu. Mon sentiment de perte s'est fait plus profond, et Venise la sinistre, la spectrale, la noyée, a encore accru mon désarroi muet.

Le dernier jour, je devais quitter ma chambre avant midi. J'ai laissé mon sac à la réception de l'hôtel pour aller déjeuner d'un plat de pâtes dans un café voisin. J'ai bu deux verres de vin. Puis je suis retourné chercher mon bagage avant d'attraper un *vaporetto* vers le port. Le gérant de l'hôtel m'a tendu une enveloppe jaune.

« Elle est arrivée il y a quelques minutes. C'est votre jour de chance… ou non. »

Car, bien sûr, un télégramme n'est toujours porteur que de très bonnes ou de très mauvaises nouvelles.

J'ai décacheté l'enveloppe.

Samuel,

Ton message m'a touchée. Oublions ces derniers moments ensemble : sache que, dès ton retour à Paris, tu seras le bienvenu au 9, rue Bernard-Palissy. L'après-midi, bien sûr.

Je t'embrasse,

Isabelle

L'après-midi.

Tel devait être notre sort. Sa manière de me dire, encore une fois : « Je ne peux rien t'offrir de plus. » J'ai laissé cette pensée amère battre en retraite, remplacée par un soulagement immense.

Elle me laissait une autre chance.

J'ai demandé au gérant s'il voulait bien garder mon sac quelques heures de plus. Télégramme en poche, je me suis rendu à l'agence de voyages où j'avais acheté mon ticket pour Alexandrie, que j'ai pu échanger, pour une modeste somme, contre un billet de seconde classe qui me ramènerait à Paris le lendemain. Puis j'ai expédié une brève réponse depuis le bureau de poste.

De retour à Paris demain. Je t'embrasse fort.

Un coup de téléphone à mon hôtel parisien m'a confirmé que ma chambre serait libre à mon retour. Je l'ai réservée pour dix nuits. Il me restait encore une chose à faire : trouver un bureau de la TWA et prendre mon billet de retour aux États-Unis. Onze jours après. Un vol sans escale de Paris à New York à bord d'un 707, puis une correspondance pour Minneapolis. Mon contrat commençait le 1er juin, et la secrétaire du juge m'avait fait parvenir un courrier à Paris quelques semaines avant ma fuite pour me dire qu'elle m'avait trouvé une chambre dans un petit hôtel en face des bureaux, que je travaillerais quarante heures par semaine pour cent dollars hebdomadaires, et que seul mon logement était pris en charge par le cabinet, si bien que je devrais gérer mes autres dépenses à l'aide de mon salaire. Je mourais d'envie de répondre : « Allez vous faire foutre avec votre stage. Je reste à Paris vivre la vie de bohème. » Mais je savais qu'annuler maintenant, sans préavis, entacherait irrémédiablement ma réputation dans le milieu du droit. J'ai donc renvoyé un télégramme.

Arriverai comme prévu le 31 mai, prêt à commencer le travail avec le juge Holmcrist dès le lendemain matin. Très reconnaissant de cette excellente opportunité.

Menteur, menteur.

Tous, nous nous efforçons d'honorer nos engagements, dans l'espoir que cela nous aidera à avancer dans la vie.

L'angoisse de la liberté.

Le temps était presque venu pour moi de retrouver les obligations que j'avais accumulées.

Mais d'abord…

J'ai changé de train au nord de Munich, troquant ma couchette contre un siège de seconde classe étroit. Onze heures plus tard, j'étais à Paris. La gare de l'Est en fin d'après-midi, soleil printanier rayonnant à travers les verrières. Je suis passé devant deux cabines téléphoniques. Je ne me suis pas laissé tenter.

« Monsieur Sam ! »

Omar semblait content de me voir franchir le seuil de l'hôtel, au point de me planter une bise sur chaque joue.

« Comment va la vie, Omar ?

— Comme d'habitude. Toujours pareil. »

Dans mon ancienne chambre, j'ai défait mon sac, attrapé l'une des serviettes de bain râpées et pris la direction de la douche afin de me laver de la crasse de seize heures de voyage.

Le lendemain matin, au Sélect, mon petit déjeuner habituel est apparu sur la table tandis que je composais le numéro sur le vieux cadran rotatif – *un citron pressé, un croissant, un grand crème.* La tonalité a retenti et j'ai fermé les yeux. Une sonnerie. Deux. Trois, quatre, cinq, six… Enfer, elle était sortie. Sept sonneries, huit, neuf…

« Allô ? »

Elle semblait essoufflée, comme si elle venait d'arriver en courant.

« Isabelle ?

— Sam ?

— Oui, c'est moi.

— Excellent timing.

— Dix-sept heures ?

— Oh, oui. »

Je me suis terré dans un cinéma. J'ai feuilleté les nouveautés d'une librairie. Le tout en m'efforçant de faire taire mon anxiété, cette terreur qui me suivait depuis l'enfance : celle d'être rejeté.

Dans la vitrine de l'éditeur au bas de son immeuble, les livres n'avaient pas changé. Nul besoin de consulter mon carnet pour retrouver le code : il était gravé dans mon esprit. La porte ouverte, la cour, l'escalier C, la sonnette portant son nom. Un cliquetis.

« Bonjour… »

Sa voix, venue des hauteurs. J'ai pensé : Ne monte pas en courant. Je suis monté en courant, mes semelles percutant le bois usé.

« Tu as l'air bien pressé. »

Sa voix de nouveau, plus proche. L'escalier en colimaçon me donnait le tournis. Enfin, je suis arrivé. Face à elle. Elle a souri, les cheveux défaits. Je lui ai rendu son sourire, brûlant de me jeter dans ses bras. Au lieu de quoi j'ai accepté sa main tendue et elle m'a entraîné à l'intérieur, claquant la porte derrière nous, puis elle a jeté sa cigarette dans l'évier, passé une main derrière ma tête, dans mes cheveux. Elle m'a attiré à elle et embrassé lentement, délibérément, tandis que sa main libre agrippait l'étoffe de mon jean déjà raidi par le désir.

Son parfum m'a enveloppé. Le manque que j'avais ressenti pendant toutes ces semaines. Cette certitude : Il n'y en a pas d'autre comme elle. Je ne veux qu'elle au monde. Son visage pressé contre ma poitrine. Sa plainte étouffée tandis que j'abandonnais toute retenue, que je renversais toutes les barrières, que je perdais la notion du temps et de l'espace. Après, quand tout a été fini, elle a pris mes mains dans les siennes, les yeux brillants. Elle a fait courir un doigt le long de ma mâchoire. M'a laissé couvrir son visage, ses yeux, de baisers furtifs.

Je voulais la tenir nue contre moi, et elle a consenti à ce que je lui ôte sa jupe et son chemisier. J'ai enlevé mes vêtements à la hâte.

« Tu m'as manqué, a-t-elle dit après un nouveau baiser. Plus que je ne l'aurais cru possible.

— Toi aussi, tu m'as manqué. »

Elle s'est remise à caresser mon visage, et je l'ai serrée plus fort. Quelques secondes plus tard, nous faisions l'amour encore une fois. Mais ce n'était plus la passion débridée des retrouvailles : au contraire, une lenteur attentive, une intimité exacerbée que je n'avais jamais ressentie auparavant. Ce contact, cette complicité… J'étais en terre inconnue. Isabelle réagissait à la moindre de mes pensées, m'attirant au plus profond d'elle, son regard plongé dans le mien – comme s'il n'y avait plus que nous deux au monde, comme si nous avions découvert quelque chose d'aussi immense que fugace.

« C'était… extraordinaire. Et rare.

— Mon expérience est limitée, mais… tu as raison.

— Crois-moi : ce qu'on a ici, tous les deux, ça ne marcherait jamais au quotidien. Cela dit, je n'ai aucune envie de te voir t'envoler dans… Quand est-ce que tu pars ?

— Dans neuf jours. Mais je pourrai revenir. Dès qu'on me libérera.

— Et quand j'aurai le temps de te revoir. Peut-être que je tomberai enceinte rapidement. Peut-être que ça ne marchera pas. *On verra.* Je te tiendrai au courant. Mais tu me reviendras, n'est-ce pas ? »

J'ai regardé dehors, au-delà du fouillis de livres et de papiers épars sur son bureau. Le crépuscule jetait une lumière cuivrée sur les vieilles tuiles du toit, et j'étais là, dans cet appartement minuscule au sommet d'un escalier dans le VIe arrondissement de Paris, couché auprès de cette femme singulière et remarquable, qui me déclarait son amour d'une manière que je peinais à comprendre… Mais avais-je vraiment besoin de tout comprendre, en cet instant, alors que mon corps étreignait le sien sous les poutres courbées ? Ne venait-elle pas de me dire tout ce qui comptait ?

J'ai déposé un baiser sur ses lèvres.

« Je veux te revoir. »

Les yeux clos, elle a laissé paraître le plus discret des sourires.

« Très bonne réponse, Samuel. »

2

Nous nous enverrions deux lettres par mois. Son idée, sa décision, prise juste avant mon départ pour les États-Unis – pour ce stage à Minneapolis. Je détestais l'idée de quitter Paris. Je redoutais de passer les trois mois à venir dans une ville américaine moyenne. Plus que tout, je craignais la séparation d'avec Isabelle. Elle a insisté pour que je parte – pas seulement à cause de mes engagements professionnels, mais surtout parce que sa décision de tomber enceinte ne pouvait pas attendre.

« Si tu es ici, je voudrai te voir plusieurs fois par semaine. Et ça posera des problèmes. Cet enfant… Il doit être de Charles. »

Nous étions au lit, comme toujours. La veille de mon départ. Nos petites habitudes après l'amour : vin rouge, cigarettes et conversation. J'avais proposé une fois de sortir dîner quelque part, histoire de prolonger le temps passé ensemble. Isabelle avait balayé l'idée en deux phrases.

« Cet endroit est pour nous, pour ces moments exceptionnels. Ici, et seulement ici. »

Je n'ai eu aucun mal à déceler le sens caché : « Paris est petit, Paris est bavard, et tu es un secret. Pas question qu'on nous voie ensemble où que ce soit. »

Je n'ai plus jamais évoqué la possibilité de déambuler ensemble dans Paris.

« Charles a quelqu'un d'autre dans sa vie, lui aussi ? ai-je demandé.

— Oui. Il ne sait pas que je sais. Mais je le sais.

— Comment ?

— Les excuses classiques : toutes ces réunions qui finissent tard le soir, toutes les fois où il va se coucher directement après avoir vu son "amie".

— Tu sais qui c'est ?

— Elle est éditrice dans une maison renommée. Une Allemande. Très grande, la trentaine bien avancée, célibataire. Elle meurt d'envie d'avoir un enfant.

— Tu es bien renseignée.

— "Paris est tout petit."

— J'ai déjà entendu ça quelque part.

— Charles a été vu en compagnie de cette femme, à Paris et ailleurs. J'espère qu'il prend ses précautions pour éviter que Greta ne tombe enceinte. Mais je ne suis pas en position de lui donner des conseils là-dessus… »

Je me suis renfoncé dans les coussins, un sourire aux lèvres. Elle m'a planté un doigt entre les côtes.

« Je n'aime pas ce petit sourire… J'ai l'impression de lire dans tes pensées : "Ah, ces Français."

— Il faut avouer que vous ne suivez pas les mêmes règles que nous.

— Ne généralise pas comme ça. Je connais beaucoup de gens ici qui n'auraient aucune tolérance pour le genre d'arrangement que j'ai avec Charles.

— Mais votre arrangement n'a rien d'officiel.

— Tu apprendras, mon cher Samuel, que les arrangements tacites sont les meilleurs qui soient. Ni règles, ni contrôle, ni exigences, ni limites. Tout est dit, tout est entendu, instinctivement.

— Et s'il avait un enfant avec elle ?

— Alors il faudrait gérer toutes les complications qui vont avec.

— Mais si tu avais un enfant de moi…

— Ça n'arrivera pas.

— Parce que Charles serait furieux.

— Parce que Charles est mon mari. Il était le père de Cédric, et il sera le père de notre prochain enfant – si je parviens à en avoir un.

— Donc Charles peut avoir un enfant avec quelqu'un d'autre, mais toi…

— Ne recommence pas, Samuel. C'est mon choix. Il va falloir que tu le respectes. Après tout…

— Je sais, je sais. Je suis jeune et immature.

— Tu es en train de te construire, Samuel. Tu as presque trente ans de moins que Charles, et tu n'as pas d'enfant, ce qui, à ton âge, est sans doute pour le mieux. Et puis, tu es un romantique incorrigible, c'est l'une des nombreuses choses que j'aime chez toi. Mais si nous avions un enfant ensemble – un enfant né de notre passion –, est-ce que tu serais vraiment capable de renoncer à tout contact avec lui ? Est-ce que tu supporterais de le voir élevé par un autre ? »

Décidément, elle me connaissait mieux que moi-même.

« Est-ce que c'est mal, ai-je demandé, de vouloir un enfant avec toi ? »

Elle m'a embrassé.

« C'est une pensée magnifique, et elle me touche énormément. Mais la vie se résume souvent à la confluence de deux temporalités. Qu'est-ce que tu ferais, ici ? Tu apprendrais la langue, peut-être que tu trouverais un travail et que tu obtiendrais une carte de séjour. Mais est-ce que tu attendrais de moi que je quitte mon mari pour vivre avec toi, alors que tout ce que je sais de toi, ce sont nos après-midi ici ? Ces après-midi envoûtants, la passion que nous partageons dans ce lit – c'est quelque chose de précieux. Précieux parce que rare. Contrairement à un long mariage, où on ne ressent plus ni cette urgence ni cette exaltation, mais où l'on a quelque chose d'autre, peut-être une certaine profondeur, ou simplement la routine. Tous les vieux couples parlent par sous-entendus. Les nôtres sont différents car ils ne sont pas teintés de mépris. Nous usons de sous-entendus pour ne pas faire de mal à l'autre. Et c'est ça, l'amour, *jeune homme*. De l'amour dépouillé de la passion, peut-être, mais de l'amour tout de même. »

J'ai compris qu'il était temps que j'arrête de poser des questions.

« Désolé si j'ai été un peu possessif, avec mes "Pourquoi pas moi ?"… »

Isabelle m'a fait taire d'un léger baiser.

« Nous serons plus heureux ainsi. »

C'était notre dernier après-midi. Je me suis efforcé de paraître détaché.

« Demain, à cette heure-ci, je serai quelque part au-dessus de l'Atlantique.

— Et je regretterai ton absence. Tu me manqueras terriblement. Promets-moi de trouver le moyen de revenir à Paris.

— Si je viens à Noël, tu seras sans doute en pleine grossesse.

— Noël serait impossible, avec ou sans grossesse. Mais si tu reviens au printemps… »

Le printemps 1978. Dans un an.

« Un an, ce n'est rien, a ajouté Isabelle comme si elle lisait dans mes pensées. Nos après-midi ne s'arrêteront jamais. Ils feront toujours partie de nous. »

Tel a été son au revoir.

Je me sentais complètement démuni. Le juge de Minneapolis était un homme de fer : sec, rigoureux, concis et cérébral. D'instinct, j'ai compris ce qu'il attendait de son clerc, pertinence et modestie, et je lui ai donné exactement ce dont il avait besoin. Nous étions sur la même longueur d'onde. En bon homme du Midwest, il était avare de compliments, mais ce genre d'attitude glaciale est facilement supportable lorsqu'on a grandi comme moi avec un père distant. Les étés à Minneapolis sont humides et infestés d'insectes. Mon hôtel était simple et austère. Je travaillais très souvent tard, à rédiger des conclusions jusqu'au milieu de la nuit. J'allais courir près du lac presque tous les jours. Le week-end, j'allais au cinéma et je fréquentais un bar où la bière était toujours fraîche, la climatisation réglée sur maximum, et qui accueillait des groupes de blues passables. J'ignorais les attentions de la serveuse, Lisa, qui m'a pourtant informé à deux reprises que son petit ami routier était en déplacement, et qui semblait savoir que je logeais non loin de cet agréable repaire. Je n'ai pas relevé son offre, malgré ma profonde solitude. Parce que Isabelle continuait d'occuper mes pensées.

J'ai terminé mon stage. Le dernier jour, le juge m'a accordé quelques mots.

« Tu t'en es bien sorti. »

Et la conversation a pris fin.

Je suis rentré rendre visite à mon père pour le week-end. Ma belle-mère était ailleurs, comme par hasard.

« Dorothy était vraiment déçue de ne pas pouvoir être là, a dit mon père, mais sa sœur avait besoin d'aide pour meubler son nouvel appartement à Muncie. La pauvre est toujours vieille fille à cinquante-huit ans. »

Je soupçonnais Dorothy d'avoir manigancé ce week-end de décoration intérieure afin de m'éviter. Je m'étais toujours montré correct envers elle, mais elle devait savoir que je n'avais pas une grande tendresse pour sa vision du monde désespérément baptiste. Son absence n'était donc pas pour me déplaire, et puis, cela me laissait un peu de temps seul avec mon père. Comme toujours, il m'a fait part du plaisir qu'il prenait à me voir, après quoi il ne lui restait plus grand-chose à me dire – et mes tentatives pour initier un semblant d'intimité père-fils n'ont fait que le rendre plus évasif et mal à l'aise. Il n'y avait pas la moindre antipathie dans nos rapports ; juste un manque criant de proximité. Il a écouté patiemment et avec une pointe d'intérêt le récit édulcoré de mon séjour à Paris (je n'avais aucune envie de l'horrifier en lui racontant ma liaison avec une femme qui bravait le septième commandement), puis celui de mon travail auprès du juge. Il m'a posé quelques questions sur mes ambitions une fois que j'aurais fini Harvard. J'ai essayé de le faire parler de sa vie mais je n'ai reçu pour toute réponse que les platitudes habituelles. Je l'ai aidé à repeindre l'entresol, que Dorothy venait de réaménager en appartement à louer. Nous avons fait deux longues balades dans ce qui, dans l'Indiana, passe pour un bois, dîné deux fois dans un restaurant-gril du coin qui servait de cantine à mon père lorsqu'il travaillait, et réussi à combler les silences gênants qui s'infiltraient régulièrement dans nos conversations. Lorsqu'il m'a conduit à l'aéroport, le dimanche, je l'ai serré dans mes bras et je lui ai dit que je l'aimais.

« Moi aussi je t'aime, fiston », a-t-il répliqué d'une voix enjouée, dénuée de la moindre émotion.

Je me suis envolé vers l'est avec la conviction que rien ne changerait jamais. Mon père, quoique ni malveillant ni cruel, resterait éternellement hors de ma portée.

L'avion a atterri à Boston, et j'ai traversé la rivière en taxi jusqu'à Cambridge. Puis…

Puis l'école de droit. Cinq cent quatre-vingts élèves la première année, divisés en huit groupes hautement compétitifs. Tous ces beaux discours disant que nous étions doués, que nous étions l'élite… Après quelques heures de cours, nous faisions moins les fiers. Cette première journée a suffi à nous instiller une peur profonde – la prise de conscience, assenée professeur après professeur, que nous étions engagés dans une lutte pour notre survie académique et que nous allions passer au tamis du darwinisme social à la sauce Ivy League.

Droit pénal, contrats, procédure civile, délits, législation, régulation, propriété… Les cours avaient souvent quelque chose de socratique, de brutal dans leur manière d'élaguer les étudiants incapables de tenir le rythme, la rigueur, la pression. Telle était l'équation de la survie : concentration absolue sur persévérance nécessaire. La première semaine, j'ai été interpellé deux fois par mon professeur de délits pour des réponses erronées aux questions qu'il me posait.

« Vous êtes sûr que vous êtes au bon endroit ? » a-t-il demandé.

Aucun étudiant n'a ricané, ni même souri : ils savaient tous que leur propre humiliation ne tarderait pas.

Douze personnes de ma classe ont abandonné en moins de six semaines. Un autre camarade a fait une overdose de somnifères après avoir été ridiculisé une fois de trop : il a survécu, et s'est inscrit dans une école de commerce. Pas un mot n'a été prononcé à l'encontre du professeur et de son sadisme. Tout cela faisait juste partie du décor.

J'avais réussi à décrocher une chambre pour moi tout seul dans une résidence du campus. Je m'y rendais pour dormir, rien d'autre. Quatre heures de cours par jour, suivies de huit heures d'étude. La bibliothèque juridique était ouverte jusqu'à minuit, et toujours pleine. Personne n'avait d'amis proches. Nous étions tous trop surchargés et stressés pour cela. Je me forçais à faire une demi-heure de jogging par jour sur un sentier au bord de la Charles. L'automne à Cambridge était digne des merveilles qu'on racontait sur la Nouvelle-Angleterre – quand je m'autorisais à l'apercevoir. Je me laissais un jour de repos par semaine, le samedi. Lorsque le dimanche arrivait, je me replongeais dans mes livres de droit pendant neuf heures.

À l'école de droit, le sexe n'avait aucune place. Cela me manquait. Cela m'obsédait. Mais je ne faisais rien. Trop de pensées parisiennes. Contrairement à la plupart de mes condisciples, je ne me plaignais pas de l'emprise dévorante des études à Harvard. Ma vie ne contenait rien d'autre.

Les lettres d'Isabelle étaient brèves, affectueuses, avec parfois une anecdote sur son travail de traductrice et sa vie à Paris. Elle finissait toujours par ces deux lignes :

Je pense toujours à toi, très cher Samuel.
Je t'embrasse.

Mais sa deuxième lettre d'octobre a pris une tout autre tournure.

J'ai quelque chose d'important à te dire, Samuel : il y a quatre mois, j'ai découvert que j'étais enceinte. La naissance est prévue pour mi-mars. C'est une nouvelle fabuleuse. Je suis si heureuse que ce miracle – car je ne peux l'appeler autrement – m'ait été accordé de nouveau. Et, d'un autre côté, je suis complètement terrifiée... Pour des raisons dont tu te doutes bien. Pendant les mois à venir, je vais avoir besoin de me concentrer pleinement pour mener cette grossesse sans aucune complication. C'est pourquoi j'ai décidé de mettre fin à notre correspondance pour une durée indéterminée, même si j'espère bien la reprendre une fois assurée que mon nouvel enfant n'a rien à craindre.

Je souhaite que tu ne prennes pas mal cette nouvelle, Samuel. Et que tu sois heureux pour moi.

Bien entendu, je lui ai répondu par une lettre très cordiale où je disais que j'étais ravi pour elle, et que j'espérais que son enfant lui apporterait beaucoup de bonheur. Mais, en moi-même, je ne ressentais qu'un désespoir silencieux, une sorte de deuil – car il me semblait, malgré sa mention rassurante d'une possible continuation, qu'Isabelle tirait un trait définitif sur notre brève et intense histoire. Je n'étais pas en colère contre elle. J'étais simplement perdu. Depuis mon retour de Paris, j'avais passé quatre mois à m'accrocher désespérément à la croyance absurde que nous avions un avenir ensemble. L'espoir amoureux n'est souvent rien d'autre que l'art de se dérober soigneusement à l'évidence.

Je me suis laissé dévorer par mes études. Le travail est le seul antidote à la perte – du moins, c'est ce que je me répétais jusqu'au soir où je suis entré dans un bar non loin du Symphony Hall et où je me suis retrouvé assis sur un tabouret à côté d'une femme nommée Siobhan. Une Irlandaise. Originaire d'une contrée sauvage appelée le Connemara. Et rousse, évidemment. Elle avait obtenu son diplôme de droit à Trinity College, à Dublin, et venait de passer six mois à parcourir l'Amérique. Dans une semaine, elle rentrerait à Dublin pour prendre un poste de notaire dans un éminent cabinet d'avocats. Nos carrières étaient le reflet l'une de l'autre, et Siobhan a tout de suite été intriguée, au point de m'appeler son « confrère de Harvard ».

« J'ai croisé un paquet de tes petits copains, m'a-t-elle confié après la deuxième pinte de Guinness, c'est à croire qu'on vous apprend surtout à tomber amoureux de votre ego, là-dedans. Mais toi, tu es soit un rare bijou de modestie, soit l'un de ces crevards qui font semblant d'être timides pour séduire. »

Siobhan pouvait se montrer sérieuse, exigeante ou tapageuse. Mais, après quelques verres de whisky, elle devenait carrément incontrôlable. « Tarée » est le mot qu'elle utilisait pour se décrire quand elle était dans cet état. Elle était bavarde. Et seule. Comme moi. Je l'ai raccompagnée jusqu'à son hôtel miteux de Copley Square, et lui ai dit que j'aimerais la revoir avant de déposer un baiser sur sa joue. En réaction, elle m'a agrippé l'arrière de la tête pour me fourrer sa langue jusqu'au fond de la gorge. Quelques minutes plus tard, nous étions dans sa chambre minable, à nous arracher mutuellement nos habits. Siobhan était une carnivore. Elle m'a déchiré le dos avec ses ongles, m'a mordu les oreilles dans ses moments de ferveur débridée. À compter de ce soir-là, j'ai passé mes journées enfoui dans mes livres et mes nuits encore plus profondément enfoui en Siobhan. Au lit, elle se démenait, prenait le dessus, poussait des cris. Lorsqu'elle jouissait, elle hurlait invariablement : « *Jesus fuck !* » Suivre le rythme de ses ébats n'était pas de tout repos, mais cela avait quelque chose d'excitant, de terre à terre, de tordu et de brutal. Ce n'était pas faire l'amour, loin de là. Lorsque le chaos prenait fin, elle m'assenait parfois un petit coup sur l'épaule.

« Eh, pas mal. »

Siobhan était intelligente, drôle et hyperrationnelle. Elle m'a cerné en un rien de temps – solitaire, assoiffé de contacts, privé de tout ce qui ressemblait de près ou de loin à de la chaleur familiale.

Elle a dressé ce portrait de moi lors de notre deuxième nuit ensemble, la fois où elle a donné des coups de poing contre la mince cloison de la chambre pendant que nous étions affairés au lit. Le locataire de la chambre voisine est venu frapper à la porte pour demander si nous étions en train de nous battre.

« Juste dans ma tête », a hurlé Siobhan à travers la porte fermée en riant comme une folle, et elle a attrapé la bouteille de mauvais vin que nous avions achetée pour le dîner. Fidèle à moi-même, je l'avais soigneusement rebouchée avant d'aller nous coucher. J'ai donc regardé mon Irlandaise démente arracher le bouchon avec ses dents et remplir deux petits verres, puis hisser un pied sur le lavabo pour uriner.

« Pas envie de me rhabiller pour aller pisser, a-t-elle dit (car les toilettes, communes à l'étage, se trouvaient dans le couloir). Ça te dérange pas, j'espère ?

— Pas du tout. »

Je nous ai allumé deux cigarettes en songeant à la délicieuse absurdité de cette scène. Siobhan n'a rien arrangé lorsqu'elle est revenue s'allonger à côté de moi sur le large matelas déformé.

« Maintenant, a-t-elle dit en entrechoquant son verre avec le mien, donne-moi ton avis d'Américain sur les éléments comparatifs de la concurrence déloyale et des droits des marques. »

Elle m'a mitraillé de questions en tirant sur sa Lucky Strike. Elle avait un esprit analytique acéré et adorait ce qu'elle appelait « les dialectiques du droit », dont elle observait les préceptes les plus fastidieux avec la même passion que ces mathématiciens qui voient de la poésie dans l'algèbre. Elle pouvait parler d'une même affaire pendant des heures. Elle était aussi parfaitement consciente, malgré toute sa confiance en elle, de n'être qu'une « péquenaude » venue de « l'Ouest sauvage », c'est-à-dire sa province natale de Galway, et elle semblait décidée à laisser son empreinte dans le monde légal irlandais.

« Je sais que tu en aimes une autre », m'a-t-elle confié le troisième soir.

Nous étions dans un petit restaurant italien du nord de la ville, attablés devant des assiettes d'antipasti et une bouteille de vin de la maison, déjà vide, qui attendait d'être remplacée par une nouvelle.

« Pardon ? ai-je lâché, pris de court par sa remarque.

— Non mais tu t'entends ? Ce ton défensif…

— Il n'y a personne dans ma vie.

— Bien sûr que si, merde – et je ne te reproche rien, au cas où tu n'aurais pas remarqué.

— Je ne t'ai posé aucune question sur ta vie à Dublin.

— Ça ne m'a pas échappé, et je dois dire que c'est délicat de ta part. Si tu veux savoir, il y a un mec là-bas qui a décidé de m'épouser. »

Il s'appelait Kevin. « Futé, sympa, raisonnable », pour reprendre ses termes, et qui considérait qu'elle était la meilleure chose qui lui soit jamais arrivée. Cela lui plaisait mais elle savait déjà qu'elle ne l'épouserait pas. Elle voyait l'ennui se profiler et, au fond, elle avait envie de passer quelque temps avec un type extraordinaire – et ce n'était pas moi, a-t-elle pris soin de préciser. Non que je sois aussi assommant que Kevin, mais j'étais discret. Et il y avait cette tristesse qu'elle avait perçue en moi et le fait que j'en aime une autre. Pour elle, notre histoire n'était pas vouée à durer plus d'une semaine ; d'ailleurs, même si elle le voulait, elle ne le pourrait pas, parce qu'elle devait rentrer à Dublin pour commencer son job chez Hickey Beauchamp Kirwan and O'Reilly.

« Sans doute que dans deux ans j'achèterai une maison, a-t-elle poursuivi. C'est ce qu'il faut, après tout. Sans doute que je rencontrerai un avocat avec un peu plus de classe que ce pauvre Kevin, que j'aurai droit à un beau mariage et que je me retrouverai rapidement en cloque. Et qu'ensuite j'aurai une tripotée de gamins – parce que c'est ce qu'on attend de moi, et c'est aussi un peu ce que je veux. Mais d'un autre côté, ce que j'aimerais, c'est envoyer un télégramme à Hickey Beauchamp Kirwan and O'Reilly pour leur dire de se fourrer leur poste là où je pense, avant de me barrer quelque part en Australie pendant trois ans, de devenir serveuse dans un bar sur la plage et de coucher avec des surfeurs en me disant : C'est ça, la liberté. Pour être honnête, je sais bien que quand je me réveillerai pour la cinquième fois à côté d'un débile appelé Bruce, je me demanderai ce que je fous là au lieu de me tracer une carrière à Dublin. Bref, je suppose que c'est toujours la même question : pourquoi est-ce qu'on veut toujours ce qu'on n'a pas ? Et pourquoi, dès qu'on obtient ce qu'on voulait, on se rend compte que ça ne valait pas du tout le coup de courir après pendant tout ce temps ? Ce ne sont que des mots, c'est vrai – mais plutôt que de pourchasser une liberté fugace par nature, je préfère me tourner vers quelque chose de plus permanent, de plus solide, même si je sais déjà ce que je penserai dans dix ans : Encore six minutes de sexe barbant avec mon mari ventru, encore une matinée à courir entre toutes les écoles du quartier, alors que, putain, je pourrais être à Paris… Mais qu'est-ce que j'irais foutre à Paris, de toute façon ?

— Tu pourrais apprendre la langue.

— Comme toi, tu veux dire ?

— Je ne parle pas français.

— Mais tu m'as raconté que tu as vécu plusieurs mois à Paris cette année, et je sais que la femme qui possède ton cœur est une Française. »

Je n'ai pas répondu. C'était un aveu en soi.

« Alors, a-t-elle repris, tu m'en dis un peu plus sur elle ? Je t'ai bien parlé de Kevin.

— Il n'y a rien à dire, à part que c'est fini.

— Te fous pas de moi. Tu t'accroches à l'espoir de retrouver ta bien-aimée, même si tu essaies de te convaincre que c'est de l'histoire ancienne. »

J'ai senti mon visage virer au cramoisi.

« Je suis un livre ouvert, c'est ça ?

— Il n'y a rien de mieux que l'instinct, chéri. À l'instant où je t'ai vu, j'ai su : aucune tendresse à la maison, un cœur brisé à l'étranger, très déterminé, très ambitieux et très attentif à ne montrer ses points faibles à personne – surtout pas à la fille qui partage son lit et qui, si tu veux savoir, est bien contente d'être là. »

J'ai détourné la tête comme si elle venait de me gifler. Je n'étais même pas en colère, ni offensé ; mais tout ce qu'elle venait de dire était bien trop vrai.

« Tu sais ce qui me fait peur ? ai-je fini par lâcher.

— Dis-moi, mon grand.

— J'ai peur de faire les mêmes compromis que ceux auxquels tu t'es résignée. »

Elle m'a embrassé longuement.

« Alors on est deux. »

On nous a apporté une deuxième bouteille, et Siobhan m'a expliqué le programme de la soirée.

« On se bourre la gueule, on rentre à l'hôtel et on baise comme des bêtes. On n'a que jusqu'à lundi prochain, et ensuite je devrai reprendre l'avion vers Dublin et mon destin ronflant. Enfin, de toute façon, ça ne pourrait pas durer, entre nous, même si je ne rentrais pas.

— Qu'est-ce qui te fait dire ça ?

— J'ai besoin d'un mec qui se laisse dominer. Et tu n'es peut-être pas un pur macho (tant mieux, d'ailleurs), mais tu sais garder tes distances. Tu as beau être seul, ça ne te dérange pas plus que ça. Je vois bien que tu cherches à tout prix à te lier aux autres, mais tu es aussi quelqu'un d'indépendant. De farouchement indépendant. Et tu ne t'en rends même pas encore complètement compte. Tu crois toujours que ton enfance solitaire sera effacée d'un coup de baguette magique par l'amour d'une femme. Laisse-moi te dire une chose : même quand tu auras trouvé ce que tu penseras être l'amour, tu te prendras à rêver d'une autre réalité. Tu ne poseras jamais tes valises. Ta solitude te hantera pour toujours, parce qu'elle fait partie de toi. C'est elle qui te définit. »

Après ce discours, elle s'est affalée sur sa chaise et a rempli nos verres à ras bord. Puis elle s'est penchée pour me saisir l'entrejambe sous la table tout en me gratifiant d'un baiser langoureux.

« Ne fais pas semblant : tu es flatté par mon analyse de ton malaise. Je te rends beaucoup plus intéressant que tu ne le pensais.

— Je ne me suis jamais trouvé intéressant.

— Tu vois bien. *In vino veritas*. Mais je sais que, si tu le désires, tu pourras éviter tous les pièges dans lesquels je m'apprête à tomber. »

J'ai allumé une cigarette. Le vin était astringent et succulent.

« Je garderai ça à l'esprit, ai-je dit.

— Tu ne m'as toujours pas parlé de ta Française.

— Il n'y a rien à dire.

— Il y a tout à dire, au contraire. Mais c'est bien ton style : le type secret et taciturne. Et je trouve ça étrangement sexy. Enfin, pour être franche, entre moi et les hommes, tout est toujours étrange. »

Le week-end est arrivé. Pour Siobhan, l'heure du départ approchait, si bien qu'elle m'a demandé de ne pas consacrer une seule seconde à mes études jusqu'à ce qu'elle soit à bord de son avion, le lundi soir. Cela revenait à sécher une journée de cours, mais j'ai décidé que je pouvais me le permettre. Nous avons fait l'amour comme des fous : sa violence au lit avait décidément quelque chose d'aussi sensuel qu'agressif. Elle m'encourageait à lui rendre la pareille, à la griffer, à la gifler, à la pénétrer en des endroits que j'avais toujours crus inaccessibles – et elle s'est moquée de moi lorsque je lui ai dit que j'avais mes limites, et que je ne me sentais attiré ni par la sodomie ni par le sadomasochisme.

« Tu es un grand timide, toi, hein ?

— C'est mon éducation baptiste.

— Je suis une catholique irlandaise, je te rappelle. Et ça ne me dérange pas du tout que mon amant me file des claques ou me prenne par le cul.

— J'adore ton petit côté romantique.

— Facile à dire, pour un gars du Midwest qui refuse de se salir les mains… ou autre chose. Je veux dire, si tu n'essaies pas, comment tu peux savoir que tu n'aimes pas ça ?

— Ça ne me fait pas envie, c'est tout.

— Juste parce que c'est un péché, à en croire l'un ou l'autre vieux connard de catéchiste qui a pris ton imagination en otage pendant dix longues années. Avec le résultat qu'on sait…

— Je ne t'ai pas entendue te plaindre de mes performances.

— Et ce n'est pas grâce au vieux croûton baptiste qui t'a dit de ne jamais la mettre dans…

— Crois-le ou non, le révérend Childs ne nous a jamais fait de sermon là-dessus.

— Mais je parie qu'il portait un costume à rayures bleu clair et un nœud papillon.

— Tu es extra-lucide, ou quoi ?

— Soit ça, soit j'invente au fur et à mesure… Et il se trouve que, de temps en temps, je tape dans le mille. »

Le lendemain matin, quand je me suis levé pour aller aux toilettes, Siobhan m'a lancé :

« Je crois que je t'ai marqué à vie ! »

Cela faisait quelques jours que j'évitais de regarder mon dos dans le miroir de la salle de bains, car j'anticipais avec horreur le paysage de griffures à vif laissées par les ongles acérés de Siobhan. Lorsque je lui avais avoué, lors de nos premiers ébats, que la manière dont elle me lacérait le dos était relativement douloureuse, elle avait simplement redoublé d'agressivité, et je n'avais pas osé me plaindre de nouveau. Mais les sévices infligés à mon corps avaient continué, et notre férocité au lit avait permis à Siobhan de me griffer, de me mordre et de me tirer les cheveux avec un abandon grandissant. J'en étais venu à accepter la face violente de cette future juge de la Cour suprême irlandaise, une femme que je recroiserais vingt-sept ans plus tard à Berne, lors d'une conférence internationale sur le droit. C'est elle qui est venue m'aborder et se présenter, car elle avait pris quinze kilos et portait un tailleur gris d'une sévérité que je ne lui avais jamais vue. Nous nous sommes fait la bise, et j'ai appris qu'elle était juge et mère de quatre enfants – dont l'aîné venait d'avoir vingt-quatre ans. Son mari, Conor, qui l'accompagnait, était un promoteur immobilier prospère, un homme chauve et trapu qui a perdu tout intérêt envers ma personne lorsqu'il a découvert que je me fichais éperdument du golf. Je n'ai pas eu l'occasion de beaucoup parler à Siobhan ce soir-là, car nous étions assis à des tables différentes ; mais, à la fin des interminables discours, elle s'est approchée de moi, un verre à la main, les joues rosies par l'alcool, et m'a tendu une carte de visite.

« Si tu passes par Dublin un jour…, a-t-elle dit en la glissant dans la poche de ma veste.

— On ne sait jamais. Tu as bonne mine, Siobhan.

— Arrête. Je suis devenue une bonne femme potelée, exactement comme je te l'avais annoncé.

— Pas du tout, je t'assure.

— Mais si, c'est vrai, et depuis un bail, a-t-elle rétorqué en soulignant d'un geste la courbure prononcée de ses hanches. Pas comme toi : tu t'es bien entretenu, on dirait. À un détail près : cette tristesse dans tes yeux. Qu'est-ce qui t'est arrivé ? »

J'ai fui son regard. Un haussement d'épaules.

« La vie. Ce n'est jamais simple, pas vrai ?

— Raison de plus pour repenser à ce qu'on a eu, ce qu'on a partagé, il y a toutes ces années… C'est bête, mais d'une certaine manière c'était un peu magique, non ?

— Oui.

— Tu as toujours les cicatrices ?

— Elles ont guéri.

— Et les cicatrices psychologiques ?

— Je n'ai gardé que de bons souvenirs.

— Menteur.

— C'est la pure vérité. Tes souvenirs à toi sont si horribles que ça ?

— Au contraire. C'est la dernière fois que je me suis sentie libre… Ou, du moins, que je me suis accordé l'illusion de la liberté. »

L'illusion de la liberté.

Ce matin de la fin de l'année 1977, en enfilant ma chemise dans cette chambre miteuse de Boston, je savais que mon dos faisait peine à voir. C'est pourquoi j'ai choisi de ne pas le regarder. Pendant nos ultimes journées ensemble, elle ficherait certainement ses ongles encore plus profondément dans ma chair, consciente que le terme de notre histoire approchait à grands pas, que nous ne tarderions pas à suivre chacun notre chemin, et que tout ce sexe partagé, ces réveils côte à côte, ces moments passés ensemble, toutes ces preuves d'une relation de couple illusoire disparaîtraient sitôt qu'elle poserait le pied dans l'avion en direction de Dublin et de son destin tout tracé.

Le lundi matin, elle m'a réveillé à neuf heures, la bouche sur mon sexe. Elle m'a enfourché, puis chevauché avec une intense lenteur. Ce jour-là, ni violence ni rage. Une douceur élégiaque dans ses mouvements, comme un adieu inexprimé. J'ai laissé mes doigts caresser cette région sensible de sa toison. Ses gémissements de plus en plus prononcés ; cette sensation, mesurée mais insistante, annonciatrice d'une explosion des sens. Mes mains crispées sur ses cuisses tandis qu'elle s'empalait profondément sur moi, le corps parcouru de frissons et de soubresauts. C'était une première : ses ongles ne m'avaient pas effleuré. Autre première : nous avions joui au même instant. Elle s'est laissée tomber sur le côté, tremblante d'épuisement et de volupté. J'ai refermé mes bras autour d'elle. Elle a sangloté un moment, le visage contre ma poitrine. Puis elle a relevé les yeux vers moi, parcourant mon visage du bout des doigts.

« J'ai goûté un semblant de bonheur avec toi. Ça ne m'arrive pas souvent. »

Plus tard dans l'après-midi, j'ai proposé de l'accompagner jusqu'à l'aéroport.

« Non, non. On se sépare ici », a-t-elle décrété en me tirant dans le hall de l'hôtel, où elle avait laissé sa valise au moment de quitter la chambre à midi. Le portier a sorti la valise sur le trottoir et hélé un taxi. J'ai embrassé Siobhan, longuement. Puis elle s'est dégagée de mon étreinte.

« Allez, j'y retourne – de l'inconnu au complètement prévisible.

— Passe une vie intéressante, ai-je dit. On se doit au moins ça.

— Oh, la ferme. »

Elle m'a planté un dernier baiser sur les lèvres. Tandis que le taxi s'éloignait, je lui ai adressé un signe de la main. Mais elle ne l'a pas remarqué. Elle était déjà ailleurs.

Environ une semaine après que Siobhan est sortie de ma vie, j'ai reçu une lettre de mon père annonçant que Dorothy et lui avaient décidé de passer Noël en compagnie d'une amie d'enfance à elle, à Palm Springs. Il ne me proposait pas de les rejoindre pour ces célébrations en plein désert, mais m'informait que la maison dans l'Indiana était libre « s'il me venait l'envie de rentrer ». En lisant cette phrase, je me suis pris à penser : Ai-je vraiment quelque part où rentrer ? Puis je me suis renseigné auprès du concierge de ma résidence : ma chambre était libre pendant les vacances, et je pourrais me servir de la cuisine commune située au bout du couloir. J'ai donc souhaité à mon père et à Dorothy d'excellentes fêtes de Noël, en précisant que je resterais à Cambridge. La réponse a consisté en un chèque de deux cents dollars et un petit mot avec le numéro auquel je pourrais les joindre.

J'espère que tu pourras t'offrir quelque chose qui te plaît. Appelle-nous le matin de Noël (à l'heure de chez nous).

Bises, Papa

Dans ma lettre suivante, je lui ai annoncé que je venais de trouver un travail pour m'occuper pendant les vacances, et je l'ai remercié pour son cadeau généreux. Puis j'ai écrit que je l'aimais. Ce qui était vrai. J'avais juste accepté le fait que, malgré ses sentiments paternels évidents à mon égard, il était tout simplement incapable de me laisser approcher trop près.

Mon professeur de droit constitutionnel, en apprenant par hasard que je restais seul pendant les vacances de Noël, m'avait trouvé un projet de recherche rémunéré dans un cabinet cossu de Boston. Huit cents dollars pour comparer les six manières dont une grande entreprise pharmaceutique pouvait éviter un procès dû à un traitement contre le diabète qui avait, disait-on, provoqué des accidents ischémiques cérébraux chez huit patients de Nouvelle-Angleterre.

« Prêt à te salir les mains dans la fange des multinationales ? » a demandé l'un des avocats du cabinet lorsque je suis entré dans son bureau.

Au Nouvel An, j'avais déjà trouvé une clause de sortie pour le géant pharmaceutique : une pirouette légale qui lui permettrait d'économiser des millions de dédommagement à verser aux patients en colère. L'avocat était impressionné, tout comme la filiale suisse du client, au point que le siège situé à Zurich m'a offert une prime de remerciement : mille dollars supplémentaires. Je les ai acceptés même si, lorsque l'avocat principal et moi-même avons été célébrer cette réussite à coups de Martini Beefeater, j'ai eu du mal à cacher ma profonde ambivalence à l'idée d'être si bien payé (mille huit cents dollars représentaient une fortune en 1977) pour laver le linge sale d'une grande entreprise. Il s'appelait Prescott et était marié à une certaine Missy, avec qui il avait deux petites filles, Clarissa et Emeline. La famille vivait dans une grande maison coloniale de Brookline. Mis en veine de confidences par son deuxième alliage de gin et de vermouth, Prescott m'a raconté qu'il avait été marié à vingt-cinq ans, père à vingt-sept, associé à la direction du cabinet à vingt-neuf, et père de nouveau à trente et un.

« Les intervalles de deux ans, ça me réussit, a-t-il ironisé en allumant une Tareyton. C'est pour ça que je ne fume que deux clopes par jour, en général avec un petit tonifiant, avant de rentrer à la maison reprendre ma vie tant admirée. »

Admirée par qui ? voulais-je demander – mais je n'en ai pas eu le courage.

« Je suppose que tu vas t'atteler à tout ça bientôt », a-t-il ajouté.

Plus tard, il a écrasé sa cigarette pour en allumer immédiatement une troisième.

« Hélas, Missy va renifler mon haleine dès que je passerai la porte, et comprendre que j'ai dépassé mon quota de verres et de tabac. Un de chaque en trop. »

C'est Missy qui décidait de ce qu'il fumait et de ce qu'il buvait ? Il avait pourtant précisé que c'était sa femme, non sa mère.

Impressionnant, combien nos pensées peuvent virer à l'aigre depuis le fond d'un grand verre à cocktail.

« Mais tu n'as pas répondu à ma question, a fait remarquer Prescott d'une voix de plus en plus pâteuse.

— Tu m'as posé une question ?

— Ce n'était peut-être qu'une allusion à ton destin inévitable.

— Mon destin te semble si évident ?

— Seulement si tu le laisses se faire tout seul. »

Comme toi ?

J'ai gardé la question pour moi.

« Je vais te dire la vérité, a-t-il repris. Tu as manifestement un talent d'analyste pour le droit contractuel. Et pour déterrer les défauts dans le discours litigieux de l'opposition. Grâce à tout ça, tu as pas mal impressionné un groupe de cadres pharmaceutiques élégants et dénués de toute morale… Et tu nous as bien redoré le blason, par la même occasion. J'ai fait Harvard, moi aussi, alors je suis bien placé pour savoir que tu n'as pas le temps de faire des extras pendant les périodes de cours. Mais qu'est-ce que tu dirais d'un job d'été très bien payé ?

— C'est tentant », ai-je répondu.

Mais je voulais passer l'essentiel de l'été à Paris… À condition qu'Isabelle, nouvellement mère, veuille encore de moi.

« Mais avant que je te propose ce job, a repris Prescott en agitant son troisième Martini, réponds à cette putain de question. »

J'ai souri, conscient que cela jouerait en ma faveur.

« "Je suppose que tu vas t'atteler à tout ça bientôt" ? Cette question-là ?

— Exactement.

— Chacun construit sa propre prison, ai-je dit. Je n'ai pas encore décidé à quoi ressemblera la mienne. »

J'avais terriblement envie de raconter cet échange à Isabelle, d'évoquer cette question : étais-je en train de m'enfermer dans une carrière toute tracée dont je ne voulais pas ? Les subtilités du droit, ses nuances d'une rigueur scientifique et ses pyramides d'interprétations imbriquées me faisaient pétiller les neurones. Le droit est infiniment moins empirique qu'on ne le pense : manipuler les faits afin de faire basculer le jugement en sa faveur revient en quelque sorte à bâtir la trame d'un roman – bien que je n'aie, personnellement, pas la moindre ambition littéraire, ni la plus petite idée du fonctionnement effectif d'un projet de création aussi dense. Je voulais aussi demander à Isabelle comment se passait sa grossesse, et lui dire que je pensais toujours à elle.

Mais j'ai rejeté cette idée. C'était terminé entre nous. Sa dernière lettre n'avait pas d'autre but. Fais ton deuil. Et je me suis interdit de réfléchir à une pensée qui m'était venue tant de fois pendant ma folle semaine en compagnie de Siobhan. Toute cette frénésie charnelle ne faisait que souligner à quel point Isabelle me manquait – à quel point le sexe, avec elle, n'en était pas. C'était de l'amour. Même si elle avait banni ce mot de notre histoire.

J'ai envisagé de lui envoyer une simple carte de Noël. Finalement, j'ai jugé préférable de respecter son vœu de silence épistolaire.

Les cours ont repris quelques jours après le Nouvel An, renfermant mon existence dans la même routine monastique. Les mois ont passé tandis que je me consacrais corps et âme à mes études ; au début du mois d'avril, l'hiver a laissé place à des signes annonciateurs de printemps. Et puis, quelques jours plus tard, le mercure a plongé de nouveau, et un blizzard s'est abattu sans prévenir sur Boston et ses environs pendant trente-six heures. Près d'un mètre de neige a recouvert la ville, comme une volonté céleste de gommer toute vision périphérique. Les possibilités de sortie étaient limitées, voire inexistantes. Les cours ont été annulés, les transports publics, arrêtés et les automobilistes se sont vu interdire de prendre la route jusqu'à la fin de ce Niagara blanc.

Le deuxième jour, la réclusion dans ma petite chambre est devenue intenable. J'ai enfilé mes meilleures bottes, mon pull le plus chaud, ma parka, mon écharpe et mes gants, et je suis sorti braver le monde extérieur. J'étais le seul inconscient à oser mettre le nez dehors par un temps pareil, mais j'ai tout de même fini par atteindre l'université, apportant dans le hall une cascade de neige qui, confrontée au chauffage excessif, a aussitôt entrepris de fondre. Un distributeur proposait du café anémique, du chocolat chaud ou du thé absolument pitoyable, pour vingt-cinq cents. J'ai opté pour le chocolat. Tandis que la machine régurgitait un liquide brun clair dans un gobelet de plastique, j'ai décidé d'ouvrir ma boîte aux lettres, certain de la trouver vide.

Ce n'était pas le cas.

Une lettre m'attendait. Timbre français, cachet du VIe arrondissement de Paris et la gracieuse calligraphie à l'encre noire que je connaissais si bien. Mon cœur a bondi dans ma poitrine. Ma tendance naturelle au pessimisme me faisait craindre le pire. J'ai déchiré l'enveloppe et parcouru la lettre des yeux à la recherche de deux indicateurs cruciaux : la formule d'appel et la conclusion. La première était en anglais :

« Très cher Samuel ».

Et la fin en français :

« *Je t'embrasse très fort.* »

Prometteur.

Entre les deux était écrit ceci :

Toutes mes excuses pour le temps que j'ai mis à t'écrire. Ma fille, Émilie Irène de Monsambert, est née le septième jour du mois de mars 1978. Son arrivée dans le monde n'a pas été des plus faciles. Le travail a duré douze heures, et nous avons eu très peur lorsque le cordon ombilical s'est enroulé autour de son cou. Dans la panique médicale qui a suivi, on m'a imposé une césarienne d'urgence avec anesthésie immédiate. J'ai hurlé et je me suis débattue, parce que je voulais être présente et consciente lors de l'arrivée de ma fille. Mais, comme il était question de m'ouvrir l'abdomen, il a bien fallu me soustraire à la réalité pendant quelques heures. À mon réveil, je me suis remise à crier. Parce que le berceau près de mon lit était vide. J'ai craint le pire, et ma première pensée a été : Si on m'a encore arraché mon enfant, je ne pourrai pas continuer à vivre. Mais l'infirmière de garde m'a calmée. J'avais donné naissance à une fille, et elle avait été emmenée en soins intensifs pour des « examens de routine ». J'ai de nouveau imaginé le pire. Bien qu'incroyablement faible, j'ai insisté pour la voir. L'infirmière a refusé. J'ai encore protesté. Mon mari (qui, semble-t-il, avait passé la nuit sur une chaise à mon chevet et venait juste de sortir fumer une cigarette quand j'ai repris conscience) est revenu et a fait de son mieux pour m'apaiser. Il était allé voir aux soins intensifs et tout avait l'air de bien se passer.

Nous l'avons donc appelée Émilie, et elle est véritablement magnifique. Elle émet une aura de calme et de lumière. Bien sûr, je ne suis pas objective, parce que je ressens l'amour le plus profond et le plus inconditionnel qui soit pour ma fille si parfaite et si extraordinaire. Bien sûr, je crains toujours que n'apparaissent chez elle des séquelles dues à sa naissance difficile, même si les médecins m'ont assuré à plusieurs reprises que tout allait bien. Mais il en va ainsi des tragédies passées : elles projettent leur ombre sur tout le reste, et on ne peut s'empêcher de redouter un nouveau coup du destin... Par exemple, toutes les complications qui ont accompagné Émilie au moment de sa venue au monde. C'est peut-être là un autre effet secondaire de la tragédie : elle nous convainc que le vernis de la vie n'est pas seulement fragile (une vérité presque empirique, en l'occurrence), mais qu'il est prêt à céder sous nos pas et à nous engloutir à tout moment.

Mais je suis, par nature, une pessimiste romantique, et je crois dur comme fer que le bonheur (si on le rencontre) a quelque chose d'affreusement éphémère. En me relisant, je te prie de me pardonner pour mon air préoccupé. Émilie a certes une aura apaisante, mais elle souffre de coliques, et il y a une semaine que je n'ai pas pu dormir plus de deux heures de suite. Charles a d'ailleurs pris l'habitude de dormir dans la chambre d'amis, avec ma bénédiction.

Telles sont les nouvelles de Paris. Il ne me reste qu'une chose à dire :

Je pense à toi. Tendrement, passionnément.

Mon chocolat chaud était froid quand je me suis enfin rappelé qu'il m'attendait dans le distributeur. J'avais relu la lettre d'Isabelle trois fois. J'ai pris une gorgée de cacao noyé d'eau, j'ai résisté un moment à la tentation, puis je suis ressorti dans l'après-midi arctique. Près de l'école, sur Brattle Street, se trouvait un café qui servait du *chocolat chaud* enrichi d'une dose de brandy : parfait pour chasser la froidure du blizzard – et auréolé d'une certaine *nostalgie française*. Installé dans un coin, sur une banquette, j'ai siroté mon chocolat alcoolisé tout en relisant la lettre encore quatre fois, mais avec l'œil acéré du juriste, déterminé à lui arracher tous ses non-dits et ses secrets. Je voyais partout des signes du détachement apparent de Charles : le fait qu'il soit sorti fumer au moment où Isabelle se réveillait de l'anesthésie, sa décision de dormir seul… Étaient-ce des symptômes de problèmes de couple plus profonds ? Ou prenais-je simplement mes désirs pour des réalités ? Peut-être que, dans tout juste cinq semaines et quatre jours, lorsque je me présenterais sur le pas de sa porte, Isabelle me dirait : « Mon mariage est *mort*, que penses-tu d'élever cette merveilleuse enfant comme ta propre fille ?… »

Mais fini de rêver.

J'ai répondu à Isabelle, un brouillon griffonné sur une page arrachée à mon cahier de délits. J'ai écrit que j'étais heureux pour elle, qu'Émilie semblait extraordinaire et que j'étais certain que les médecins étaient dignes de confiance s'ils affirmaient que les complications de la naissance n'avaient laissé aucune séquelle…

Sans même terminer la phrase, j'ai froissé la feuille et recommencé du début. Conseiller à Isabelle de ne pas se faire de souci pour sa fille serait interprété comme une immense preuve d'insensibilité, aucun doute là-dessus. Je devais laisser de côté les platitudes rassurantes à l'américaine – cet optimisme coûte que coûte qui nous caractérise si bien. Mieux valait compatir à ses craintes et lui dire que je comprenais tout à fait son inquiétude concernant la santé d'Émilie, et lui souhaiter bonne chance pour les nuits blanches et les angoisses inhérentes à l'arrivée d'un nouveau-né.

Depuis le bureau Western Union de Harvard Square, j'ai rédigé un télégramme de félicitations, ajoutant que j'avais un peu de liberté après mes examens (et avant le début du stage que j'espérais décrocher) et que je pourrais venir une semaine à Paris à partir du 16 mai, si elle était d'accord.

Une semaine a passé. Puis, un télégramme.

Rendez-vous au 9, rue Bernard-Palissy le 17 mai à 17 heures. Le code n'a pas changé. Je t'embrasse fort. Isabelle

Paris.

J'étais de retour à Paris.

Et Paris me rendait heureux.

Omar était de garde à la réception lorsque je suis sorti du métro Jussieu. Il s'est levé pour me donner l'accolade et me faire la bise.

« Monsieur Sam et son éternelle vareuse !

— Comment va la vie ? ai-je demandé.

— Ah, vous savez, c'est toujours la même chose. Mais il y a parfois quelques changements. Cette fois-ci, je vous ai donné une meilleure chambre. »

La chambre ressemblait trait pour trait au taudis chaleureux dans lequel j'avais connu le bonheur de l'insouciance un an plus tôt, à ceci près qu'elle se trouvait au sixième et dernier étage, et donnait non sur une impasse, mais sur les toits du Ve arrondissement. Il y avait même un petit balcon. Défaire ma valise m'a pris à peine cinq minutes, après quoi je suis monté sur mon petit carré de ciment encadré d'une balustrade écaillée. Je voyais non loin la verdure dense du Jardin des plantes, les cafés et les cinémas baignés dans le soleil couchant, les lampadaires qui commençaient à s'allumer. J'ai donné vingt francs de pourboire à Omar et je lui ai demandé s'il pouvait m'apporter une tisane pour m'aider à m'endormir. Puis je lui ai emprunté une cigarette – saisi d'une brusque envie de nicotine, après des mois d'abstinence. À l'époque, on pouvait fumer dans les amphithéâtres, et même au premier étage de la bibliothèque du campus, sans parler de la résidence où je couchais le soir. Mais j'avais joué les enfants sages et banni les cigarettes de ma vie d'étudiant. À présent, de retour à Paris, je m'étais pris à rêver d'une cigarette. Omar m'a offert l'une de ses Camel filtre et m'a prêté son briquet. Je suis sorti sur le balcon et j'ai aspiré plusieurs bouffées profondes. L'ivresse des premières secondes a vite cédé la place au calme que seule sait prodiguer la nicotine. Le baume du danger. Paris et les cigarettes. Isabelle et les cigarettes. Comme je la voulais, à cet instant !

Les mêmes toilettes à la turque déplaisantes, la même douche minuscule. Le lendemain, j'ai pris le petit déjeuner dans mon café habituel. Le propriétaire m'a adressé un signe de tête en me voyant entrer. Il n'a même pas cherché à savoir où j'étais parti tout ce temps. C'était comme si je m'étais simplement absenté pour le week-end. Je me suis installé au comptoir et, sans un mot, il m'a apporté *un citron pressé, un croissant, un grand crème*. J'ai mangé, bu et parcouru tant bien que mal un journal en français vieux de deux jours en faisant de mon mieux pour étouffer mon malaise. L'attente – surtout lorsqu'elle dure depuis des mois et des mois – est un labyrinthe sans issue, un dédale de tunnels. Je ne pouvais rien faire d'autre que me présenter à l'heure dite pour constater ce que le temps avait daigné nous laisser, à Isabelle et à moi.

C'était l'un de ces jours insidieux où une pluie fine et glacée refuse de lever le camp, où la grisaille parisienne n'épargne rien ni personne, et où l'on se surprend à oublier ce que cela fait d'être sec. J'avais repéré une séance de cinéma, rue des Écoles, et j'y ai trouvé refuge jusqu'à seize heures trente, heure à laquelle Emil Jannings n'était plus qu'un homme brisé – universitaire ruiné par son amour pour l'inaccessible Marlene Dietrich et perdu dans le Berlin des années 1920. Dehors, la pluie avait enfin cessé. J'ai suivi une enfilade de petites rues jusqu'au Théâtre de l'Odéon, puis obliqué sur la rue de Rennes et sur l'étroit passage qu'était la rue Bernard-Palissy.

Il y avait de nouveaux livres dans les vitrines des Éditions de Minuit. Mêmes couvertures uniformes, mêmes photographies d'auteurs à l'expression sévère, au message limpide : la littérature publiée ici n'est pas pour tout le monde. Je me suis dirigé droit vers l'escalier C. Son nom sur la troisième sonnette en partant du haut. J'ai appuyé. Silence. J'ai attendu au moins trente secondes et appuyé de nouveau. Silence. Oh merde. J'avais besoin d'une cigarette pour me calmer les nerfs. Mais j'ai choisi de presser le bouton encore une fois, pendant dix bonnes secondes. Rien. J'ai allumé ma cigarette. Je me suis dit : Alors c'est comme ça que ça se termine. Planté là, dans une cour d'immeuble. À tous les coups, une urgence de quelque sorte que ce soit l'avait empêchée de se libérer pour notre rendez-vous. Ou bien elle s'était rendu compte que notre arrangement – si limité qu'il puisse être dans le temps – n'était pas compatible avec sa nouvelle existence de mère.

La porte s'est déverrouillée avec le déclic familier. J'ai sursauté : la voie était libre. Laissant tomber ma cigarette, j'ai saisi la poignée et ouvert juste avant qu'il ne soit trop tard.

« Bonjour… »

Sa voix au sommet de l'escalier. Abandonnant toute prudence, j'ai monté quatre à quatre les marches dont je me rappelais chaque tournant, chaque détail. Je suis parvenu au dernier étage, mes bras ouverts prêts à enserrer Isabelle – mais son apparence m'a fait un choc. Elle se tenait dans l'encadrement de la porte, comme toujours, une cigarette à la main, comme toujours, un sourire triste sur le visage, comme toujours, et l'air de quelqu'un qui n'a pas dormi depuis des semaines, voire des mois. Les yeux profondément cernés, le teint crayeux sous ses taches de rousseur, la mine abattue. Mais le plus frappant était sa maigreur. Isabelle avait toujours été mince ; elle ressemblait maintenant à l'une de ces victimes de famine ou d'épidémie. Émaciée, spectrale, à bout de forces. Ma réaction ne lui a pas échappé. Néanmoins, j'ai refermé mes bras sur elle et je l'ai pressée contre moi.

« Pas trop fort, a-t-elle murmuré. Je pourrais tomber en morceaux. »

Relâchant mon étreinte, je l'ai saisie délicatement par les épaules. Je l'ai embrassée – ses lèvres sont demeurées closes. J'ai fait un pas en arrière pour l'observer avec attention.

« Qu'est-ce qui s'est passé ?

— Entre. »

J'ai obtempéré, et l'état du studio m'a laissé sans voix. Son bureau, d'habitude si bien rangé, était à peine visible sous les papiers froissés et les cendriers pleins, les vieilles tasses d'expresso, trois bouteilles de vin à demi vides… Les pages de manuscrits s'étalaient jusqu'au sol, l'évier minuscule débordait de vaisselle sale, le lit n'était pas fait et les draps ne semblaient pas avoir été changés depuis des semaines. L'appartement, autrefois impeccable, montrait tous les symptômes d'une négligence ménagère complète – reflet indéniable du désordre intérieur de sa propriétaire.

Isabelle ne m'a pas quitté des yeux tandis que je faisais ces constatations. Elle m'a pris la main, et je l'ai laissée mêler ses doigts aux miens.

« Si tu veux partir en courant, je comprendrai. »

J'ai voulu l'attirer contre moi de nouveau, mais elle s'est dérobée, le corps entièrement tendu, comme si la simple idée de me toucher lui était insupportable. Elle est allée s'asseoir sur le canapé, a écrasé sa cigarette dans un verre à whisky qui contenait déjà une quinzaine de mégots, puis s'en est allumé une autre. Ses mains tremblaient légèrement. J'ai fini par briser le silence.

« Et donc… »

Elle a fermé les yeux avec un faible sourire accompagné d'un sanglot.

« Je voulais t'envoyer un télégramme la semaine dernière.

— Pour me dire quoi ?

— De ne pas venir. Que c'était trop difficile pour moi en ce moment.

— Parle-moi…

— Mon médecin appelle ça le "baby blues". Quelque chose qui arrive aux mauvaises mères qui ne méritent pas d'avoir un enfant, et qui en ont un. »

Le visage entre les mains, elle a été secouée de sanglots incontrôlables. Je suis immédiatement allé m'asseoir près d'elle. Cette fois, elle ne m'a pas repoussé lorsque je l'ai prise dans mes bras, mais elle s'est laissée aller, sa joue contre mon épaule. Elle a pleuré pendant cinq bonnes minutes – on aurait dit qu'elle portait ce chagrin en elle depuis très longtemps, sans jamais réussir à l'exprimer. Lorsqu'elle a fini par se calmer, elle s'est levée aussitôt pour s'enfermer dans la salle de bains.

J'étais désemparé. De toute évidence, quelque chose s'était rendu maître d'Isabelle, quelque chose qui échappait entièrement à son contrôle : elle était la proie de forces obscures et dangereuses.

Quelques minutes plus tard, elle a reparu, les yeux encore rouges, mais fraîchement maquillée, les cheveux brossés et noués en arrière. Je lui ai tendu la main.

« Je suis désolé que tu doives traverser tout ça. »

Elle n'a pas bougé.

« Et moi, je suis désolée que tu aies consacré tant de temps et d'argent à traverser l'Atlantique pour te retrouver face à ce *bordel*. Je suis devenue un désastre ambulant.

— Ne sois pas désolée.

— Si. Parce que j'ai terriblement envie de toi, mais l'idée qu'on me touche, toi ou n'importe quel autre homme…

— Je n'ai pas besoin de te toucher si c'est impossible pour toi.

— Mais tu en as envie, n'est-ce pas ? »

J'ai dû me retenir de sourire.

« Évidemment. Je meurs d'envie d'être contre toi. En toi. Mais si tu ne peux pas… »

Elle a enfoui son visage dans ses mains.

« Je suis une catastrophe.

— Ne dis pas ça. Tu n'y peux rien.

— Tu ne connais pas les détails. Les faits.

— Alors raconte-moi.

— C'est trop difficile…

— Je ne te jugerai pas.

— Tout le monde me juge. Tout le monde.

— Pourquoi ? »

Un long silence. Elle a aspiré deux profondes bouffées de sa cigarette.

« D'après mon médecin, quand on souffre du baby blues, on peut avoir des accès de folie. Faire des choses dont on se pensait incapable.

— Comme quoi ?

— Comme passer des jours et des jours sans dormir… Pas parce que ta fille merveilleuse te réveille sans cesse, mais parce que des voix étranges ont élu domicile dans ton esprit. Des voix qui murmurent à ton oreille le doute, la culpabilité et la tragédie, qui te suggèrent les pires choses que tu puisses imaginer. Et puis, quelque temps plus tard, tu te retrouves en train de fixer ta fille endormie : l'enfant dont tu as rêvé si longtemps, l'enfant qui pourra apaiser cette douleur monstrueuse que tu portes en toi. Et tu te surprends à penser : Peut-être que je ferais mieux de te tuer, et moi avec. Alors tu cours jusqu'à la cuisine, horrifiée par cette idée atroce, tu tombes à genoux, et tu te cognes la tête contre le carrelage, encore et encore, pour essayer de faire taire ces horribles voix.

— C'était quand ?

— Ça m'est arrivé plusieurs fois, le premier mois après la naissance d'Émilie. Mon mari m'a surprise en train d'essayer de me fracturer le crâne début avril, et il m'a emmenée à l'hôpital, aux urgences psychiatriques. Ma crise de folie ne s'apaisait pas, je hurlais pour qu'on me rende ma fille. Alors Charles les a autorisés à m'administrer des électrochocs. Je ne l'ai appris que quelques minutes avant d'être emmenée en salle d'opération pour ce "traitement"… J'ai crié, je les ai suppliés, mais les médecins affirmaient que c'était la meilleure solution à mon problème. Tu ne peux pas imaginer ce que c'est que d'être attachée à une table, avec un bâton de caoutchouc entre les dents pour ne pas te couper la langue, des électrodes fixées sur tes tempes, et… »

Elle m'a tourné le dos. J'aurais voulu la réconforter, mais elle se tenait roulée en boule à l'extrémité du canapé, délibérément hors de portée.

« Tu as subi ça combien de fois ? ai-je demandé avec douceur.

— Trois fois.

— Et… ?

— Ça m'a aidée, visiblement. Le traitement était étalé sur douze jours, j'étais suivie de près. Les médecins avaient l'air satisfaits de mes progrès. Ils m'ont prescrit des cachets pour m'aider à dormir et à contrôler mes sautes d'humeur. Charles avait déjà engagé une infirmière pour me surveiller lorsque je m'occuperais d'Émilie. Tu te rends compte ? Quelle humiliation… Désirer une fille de tout ton cœur et être obligée d'avoir quelqu'un pour la protéger de toi.

— Mais ce n'était manifestement pas toi…

— La famille de Charles n'est pas de ton avis. C'est ça, le problème avec l'ancienne noblesse : ils exigent un comportement exemplaire, en toutes circonstances. Et si tu oses perdre la tête… C'est la plus grande disgrâce qui soit. Ma belle-mère est venue me voir à l'hôpital, habillée tout en Chanel, et m'a regardée comme si j'étais une gamine des rues qu'on lui avait refilée de force. Et le ton qu'elle a employé ! "Mon pauvre fils m'a parlé de l'incident dans la cuisine. Quelle idée de vouloir s'assommer contre du marbre italien ! Je suis très déçue, Isabelle. Dieu sait qu'avoir un enfant n'est pas simple, ma chère, je sais que ce genre de chose dégénère un peu, parfois. Je sais ce que c'est que le baby blues. Mais vous avez dramatisé ça en opéra de Wagner, on aurait vraiment dit *Le Crépuscule des dieux*."

— Est-ce que Charles s'est mieux comporté que sa mère ?

— Ne sois pas si vache.

— Ce n'était pas mon intention.

— Bien sûr que si. Et je comprends pourquoi. Oui, Charles s'est montré correctif (je pense que c'est le bon terme) à l'égard de sa mère… Mais, pour être honnête, il est encore terrifié par cette vieille douairière. À tous les coups, elle n'arrête pas de lui dire : "Je t'avais prévenu de ne pas épouser quelqu'un qui n'est pas de notre milieu."

— Charles ne pense certainement pas ça.

— J'espère bien que non. Mais, au-delà de lui dire : "Enfin, maman, tu ne penses pas que tu exagères un peu ?", jamais il ne remettra cette vieille bique à sa place. Il aurait trop peur de l'offenser en défendant sincèrement sa femme face à ses commentaires blessants et insultants, et ça reviendrait à enfreindre je ne sais combien de règles de savoir-vivre… Les aristos français sont aussi extrêmes que la mafia en ce qui concerne la famille. *Pff*, écoute-moi parler, on dirait une ado en rogne.

— Tu n'as rien d'une ado.

— Mme de Monsambert et son clan tout entier te diraient le contraire.

— Eh bien, ils ont tort, et c'est une belle bande d'idiots. »

Elle m'a touché le visage.

« Tu es tellement américain.

— C'est un problème ?

— Au contraire. Ça me fait beaucoup de bien. Et tu es beaucoup trop gentil avec moi.

— Parce que tu es beaucoup trop dure avec toi-même. Et parce que tu viens indéniablement de vivre un enfer. »

Elle a terminé sa cigarette, et en a immédiatement allumé une autre sous mon regard inquiet. Je ne l'avais jamais vue fumer à une telle cadence : la dernière fois que nous étions ensemble, elle fumait peut-être deux cigarettes par heure, mais à présent, elle les enchaînait sans interruption. Elle a surpris mon expression et l'a interprétée comme un reproche.

« Quoi ? Tu ne vas pas commencer à jouer les maniaques de la santé en me citant des études sur les clopes et le cancer du poumon ?

— À quoi bon ? De toute évidence, tu es déjà au courant.

— *Touché.* »

Elle a joué avec son Zippo pendant quelques secondes.

« Sans toutes ces cigarettes, je crois que je me serais déjà jetée sous un métro. Mais j'ai pensé à Émilie. J'ai pensé à toi. »

J'ai absorbé ces paroles en faisant de mon mieux pour ne pas avoir l'air trop surpris – ni trop heureux. En vain.

« Toujours aussi transparent, Samuel.

— Je ne pensais pas…

— Quoi ? Que je pouvais avoir des "sentiments" pour toi ? Peut-être plus profonds que tu n'imagines. Et qui se sont même intensifiés pendant ta longue absence. »

Je voulais lui parler de mon immense solitude de ces derniers mois, de la souffrance silencieuse qu'était ma vie sans elle. Mais j'ai préféré prendre son visage entre mes mains.

« Tu es belle.

— Menteur. Je ne pèse plus rien, je ressemble à un squelette, à un fantôme. J'ai l'air hagarde et… »

Je l'ai embrassée. Doucement. Elle a résisté.

« Comment peux-tu vouloir de quelqu'un d'aussi affreux ?

— Je ne veux rien d'autre que toi. »

Je l'ai embrassée de nouveau. Des larmes coulaient sur ses joues.

« Je ne peux pas. »

Un autre baiser. Cette fois, elle n'a pas résisté, mais s'est mise à pleurer de plus belle.

« Je ne mérite pas tout ce que tu fais. Je ne te mérite pas…

— Tais-toi », ai-je murmuré en la prenant dans mes bras.

Je l'ai tenue contre moi pendant plusieurs minutes alors qu'elle se laissait aller à son chagrin. Son désespoir était effrayant à voir, ses pleurs si forts et si intenses que je craignais à tout moment l'intervention d'un voisin alarmé par le bruit. Je n'avais jamais vu une détresse aussi violente. D'instinct, je me suis retenu de prononcer la moindre parole de réconfort – rien n'aurait pu calmer Isabelle à cet instant. Je me suis contenté de la serrer de toutes mes forces tandis que la tristesse la submergeait. Lorsque ses larmes ont fini par se tarir, elle s'est écartée de moi.

« Ne me regarde pas, chuchota-t-elle. Je suis hideuse.

— Tu es belle.

— Ferme les yeux et imagine-moi belle. »

J'ai obéi. Quand j'ai rouvert les yeux, elle avait disparu, et j'ai entendu le bruit de la douche.

Une vague de fatigue s'est abattue sur moi sans prévenir : le *jet lag* que j'avais réussi à éviter depuis mon arrivée, tout le travail acharné du second semestre, les tourments et le stress de l'heure qui venait de s'écouler. La souffrance d'Isabelle. Les jambes flageolantes, je me suis levé et j'ai titubé jusqu'au lit, respirant l'odeur rance de ses vieux draps froissés.

Extinction des feux.

Du moins, je ne me rappelle pas m'être endormi.

Ce que je me rappelle bien, c'est le moment où je me suis réveillé en sursaut, désorienté, dans le studio désert. Ma première pensée, à cet instant irréel, a été :

Où suis-je ? Puis ma mémoire a exhumé mes dernières minutes avec Isabelle, sa disparition dans la salle de bains, mon épuisement à la suite de tout ce drame et du décalage horaire. Et maintenant ? Il devait être… Quelle heure était-il ? Qu'est-ce que je faisais là, où était mon amour et… ?

Je me suis redressé, tâtonnant à la recherche du cordon du lampadaire halogène à côté du lit. Une lumière hésitante s'est faite, clignotant comme une luciole au crépuscule de sa courte vie, mais suffisamment forte pour me permettre de voir ma montre. Quatre heures six du matin. Merde, merde, merde. J'avais dormi presque dix heures.

L'ampoule de la salle de bains a claqué dès que j'ai actionné l'interrupteur. Après avoir soulagé ma vessie, j'ai trouvé du savon et du shampooing dans la douche minuscule. Je me suis lavé, puis séché. De retour dans le studio obscur, j'ai allumé la lampe du bureau et découvert un petit mot, accompagné d'une clef.

Mon Samuel,

Rien d'étonnant à ce que tu sois tombé de fatigue après ma performance de cet après-midi. À ta place, j'aurais fui non seulement l'appartement, mais aussi le pays. Je ne m'excuserai jamais assez pour la nature extrême de mon comportement. Je pourrais plaider le baby blues, ou encore ce que les médecins appellent une « dépression nerveuse », mais je préfère assumer l'entière responsabilité de mes actions plutôt que de me trouver des excuses. Ta gentillesse, ton respect, ta patience... Merci.

Puisque tu dormais, je n'ai pas eu le courage de te réveiller pour te mettre dehors au moment de devoir retourner auprès d'Émilie. J'ai donc décidé de te laisser en paix... et de te laisser une clef. Il y a une petite cafetière et du bon café italien sur la plaque chauffante dans la cuisine. Ferme à clef en partant, s'il te plaît. Et, si l'idée de ma compagnie ne te rebute toujours pas, je serai de retour ici à 17 heures.

J'ai fait une découverte ce soir : mon jeune homme *est devenu un homme merveilleux.*

Je t'embrasse très fort,

Isabelle

J'ai lu sa lettre deux fois. La partie de moi qui avait perpétuellement besoin d'être rassurée – celle qui, enfant, ne rêvait que de recevoir un compliment de la part de mes parents distants et critiques – a trouvé ces mots doux et réconfortants. Mais je ne pouvais m'empêcher de penser que c'était autre chose. C'était de l'amour. À l'exception de sa fille, tout ce qu'Isabelle était partie retrouver pendant mon sommeil ne pouvait lui offrir, au mieux, qu'un amour des plus incertains. J'entrevoyais, derrière son chagrin, l'immensité de sa solitude. Une solitude comparable à la mienne, malgré toutes les différences de nos vies respectives. De toute évidence, son mari ne l'avait pas soutenue pendant la longue période de noirceur qui avait suivi la naissance de sa fille ; et, même s'il ne l'exprimait pas aussi clairement que sa terrible maman, il semblait exsuder, silencieusement, la même désapprobation. Il avait laissé Isabelle se persuader qu'elle avait failli en tant que femme, et en tant que mère, à cause de son désordre mental passager… Pourtant, il devait bien se douter qu'elle était soumise à des forces psychiques incontrôlables.

Je rêvais de la sauver des griffes de ces gens injustes, à l'esprit si désespérément étriqué. J'étais prêt à tout laisser en plan pour rester auprès d'elle à Paris. Ou peut-être, si elle aussi voyait maintenant la vérité et les promesses de notre amour, accepterait-elle de jouer le tout pour le tout et de me suivre à Cambridge avec Émilie. Nous l'élèverions comme notre fille, je finirais mes études de droit, et ensuite…

Et ensuite…

C'était là que ça coinçait.

Ensuite…

Une vie heureuse pour chacun d'entre nous. Un amour éternel, juré quotidiennement. Un foyer parfait dans lequel s'épanouir. Émilie élevée entre deux langues. Isabelle devenue éditrice, et moi améliorant si bien mon français que je décrocherais immédiatement un emploi dans un célèbre cabinet d'avocats franco-américain. Au début des années 1980, nous aurions un enfant ensemble, et…

Il y avait un paquet de cigarettes sur le bureau. J'en ai pris une. Je l'ai allumée. J'ai remis la main sur mes vêtements, et je me suis habillé tout en repérant la cafetière et le paquet de café à l'arôme puissant, que j'ai immédiatement utilisés pour me préparer une tasse. Je n'avais pas dormi aussi profondément depuis des semaines, ai-je pensé en sirotant mon café entre deux bouffées de cigarette. De nouveau plongé dans mon petit fantasme d'une vie rangée avec Isabelle, j'ai essayé d'imaginer sa réaction si, maintenant, au beau milieu de sa crise existentielle, je lui demandais de tout plaquer pour traverser l'Atlantique et aller vivre dans une minuscule chambre d'étudiant à Cambridge, dans le Massachusetts. J'en savais à présent assez sur ma bien-aimée pour me résoudre à ce qu'elle ne puisse jamais abandonner un certain niveau de ce qu'elle avait un jour nommé *le confort bourgeois*. Et là, avec ce souvenir, m'est venue une soudaine prise de conscience nocturne : je devais renoncer à ce rêve de partager avec elle davantage que nos précieux après-midi. Isabelle me l'avait répété à sa manière douce, ferme et sensuelle depuis le début, mais je ne le comprenais que maintenant. Une grande part de moi refusait pourtant de voir ce qui se trouvait juste sous mes yeux, et me répétait à la place : « Mais elle finira par se rendre compte que sa seule chance de goûter au bonheur est de cheminer à mes côtés sur ce sentier de lumière… »

Quel imbécile.

Non, je ne devais pas être trop dur envers moi-même. Après tout, l'amour a le don de nous mettre en transe, face à une myriade de possibilités aussi éblouissantes qu'imaginaires. Et il a aussi le pouvoir de nous stopper dans notre élan de la manière la plus violente qui soit, de nous projeter contre le pare-brise qui nous sépare de ce panorama d'espoir qu'on appelle l'avenir.

Quand on est profondément amoureux, il est impossible de se borner à considérer l'instant présent. Notre regard se porte de lui-même vers l'avant, vers la vie à deux qui ne peut manquer de nous attendre. Former un couple, c'est se rendre à jamais captif d'une obsession : le futur.

Mais être avec Isabelle revenait à se limiter au présent absolu, à la certitude que demain ressemblerait comme deux gouttes d'eau à aujourd'hui. Même au cœur de l'orage, même dans l'angoisse profonde du bouleversement d'une de nos deux vies. Tel a été mon instant de lucidité nocturne, après dix heures de sommeil ininterrompu, penché sur mon deuxième expresso, une nouvelle cigarette aux lèvres : je ne pouvais plus rêver d'une vie avec Isabelle. Ma vie auprès d'elle était là, sous mes yeux, et ne sortirait jamais du cadre qui lui était imposé.

Cette prise de conscience me rendait triste – mais j'éprouvais aussi un étrange sentiment de libération. Nul besoin de monogamie, de fidélité émotionnelle ou de certitude qu'elle était mon âme sœur. Mais il y avait une contrepartie secrète à ce sentiment de libération : si jamais elle s'avisait d'accepter mon scénario, si elle acceptait de bâtir un futur avec moi, alors je n'aurais pas de plus grand bonheur que de lui être fidèle. Puisqu'elle était, sans aucun doute possible, mon âme sœur, même si ces seuls mots suffisaient à la faire frissonner d'horreur.

« Ne me dis plus jamais que je suis l'amour de ta vie », m'avait-elle averti l'année précédente, quelques semaines après le début de notre relation, quand j'avais osé faire cette déclaration. « Il y a beaucoup trop d'attentes dans ces mots-là. Il suffit de se persuader qu'ils sont vrais pour condamner son couple, parce qu'on place la barre cent fois trop haut. »

Elle était ainsi, mon âme sœur : elle refusait l'amour mais exigeait que je me comporte comme un amoureux quand j'habitais sa ville, et que j'accepte de limiter l'expression de mes sentiments, cette « âme-sœuritude », à nos rendez-vous de cinq à sept.

La bizarrerie du néologisme m'a fait sourire. En regardant autour de moi, j'ai trouvé triste qu'Isabelle – qui aimait le désordre organisé sur son bureau et la netteté irréprochable partout ailleurs – ait décidé que son enfer intérieur devait être reflété par ce lieu dans lequel elle trouvait refuge quelques heures par jour. Chez elle, elle avait sans doute une gouvernante et une femme de ménage pour corriger ses pulsions, si tant est qu'elle les laissait faire surface ; mais ici, elle avait donné libre cours au chaos. Dans la pâle lueur nocturne, j'ai vu qu'il fallait agir. J'avais du temps à revendre. Poussé par mon désir inné de mettre de l'ordre dans n'importe quel capharnaüm – le même désir qui m'avait dirigé vers des études de droit –, je suis allé inspecter le dessous de l'évier, où j'ai découvert quelques sacs plastique et un modeste assortiment de produits ménagers. Dans le petit réfrigérateur, j'ai mis la main sur un pot de yaourt en verre dont la date imprimée sur le couvercle en aluminium indiquait qu'il ne devrait pas me rendre malade, et je l'ai avalé en quelques cuillerées, accompagné de carrés de chocolat dénichés dans un placard. Je n'avais rien mangé depuis plus de quinze heures et je mourais de faim. J'ai refait du café, qui m'a décidément arraché à ma torpeur, et je me suis mis au travail – à commencer par la pile de vaisselle sale dans l'évier. En moins de vingt minutes, tout était lavé, séché et rangé à sa place. J'ai vidé tous les cendriers, puis jeté les fruits moisis du réfrigérateur, ainsi qu'un ensemble de légumes oubliés dans le garde-manger qui commençaient à ressembler furieusement à une culture de pénicilline. Muni d'un pulvérisateur multiusage et d'un chiffon à la propreté acceptable, je me suis attaqué à toutes les surfaces de l'appartement, avant de vider dans un sac-poubelle trois corbeilles pleines de papiers froissés. J'ai ramassé toutes les pages de manuscrit éparpillées autour du bureau et je les ai remises dans le bon ordre. J'ai réorganisé les documents qui parsemaient le bureau, puis désenseveli et épousseté la machine à écrire Underwood. Il y avait un seau et une serpillière avec lesquels j'ai lavé le carrelage de la cuisine et de la salle de bains, et un aspirateur – qui ressemblait probablement à celui qu'utilisait ma grand-mère, dans le temps, mais fonctionnait sans problème –, pour débarrasser les tapis de tous les débris et miettes qui s'y étaient accumulés. J'ai ensuite défait le lit, utilisé les serviettes de la salle de bains pour nettoyer la douche et l'évier, puis récuré les toilettes à l'aide d'une brosse et d'un flacon de détergent.

Quand j'ai enfin pris le temps de regarder ma montre, il était presque six heures. En fourrant les draps et les serviettes dans un sac plastique, j'ai avisé un panier de linge sale dans un coin de la pièce, entre le bureau et le lit. Il était plein à ras bord de sous-vêtements, avec aussi deux jeans, un chemisier blanc et un autre noir. Tout a fini dans le sac. J'ai mis la clef dans une poche de ma vareuse et je suis sorti dans le petit matin. Les rues étaient encore embuées de nuit, et il tombait une pluie fine et insidieuse. Le sac de linge à la main, j'ai suivi à grands pas les trottoirs désertés du boulevard Saint-Germain jusqu'au métro Mabillon, allumant une cigarette une fois assis dans un wagon en direction de l'est, avant de descendre à Jussieu. Cinq minutes plus tard, j'étais au Sélect, où le patron m'a fait comprendre que c'était la première fois qu'il me voyait aussi matinal. Petit déjeuner habituel encore accompagné de cigarettes. À sept heures, j'ai fait un saut à la blanchisserie voisine. La vieille femme qui la tenait – roumaine, selon moi –, et qui avait pris soin de mon linge une fois par semaine lors de mon précédent séjour, m'a assuré qu'elle pouvait laver, sécher et plier le tout avant quinze heures, mais que si je voulais faire repasser les chemisiers, ce serait quinze francs de plus par pièce. Je lui ai abandonné le sac, je suis retourné à ma chambre, où j'ai enfilé un survêtement ainsi que les tennis que je m'étais achetées quelques semaines avant mon départ pour Paris, et j'ai pris la direction du Jardin des plantes d'un pas léger.

Après avoir récupéré le linge à quinze heures, je suis passé chez un fleuriste du quartier pour acheter un bouquet de lys. Une demi-heure plus tard, j'étais de retour dans le studio d'Isabelle. Je me demandais si elle était arrivée avant moi, si j'allais la trouver ébahie par la métamorphose que j'avais opérée. Mais il n'y avait personne. J'ai déballé le linge, refait le lit, pendu les serviettes à présent moelleuses et parfumées à la lavande dans la salle de bains, et déposé tous les vêtements pliés et les deux chemisiers repassés sur le sofa. Un vase traînait sur une étagère : je l'ai rempli d'eau, puis je me suis servi de ciseaux pour raccourcir les tiges des lys avant de les disposer dans le vase, que j'ai posé sur la table basse où Isabelle prenait souvent son déjeuner. Enfin, j'ai établi une liste des choses qui manquaient dans l'appartement (du papier toilette, de l'essuie-tout, du liquide vaisselle, un paquet de café, de nouveaux produits ménagers) et je suis ressorti en verrouillant la porte derrière moi. Je connaissais un magasin au coin de la rue de Rennes qui vendait tout ce dont j'avais besoin.

Lorsque j'ai remonté l'escalier à dix-sept heures, une voix de femme – à l'entendre, elle devait avoir la quarantaine – criait derrière la porte du deuxième étage.

« *Tu ne peux pas me faire ça... Tu ne peux pas me faire ça...* »

Je me suis arrêté un moment sur le palier, dans l'espoir de surprendre la réponse de son interlocuteur. Mais elle n'est jamais venue. La voix a repris, brisant le silence.

« *Tu ne peux pas me faire ça... Tu ne peux pas me faire ça...* »

Puis, plus rien.

J'ai repris mon ascension, m'attendant à tout moment à entendre le « Bonjour » mélodieux d'Isabelle me parvenir depuis les hauteurs.

« Coucou », ai-je lancé au moment d'entamer une nouvelle volée de marches.

Silence.

Au cinquième étage, j'ai trouvé la porte ouverte. Mais Isabelle ne se tenait pas dans l'encadrement, comme à son habitude : cette fois, elle était assise derrière son bureau, cigarette entre les dents, au milieu des pages fraîchement éparpillées du manuscrit que j'avais remis en ordre pour elle. Elle pianotait avec acharnement sur sa machine à écrire et n'a pas levé les yeux vers moi.

« Bonjour, a-t-elle déclaré sans cesser de taper. Laisse la clef que je t'ai donnée sur la table et va-t'en, s'il te plaît.

— Quoi ? »

J'avais dû mal entendre : elle ne pouvait pas avoir dit ça.

« La clef sur la table. Et ferme la porte en sortant. »

J'ai fait un pas vers le bureau.

« Je ne t'ai pas dit d'entrer, il me semble, a-t-elle dit.

— J'entre quand même.

— Non. »

Je suis resté planté devant la porte, en bon petit garçon du Midwest, rechignant à désobéir.

« Je ne comprends pas.

— Ah non ?

— J'ai fait quelque chose de mal ? »

Enfin, elle s'est arrêtée d'écrire pour me regarder.

« Je te prenais pour mon amant, pas ma femme de chambre.

— C'est pour ça que tu t'énerves ?

— Pour qui tu te prends, à ranger derrière moi ?

— "Ranger derrière toi" ? J'ai juste pensé…

— … que j'étais folle, que j'étais un désastre… et répugnante, par-dessus le marché.

— Tu as dormi, cette nuit ?

— Parce que, en plus, tu me dis que je suis laide ?

— Est-ce que tu as dormi ?

— N'essaie pas de changer de sujet.

— Je voulais juste t'aider. Je croyais que ça te ferait du bien…

— Quoi ? Qu'un Américain maniaque vienne désinfecter ma vie ? »

Elle criait à présent, et je suis resté immobile, mon sac de courses entre les mains, pris de court par cette colère incompréhensible. Je ne voyais qu'une raison possible : l'obscurité l'avait enveloppée de nouveau.

« Il s'est passé quelque chose, ce matin ? ai-je demandé. Émilie va bien ? »

Elle a bondi sur ses pieds.

« Tu insinues que je mets ma fille en danger ?

— Isabelle, mon amour…

— Je ne suis pas ton amour, putain ! »

Et là, sans prévenir, elle a pris le cendrier qui se trouvait sur son bureau et l'a jeté vers moi dans un sillage de mégots. J'ai fait un bond sur le côté et il est allé percuter les étagères de la cuisine, réduisant en miettes toute une rangée de verres. J'ai regardé Isabelle, son visage déformé de rage et de haine. J'ai laissé tomber le sac. J'ai couru. Dévalé les escaliers, ouvert la porte d'en bas à la volée, traversé la cour pavée et le hall comme si ma vie en dépendait. Une fois sur le trottoir étroit, j'ai tourné à droite, et je m'apprêtais à me lancer à corps perdu rue de Rennes lorsqu'un taxi s'est arrêté près de moi dans un crissement de freins. Le chauffeur s'est mis à m'insulter. Tout à mon désespoir, j'avais failli me jeter en plein milieu de la circulation. Un policier m'a agrippé par le col de ma vareuse et m'a remis sur le trottoir tandis que le chauffeur de taxi ouvrait sa portière sans cesser de hurler.

Il pleuvait à verse. En plus de ma détresse, j'étais à présent trempé. Une fois sur le boulevard Saint-Germain, tête basse, j'ai hélé un taxi, chose que je n'avais jamais faite à Paris, donné au chauffeur l'adresse de mon hôtel. Puis, recroquevillé sur la banquette arrière, j'ai laissé libre cours à mes tremblements et à mes larmes, sous le regard médusé du chauffeur dans le rétroviseur.

Le taxi m'a déposé à l'hôtel. Omar m'a regardé passer avec de grands yeux.

« Monsieur Sam ? »

J'ai secoué la tête et monté quatre à quatre les escaliers jusqu'à ma chambre, où je me suis déshabillé et laissé tomber sur mon lit, serrant contre moi un oreiller au lieu de la femme que j'aurais dû étreindre à cet instant même, ailleurs, dans un autre lit. La femme qui venait de se retourner contre moi de la manière la plus féroce et la plus inattendue. Qu'avais-je donc fait pour mériter un tel traitement ? Avais-je franchi une frontière invisible, violé son intimité en osant faire le ménage chez elle ? Peut-être étais-je très naïf, mais j'avais l'impression d'avoir accompli une bonne action et d'en être injustement puni.

Quelques minutes plus tard, on a frappé à ma porte.

« Monsieur Sam, s'il vous plaît, ouvrez-moi. »

C'était Omar. Je me suis forcé à me lever et à enfiler mon peignoir pour ouvrir la porte, et il est entré avec un plateau.

« Je vous réveille ?

— Si seulement.

— Qu'est-ce qui vous arrive ?

— Ce n'est rien. Une peine de cœur.

— Alors ce n'est pas rien. Je vous ai apporté une tisane pour vous détendre. Et un petit calvados.

— C'est vraiment gentil.

— Je me fais du souci pour vous.

— Ça va aller », ai-je menti.

Omar a posé son plateau sur la petite table qui me servait également de bureau.

« Laissez infuser la tisane pendant encore cinq minutes, a-t-il recommandé. Ça devrait vous aider à dormir. »

Avant de commettre l'erreur fatale de ranger le studio de mon amante – un acte interprété comme le summum de la manipulation, pour une raison que je ne parvenais pas à saisir –, je m'étais réveillé à quatre heures du matin, et une lourde fatigue menaçait soudain de s'abattre sur moi, comme la veille au soir, après le récit mélodramatique d'Isabelle.

« Vous êtes quelqu'un de bien, Omar.

— Vous aussi, monsieur Sam. Ne laissez personne vous dire le contraire. »

Et pourtant… Mais je me suis tu, parce que mon père n'avait jamais supporté que l'on s'apitoie sur soi-même. Il jugeait cela inutile et contre-productif, et je partageais son avis.

« J'ai juste besoin de sommeil », ai-je dit.

J'ai tiré de mon portefeuille un billet de dix francs, mais Omar a levé une main.

« Offert par la maison.

— Mais c'est pour vous…

— Inutile. Mais merci. Appelez-moi s'il vous faut autre chose. »

Il m'a laissé seul. J'ai pris une gorgée de calvados et la brûlure de l'alcool de pomme a réussi à assourdir mon angoisse, puis j'ai cherché le réconfort dans une cigarette, et dans cette pensée : le tourment qui s'était emparé d'Isabelle, et lui seul, était la cause de son effrayant comportement. C'était en tout cas ce que je voulais croire. Car au fond, je me demandais aussi si elle ne m'avait pas simplement montré un aspect pathologique de sa personnalité, dont la rage bouillonnante s'exprimait en pulsions de violence… Je refusais d'envisager cette possibilité, me répétais qu'elle avait été saisie d'une crise de folie post-natale, et qu'il ne s'agissait en aucun cas de sa face cachée.

J'ai bu encore un peu de calva, terminé ma cigarette en quelques minutes et tenté de me maintenir hors de portée de la colère, de la tristesse, de la profonde déception qui m'encerclaient de toutes parts… Mais en vain. J'ai goûté ma tisane, à la saveur mentholée et médicinale. J'étais enfin de retour à Paris après tous ces mois d'attente, et voici que j'allais me coucher, pour le deuxième soir consécutif, à une heure habituellement réservée aux écoliers. Mon horloge interne n'était pas seulement déréglée, mais démontée pièce par pièce… Après avoir terminé ma tisane, j'ai décidé de m'accorder une sieste jusqu'à vingt et une heures. Ensuite, je pourrais aller dîner quelque part avant de me diriger vers la rue des Lombards pour finir la soirée dans un club de jazz. Je me suis allongé, les yeux clos, avec la ferme intention d'oublier les trois dernières heures : le sommeil est venu instantanément, un véritable coup de massue. Et puis, subitement, on tambourinait à ma porte.

« Monsieur Sam, monsieur Sam… »

Ce n'était pas la voix d'Omar, mais celle de Tarak, le veilleur de nuit turc. Il faisait noir comme dans un four, mais, sur la table de nuit, les aiguilles phosphorescentes de mon réveil bon marché indiquaient trois heures treize du matin. Merde, merde, merde. Encore une précieuse nuit parisienne gâchée par un trop-plein de sommeil. J'ai allumé la lampe de chevet.

« Monsieur Sam, monsieur Sam !

— J'arrive, j'arrive.

— Il y a quelqu'un pour vous.

— Pour moi ? »

J'ai ouvert, en ravalant la première phrase qui me venait : mais je ne connais personne, ici.

Personne, si ce n'est…

« Une femme ? »

Il a hoché la tête.

« Je lui ai dit, c'est le milieu de la nuit, il est sûrement en train de dormir, a-t-il ajouté. Mais elle a insisté. Elle vous attend avec un taxi.

— Un taxi ?

— C'est ce qu'elle m'a dit de vous dire.

— Elle ne peut pas monter ?

— Non, à cause du taxi…

— Mais pourquoi ? »

Tarak s'est contenté de hausser les épaules.

« Quand j'ai refusé de venir vous réveiller, elle m'a donné ça. »

L'une de ses élégantes enveloppes couleur ivoire, calligraphiée à l'encre noire, au stylo-plume. *Samuel.* Elle contenait une courte lettre.

Mon amour,

Si par miracle tu acceptes de me pardonner ma folie, et cette intrusion nocturne, je t'attends en bas. S'il te plaît, laisse-moi une chance de te présenter mes excuses les plus passionnées.

Il m'a fallu environ trois secondes de délibération.

« Dites-lui que je descends. »

Tarak m'a gratifié d'un sourire approbateur.

« Très bien, monsieur. »

Deux minutes plus tard, j'arrivais dans le hall d'entrée. Elle était là, sa chevelure rousse lâchée sur les épaules, les traits tirés, les yeux rouges, un imperméable noir serré sur sa silhouette éthérée, une cigarette entre les doigts. M'entendant arriver, elle a traversé en quelques pas la distance qui nous séparait, m'a saisi le visage à deux mains et m'a embrassé avec fougue.

« Je ne mérite pas ta gentillesse, a-t-elle fini par murmurer.

— Pourquoi un taxi ?

— Je t'emmène rue Bernard-Palissy.

— On pourrait juste monter dans ma chambre…

— Bernard-Palissy… *C'est nous.*

— Tu es sûre de ça ?

— Tu me hais, maintenant, n'est-ce pas ?

— Pas du tout. Je suis juste… »

J'aurais pu terminer cette phrase de bien des manières : inquiet, effrayé, mort de peur, incertain, perdu. Mais Isabelle a posé son front contre le mien.

« Tu sauras me pardonner ?

— Qu'est-ce que tu as dit à ton mari ?

— Il est sorti… avec sa maîtresse. J'ai dit à l'infirmière de nuit qui s'occupe d'Émilie que je n'arrivais pas à dormir, que j'allais à mon bureau pour travailler et que je serais de retour en fin de matinée. Ça ne la dérange pas, puisque la garde d'enfants arrive à neuf heures.

— Mais ton studio est trop rangé, maintenant, non ? Enfin, je ne sais pas, mais vu que tu as essayé de me fracasser le crâne avec un cendrier… »

Elle a pressé son front encore plus fort contre le mien et m'a fermement agrippé les épaules.

« Si tu veux t'en aller maintenant, je comprendrai. Mais ça me tuera, mon amour. Ça me tuera parce que je ne vais pas bien. Parce que, cet après-midi, j'ai dû m'empêcher de me jeter par la fenêtre du studio. Parce que je ne mérite pas Émilie, et je ne te mérite pas, toi. Charles et sa famille ont raison : j'ai échoué en tant que mère, en tant que femme… Et à présent, en tant qu'amante. »

Elle n'a pas détaché sa tête de la mienne en chuchotant ces mots. Je sentais ses larmes mouiller mon visage, son corps frêle parcouru de tremblements. Sa détresse était manifeste. À mon tour, je l'ai serrée contre moi, encore plus fort.

« Viens, le taxi nous attend. »

Nous n'avons pas parlé pendant les dix minutes de trajet le long des rues sombres et désertes. J'avais passé un bras autour d'Isabelle, sa tête sur mon épaule, ma main libre serrée entre ses doigts. Arrivés à Bernard-Palissy, elle a composé le code de la porte et m'a guidé à travers la cour, jusqu'au sommet de l'escalier, sans me lâcher la main – comme pour me signifier qu'elle savait qu'elle avait commis un acte destructeur, potentiellement irréparable, mais qu'elle ne voulait pas me perdre. En entrant dans le studio, j'ai immédiatement remarqué que le verre brisé dans la cuisine avait été balayé, ainsi que les débris du cendrier et les mégots éparpillés dans sa course.

« J'ai nettoyé mes bêtises, a-t-elle dit en se pressant contre moi. Ça ne se reproduira pas.

— C'est du passé, ai-je menti.

— Non. C'est arrivé, et je dois subir les conséquences de mes actes. J'ai tourné ta bonté en ridicule, j'ai voulu te blesser, j'ai…

— Ça suffit. »

Je l'ai fait taire d'un long baiser. D'ordinaire, c'était elle qui mettait fin à la conversation quand les sentiments s'en mêlaient. Bientôt, elle m'arrachait ma vareuse et mon tee-shirt, puis s'affairait à défaire ma ceinture tandis que, de mon côté, je déboutonnais son chemisier d'une main et soulevais sa jupe de l'autre, mes lèvres effleurant sa gorge. Nous avons basculé en arrière sur le lit, complètement nus. Elle m'a attiré en elle immédiatement en me murmurant de ne pas lui faire mal. Immobile, elle m'a laissé m'enfoncer au plus profond de sa chair. Chaque fois que je tentais d'initier un début de va-et-vient, elle resserrait encore la pression de ses jambes pour me bloquer.

« Ne bouge pas. Plus jamais. Je ne te laisserai pas partir. »

Mais elle bougeait, elle – de petits mouvements lents, presque imperceptibles. L'effet était quasi hallucinatoire : graduel, intense, nos corps confondus comme jamais auparavant. Son regard ancré dans le mien, habité par le manque, le besoin, le désir. Et cette convulsion puissante qui l'a saisie la première, au point qu'elle a enfoui son visage contre mon épaule et m'a mordu le cou. J'ai étouffé un cri. Un instant plus tard, c'était mon tour d'imploser, balayé par la violence de tout ce que je ressentais – le plaisir, mais aussi la tension de la journée, mon besoin d'elle, ma détresse, et l'ambivalence toute neuve qui hantait mon esprit depuis quelques heures.

« *Je t'aime*, a-t-elle soufflé en m'étreignant de toutes ses forces.

— *Je t'aime* », ai-je répondu.

Mais, cette fois, un point d'interrogation inaudible était venu se poser au bout de cette déclaration. L'a-t-elle perçu ? Est-ce pour cela qu'elle s'est redressée, est allée chercher des cigarettes et un deuxième cendrier, et m'a proposé une eau-de-vie – *une mirabelle* ? Ou bien du vin. Et puis, je devais avoir faim : il y avait du fromage et une baguette qu'elle avait achetée en fin d'après-midi, elle pouvait me préparer une assiette…

« Ce serait gentil, merci. Et je veux bien un peu de vin. »

Ma voix était la même que d'habitude, calme, polie. Mais je ressentais également un étrange détachement, l'impression de ne plus si bien connaître cette femme nue en train de s'éloigner vers la cuisine, sous les feux d'une lampe dont l'éclairage oblique donnait à toute la scène un aspect énigmatique, illusoire. Du moins, c'est ainsi que je lisais les entrelacs de lumière sur les hanches étroites de mon amante qui se mouvaient à chacun de ses pas, ravivant mon désir, tandis qu'une autre voix dans mon esprit se demandait : Tout cela est-il irrémédiablement brisé ?

« Attention à tes pieds, ai-je dit juste avant qu'elle ne les pose sur le carrelage.

— Oh, tu as raison. »

Rebroussant chemin, elle est allée chercher une paire de chaussons dans la salle de bains, et a enfilé son peignoir par la même occasion.

« Tu penses vraiment à tout.

— C'est déjà assez difficile en ce moment sans que tu te coupes avec un morceau de verre.

— Surtout que tu envisages de disparaître sans laisser de traces.

— Je n'ai jamais dit ça.

— Mais tu y penses.

— Je pense… que je suis très content que tu ailles mieux. »

Isabelle a levé les yeux au ciel en m'accordant un sourire à mi-chemin entre l'amusement et le regret.

« J'admire tes talents de diplomate, Samuel, mais je suis très douée pour sentir le doute chez les gens. Et je ne peux vraiment pas t'en vouloir de douter, avec le gros cendrier que je t'ai jeté à la figure…

— Jeté de rage, parce que tu n'étais pas toi-même à cause de ta maladie. Et il ne m'aurait pas touché, de toute façon. Donc tu ne me visais pas réellement. »

Tout en parlant, je me suis levé pour remettre mon caleçon et mon tee-shirt. Isabelle m'a regardé faire, livide.

« Tu t'en vas ?

— Mais non. Je préfère juste m'habiller un minimum pour manger.

— Ah, tant mieux. Ce sera prêt dans quelques minutes. »

J'ai profité de ce délai pour m'éclipser dans la salle de bains et me laver de ma longue sieste et de nos étreintes passionnées. Tout en me savonnant, j'ai rejoué ce dernier dialogue dans ma tête.

« Tu t'en vas ? »

Étrange, n'est-ce pas, comme l'équilibre des pouvoirs au sein d'un couple peut basculer en un instant. Et même si ce changement était imputable à un accès de violente colère, je me préoccupais moins de l'incident lui-même que de la manière dont il avait altéré ma vision des choses. Encore douze heures plus tôt, je n'avais pas d'autre obsession qu'une vie avec Isabelle, et j'étais persuadé d'avoir trouvé la femme idéale… Une belle Parisienne intellectuelle comme dans mes rêves, et capable qui plus est de supporter ma naïveté de jeune Américain. Ma plus grande ambition était de la convaincre d'abandonner son mari et son train de vie *grand bourgeois*…

Mais à présent, je voyais surtout une chose : elle craignait de me perdre. Pourtant, cela ne me donnait pas un sentiment de supériorité, ni de pouvoir. Je ne voulais pas avoir l'avantage sur Isabelle. Tout ce que je voulais, c'était une vie à ses côtés. Je venais de passer un an à attendre la lettre m'annonçant que, après mûre réflexion, notre petit arrangement devait prendre fin – pour une foule de raisons tout à fait rationnelles : la distance géographique, un regain d'amour et de fidélité envers son mari, la naissance de son enfant, mon immaturité, sa rencontre avec un nouveau Samuel qui aurait, lui, l'avantage d'habiter Paris à plein temps… Si elle décidait de se passer de moi, comment pourrais-je jamais trouver une autre Isabelle de Monsambert ?

Mais à présent… Entre le verre brisé et les illusions fracassées, la métaphore était facile. J'avais vu Isabelle sous son jour le plus sombre et le plus désespéré. Je ne savais rien de ce mal-être qui la faisait tant souffrir. En fait, je ne savais que très peu de choses d'Isabelle en dehors de ce studio. Mais elle était venue me chercher. Elle s'était aventurée en pleine nuit jusqu'à mon hôtel peu recommandable. Et elle venait de me dire qu'elle m'aimait. Un jour plus tôt, une telle déclaration m'aurait donné des ailes, aurait illuminé mon horizon d'un glorieux optimisme, et tout ce qui va avec.

Mais l'amour qu'on proclame après un grave faux pas… Cet amour est le plus difficile à accepter. Cependant, je n'avais aucune envie de voir les quelques jours à venir, ces précieux jours qu'il me restait avant mon retour forcé à Boston, assombris par le doute et l'ambivalence. Pas plus que je ne voulais de ces conversations sur les modalités d'une relation. Ces conversations n'apportent rien, sinon une profonde tristesse. J'étais à Paris, par une belle nuit de mai. Isabelle avait eu le courage de venir me tirer du lit. Nous venions de faire l'amour avec toute la passion et la complicité que nous ressentions l'un envers l'autre. La meilleure voie à suivre était sans doute d'oublier le mélodrame de l'après-midi et de ne plus aborder le sujet jusqu'à mon départ le dimanche. Nous avions cet instant, ici, maintenant. Et quelques autres avant la fin de la semaine et mon retour aux responsabilités dont j'avais fait le choix de remplir mon existence. Je n'avais qu'à ouvrir la porte branlante formée par mes doutes pour rejoindre Isabelle de l'autre côté. Elle représentait tout ce que je voulais – du moins pour les jours à venir.

Plus tard cette nuit-là, nous avons partagé une bouteille de saint-émilion.

« Si j'avais lancé ce cendrier sur Charles, il m'aurait fait enfermer une deuxième fois.

— C'est lui qui t'a envoyée aux urgences psychiatriques, n'est-ce pas ? »

Elle a acquiescé.

« Et il leur a donné son autorisation pour le traitement aux électrochocs ? »

Elle a tiré une longue bouffée sur sa cigarette, le regard baissé vers la table.

« Il a signé tous les papiers, oui.

— Tu lui en veux ?

— J'allais vraiment très mal. J'étais incapable de prendre une décision rationnelle. Enfin, c'est ce qu'ils m'ont dit. Je ne voulais pas d'un traitement aussi extrême. Ça m'a fait perdre la mémoire et l'équilibre pendant plus de deux semaines. Mais, d'un autre côté, j'ai pu reprendre un peu mes esprits. Ils m'ont donné des comprimés qui ont permis de limiter mes pulsions violentes. Et puis j'ai arrêté de les prendre.

— Pourquoi ?

— Ils me calmaient, c'est vrai, mais ils me rendaient complètement insensible. Je ne ressentais rien, j'étais incapable d'écrire et de travailler. C'était comme si j'avais le corps anesthésié et le cerveau enveloppé dans du coton. Je n'avais plus le moindre désir physique… Enfin, ça ne dérangeait pas Charles le moins du monde, puisqu'il a son Allemande pour ce genre d'activités. Mais mon amant allait traverser l'Atlantique pour me retrouver. Je voulais me rappeler ce que c'était que désirer et être désirée. T'avoir au plus profond de moi, caresser ton dos et te sentir jouir. Toutes ces choses qui me manquaient depuis des mois et que je rêvais de ressentir de nouveau. Alors, quelques jours avant ton arrivée, j'ai arrêté.

— Était-ce vraiment raisonnable ?

— La preuve que non ! Mais merci pour cet euphémisme. C'était de la folie, de la folie furieuse… J'ai téléphoné à mon médecin après l'incident de cet après-midi. Il m'a dit qu'au lieu de prendre les deux comprimés trois fois par jour qu'il m'avait prescrits, je pouvais essayer de me limiter à un seul. Je lui ai demandé si un demi-comprimé ferait trop peu, et il m'a dit que c'était à mes risques et périls, si je ne voulais pas me retrouver au plus mal. Mais je suis déterminée, tant que tu seras ici, à m'en tenir à la plus petite dose possible. Je veux sentir ta présence. Je veux te sentir.

— Est-ce que tout ça ne va pas finir par s'estomper, comme un mauvais rêve ?

— C'est ce que disent les médecins. Mais je voudrais parler d'autre chose. On est mercredi matin, et il ne nous reste que jusqu'à vendredi soir pour être ensemble. Après, tu disparaîtras encore.

— Pas pour toujours.

— Mais pour bien trop longtemps.

— Je pourrais changer ça.

— Non, tu ne pourrais pas. Et moi non plus. Tu sais, ma mère m'a dit un jour qu'au début de leur relation, mon père a fait cette grande déclaration : "Notre amour est éternel." La réalité, telle que je m'en souviens, a été une longue descente vers l'indifférence. Ça leur a gâché l'existence et a profondément affecté mon enfance et ma jeunesse.

— Raconte, ai-je dit en nous resservant du vin.

— Je t'en ai déjà parlé.

— Juste en passant. Je voudrais en savoir plus.

— Mais on n'a pas beaucoup de temps.

— À quelle heure tu dois partir, ce matin ?

— À dix heures, dix heures et demie au plus tard. »

J'ai regardé ma montre.

« Alors on a six heures devant nous.

— Mais c'est une histoire triste… Comme la plupart des mariages.

— Je n'ai jamais été marié, mon père était distant, et ma mère ne donnait pas dans les grandes démonstrations d'affection. Alors, si on veut, j'ai encore un immense besoin d'amour.

— Moi aussi », a-t-elle dit en passant ses doigts dans mes cheveux.

Cet aveu partagé a flotté un instant entre nous.

« Parler jusqu'à l'aube, ai-je lancé, c'est ça, l'amour, non ? Alors raconte-moi. Je veux tout savoir. »

Nous avons parlé jusqu'à l'aube. Jusqu'à ce que la lumière naissante descende en cascade sur les toits au-dehors. Jusqu'à ce que la bouteille de saint-émilion soit presque vide, et le cendrier presque plein. Tout en enchaînant les cigarettes, Isabelle m'a raconté le jour où, à treize ans, alors qu'elle rentrait plus tôt du collège à cause d'affreuses crampes menstruelles, elle s'était retrouvée nez à nez avec un homme à moitié nu devant la chambre de ses parents.

« Il était un peu ventru, avec une moustache ridicule à la Jean-Paul Belmondo – c'était la mode, à l'époque. Un collègue de ma mère, professeur dans le même lycée. Visiblement, ça l'amusait que je le voie comme ça, en caleçon bleu clair à petits pois blancs… Il m'a dit avec un grand sourire : "Déjà rentrée ? Il va falloir prévenir maman." »

Il était retourné dans la chambre et Isabelle les avait entendus discuter à voix basse, manifestement perturbés, et puis sa mère était sortie. De toute évidence, elle venait juste de se rhabiller, elle avait les cheveux en bataille et le maquillage tout défait. Elle avait grondé Isabelle pour être rentrée si tôt. Isabelle avait essayé de lui expliquer pour ses crampes, mais elle avait été envoyée dans sa chambre sans ménagement. Là, elle s'était roulée en boule sur son lit en pleurant à cause de la douleur et de cette situation absurde qu'elle ne comprenait pas. Un quart d'heure plus tard, sa mère était revenue avec un antidouleur et une compresse froide. Elle lui avait fait avaler le cachet, s'allonger sur le dos pour poser le linge sur son front, et elle s'était assise à son chevet en lui demandant d'oublier ce qu'elle venait de voir. Isabelle avait dû promettre de ne jamais parler à son père de l'« ami » de sa mère. Et cette dernière avait ajouté, en citant Alexandre Dumas : « Un jour, toi aussi, tu seras mariée, et tu comprendras que les chaînes du mariage sont bien lourdes et qu'il faut parfois être plus que deux pour les porter. » Elle lui avait ensuite assuré que ce genre de scène ne se reproduirait pas. Isabelle n'avait pas compris grand-chose. Elle savait seulement que maintenant, sa mère et elle avaient un secret.

« C'est drôle comme l'histoire se répète, a repris Isabelle en écrasant une cigarette. Maman n'a jamais fini son doctorat, et moi non plus. Elle s'est mariée en croyant connaître une passion éternelle. J'ai fait la même erreur, même si j'étais consciente que Charles reprendrait ses habitudes de grand bourgeois après m'avoir conquise. Et que, comme maman – morte d'un emphysème l'an dernier à soixante-six ans –, j'aurais mon *jardin secret*. Par chance, mon mari est riche. Il a une petite *garçonnière* près de son bureau, dans le VIIIe, et il m'a offert le studio dans lequel a commencé notre histoire, alors qu'il était encore marié, pour que je puisse vivre mes propres aventures pendant qu'il poursuivrait les siennes. C'est ainsi que nous avons reproduit à l'identique son premier mariage, après nous être promis que le nôtre serait… oui, je me répète : la *passion éternelle*. »

Je lui ai demandé si notre arrangement était le dernier en date d'une longue suite de liaisons. Souriante, elle m'a caressé le visage avant de m'embrasser.

« Tu te demandes si je suis une sorte de gourgandine, un personnage de Colette, comme Léa dans son roman *Chéri* ? La vieille courtisane qui a un faible pour les petits jeunes ?

— Tu n'as rien d'une courtisane.

— Je ne pensais pas que tu connaissais ce mot.

— Mon vocabulaire ne se limite pas au Code civil. Mais tu n'as pas répondu à ma question.

— N'interroge jamais une femme sur ses anciens amants. Et si elle commence à t'en parler en détail, prends tes jambes à ton cou.

— Très bien, tu n'as pas besoin de répondre.

— Merci. Mais je vais te dire une chose : à l'exception d'une petite aventure de quinze jours, à l'époque où j'ai appris que Charles avait une maîtresse, tu es le seul amant que j'ai eu. Et tu es toujours là, plus d'un an après notre rencontre. Et je t'ai dit : "*Je t'aime.*" Ça ne te suffit pas, comme réponse ? »

Nous nous sommes de nouveau retrouvés enlacés, et, cette fois encore, nous avons fait l'amour avec douceur et application, veillant à prolonger l'intensité de notre plaisir. Je ne pouvais pas détacher mon regard d'elle, de ses traits absorbés par la pureté de notre passion, de la concentration véhémente de ses mouvements, nos corps existant à l'unisson, nos esprits isolés dans des univers à part. Je voyais ses yeux s'ouvrir, se fermer, je sentais ses mains partout sur moi tandis qu'elle modifiait subitement notre rythme ou me laissait entreprendre une nouvelle position. Je l'ai attirée au-dessus de moi, agrippant ses cuisses pour qu'elle s'empale profondément, sans quitter des yeux son visage marqué par les contorsions du plaisir et l'abandon extatique. Ce lien qui nous unit, ai-je pensé malgré moi, est le même que recherchent et désirent tant d'âmes depuis l'aube de l'humanité…

« Si on se voyait tous les jours, tout le temps, les choses changeraient entre nous, a affirmé Isabelle un peu plus tard, sa tête posée sur ma poitrine.

— Seulement si on ne faisait pas attention, ai-je dit. Le secret, c'est d'entretenir la passion…

— Ta naïveté est adorable, jeune homme. Tu as une vision si idéaliste du couple, et tu y crois dur comme fer. Si tu ne veux pas perdre toutes tes belles illusions, je te conseille de ne jamais vivre avec quelqu'un, de ne jamais avoir d'enfants, et surtout de ne jamais rien officialiser par un contrat de mariage. Mais tu y passeras, toi aussi, comme moi… Non seulement c'est ce qu'on attend de nous, mais chacun se persuade lui-même que c'est ce qu'il veut.

— Mais si c'est avec la bonne personne…

— Tu veux dire, l'amour de ta vie ? Ton âme sœur ? Tous ces beaux concepts me laissent sceptique. On croit avoir trouvé le partenaire idéal pour la vie… Et puis on se rend compte que ce qu'on voulait à un moment donné a changé. Les besoins ne sont plus les mêmes. Notre perception de l'autre non plus. Et la personne à qui tu as juré un amour éternel commence à nourrir ses propres doutes vis-à-vis de toi. Je parle comme quelqu'un dont on a brisé tous les rêves, n'est-ce pas ? Mais non. Je me suis mariée avec Charles parce que j'étais folle d'amour pour lui, mais je savais en même temps que le mariage est un contrat social plein de clauses en petits caractères. Surtout quand la belle-famille a une vision du monde inchangée depuis le XVIIIe siècle, où chacun trouve sa place en fonction de lois et de règles ancestrales. Il y a toujours de l'amour, parfois même un instant de passion, entre Charles et moi. Mais pas comme ça, pas comme entre nous. C'est pourquoi je t'interdis de partir dans trois jours.

— Fais-moi prisonnier, alors.

— C'est vraiment ce que tu veux ?

— Je t'en prie. Prends-moi mon passeport, garde-moi ici sous clef. Je serai ton esclave, je vivrai d'air pur et de pastis…

— Il n'y a pas d'air pur à Paris. Le pastis est meilleur à Marseille. Et les esclaves intelligents s'ennuient vite, alors ils s'évadent.

— Je reviendrai. »

Elle m'a plaqué sur le lit avec force, pesant sur mes épaules, le visage tendu.

« Est-ce que tu m'aimes, Samuel ?

— Plus que tout.

— Même après ce que tu as vu cette semaine ?

— Surtout après ce que j'ai vu. Si je te disais que tu es tout ce dont j'ai toujours rêvé…

— Je te répondrais : "Je le resterai tant que tu ne vivras pas avec moi." Ça me brisera le cœur de te voir partir dans trois jours, mais… je veux que tu partes. C'est le seul moyen pour que tu me reviennes. »

Isabelle est partie à dix heures du matin. Nous nous sommes retrouvés au lit à dix-sept heures : deux heures plus tard, elle se rhabillait et me précédait dans la rue. Rendez-vous suivant – sans surprise – à dix-sept heures le lendemain, où nous avons dépassé notre horaire habituel de trente minutes à cause d'une folle proposition de ma part.

« Comme c'est notre dernier jour, demain, on pourrait peut-être aller dîner à l'extérieur ? »

Pour toute réponse, elle a cité Prévert : « Paris est tout petit. »

« Quelqu'un du quartier pourrait me reconnaître dans un restaurant, a-t-elle ajouté.

— Alors sortons de ce quartier. Tu connais des gens dans le XIXe ?

— Je n'y ai jamais mis les pieds.

— Alors allons l'explorer ensemble.

— Mais il n'y a rien, là-bas.

— Qu'est-ce que tu en sais ? Tu n'y es jamais allée.

— Je sais qu'il n'y a rien d'autre que de la glace et de la neige en Antarctique, et pourtant je n'y suis jamais allée non plus. De toute façon, c'est impossible. Je dois partir en Normandie avec Charles ce week-end pour un événement familial, et le départ est prévu pour six heures. On peut se retrouver à trois heures ?

— J'ai vraiment le choix ?

— Ne le prends pas comme ça.

— Et pourquoi pas ? Je ne suis ici que pour une semaine. Tu aurais pu inventer une excuse, dire que tu ne pouvais pas partir ce week-end, et rester deux jours entiers avec moi… Mais je sais ce que tu vas dire : c'est comme ça que ça marche entre nous. *Un cinq à sept*. Alors je l'accepte, comme j'ai accepté tout le reste cette semaine.

— Tu es injuste.

— Je suis très juste, au contraire. Je sais que tu traverses une période difficile, et j'ai été très patient, compatissant et compréhensif. Je ne te demande pas de me rendre la pareille, mais une fois de plus tu me rappelles que je ne suis qu'un à-côté dans ta vie…

— Tu sais bien que ce n'est pas vrai. Tu as déjà oublié tout ce que je t'ai dit ces derniers jours ? Et moi qui pensais que tu t'étais fait à notre arrangement…

— Je m'y suis fait, c'est évident. Mais c'est toi qui décides de tout, Isabelle. Quand je peux te voir, quand je ne peux pas. Alors que tu te réserves le droit de débarquer à mon hôtel en pleine nuit pour me demander pardon. Et je te pardonne. Et je te suis jusqu'ici. Tout ce que tu me demandes, je te le donne. Et je te demande si peu en retour. Tu aurais très bien pu dire à ton mari : “Je ne peux pas venir ce week-end, il faut que je reste à Paris”… Mais laisse-moi deviner, il y a une grande fête de famille au château en Normandie et il faut sauver les apparences coûte que coûte. Même si ton mari et son horrible mère t'ont fait enfermer chez les fous…

— Je me fiche de ce que pense sa mère, mais Charles m'a emmenée dans cet hôpital et a autorisé les électrochocs pour mon bien, et pour protéger Émilie. Et il ne m'a pas fait enfermer. Il ne m'a pas séparée de ma fille. Il ne m'a peut-être pas soutenue avec toute l'affection que j'espérais, mais il ne m'a pas non plus tourné le dos – ce qui, étant donné la mentalité dans laquelle il a grandi, est déjà extraordinaire. Mais tu ne veux pas entendre ça, n'est-ce pas ? Ça te forcerait à voir Charles comme un être complexe et nuancé, au lieu de l'homme terne, arrogant, froid et autoritaire que tu te plais à imaginer. Mieux vaut te poser en héros tragique et imaginer que ta dulcinée te délaisse pour un vieux richard sans cœur.

— Très bien, je vois mieux où est ma place, ai-je rétorqué en quittant le lit. Je vais donc te laisser à ta vie heureuse et à ton mari passionné, puisque tu… »

Elle m'a pris la main. Je me suis dégagé, tout en orgueil blessé, mais elle m'a saisi fermement par les doigts pour me faire retomber sur le lit.

« Je t'ai dit depuis le début que les week-ends, c'était impossible. Crois-moi, je préférerais de loin passer mon samedi après-midi avec toi que faire une promenade sous la pluie avec ma belle-sœur, la décoratrice d'intérieur qui n'a pas évolué depuis le Versailles de Louis XIV. Mais c'est comme ça. Je ne t'ai pas promis quelque chose avant de changer d'avis. Tu connais les règles… Mais je te connais assez pour savoir que tu continueras de te rebeller contre elles jusqu'à ce que tu tombes amoureux.

— Je suis amoureux. »

Elle m'a embrassé tendrement.

« Moi aussi. Et maintenant, il faut que je rentre. À demain… »

Demain. Vendredi. *Quinze heures*, dans sa langue. Une pluie torrentielle, à l'image des trois jours précédents. J'avais occupé ma matinée aux mêmes choses que la veille au soir : à tuer le temps dans des cafés, des librairies, d'autres cafés, des musées, un cinéma, encore des cafés. Paris était détrempé, et je me sentais gagné par l'agitation, l'évaporation des possibilités, le départ non négociable pour Boston à neuf heures trente le dimanche matin. Le retour, dès le lendemain, aux aspérités du droit, à ce système universitaire auquel je devais vouer ma vie pendant encore plus de deux ans, avant d'arracher de haute lutte mon diplôme du barreau et d'intégrer une quelconque hiérarchie légale – dans le but d'atteindre le haut de l'échelle vers mes trente ans. Je caressais vaguement l'idée d'obtenir mon diplôme, puis de m'enfuir vers quelque chose d'humanitaire et de tropical, au moins pour un temps : donner des cours en Haute-Volta, ou encore travailler sur un projet de récupération de l'eau en Papouasie-Nouvelle-Guinée… Autant de rêveries passagères que je ne réaliserais jamais. Mais, comme je l'ai confié à Isabelle cet après-midi-là, j'étais également conscient d'une chose : je conservais une certaine flexibilité de décision tant que je ne me laissais pas prendre au piège des responsabilités.

Tandis que je l'admirais, à califourchon sur moi, je me suis surpris à penser qu'il nous restait moins de quatre-vingt-dix minutes ensemble avant qu'elle ne s'évanouisse vers la grisaille normande (du moins, j'espérais avec amertume que le temps en Normandie serait aussi déprimant et humide qu'à Paris). Deux fois déjà, alors que nous faisions l'amour, j'avais vu Isabelle me regarder étrangement avant de se détourner, la mine triste et préoccupée.

« C'est moi qui te rends si mélancolique ? ai-je demandé en m'immobilisant.

— Pourquoi cette question ?

— Tu as l'air inconsolable. »

Elle m'a de nouveau complimenté sur la richesse de mon vocabulaire.

« Le jargon juridique est sec, mais hyperdétaillé, ai-je répondu. Son seul intérêt, selon moi, est sa richesse lexicale. Parfois, je me dis qu'absorber tous ces nouveaux mots est la seule chose qui me permette de digérer les monceaux de banalités que j'épluche à longueur de temps.

— En tant que traductrice, je ne peux qu'approuver. Mon père me disait souvent : "Sois toujours en train d'apprendre quelque chose… Ne serait-ce qu'une nouvelle expression, un nom de lieu que tu ne connaissais pas, un nom de rue découvert par hasard."

— Je crois que c'est ce qu'on appelle la curiosité.

— Donne-moi quatre synonymes de “curiosité”.

— C’est un test ?

— Peut-être bien. Je t’écoute : quatre synonymes.

— “Goût”, “avidité”, “intérêt”, “indiscrétion”.

— Tu as couvert tout le spectre, du positif jusqu’au négatif.

— Comme la plupart des mots, non ? Même quelque chose d’aussi simple que “bon” déborde de sens cachés : positif, agréable, honorable, supérieur, *recherché*.

— Et quels sont les synonymes de “distance” ?

— Paris… Boston.

— Je crois que tu as un talent caché.

— Je crois surtout que je passe trop de temps le nez dans un dictionnaire de synonymes, parce que je suis seul et je m’ennuie.

— Pourquoi seul ?

— Parce que tu es ici, à Paris, loin de moi.

— Trouve-toi quelqu’un là-bas, alors.

— Je te l’ai déjà dit : je n’ai pas le temps d’avoir “quelqu’un là-bas”.

— Même juste pour du sexe ?

— C’est trop de travail.

— Pas tant que ça…

— Je t’assure que si. Le sexe n’a pas la même valeur aux États-Unis.

— Je suis certaine que, dans une université aussi bien fréquentée que la tienne, tu trouverais facilement quelqu’un qui croie au sexe juste pour le sexe.

— Mais ce ne serait pas pareil que ce qu’on a, tous les deux.

— Non, ce serait juste du sexe.

— Et si je te proposais de me rendre visite à Boston…

— En laissant Émilie toute seule ? Hors de question.

— Tu pourrais l'emmener.

— Et la garde d'enfants avec, pour qu'elle puisse s'en occuper pendant qu'on ferait l'amour ?

— On pourrait s'occuper d'elle nous-mêmes.

— Mais ça voudrait dire l'avoir dans la même pièce que nous pendant que…

— Elle dort dans la même chambre que toi et Charles, non ?

— Charles est mon mari. Et son père.

— Elle n'a que quelques mois, ça m'étonnerait qu'elle puisse reconnaître qui partage le lit de sa mère…

— Arrête ça tout de suite. C'est hors de question. Tout comme l'idée de se voir en dehors de Paris. En dehors de ce studio. En dehors de nos après-midi. Tu n'as pas cessé de revenir sur le sujet, cette semaine. J'ai peur de te perdre, tu le sais. L'autre jour, après cette histoire avec le cendrier, je me disais : Il va s'en aller et je ne le reverrai plus jamais. Cette pensée me broyait l'âme. Mais à chaque fois que tu me demandes davantage, je m'éloigne un peu plus de toi.

— Je te demande de me rendre visite, pas de quitter ton mari. C'est simplement que je n'ai pas envie d'attendre encore des mois avant de te revoir. Ne m'accuse pas de te mettre la pression alors que j'accepte déjà toutes tes conditions. »

Je l'ai saisie par les épaules pour m'enfoncer en elle. Tout en la sentant se contracter et se resserrer autour de moi, je l'ai embrassée avec fougue. Je débordais de désir, d'ardeur, de tristesse, avec une pointe de colère.

« Je n'ai qu'une question à te poser, ai-je murmuré. Qu'est-ce que tu veux ? »

Au lieu de répondre, elle s'est déchaînée sur moi, me chevauchant sauvagement jusqu'à jouir avec un cri étouffé. Quelques secondes plus tard, c'était mon tour. Un long silence nous a enveloppés. Puis, soudain :

« Dans vingt ans, dans trente ans, tu repenseras à ces moments et tu te diras : À une époque, je pouvais jouir deux fois en une heure.

— Et tu sais de quoi tu parles, avec ton mari quinquagénaire.

— Il fallait que tu remettes ça sur le tapis…

— C'est toi qui as fait la comparaison, à ta manière. »

Nouveau silence.

« Tu n'as pas répondu, ai-je repris. Qu'est-ce que tu veux ? »

Elle s'est redressée. A allumé une cigarette.

« En vieillissant, tu te rendras compte que ce que tu veux change sans arrêt. Il n'y a pas de réponse simple à ta question. Il n'y a que les rigoristes, ceux qui ont drastiquement limité leurs horizons, pour croire qu'on peut savoir ce qu'on veut. Tous les autres disent : "Je veux ci, je veux ça, je te veux, toi." Mais en réalité, on n'en sait absolument rien.

— Alors… tu me veux ?

— Évidemment.

— Et en même temps, tu ne me veux pas.

— Oh si, je te veux. Mais pas au prix de la vie que je me suis construite, si imparfaite soit-elle.

— Donc, tu veux cette vie et tu n'en veux pas non plus.

— Exactement. Tu vois, la vie est une farce… Mais une farce cruciale, essentielle. Parce qu'il n'y en a pas d'autre. »

Une heure plus tard, nous quittions l'appartement. Il était dix-sept heures précises. Isabelle voulait être rentrée chez elle en vingt minutes, et dans la voiture avec son mari et sa fille à dix-huit heures : alors, si tout se passait bien, elle passerait la porte du château de Normandie vers vingt et une heures.

« Et toi, mon amour, qu'est-ce que tu vas faire ce soir ? »

J'ai haussé les épaules, résistant à la tentation de répondre : « En tout cas, je ne serai pas dans un château. » L'amertume laisse toujours un arrière-goût désagréable, en plus de nous dépouiller de tout semblant de dignité. Mieux valait feindre de trouver la situation parfaitement acceptable, et laisser mon amante retourner à sa famille sans ciller.

Je lui ai pris la main. Nous nous étions arrêtés dans le hall étroit séparant la cour de la porte de l'immeuble, et je voulais l'embrasser et la dévorer contre les rangées de boîtes aux lettres… Mais lorsque j'ai voulu l'attirer à moi, elle s'est raidie.

« On a fait nos adieux en haut. Je connais des gens aux Éditions de Minuit, on pourrait nous voir.

— Et il faut sauver les apparences à tout prix. »

Elle s'est dégagée.

« Tu sais très bien que c'est comme ça que ça marche.

— Oui, je sais. »

J'ai repris sa main. Elle a serré mes doigts entre les siens.

« Je n'aime pas l'idée de te dire au revoir, a-t-elle avoué.

— Mais c'est comme ça que ça marche.

— Tu reviendras cet été ?

— Quand j'aurai fini mon stage à New York… Oui, je pourrai sans doute trouver une semaine ou deux avant la reprise des cours. Mais je suppose que tu seras absente au mois d'août.

— Comme tout le monde à Paris.

— Dans ce cas… *On verra.*

— Tu dois revenir, a-t-elle murmuré d'un ton pressant.

— *On verra.*

— Ne joue pas à ce petit jeu.

— Je suis juste réaliste. J'ai envie de revenir. Mais… *on verra.* »

Elle a déposé un léger baiser sur mes lèvres, avant de se tourner vers la porte.

« Laisse-moi partir la première.

— Au cas où Charles aurait posté des espions dans la rue ?

— Au cas où je tombe sur quelqu'un que je connais. Et je n'ai pas envie de parler de ça maintenant. Dès que j'aurai franchi cette porte, tu commenceras à me manquer.

— Parce que tu as décidé que tu ne pouvais pas vivre avec moi.

— Parce que j'ai décidé que personne ne pouvait échapper à son destin.

— Ah oui ? Et quel est ton destin ?

— De savoir que je dois te renvoyer à ta vie américaine, à ta réalité, d'être parfaitement consciente que tu me manqueras chaque jour… et que tu pourrais très bien reprendre tes esprits, rencontrer quelqu'un et m'oublier.

— C'est très contradictoire.

— Nous sommes tous contradictoires. C'est pourquoi l'amour est aussi impossible… et aussi nécessaire.

— Pour faire taire les contradictions ? »

Un autre baiser aérien.

« Exactement, mon amour. Mais les contradictions ne se taisent jamais très longtemps. »

Elle a regardé sa montre.

« Notre temps est écoulé. Pour l'instant.

— *On verra.*

— *Je t'aime.* »

Et, sans attendre ma réponse, elle est partie.

Trois semaines après mon retour, j'ai reçu une carte d'Isabelle.

J'ai traduit aujourd'hui un poème de Pablo Neruda sur la nature éthérée des plaisirs de la chair, et il m'a inspiré des pensées profondément érotiques à ton sujet. Puis-je te persuader de venir une semaine cet été ? Je songe à toi, à nous, et je soupire avec envie. Je t'embrasse très très fort. *Ton Isabelle*

Mon Isabelle.

J'ai répondu.

Les pensées érotiques sont partagées. Je suis tombé récemment sur une citation de je ne sais plus qui : « Étonnant comme une petite idée peut prendre le contrôle d'une vie entière. » Comme c'est vrai. Je suis en stage à New York cet été jusqu'au 20 août. Je peux être à Paris le lendemain matin. Je devrai revenir à Cambridge le 29. Penses-tu que tu pourras trouver le moyen de revenir à Paris juste cette semaine ? Je l'espère. Tu me manques aussi.

Deux semaines plus tard, une nouvelle carte.

Réserve tes billets. Je serai à Paris le 21 août, mon jeune homme que j'adore.

« Rendez-vous au 9, rue Bernard-Palissy à 17 heures le 21 août », ai-je répondu. C'était à la mi-juillet. Quatre semaines plus tard, quelques jours à peine avant le départ, je lui ai envoyé un télégramme.

À regret, je dois annuler ma visite. Quelque chose de capital est survenu. Tout mon amour.

3

L'amour.
Le vrai.
Le véritable.
Mutuel.
Réciproque.
Sans attaches… Du moins pour l'instant.
L'amour.
Étais-je à sa recherche ?
Oui, comme tout le monde.
L'amour.

C'était le dernier mot de mon télégramme à Isabelle : « amour ». Une ambiguïté volontaire, qu'elle pourrait interpréter comme une salutation – mais je n'avais pas signé, délibérément. Car c'était aussi une déclaration : « Je ne rêverai plus d'une vie avec toi… parce que j'en ai trouvé une ailleurs. »

L'amour.

Le lendemain, un télégramme m'est parvenu au cabinet dans lequel je faisais mon stage. Il était expédié depuis Paris.

Les énigmes ont toujours un sous-texte révélateur. Je présume que tu ne viens pas parce que tu es tombé amoureux de quelqu'un, mais que tu ne veux pas me l'annoncer directement. Si tu as trouvé l'amour, je suis sincèrement heureuse pour toi. J'espère simplement que la porte ne se referme pas à jamais. Tu sais où me trouver. Je t'embrasse...

Je n'ai pas répondu. Nul besoin. Et, oui, quelque part, j'étais assez satisfait d'avoir rendu mon énigme légèrement passive-agressive. Au retour de ces quelques jours à Paris, en mai, je m'étais jeté à corps perdu dans le travail pour étouffer mon trouble. Et même si nous échangions parfois quelques lettres, tout en planifiant nos retrouvailles du mois d'août, je ne pouvais m'empêcher de me dire que tout cela n'était qu'un aller simple pour nulle part. Je méritais davantage.

Je voulais davantage.

Notre vie sentimentale est entièrement dirigée par cela : le désir de quelque chose au-delà de ce qu'on possède. La croyance en une meilleure expérience de l'amour. Un rempart contre les incertitudes de l'existence.

Oui, je méritais davantage. Et au fond, j'en voulais secrètement à Isabelle d'être incapable de m'offrir ce dont j'avais besoin. « Je t'aime, et à présent je rentre chez moi auprès de mon mari, le père de l'enfant que j'ai toujours voulu » n'est pas la meilleure chose à dire à un amant qu'on laisse errer seul à la nuit tombée. Pourtant, je m'étais volontairement laissé embarquer dans cette relation limitée : à quoi bon m'indigner contre des règles que j'avais déjà acceptées, malgré ma réticence ?

J'étais aux prises avec ce dilemme depuis mon retour de Paris. Même durant les moments difficiles, même au cœur de la folie et de la violence, la passion était toujours là… Mais nous-mêmes n'étions « là » que par tranches de deux heures, quelques après-midi par semaine, et sans la moindre régularité.

J'avais commencé d'innombrables lettres – toutes froissées et lancées dans la corbeille la plus proche – pour essayer de dire la même chose : qu'elle était tout pour moi, que j'étais follement amoureux d'elle, mais qu'elle restait perpétuellement hors de ma portée. Et que, pour être honnête, c'était trop douloureux. Mais, raisonnais-je en tapant chaque nouveau brouillon à la machine à écrire, elle savait déjà tout cela. Le lui dire ne la ferait pas revenir sur sa décision, ni abandonner ses arguments soigneusement construits en faveur de la vie domestique qu'elle s'était créée. Alors, à la place, je lui écrivais des nouvelles de ma vie, et j'y ajoutais toujours quelques expressions de désir et un compte à rebours jusqu'à mon voyage en août – dans dix, neuf, huit, sept semaines… Ses lettres avaient la même chaleur et la même volubilité : elle me racontait que sa vie se stabilisait, qu'elle n'avait pas souffert de nouveau de ce qu'elle appelait son « baby blues », qu'Émilie était merveilleuse et que Charles allait « très bien ».

Bien sûr, je pense sans cesse à te sentir en moi, et je brûle de sauter dans un avion pour Boston ou New York... Mais je sais que c'est impossible, Émilie est encore trop jeune. Si seulement je pouvais te convaincre de me rejoindre quelques jours ici après tes examens !

Mais j'avais accepté une offre de stage chez Larsson Steinhardt and Shulman, qui commençait le lundi après mes partiels – et la date n'était pas négociable. Une proposition d'un cabinet aussi prestigieux ne se refuse pas, sans compter le salaire qui allait avec : sept cent cinquante dollars par semaine. J'avais trouvé une chambre dans l'appartement d'étudiants en droit de Columbia, au cœur du quartier de Morningside Heights. Mes colocataires travaillaient eux aussi douze heures par jour, et celui dont je sous-louais la chambre était parti à la Cour suprême pour trois mois.

Chez Larsson Steinhardt and Shulman, on m'avait placé sous la tutelle de Mel Shulman, le plus ancien des trois associés. C'était un homme de la vieille école, d'une grande austérité, qui n'aimait rien mieux qu'un « bon contentieux », et qui avait pour spécialité les litiges, ainsi que « les guerres intestines des fiducies et successions ». Je travaillais dans un box à côté de son bureau, où je me suis découvert un goût pour la traque des faiblesses de structure et des erreurs de construction au sein d'un document apparemment irréprochable : un minuscule vice caché dans un testament pouvait donner à nos clients la liberté de déjouer ce que M. Shulman nommait les « intrigues de succession ». C'était un travail astreignant, extrêmement détaillé, et je me suis fait à ses rigueurs. Je préparais de longs rapports pour M. Shulman sur les dossiers qu'il me faisait examiner, et il m'encourageait à me comporter comme une espèce de détective – « précis, mais aussi créatif dans tes recherches ». Mon travail avait l'air de lui convenir.

« Quand tu sortiras de Harvard, tu auras ta place toute trouvée ici », m'a-t-il assuré au bout de quelques semaines.

Je l'ai remercié. Honnêtement, les journées de dix à douze heures de travail ne me posaient pas de problème, tant que je pouvais rentrer chez moi avant vingt et une heures, me changer et ressortir en chemise et short pour explorer les clubs de jazz, les cinémas et les rades de l'Upper West Side.

La troisième semaine, alors que je feuilletais le *Village Voice* en dînant seul dans un petit restaurant japonais de la 116e Rue, j'ai vu qu'une double projection d'adaptations de Raymond Chandler et de Dashiell Hammett avait lieu au cinéma le New Yorker, sur la 88e Rue et Broadway. C'était un vendredi soir, j'avais tout le week-end devant moi – et j'avais même réussi à quitter le bureau avant dix-huit heures, si bien que j'arriverais largement à temps pour le début de la séance à dix-neuf heures quarante-cinq. J'avais dans mon sac un sweat-shirt pour me protéger de la climatisation, ainsi qu'un paquet de Gauloises que j'avais acheté dans un tabac huppé de Madison Avenue. J'ai terminé mon assiette de tempura avant de reprendre le métro vers le sud, jusqu'à la 86e Rue. Le New Yorker était un merveilleux palace à l'ancienne, dans un style Art déco, avec un intérieur aussi délabré que tape-à-l'œil et un balcon fumeur. Les doubles projections coûtaient toujours trois dollars : ce soir-là, ils donnaient *Adieu, ma belle* avec Dick Powell, puis *La Clé de verre*, deux raretés. La salle était à demi vide. J'ai pris place au premier rang du balcon, allumé une Gauloise et j'ai commencé à me plonger dans le *New York Times* du jour lorsqu'une voix s'est élevée derrière moi.

« Tiens, un homme qui fume des Gauloises et ne porte pas de lunettes de soleil à l'intérieur. »

En me retournant, j'ai fait face à une jeune femme d'à peu près mon âge. Cheveux châtains, yeux noisette, sourire rusé, d'une beauté discrète et délicate. Je lui ai rendu son sourire.

« Je t'offre une de mes Frenchies ?

— D'après mon père, vétéran traumatisé de l'United States Marine Corps, et fier de l'être, c'étaient les préservatifs que les soldats appelaient souvent des "Frenchies"…

— Mon père aussi est un ancien Marine dérangé… Mais, comme il est baptiste et fier de l'être, il n'a couché avec personne pendant la guerre.

— Apparemment, il a couché avec quelqu'un au moins une fois ensuite.

— Peut-être même deux.

— Tu es sûr ?

— C'est vrai que je suis fils unique.

— Le mystère reste entier. »

Les lumières se sont éteintes.

« Merci pour la Frenchie », a-t-elle dit en m'effleurant l'épaule.

Adieu, ma belle avait très mal vieilli : un polar de série B avec des acteurs complètement à côté de la plaque. J'ai suivi distraitement l'intrigue, troublé par cet échange à bâtons rompus avec ma belle voisine.

« Eh bien, ça n'arrive pas à la cheville du *Grand Sommeil*, a déclaré celle-ci dès les premières lignes du générique.

— Très peu de films y arrivent, ai-je tempéré tandis que les lumières se rallumaient.

— Cinéphile ?

— Quand mon emploi du temps le permet.

— Et quand il ne le permet pas ?

— Je passe mes journées dans les livres de droit.

— On peut faire pire.

— Par exemple ?

— La thanatopraxie. Les pompes funèbres. La comptabilité. Les analyses actuarielles. La proctologie. Je peux te piquer une autre Frenchie ?

— Seulement en échange de ton nom.

— Rebecca. Et toi ?

— Sam.

— Sam et ses clopes françaises chic. Laisse-moi deviner : tu les as achetées à Paris, où tu as passé quelques mois avant de revenir à la sécurité et aux certitudes américaines.

— Merci de me réduire à un cliché.

— Tous les clichés sont fondamentalement vrais, n'est-ce pas ?

— Je vois que tu es capable de citer George Orwell. À mon tour de deviner : tu as fait Sarah Lawrence ou Hampshire, l'une de ces grandes écoles artistiques et avant-gardistes, et tu travailles pour quelque chose de littéraire et de beaucoup trop intelligent comme le *Paris Review* ou le *New York Review of Books*. »

Les lumières baissaient de nouveau pour le film suivant.

« Je suis avocate. »

Et c'était bel et bien le cas, comme je l'ai appris deux heures plus tard au Tap-A-Keg, le bouge miteux à l'angle de Broadway et de la 83e Rue dans lequel elle m'a traîné. Rebecca Wilkinson avait grandi dans le Nebraska, fille d'un professeur de littérature de Nouvelle-Angleterre exilé vers la petite université du coin. Sa mère était une poétesse reconnue dans la région, qui avait fait une grave dépression dix ans plus tôt lorsque Rebecca était enfant, et était régulièrement internée depuis.

« Papa boit, maman déprime, j'étais leur seule fille. Je suis partie en courant. »

Elle avait toujours rêvé de New York pour fuir la province et le désespoir familial. New York était son Moscou. Elle avait obtenu une bourse pour Barnard, où elle avait excellé, se voyant offrir une nouvelle bourse pour l'école de droit de Columbia, puis cinq partenariats différents dans des cabinets d'avocats dès l'obtention de son diplôme. Elle avait choisi Millbank Ritter and Cage, dont la clientèle composée de grandes entreprises leur permettait de faire beaucoup de bénévolat sur des affaires sociales.

« C'est ma première année, alors on ne m'a rien filé d'intéressant sur des condamnés à mort ou des Blancs poursuivis pour racisme institutionnalisé en Alabama… Je suis censée apprendre les ficelles du métier, tout ça. Et accepter leur argent. Tu connais la chanson : jouer le jeu pendant huit ans, remplir mon carnet d'adresses, faire des heures supplémentaires pour montrer que je rapporte, puis devenir associée avant trente-cinq ans et enfin décider ce que je veux faire de ma vie.

— Et qu'est-ce que tu veux faire de ta vie ?

— Entrer dans la légende. Libérer les malheureux condamnés par une justice fautive. Démasquer de grandes entreprises diaboliques. M'élever contre le système. Rencontrer l'homme de ma vie et avoir deux enfants, mais sans renoncer à ma carrière exceptionnelle. Éventuellement, prendre un congé sabbatique de six mois pour aller vivre à Paris, comme toi. Sauf que tu as eu la présence d'esprit de le faire avant de t'enchaîner à un cabinet, contrairement à moi. Tu imagines la tête de mes chefs si je leur annonçais que je partais six mois à Paris ? Je pourrais dire adieu à mon partenariat. Mais peut-être que ce serait la meilleure décision de ma vie. Renoncer à tout ça, aller habiter rue… Donne-moi un nom de rue à Paris.

— Rue Bernard-Palissy.

— Décris-la-moi : à quoi elle ressemble, quelle taille elle fait, quel genre d'immeubles et de magasins, le quartier… »

Je me suis exécuté, en faisant de mon mieux pour omettre tout détail personnel. Sa réponse ne s'est pas fait attendre.

« Donc la femme que tu aimes habite là-bas ?

— Est-ce que j'ai parlé d'amour ?

— Pas besoin.

— Alors comment… ? »

Un léger haussement d'épaules, assorti d'un de ses sourires malicieux.

« C'est sérieux entre vous ?

— C'était un arrangement. Un arrangement passionné.

— C'était ? Alors c'est fini ?

— Oui, c'est fini. »

Était-ce une demi-vérité ou un mensonge ? Ou, peut-être, un souhait : me libérer enfin de la douleur permanente causée par la pensée d'Isabelle. Élaborais-je déjà un plan d'évasion, assis là, en face de Rebecca – avec qui je discutais depuis trente minutes à peine ? Il arrive souvent que l'on tombe amoureux parce que le moment est bien choisi… ou pour panser les blessures d'une passion qui n'a pas pris le chemin qu'on espérait. Même si, et à l'époque je commençais seulement à m'en rendre compte, les histoires d'amour prennent un malin plaisir à s'écarter du chemin qu'on a tracé pour elles.

« Fini pour de bon ? a demandé Rebecca.

— Est-ce qu'une histoire de ce genre peut vraiment finir pour de bon ?

— Difficile de répondre à un tel argument. »

Nous avons bu dans ce bar jusqu'à deux heures du matin. La conversation coulait d'elle-même, avec une aisance et une affinité aussi vivifiantes qu'excitantes. Il ne faut jamais sous-estimer la puissance érotique d'un échange de banalités avec une personne qui nous a plu dès le premier regard et qui nous inspire des sentiments grandissants. Rebecca a laissé entendre qu'elle venait de mettre fin à une relation majeure.

« J'ai emprunté la même route que toi. En ce qui me concerne, j'ai foncé et j'ai eu le cœur brisé. Mais je vais suivre ton exemple et me taire à ce sujet… pour l'instant. Tout ce qu'il y a à savoir, c'est que c'est récent, et que je ne suis pas près d'y retourner. »

Elle vivait dans l'Upper East Side.

« Ce sont les beaux quartiers, mais j'ai fait une véritable affaire, et je retrouve quand même l'esprit new-yorkais là-bas. Je t'inviterai un jour, si tu veux… Au cas où tu aurais envie de poursuivre la conversation, de voir où ça nous mène.

— J'en ai très envie.

— Est-ce que ça cassera le romantisme si je te donne ma carte de visite ? Il paraît qu'ils font ça au Japon.

— *Kanpai* », ai-je répondu – « Santé ! », le seul mot japonais que je connaisse.

Au dos de la carte, elle a noté un numéro de téléphone.

« C'est celui de chez moi. J'ai un répondeur si je ne suis pas là. Et je partage une secrétaire avec cinq autres associés au cabinet.

— Je suis sûr que tu auras le message, d'une manière ou d'une autre.

— Si tu daignes m'appeler, en tout cas.

— Est-ce que j'ai l'air de ne pas vouloir t'appeler ?

— Tu ne m'as pas donné ton numéro.

— J'attendais juste que tu aies fini de me donner le tien.

— Si tu le dis…

— On dirait que tu ne me crois pas.

— J'ai été trop souvent déçue.

— J'essaierai de ne pas te décevoir.

— Tout le monde dit ça.

— Mais je ne suis pas tout le monde.

— Comment dit-on "on verra" en français ?

— *On verra.*

— J'aime bien. Ta copine de la rue Bernard-Machin-Chose disait ça souvent ?

— Oh oui. »

J'aurais pu ajouter : « C'était son expression favorite, le résumé de sa vision du monde… »

« *On verra*, a répété Rebecca. Ça sonne bien. Belle musicalité. Et c'est tellement français. Tu m'emmèneras à Paris ?

— Tu ne penses pas qu'on devrait dîner ensemble d'abord ?

— Pas faux. J'attends toujours ton numéro. »

J'ai noté pour elle le numéro principal de Larsson Steinhardt and Shulman, en précisant que la réceptionniste était très vieux jeu et n'aimait pas prendre de message pour les stagiaires. Quant au téléphone de l'appartement où je logeais, il n'avait pas de répondeur.

« Je me débrouillerai avec la dure à cuire de ton cabinet. Maintenant, trouve-moi un taxi. Et puisqu'on est samedi demain et qu'on n'a pas besoin, je pense, d'attendre les quarante-huit heures réglementaires, tu n'as qu'à me dire où tu veux qu'on se retrouve pour dîner. Ensuite, je propose la séance de vingt-trois heures au Village Vanguard. Tu connais Bill Evans ?

— Pas vraiment.

— Une grosse lacune dans ton éducation. Donne-moi un restaurant. Sympa et pas trop cher, de préférence. »

J'ai opté pour Asti's, un petit troquet de la 12e Rue – non loin du Vanguard.

« Vingt heures ? ai-je ajouté.

— Un voisin du Midwest qui ne propose pas de dîner à dix-sept heures trente ? Décidément, tu me plais. Le rendez-vous est pris. Maintenant, trouve-moi un taxi. J'ai besoin de dormir. »

Devant le bar, j'ai hélé un taxi jaune. Il a pilé juste en face de nous avec ce crissement de freins suicidaire qui semble être une seconde nature chez tous les chauffeurs new-yorkais.

Rebecca m'a pris par les épaules pour déposer un léger baiser directement sur mes lèvres.

« Laisse-moi te dire quelque chose en très mauvais français.

— Je t'écoute, ai-je dit en lui rendant son baiser.

— *Je suis ton destin.* »

Et, après m'avoir embrassé une dernière fois, elle a disparu au fond du taxi.

J'ai parcouru à pied les trente pâtés de maisons qui me séparaient de ma chambre.

« Je suis ton destin. »

En remontant Broadway vers le nord, je retraçais le fil de la soirée : décider à la dernière minute de me rendre à une double projection de films noirs, m'installer au premier rang du balcon, choisir un siège, allumer une cigarette française prétentieuse, et découvrir une femme extrêmement drôle et loquace assise juste derrière moi. Seule, elle aussi. Et célibataire…

Était-ce donc cela, le hasard ? Accidentel, imprévu, une accumulation de circonstances capable d'orienter une vie entière dans une nouvelle direction ?

Et pourquoi ne cessais-je de penser : Elle est celle que je cherche depuis si longtemps ? Peut-être était-ce vrai. Peut-être voulais-je simplement que ce soit vrai. Alors que je ne savais encore presque rien d'elle…

Nous sommes allés dîner ensemble le lendemain soir, et nous avons de nouveau parlé sans discontinuer jusqu'à ce qu'il soit l'heure d'aller au Vanguard – où la maestria de Bill Evans m'a impressionné au point que nous sommes restés pour la session d'une heure du matin. Lorsque nous sommes ressortis une heure et demie plus tard, Rebecca m'a saisi par la chemise.

« À l'exception de ces deux sublimes heures de piano, on n'a fait que parler depuis le début de la soirée. Et tout ce qui s'est passé entre nous n'a rien à envier à un roman. Alors pourquoi ne pas nous éclipser chez moi ? »

J'aurais pu répondre bien des choses à cet instant, en particulier sur son style plus que direct et le fait qu'elle aimait, semble-t-il, tout contrôler – mais j'étais séduit comme le sont toujours les hommes à qui l'on témoigne du désir. La flatterie peut nous emmener très loin – surtout venant d'une jeune femme brillante, jolie et drôle. Il était facile de se laisser conquérir par Rebecca. Elle était du même âge que moi, disponible et tout aussi intéressée par une relation sérieuse.

« Éclipsons-nous », ai-je dit.

Et je l'ai prise dans mes bras pour lui donner notre premier long baiser.

Son appartement se trouvait sur la 85e Rue Est, entre Lexington et la 3e. Petit, décoration quelconque, presque aseptisé. Mais rigoureusement organisé. Elle m'a vu évaluer d'un regard sa netteté irréprochable.

« L'habit ne fait pas le moine, a-t-elle commenté en se serrant contre moi.

— Tu lis dans mes pensées ?

— C'est ça. Je vois tout. »

Elle m'a tiré jusqu'au lit.

Nous n'avions pas cessé de boire pendant presque six heures. Résultat, nos premiers ébats ont été un peu bâclés, tout à fait dénués d'énergie et de chaleur, et n'ont duré que quelques minutes avant que Rebecca se laisse glisser sur le côté avec un gémissement ambivalent. Lorsque j'ai émergé de nouveau, la matinée était bien avancée. Une odeur de café flottait dans l'air. Rebecca est sortie de sa cuisine, nue, une cafetière et deux tasses dans la main gauche.

« Bonjour, a-t-elle lancé d'une voix encore ensommeillée. Je me suis dit qu'on avait besoin de caféine à l'italienne.

— Je confirme. »

Elle s'est assise près de moi sur le lit et nous avons bu toute la cafetière, après quoi je l'ai attirée sous les draps. Nous avons fait l'amour avec la gueule de bois – sérieusement épuisés, mais nous ressentions tous deux le besoin de prouver quelque chose à l'autre. Quelqu'un a dit un jour que l'histoire de toute relation s'écrit la première semaine : que tous les signes de ce qui va arriver émergent pendant ces quelques jours… Mais l'ivresse d'un amour nouveau nous pousse généralement à ignorer certaines évidences.

Faire l'amour avec Rebecca n'était pas catastrophique, non. C'était turbulent, plein d'entrain, parfois frénétique, parfois juste brutal et expéditif. Mais contrairement à Siobhan – avec ses tendances carnivores –, Rebecca manifestait un besoin profond, une solitude intense, et j'ai immédiatement répondu à sa rage. Parce que son esseulement était le reflet du mien.

L'amour avec Isabelle avait toujours quelque chose de lent, de sensuel, tout en retenue et en exploration jusqu'à l'extase. Ici, c'était plus rock'n roll, mais avec une bouffée de tristesse – ainsi que je l'ai constaté lorsque Rebecca a enfoui son visage dans mon épaule après avoir joui et s'est mise à pleurer en silence.

« Je peux faire quelque chose ? » ai-je murmuré.

Sa réponse, rétrospectivement, en disait long.

« Ne me laisse jamais... même si je deviens ingérable.

— Pourquoi deviendrais-tu ingérable ?

— Parce que je suis ma pire ennemie.

— Ce n'est pas rassurant. »

Elle m'a caressé la joue.

« Il suffit de savoir me prendre. »

Cela aussi, c'était très typique de Rebecca : elle ne tentait pas de cacher ses défauts. À prendre ou à laisser.

J'étais séduit par cette attitude directe. À mon sens, nos manques pouvaient se compléter ; ensemble, nous pouvions faire taire nos solitudes. Tant de certitudes en si peu de temps... Je me jetais tout entier dans la croyance absolue qu'elle était tout ce qu'il me fallait, que ce que nous avions était tout simplement extraordinaire – et cela, au bout d'à peine quelques heures ensemble.

Au cours des semaines suivantes, nous avons passé toutes nos nuits dans son petit appartement. Si bien qu'à la mi-juillet, j'ai mis fin à mon contrat de sous-location pour transporter chez elle le peu d'affaires que je possédais.

Très vite, j'ai appris plusieurs choses au sujet de Rebecca.

Elle adorait le sexe au réveil – même si j'avais travaillé tard la veille au soir, elle me secouait en douceur afin que je la satisfasse rapidement et sans faillir. De la même manière, elle aimait faire l'amour en rentrant du travail au moins trois soirs par semaine. Il lui fallait un antidote sexuel à la banalité de sa journée.

Elle était aussi organisée et rigoureuse dans presque tous les domaines que lorsqu'il était question de sexe. Tout chez elle avait sa place dédiée, et elle a paru approuver la vitesse à laquelle je me suis plié à ses manies : les serviettes de la salle de bains devaient être suspendues d'une manière précise ; les verres à pied, alignés par ordre de taille ; et les magazines empilés dans le bon ordre sur sa table basse.

Malgré ce besoin d'ordre constant – qui pouvait par moments la plonger dans une sorte de frénésie –, elle avait aussi un petit côté merveilleusement décadent. « Allons voir quatre films ce week-end », « Enchaînons trois concerts de jazz jusqu'à quatre heures du matin », « Faisons la tournée des bars du Lower East Side… ». Elle pouvait passer des heures dans une librairie, et me traîner chez tous ses disquaires favoris, près de Columbia et vers Waverly Place.

C'était une chose de plus qui m'avait instantanément attiré chez elle : la manière dont elle avait assimilé son statut de New-Yorkaise d'adoption. Elle se voyait pourtant comme une sorte de bohémienne et haïssait tout ce qui avait trait à l'ascension sociale. Obsédée par la justice sociale sous toutes ses formes, elle tentait déjà de participer à une action en justice à propos d'une loi de l'État de New York sur les droits de succession des couples homosexuels. Par ailleurs, elle trouvait consternante la décision de la Cour suprême de maintenir la peine de mort, et elle était passionnément déterminée à mener une bataille juridique contre cette injustice.

La passion. Son terme de prédilection. Elle nourrissait de la passion pour tant de choses – et tout particulièrement, comme elle me le répétait chaque jour, pour moi.

J'étais la meilleure chose qui lui soit jamais arrivée, l'homme dont elle avait rêvé toute sa vie. Nous parlions sans cesse des moyens d'esquiver toutes les tentations d'un poste d'associé dans un cabinet d'avocats ; pourquoi ne pas, un jour, monter notre propre affaire ? Jeune, créative, progressiste, tournée vers l'avenir, spécialisée en causes perdues. Au bout de quelques semaines de relation, nous avions déjà des projets plein la tête – Rebecca voulait absolument avoir des enfants, mais nous les élèverions en dessous de la 14e Rue, résistant aux attraits de la banlieue qui piégeaient chaque année tant de jeunes couples. Et ce ne serait pas avant cinq ou six ans, le temps qu'elle atteigne la trentaine ; d'ici là, notre cabinet serait bien établi, nous n'aurions pas d'autre autorité que nous-mêmes – en somme, nous mènerions des vies professionnelles et personnelles entièrement originales et indépendantes.

Des projets, des projets.

Rebecca adorait les projets.

Parce qu'elle avait besoin d'ordre. Avant New York, son existence tout entière n'avait été que désordre.

« Mes parents étaient de grands adorateurs du chaos. Ma mère travaillait dans le grenier, et c'était toujours comme si elle n'avait pas rangé son bureau depuis cinq ans. Elle refusait d'acheter un lave-vaisselle, et, quand j'ai eu sept ans, elle m'a annoncé que si je voulais des vêtements propres et repassés, je ferais bien d'apprendre à me servir du lave-linge et du fer. Papa était encore pire, encore plus désordonné. Je crois que je ne les ai jamais vus avec des vêtements neufs : ils préféraient user jusqu'à la corde ceux qu'ils avaient déjà. Vivre des légumes qu'ils faisaient pousser dans le jardin, faire leur propre compost, utiliser de vieux journaux comme papier toilette… On n'allait quand même pas faire du mal aux arbres en se torchant avec ! Et ils méprisaient tout ce qui touche à l'argent.

— Eh bien, ai-je fait remarquer, ils t'ont transmis leur amour de la justice sociale.

— Tout à fait. Mais aussi, par esprit de contradiction, un besoin d'être perpétuellement organisée et d'avoir de jolies choses autour de moi. Cet appartement, c'est une sous-location, et il est bien trop aseptisé pour moi. Mais j'ai mis de l'argent de côté, et avec en plus ce que m'a légué mon grand-père, je peux m'acheter la moitié d'un trois-pièces dans le West Village. J'ai déjà choisi où : juste entre University Place et la 11e Rue. J'aurai un salaire annuel de quatre-vingt mille l'année prochaine, alors… Mes parents racontent à tous leurs copains hippies que je me rebelle contre eux en me lançant dans le droit financier. Enfin, tu trouves peut-être que je parle trop d'argent et de tout ce que ça peut m'apporter ? »

Je me suis mis à rire.

« J'ai grandi dans le foyer le plus austère et le plus ennuyeux d'Indiana – si seulement il y avait une médaille pour ça –, je serais donc très heureux de mener la belle vie avec toi. »

Des projets, toujours des projets. Deux mois de relation et nous regardions déjà vers l'avenir. Nous nous retrouverions tous les week-ends, soit à New York, soit à Boston, le temps que je termine mes études. J'accepterais l'offre d'emploi chez Larsson Steinhardt and Shulman et j'emménagerais définitivement en ville – pour être précis, dans le trois-pièces que Rebecca aurait acheté d'ici un an… Et, à court terme, j'annulerais mon voyage à Paris prévu pour fin août.

L'amour.

Nous nous étions mis d'accord pour ne garder aucun secret, et leur préférer une honnêteté et une transparence absolues. Rebecca ne m'a rien caché du quinquagénaire associé dans un autre cabinet et répondant au nom de Steve Maidstone, avec lequel elle avait eu une liaison très intense de plus d'un an… qui avait brusquement pris fin lorsque la femme de l'intéressé avait tout découvert.

Dire que Rebecca s'était beaucoup trop investie émotionnellement dans cette liaison aurait été un euphémisme, ainsi qu'elle l'admettait volontiers elle-même.

« Steve m'avait dit que j'étais la femme de sa vie.

— Est-ce que tu pensais la même chose de lui ?

— Tu me demandes ça parce que je t'ai dit que tu étais l'homme de ma vie ?

— Peut-être…

— Steve était extraordinaire. C'était le parfait exemple de l'homme d'affaires conservateur, mais il avait un côté sauvage. »

Avais-je vraiment envie de savoir tout cela ? Je me suis posé la question tandis qu'elle chantait ses louanges. Membre du comité de direction du Scarsdale Golf Club, Steve Maidstone ne s'intéressait que peu à la culture, il ne lisait jamais autre chose que des documents de travail, mais il se métamorphosait (aux yeux de Rebecca) en une sorte de Henry Miller dès lors qu'il abandonnait son costume-cravate Brooks Brothers sur le parquet de ce même appartement où nous paressions maintenant au lit, complètement nus.

« Je sais que ça paraît absurde. M'enticher à ce point d'un type pour qui les graphiques actuariels sont comme de la littérature érotique, et développer une telle fixation sur lui… Je me rends compte maintenant que c'était une espèce de transfert complètement tordu. Tu sais, me rebeller contre mon père hippie en tombant amoureuse d'un parfait petit capitaliste. »

J'évitais autant que possible de parler de mon passé récent. Raconter mes séjours à Paris risquait de saboter tout ce que je tentais de bâtir… Surtout si je mentionnais la profonde tristesse que je ressentais encore parfois.

Par moments, je me demandais comment je pouvais être proche de Rebecca et penser encore à Isabelle. Tout en étant conscient que tomber amoureux de Rebecca était ma priorité. Elle était, à bien des égards, le meilleur choix à faire – à supposer qu'on puisse choisir quand tomber amoureux. Ces réflexions me semblaient désespérément pragmatiques, mais je ne cessais de me répéter que Rebecca était la femme que me réservait le destin, et qu'avec elle un avenir était possible.

Tandis que je relis ce dernier paragraphe, je suis fasciné par mon incroyable aplomb de l'époque, par ma décision, après seulement quelques semaines, de faire mien le programme romantique de Rebecca – et dont, pour être honnête, j'étais moi aussi complice. Quelque part, je devais bien me dire : Tout va trop vite. Mais je participais volontairement à cette précipitation.

Je m'étais persuadé que c'était ce que je voulais et que c'était la vie idéale pour moi.

Refusais-je délibérément de voir ce qui se trouvait sous mes yeux ? En dehors de sa manie de tout contrôler (qu'elle était la première à reconnaître, avec humour), rien chez elle ne me paraissait inquiétant. Certes, le sexe n'était jamais vraiment sensuel, mais elle aimait faire l'amour. Ni elle ni moi ne parvenions à croire en notre chance : nous nous soutenions mutuellement, comme si chacun savait de quoi l'autre avait besoin. Nous cohabitions sans problème dans son petit appartement, conscients tous les deux qu'il fallait à chacun son espace personnel. Nous parlions sans discontinuer. Et nous voulions l'un comme l'autre, désespérément, que cette relation fonctionne puisqu'elle nous permettrait de calmer et de soulager bien des doutes et des craintes.

C'est ainsi que, dans un esprit de transparence et de sincérité, j'ai fini par tout lui raconter au sujet d'Isabelle. Rebecca a eu le bon goût de ne pas me juger et de n'exprimer aucune jalousie. Elle voulait juste connaître la profondeur de mes sentiments pour Isabelle, cette « Parisienne de tes rêves si inaccessible », ainsi qu'elle l'appelait. Alors que je n'avais presque rien voulu savoir de son amant précédent, Rebecca m'a réclamé tous les détails : comment cela avait commencé, nos premiers rendez-vous, la longue période de manque, mon retour compromis par la violence de sa dépression. Elle a même affirmé que, si je désirais vraiment me rendre à Paris pour la voir, elle ne m'en empêcherait pas… mais qu'elle ne pouvait pas promettre d'être encore là à mon retour.

« Je ne dis pas que je t'oublierai pour toujours. C'est juste que je ne sais pas comment je réagirai si tu décides que c'est elle, ton destin. Mais je respecterai ton choix. »

C'est après cette conversation que j'ai annulé mon voyage et envoyé le télégramme à Isabelle, en tentant de me convaincre que je prenais la bonne décision – que j'avais rencontré quelqu'un de fabuleux et qu'il était temps de cesser de courir après cette femme qui ne me consacrerait jamais sa vie, et avec qui tout avenir était géographiquement impossible. Oui, c'était pour le mieux. Et puis, dans sa réponse, elle me souhaitait d'être heureux, avec l'élégance et le détachement qui la définissaient si bien.

Je n'ai pas pu me faire rembourser mes billets d'avion. Rebecca a entrepris de me consoler en organisant une escapade pour nous deux, et, en moins de vingt-quatre heures, nous nous étions mis d'accord pour prendre la direction du nord et louer un chalet perdu dans les Adirondacks. Nous avons emporté des livres, du vin, des chaussures de randonnée, des maillots pour plonger dans les profondeurs glacées des lacs. Nous nous sommes isolés du reste du monde pendant dix jours entiers. Le chalet était simple, basique, loin de tout. Deux fois seulement, nous avons pris notre voiture de location pour nous rendre au magasin le plus proche, à une demi-heure de route, et nous réapprovisionner en nourriture. Le reste du temps, nous le passions à faire l'amour, à dormir comme nous n'avions jamais dormi, à lire. Il s'écoulait de longues heures sans que nous échangions la moindre phrase – et ce silence n'était rien d'autre pour nous que le signe que nous étions suffisamment à l'aise en présence de l'autre pour nous taire. À l'opposé, il y avait des jours où nous ne cessions de parler, et je m'émerveillais de l'intérêt infini que nous avions l'un pour l'autre, de nos conversations qui ne tarissaient jamais. Nous nous comprenions, instinctivement.

Si je regrettais de ne pas être allé à Paris ? Bien sûr. J'aurais voulu connaître un peu de répit, loin de mon avenir américain immédiat et prévisible. J'aurais voulu prendre mon petit déjeuner au Sélect, hanter de petits cinémas et grimper les cent dix-huit marches jusqu'au refuge sous les toits d'Isabelle, où elle m'attendrait, une cigarette entre les doigts, son désir pour moi si marqué, si évident.

Mais souvent nous effaçons les détails qui risqueraient de gâcher les souvenirs parfaits projetés sur l'écran de notre mémoire. Par exemple, le fait que le soir à dix-neuf heures je serais de nouveau en train d'errer seul dans la ville, essayant de ne pas penser à Isabelle chez elle avec sa fille et son mari. Chaque fois que Paris me manquait, je me forçais à visualiser cette scène.

Puis je regardais la splendeur élyséenne des Adirondacks, Rebecca absorbée par le dernier John Updike dans le hamac suspendu entre deux arbres, et je me surprenais à penser : Je suis bien ici.

Au bout de dix jours, Rebecca m'a reconduit le long des petites routes de l'État de New York, puis de la Nouvelle-Angleterre, jusqu'à Cambridge. En retrouvant ma chambre d'étudiant, je me suis vu sommé d'investir dans un vrai lit deux places – du moins, si je voulais qu'elle me rende visite un week-end sur deux, comme prévu, au cours des neuf mois à venir.

Le lendemain, nous sommes allés dans un magasin de meubles de Porter Square, où j'ai choisi un nouveau lit au cadre d'acajou et à l'épais matelas.

« Notre premier vrai lit », a commenté Rebecca.

Et, un week-end sur deux, pendant les mois qui ont suivi, Rebecca a partagé ce lit avec moi. Les autres week-ends, je la rejoignais dans son quartier de Yorkville. Je suis passé maître dans l'art de relire mes notes dans le car Greyhound que je prenais un vendredi sur deux à quinze heures trente-cinq, après mon dernier cours, puis dans le car de retour, à dix-huit heures quarante-six le dimanche soir. Rebecca, quant à elle, arrivait par le train Amtrak à la South Station de Boston quelques minutes après minuit le samedi matin, ce qui nous laissait deux nuits ensemble avant qu'elle ne reprenne le train de dix-sept heures quinze le dimanche. La séparation nous convenait. Le plaisir de nous revoir après cinq jours était toujours immense. Un rythme s'est développé : deux jours de passion et de plaisirs partagés, après quoi chacun retournait à sa propre vie. Comme les appels entre Boston et New York étaient encore coûteux, nous nous organisions chaque jour pour que Rebecca puisse me joindre depuis son bureau sur le téléphone commun de ma résidence. Les cours étaient plus exigeants en deuxième année. Je n'avais pas de vie en dehors de l'école, de mes révisions et de mes week-ends avec Rebecca, qui, pour sa part, se trouvait de plus en plus frustrée par la quantité de dossiers concernant de grandes entreprises qu'on lui confiait. Juste avant Noël, elle a fini par acheter l'appartement qu'elle voulait (un très joli trois-pièces au huitième étage d'un immeuble situé non loin de Washington Square Park) et elle a fait remarquer avec ironie et résignation qu'elle venait de « troquer sa marge de manœuvre professionnelle contre un ticket d'entrée sur le marché immobilier new-yorkais ».

Nous avons passé l'essentiel des fêtes à meubler l'appartement – Rebecca, obsédée par le design, avait décidé qu'elle voulait un look Danish Modern feutré. Elle avait un véritable talent pour la décoration, dû en partie à son attention aux détails. Pour le Nouvel An, j'ai accepté de l'accompagner à Omaha : froid arctique, terres plates et désertes, une ville en plein déclin post-industriel, et deux parents vieillissants au style de vie hippie, qui nous ont accueillis avec un détachement chaleureux. Leur maison était effectivement chaotique, comme si le moindre semblant d'ordre constituait une trahison conformiste. Je n'ai pas pu déterminer s'ils formaient encore un véritable couple, ou s'ils vivaient simplement côte à côte à la manière des baba cool. Dans l'ensemble, cette première rencontre s'est plutôt bien passée.

Former un couple, surtout lors des premières années, c'est se répéter qu'on surmontera tout ensemble, qu'on sera l'exception à toutes les règles habituelles en vigueur lorsque le quotidien s'installe.

Pendant l'année et demie qui a suivi, et alors qu'elle était bien mieux installée que moi, Rebecca a insisté pour continuer à me rejoindre à Boston deux fois par mois – parce que, encore une fois, nous étions un couple, et que chacun devait démontrer son investissement.

Dix-huit mois. Les examens de deuxième année. Un autre stage chez Larsson Steinhardt and Shulman. Deux semaines de randonnée dans le Montana. Ma dernière année d'école. L'obtention de mon diplôme. Un emploi chez Larsson Steinhardt and Shulman. Mon emménagement dans l'appartement de Rebecca. Et lorsqu'elle s'est mise à parler de mariage, de choisir une date et d'organiser la cérémonie traditionnelle, j'ai dit oui, évidemment. Pourquoi ? Le mot « certitude » m'est venu à l'esprit – plus prometteur et contrariant que jamais.

Nous avons fixé la date de la cérémonie au 21 décembre 1980. Six mois plus tard.

Je me faisais une place dans la vie. Je cochais toutes les cases. Me disais : Tu es heureux.

Et j'étais toujours en contact avec Isabelle.

J'avais répondu à son télégramme à la suite de l'annulation de mon voyage.

Merci pour ta générosité et ton affection. Tu seras toujours dans mes pensées. Je t'embrasse, Sam

Les mois ont passé. Puis, en octobre, une lettre.

Mon très cher Sam,

Automne à Paris. Obscurité grandissante. Et tu me manques.

Je n'ai pas beaucoup de nouvelles à te donner. Émilie fait ses nuits. Elle sourit sans cesse. Tout le monde me dit qu'elle est d'une nature heureuse, et je suis d'accord. Mais dans mes instants les plus sombres, je me demande combien de temps elle conservera ce sourire lorsque les réalités du monde commenceront à lui apparaître. Et lorsqu'elle découvrira à l'école à quel point les autres filles peuvent être méchantes.

Mais, comme je l'ai dit, ce sont mes instants sombres. Ils sont moins nombreux. Les décharges électriques dans le cerveau font des miracles. J'ai replongé dans la noirceur quelques semaines après ton départ. Les horribles pensées infanticides sont revenues. Charles m'a trouvée de nouveau dans la cuisine au beau milieu de la nuit à me frapper la tête contre le carrelage pour faire taire les voix démentes que j'étais seule à entendre. J'ai été internée pendant quatre semaines et soumise à des séances d'électrochocs encore plus intenses. J'ai perdu la mémoire à court terme pendant plus d'un mois. Puis on m'a laissée me remettre, et je me suis surprise à te regretter avec une intensité qui me venait sans doute en partie des effets secondaires du traitement, mais aussi d'un véritable manque de tout ce qui te concerne. De tout ce qui nous concerne.

C'est pourquoi je comptais les jours jusqu'à la fin du mois d'août, jusqu'à ton arrivée et le moment où tu me prendrais dans tes bras.

Puis j'ai reçu ton télégramme.

Si je suis jalouse de la femme avec qui tu es en ce moment ?

Absolument.

Si j'ai l'impression d'avoir perdu quelqu'un pour qui je ressens un amour profond et sincère ?

Absolument.

Si je force un peu le trait en t'écrivant cette lettre ?

Absolument.

Mais je devais te le dire.

Cartes sur table, comme vous dites en Amérique.

Et encore d'autres cartes : même si tu ne m'as pas révélé exactement ce qui s'était passé, qui elle est, à quel point tout cela est sérieux (mais l'annulation de ta venue à Paris en dit assez long), je baigne dans le plus profond regret depuis que j'ai ouvert ta missive et compris : quelqu'un lui a mis le grappin dessus – comme j'ai toujours su que cela arriverait.

Je ne sais quoi te dire d'autre. Si ce n'est que je ne t'en veux pas de m'abandonner. Parce que je ne t'ai laissé aucun espoir. Parce que, je le vois à présent, je suis prisonnière de ma propre vie, qui ressemble plus à une impasse dorée qu'à une prison. Et, oui, j'écris tout cela en pleine nuit, dans mon bureau à la maison, toutes portes fermées pour que Charles n'entende pas le bruit des touches. Lorsque j'aurai terminé, je mettrai cette feuille dans une enveloppe sans la relire, j'écrirai ton adresse, j'attraperai mon manteau et j'irai la glisser dans la boîte aux lettres la plus proche avant de changer d'avis.

Je t'aime... Et, je t'en prie, ne me dis rien sur elle. Même si je brûle de tout savoir.

Et si tu te ravises et que tu décides de revenir à Paris...

Si j'ai été pris de court par cette lettre ?
Pour paraphraser Isabelle…
Absolument.

Avait-elle des regrets simplement parce que j'étais maintenant hors d'atteinte ?

Si j'avais été encore célibataire, encore fou de désir pour elle, l'équilibre entre nous aurait sans doute été différent. Peut-être aurait-elle continué à me tenir sous sa coupe. Ou bien se pouvait-il que mon changement de situation ait mis en lumière la continuité de sa propre situation, les conséquences de ses choix ?

Et puis, il y avait la manière dont cette lettre jetait de l'ombre sur ma relation avec Rebecca. Je savais qu'il était absurde de considérer la question comme une simple alternative entre deux possibilités. Mais, pour la première fois, Isabelle laissait entendre qu'elle voulait quelque chose de plus que nos après-midi. J'avais la nette impression que c'était dû au fait que je ne sois plus disponible. Même si je ressentais encore le même désir ardent et désespéré pour elle, je savais aussi, pour l'avoir expérimenté, que nous avons tendance à désirer plus fort ce qui, soudain, est hors de notre portée.

Naturellement, je n'ai pas parlé de cette lettre à Rebecca. Et lorsqu'elle est venue me rejoindre quelques jours plus tard, et que nous nous sommes retrouvés au lit pour des ébats aussi rapides et intenses qu'à l'ordinaire, je n'ai pas pu m'empêcher de penser à Isabelle… et au fait que l'amour avec elle – qu'il soit langoureux ou rapide – possédait toujours une puissante dimension érotique qui n'existait tout simplement pas avec Rebecca.

Mais ce que j'avais avec Rebecca, c'était de la complicité. La certitude de pouvoir construire une vie ensemble. Nos références communes n'avaient besoin d'aucune traduction.

Comme m'avait dit une fois Siobhan, ma folle Irlandaise, on veut ce qu'on ne peut pas avoir – et, en même temps, on se demande si ce qu'on a déjà, et qui nous apporte tant de choses qu'on a toujours voulues, n'est pas un peu trop facile.

En suivant cette logique biscornue, on se retrouve démuni sur tous les plans, à poursuivre l'amour comme une rêverie insaisissable au lieu d'éprouver une réalité stable et tangible.

Rebecca m'avait déjà demandé, bien sûr, si j'avais eu des nouvelles d'Isabelle après avoir annulé mon voyage à Paris. Je lui avais parlé du télégramme dans lequel elle exprimait sa tristesse mais me souhaitait d'être heureux.

« Ça t'a rendu triste, de lire ça ?

— C'est toujours un peu triste, quand quelque chose prend fin… Même si on sait, au fond de soi, que c'est pour le mieux. Mais c'est du passé, maintenant. »

Je mentais.

Comment remiser dans le passé quelque chose d'intime, d'essentiel, quelque chose qui nous a fait perdre le sommeil si longtemps ?

Je n'ai donc pas dit un mot à Rebecca de cette lettre extraordinaire reçue au cœur de l'automne. Comme elle ne me posait plus de questions sur Isabelle, je n'avais pas l'impression de lui mentir.

Deux semaines après la réception de cette lettre, j'ai décidé qu'il était plus que temps de répondre.

Chère Isabelle,

Je dois avouer que tu m'as donné matière à réflexion... comme toujours.

Pour commencer, je tiens à te dire à quel point je suis désolé que tu aies dû repasser par cet enfer. Je ne peux pas imaginer les horreurs que tu as traversées, sans parler du traitement qui a fini par y mettre fin. Je suis soulagé que le pire semble être derrière toi – si j'avais su, jamais je n'aurais envoyé un télégramme aussi lapidaire. Mais, d'après tout ce que tu m'as décrit, je ne peux pas nier que tu as trouvé en Charles quelqu'un de très bon. Bon envers toi, et profondément compréhensif. De même que tu l'as été envers lui, comme tu me l'as raconté il y a bien longtemps. J'espère ne pas avoir l'air hypocrite en affirmant que vous avez de la chance d'être ensemble.

Ce qui m'amène à ta lettre, à ta déclaration d'amour. Quand, par le passé, je te disais ce genre de chose, tu répondais que je me faisais du mal en exprimant un sentiment que tu ne pourrais jamais me rendre complètement, et que c'était même présomptueux de ma part de penser que mon amour était partagé et réciproque.

Et maintenant, les cartes sont sur la table, et je me sens déchiré.

Elle s'appelle Rebecca. Elle est brillante, drôle et belle. Elle a neuf mois de plus que moi, et excelle dans son travail d'avocate. Elle vit à New York. Elle dit que je suis tout ce qu'elle a toujours voulu. Et, pour être honnête, je ne peux pas lui rendre la pareille. Parce que, ce que j'ai toujours voulu, c'est toi. Mais tu restes, encore aujourd'hui, inaccessible.

Serais-tu vraiment prête à tout abandonner, à prendre Émilie et à commencer une nouvelle vie ici, avec moi ? Nous en avons déjà parlé. Tu as dit toi-même dans ta lettre que tu vivais dans une impasse dorée. Je n'appellerais pas cela ainsi. Il est vrai que, si tu m'avais fait cette proposition il y a encore quelques mois, je me serais donné à toi corps et âme. Mais j'ai appris, de mon expérience limitée, et de ces derniers mois avec Rebecca, qu'on ne peut jamais imaginer à quoi ressemblera la vie avec quelqu'un tant qu'on n'en fait pas l'expérience. Pour bien des raisons, je n'ai pas eu le loisir de découvrir cela avec toi. Et ce n'est pas un reproche, juste la vérité. Avec Rebecca, nous n'habitons pas sous le même toit. Mais nous nous retrouvons tous les week-ends. Ainsi, nous avons commencé le début d'une vie commune.

En relisant tout ce que j'ai écrit, je me pose la question : tant de tournants décisifs dans la vie dépendent-ils entièrement du moment ? Tout le monde parle de destin, d'amour véritable. C'est ce que j'ai ressenti avec toi. Sans le moindre doute. Mais le moment n'était pas le bon.

Et maintenant...

Pardonne-moi d'avoir été aussi direct au sujet de Rebecca. Tu avais demandé à ne pas savoir. Mais il vaut mieux que tu saches : elle est mon avenir. Aurais-je voulu ce même avenir avec toi ? Bien sûr. Mais...

Le bon moment. Encore et toujours.

Oui, je t'aime. Mais pas au futur proche.

Je reste toujours ton ami.

Cette lettre était sans doute cruelle. Une sorte de vengeance d'avoir tant de fois entendu que ce que je désirais était impossible. J'avais quelqu'un d'important dans ma vie, à présent, quelqu'un qui voulait vraiment de moi, et qui ne me laissait pas de côté pour s'accrocher à une existence déjà construite. Et maintenant, après tout ce temps, Isabelle se rendait enfin compte de l'importance de ce qu'elle avait dédaigné. Je la voulais toujours, c'est vrai… Mais elle portait en elle trop de complications. Alors qu'avec Rebecca, la voie était libre, dégagée, au lieu d'être encombrée des résidus du passé.

Du moins, c'était ce que je me disais alors.

Cette lettre a été suivie d'un long silence. Des mois entiers de silence. Pas un mot. J'étais tout à mes études, à mes week-ends avec Rebecca, mais j'attendais. Il était étonnant, d'ailleurs, qu'après une lettre aussi définitive que celle-ci, j'aie toujours espéré que tout ne soit pas fini à jamais, que les choses ne soient pas irréparables – alors même que j'avais tout fait pour qu'elles le soient.

« Je reste toujours ton ami. »

Quand on y pense, il n'y a rien de plus terrible à dire à un ancien amant. Affirmer qu'on veut simplement de l'amitié, c'est refuser le désir, le réduire à néant pour toutes sortes de motifs qui n'ont trait qu'à soi. On se sent puissant lorsqu'on fait ce genre de déclaration qui détruit la possibilité d'un retour à l'intime. Pourtant, si bonnes et convaincantes que soient nos raisons, on se surprend ensuite à regretter d'avoir refermé cette porte pour toujours. Pire, on est désormais le seul responsable de la rupture, même si l'autre ne nous a pas laissé d'autre choix que de prendre cette décision drastique.

On ne rétrograde jamais une liaison amoureuse au statut d'amitié sans quelques regrets. En réalité, pourquoi passe-t-on tant de temps à couper les ponts avec nos partenaires amoureux ? Isabelle me le répétait depuis le début : il n'y a nul besoin de se montrer aussi radical, aussi catégorique. Dans la vie, on devrait simplement suivre le principe plus ouvert du « *On verra* ».

Alors, même si je n'étais pas surpris par l'absence de réponse, je ne pouvais me défendre d'éprouver une certaine déception. Rebecca m'a demandé une fois si j'étais encore en contact avec Isabelle, et je lui ai répondu que je lui avais écrit pour lui parler de ma nouvelle vie ; et que, par conséquent, tout était fini entre nous. Rebecca a souri et m'a embrassé.

« Merci », m'a-t-elle murmuré à l'oreille.

La concurrence était éliminée. Elle m'avait pour elle toute seule – et j'en étais parfaitement satisfait.

Cet été-là, sur les pentes du Montana, alors que je m'étais réveillé avant le jour dans notre petit chalet au nord-ouest du Bitterroot Range, une révélation m'a quelque peu troublé.

Rebecca dormait profondément. Je me suis habillé en silence, et je suis sorti assister à l'éveil de l'aube. Au loin, un halo lumineux atténuait le feu d'artifice de la voûte étoilée. Puis un point est apparu au beau milieu du ciel, s'étalant telle une ligne blanche cartographique délimitant l'horizon. En quelques instants, comme un lever de rideau sur le monde, la ligne s'est ouverte vers le firmament, et la grandeur des montagnes Rocheuses m'a enveloppé : une étendue de beauté si pure que les larmes me sont montées aux yeux.

J'ai contemplé le paysage qui m'entourait. Préhistorique. Parsemé de neige, même en plein mois d'août. Des contours grandioses et burinés. J'ai repensé à ma bien-aimée au lit, la veille au soir, un calepin sur les genoux, en train d'éplucher un cas légal complexe en prenant quantité de notes. Elle m'avait regardé et avait dit : « Nous ferons l'amour demain matin. » La citation de Nietzsche – sur une petite idée qui prend le contrôle d'une vie entière – m'est revenue. Accompagnée de cette constatation : entre les plaisirs de la chair et les technicités du droit, Rebecca semblait avoir du mal à choisir.

Mais, plusieurs heures plus tard – après nos dix minutes de passion matinale –, nous avons fait une longue randonnée dans cette nature grande ouverte, sur un sentier de plus en plus étroit et vertigineux. Au sommet d'une falaise, le regard sur cette immensité sauvage, Rebecca m'a saisi la main et s'est mise à déclamer des vers.

« Au cœur de cette vaste terre,
Au fond même des grossièretés et des scories,
Sûrement enseveli dans son cœur,
Germe le grain de la perfection[1]. »
C'était de Walt Whitman, m'a-t-elle dit.

Rebecca était intensément littéraire. Intensément cultivée. Et en même temps d'une certaine rigidité dès

1. Traduction de Jacques Darras, éd. Grasset. *(N.d.T.)*

lors qu'il s'agissait d'organiser sa vie, avec une tendance à l'énervement lorsque les choses ne se passaient pas comme prévu. Et quand elle forçait un peu trop sur l'alcool. J'avais déjà remarqué certaines velléités d'obstination – qui, à deux occasions, s'étaient exprimées en bouffées de colère.

« Tu es en train de me dire que j'ai mal parlé à cette serveuse ? m'a-t-elle demandé un soir, alors que nous rentrions à pied d'un concert au Vanguard.

— C'est juste qu'après trois Manhattan, tu peux devenir un peu susceptible.

— Trois cocktails, ça ne me fait rien. Ce que je ne supporte pas, c'est l'impolitesse.

— Tout ce qu'elle a dit, c'est qu'on avait l'air très pressés. Parce que tu n'arrêtais pas de lui faire signe pour l'addition.

— D'accord, donc tu me trouves trop impatiente, toi aussi ?

— Chérie…

— Ne m'appelle pas "chérie". »

Et elle s'est dégagée de mon bras passé autour de sa taille avant de s'éloigner à grands pas dans la rue. Je me suis demandé si je devais la poursuivre, complètement pris au dépourvu par cet emportement. Mais, quelques minutes plus tard, elle est revenue vers moi en courant, l'air sincèrement désolé. Elle a mis ses bras autour de mon cou. Les yeux brillants de honte.

« Je ne sais pas ce qui m'a pris. »

Elle m'a promis que ça ne se reproduirait pas. C'était, ainsi qu'elle l'a nommé, un malheureux exemple d'« *in vino stupiditas* ». Je lui ai assuré que je ne lui en tenais pas rigueur.

Des semaines ont passé, puis des mois. Sans le moindre signe d'une de ces crises alcoolisées. J'ai continué à me déplacer sur l'axe New York-Boston. Paris gardait le silence, et je commençais à me faire à l'idée que par ma dernière lettre nous avions réellement coupé les ponts, que cet aspect de ma vie était mort. Une pensée douce-amère. La tristesse de voir le contact se rompre, d'avoir mis fin à tout cela avec une telle facilité. Le soulagement aussi, du doute enfin levé, de pouvoir cesser ma danse folle entre la femme qui me voulait à tout prix et celle qui me tenait au bout d'un fil.

Puis, de nulle part, un télégramme. Le concierge de ma résidence est venu frapper à ma porte.

« Western Union pour vous. Vous êtes là ?

— Oui… »

Le froissement d'une enveloppe qu'on glisse sous une porte et qui vient achever sa course sur le parquet, juste à mes pieds. Un télégramme avant huit heures du matin ne présage jamais rien de bon. J'ai pensé que mon père était décédé et qu'une de ses sœurs – il en avait quatre, aussi sinistres les unes que les autres – m'écrivait pour m'annoncer son « départ ». Un terme que j'exécrais, parce qu'il ne faisait qu'esquiver la réalité de la mort. J'ai pris une grande inspiration avant d'ouvrir l'enveloppe jaune. Le message à l'intérieur était tout en majuscules.

À BOSTON POUR TROIS JOURS. PEUX-TU ME RETROUVER AU RITZ CARLTON DEMAIN À 13 HEURES ? JE PENSE À TOI. PLEIN DE BAISERS. ISABELLE

Tout d'abord, je n'y ai pas cru. J'étais sous le choc.

Isabelle à Boston ? Absurde. Elle ne quittait jamais la France – si ce n'était pour des vacances occasionnelles ailleurs qu'en Normandie, auquel cas l'Italie était la seule possibilité.

Isabelle à Boston ?…

J'ai relu son télégramme plusieurs fois pour trouver le sens caché derrière chaque syllabe, et j'en ai conclu qu'elle jouait le tout pour le tout. Au moins, ses intentions étaient claires : un rendez-vous dans un hôtel, *plein de baisers*… Elle savait très bien où elle voulait en venir. Et elle me laissait une chance de ne pas me présenter au rendez-vous, de lui fermer définitivement la porte au nez en refusant de traverser la rivière Charles pour la rejoindre. En fait, elle me mettait au défi de venir. De ne pas résister à la tentation. D'entrer dans la clandestinité, tout comme elle l'avait fait chaque fois que je venais à Paris. Elle savait que j'avais quelqu'un. Elle savait que c'était sérieux, et que j'avais mis fin à ma relation avec elle pour cette raison. Et pourtant, elle était là, dans cette ville, *ma* ville, à me laisser entendre qu'elle n'en avait pas terminé avec moi… à condition que je me présente le lendemain à treize heures à l'hôtel le plus luxueux de Boston.

J'aurais voulu lui faire parvenir une réponse immédiate : « NON MERCI. »

Et d'un autre côté, j'étais tenté de ne rien faire et de laisser passer l'occasion sans réagir.

J'envisageais aussi de tout raconter à Rebecca, afin de lui montrer ma fidélité et ma maîtrise de moi-même. J'ai tout de suite repoussé cette idée, uniquement produite par ma peur et ma culpabilité – même si, pour l'instant, je n'avais à me sentir coupable de rien. Mais j'avais beau aimer Rebecca, je savais que si je lui parlais de ce télégramme, de cette invitation à recommencer, ce serait comme d'ouvrir la boîte de Pandore.

Elle en concevrait un trouble et un stress à n'en plus finir… Alors pourquoi lui infliger tout cela ? Une ex – si tant est que je puisse qualifier Isabelle ainsi, alors que nous n'avions jamais vraiment formé un couple – me recontactait, me donnait rendez-vous, voulait quelque chose de moi. Partager cette information, c'était partager avec la femme que j'aimais le fardeau de mes pensées conflictuelles. Non, le silence était une bien meilleure option.

Et je me rappelais la phrase prononcée par l'un de mes professeurs : « Comme je le disais à mes clients, un secret partagé n'en est plus un. »

J'aimerais pouvoir dire que j'ai passé une nuit sans sommeil à tourner et à retourner dans ma tête la question de savoir si je devais accepter ou non. Mais, en réalité, ma décision a été vite prise… tandis que je faisais mon jogging du matin sur les rives de la Charles.

Cela n'aurait pas eu de sens de refuser de voir Isabelle alors qu'elle était ici, à Boston. Nous avions eu une relation importante, intime, qui appartenait au passé. Ignorer son invitation aurait été immature, et une insulte envers le plaisir, la passion et l'intense familiarité que nous avions partagés. Mais j'irais au rendez-vous avec une certitude : je ne franchirais aucune ligne. Je ne trahirais pas Rebecca pour renouer avec un fantasme qui n'avait jamais eu d'avenir. Or, un avenir, j'en avais un avec quelqu'un, maintenant. Je n'étais plus seul au monde. Pas question de risquer de perdre cela pour si peu.

Je me suis donc rendu au bureau Western Union de Harvard Square, et j'ai payé un dollar quatre-vingt-quinze pour faire expédier la missive suivante de l'autre côté de la rivière :

J'ACCEPTE AVEC PLAISIR TON INVITATION À DÉJEUNER DEMAIN. AMICALEMENT, SAMUEL

Aussi formel, aimable et froid qu'un télégramme professionnel. Elle avait posé cartes sur table. Je venais de lui montrer mon jeu.

Ce soir-là, vers vingt-trois heures, alors que j'étais aux portes du sommeil, le téléphone a sonné. C'était Rebecca, dans l'un de ses mauvais jours : sa journée de travail n'avait été qu'une succession de contrariétés, et elle a déversé toute sa bile contre ses collègues et un client qu'elle appelait « le fumier ».

« … et j'ai bu au moins deux verres de vin de trop, j'ai mes règles et j'ai affreusement mal, j'en ai vraiment marre de tout aujourd'hui… Je suis désolée, je ne suis bonne à rien… »

Je l'ai rassurée, bien sûr. Tout irait bien. Nous serions ensemble à la fin de la semaine, mais boire quatre ou cinq verres de vin avant de se coucher n'était peut-être pas le meilleur antidote contre une journée difficile…

« Tu m'accuses de noyer mon désespoir dans l'alcool, là ?

— Tu en es au désespoir ?

— Je ne sais pas.

— C'est ce que tu penses maintenant, parce que tu es fatiguée. Mais je te rassure : tu n'es pas bonne à rien.

— Pourquoi tu me dis ça ?

— C'est toi qui viens de le dire il y a quelques secondes…

— Vraiment ? »

Oh, bon Dieu…

« Ça va aller, mon amour.

— Pourquoi j'ai en permanence l'impression que tu essaies de me remonter le moral ? a-t-elle demandé d'une voix brusquement agressive.

— Chérie, ai-je dit, désarçonné par la véhémence de sa réaction, je pense que ce serait mieux qu'on parle demain, quand tu te seras reposée.

— Tu te fous de moi, j'espère ? Qu'est-ce que tu essaies de… »

Cette fois, la colère dans sa voix n'était plus contenue.

« Bonne nuit », ai-je lâché en raccrochant.

Le téléphone s'est immédiatement remis à sonner, mais j'ai choisi de ne pas répondre. J'ai suivi le fil jusqu'à la prise électrique et j'ai tout débranché précipitamment. Je suis allé m'asseoir sur mon lit, la tête entre les mains. Quel cauchemar… Dévoilait-elle là sa face cachée ?

J'ai passé une mauvaise nuit. À mon réveil, peu après l'aube – j'avais cours à huit heures du matin –, j'ai rebranché le téléphone. Alors que je me préparais un café instantané sur la petite plaque chauffante que j'avais installée dans ma chambre, il s'est remis à sonner. J'ai regardé ma montre : six heures quarante-sept. Cette fois, j'ai décroché.

« Je n'ai pas dormi… J'ai passé la nuit à essayer de te rappeler. »

Elle avait une toute petite voix, profondément malheureuse.

« J'avais débranché le téléphone. Moi aussi, j'ai mal dormi », ai-je ajouté.

Un sanglot à l'autre bout de la ligne.

« Je ne pourrais pas t'en vouloir de tout arrêter après ce cirque.

— Qu'est-ce qui t'a pris ?

— J'ai bu toute une bouteille de vin. Je n'aurais pas dû, mais j'avais passé une telle journée de merde…

— Je t'ai déjà vue boire une bouteille de vin, et ça ne t'a jamais fait un tel effet.

— Je sais, je sais. »

Un autre sanglot.

« Si tu me quittes, je mourrai.

— C'est un peu extrême, Becca. »

C'était le surnom que je lui donnais parfois – en l'occurrence, j'essayais de la rassurer. Elle a laissé échapper un nouveau sanglot.

« Je suis tellement, tellement désolée.

— D'accord.

— Tu es trop généreux. Je ne te mérite pas. Je t'aime, Sam.

— Moi aussi, je t'aime. »

Mais cela ne m'empêcherait pas d'aller retrouver Isabelle à treize heures.

J'ai décidé de m'habiller pour l'occasion. L'été précédent, Rebecca m'avait emmené chez Brooks Brothers pour que je choisisse un costume : bleu sombre, à rayures et larges revers. Elle avait aussi insisté pour que j'achète trois chemises bleu pâle et une cravate rayée. D'après elle, si je voulais réussir dans un cabinet d'avocats, il fallait que j'enfile l'uniforme.

Drôle de choix pour une telle occasion, mais le Ritz avait un code vestimentaire très strict à l'époque. Et puis je voulais rompre avec le style bohème qu'Isabelle m'avait connu à Paris. J'étais avocat, maintenant (enfin, presque). Si elle faisait un commentaire, j'ajouterais que ma fiancée avait choisi ces vêtements pour moi, et que j'étais très à l'aise dedans – ce qui, pour être honnête, n'était qu'à moitié vrai.

C'était un matin glacé de décembre. Après mon cours, j'ai pris la Red Line pour traverser la rivière jusqu'à Park Street. J'avais un peu de temps devant moi, si bien que je me suis promené dans les Common Gardens et les Public Gardens sous les quelques flocons qui commençaient à tomber. Ma promenade n'a rien fait pour atténuer ma nervosité et mon angoisse.

Je suis arrivé avec cinq minutes d'avance. Elle était déjà là, assise à une table dans un coin, une cigarette entre les lèvres, un carnet, un stylo-plume et quelques pages d'un manuscrit étalés devant elle. Elle portait un col roulé noir tout simple et une jupe de cuir noir. J'ai remarqué qu'elle avait repris un peu du poids perdu lors de sa dépression. Ses cheveux roux étaient lâchés sur ses épaules. Elle ne m'a pas vu entrer, ce qui m'a permis de m'arrêter à quelques pas d'elle pour la regarder. Son élégance, sa beauté discrète, l'éclat prodigieux qui m'avait captivé ce premier soir, dans la librairie du boulevard Saint-Germain : rien n'avait changé. Quelque chose s'est élevé en moi, extraordinaire et mêlé à présent d'inquiétude. L'amour. La sensation qu'elle était celle dont je rêvais, même s'il était trop tard.

Ses yeux ont quitté un instant ses papiers, et elle a surpris mon regard. Je me suis avancé vers elle. Elle m'a tendu les mains.

Serrant mes doigts entre les siens, elle s'est levée et m'a déposé une bise sur chaque joue – *à la française*.

« C'est si bon de te revoir », a-t-elle murmuré.

Nous nous sommes assis. Elle a posé sa main sur la table. Je l'ai prise. Pendant un long moment, nous n'avons fait que nous regarder. Puis je me suis ressaisi.

« Qu'est-ce qui t'amène à Boston ?

— Mon mari. Il participe à une conférence sur la finance pendant deux jours, quelque part par ici. On n'est là que pour quatre nuits. Je n'aime pas laisser Émilie trop longtemps...

— Comment va-t-elle ?

— Très bien. Elle a presque deux ans. C'est l'amour de ma vie.

— Je suis heureux pour toi. Et heureux de voir que tu as l'air d'aller beaucoup mieux. »

Elle s'est emparée de son paquet de cigarettes, m'en a tendu une. La tête me tournait.

« Une vraie cigarette française.

— J'essaie sans arrêt de diminuer ma consommation, a-t-elle commenté. Et je n'y arrive jamais.

— À chacun sa manière de survivre au côté sombre des choses.

— Quelle est la tienne, Samuel ?

— Le travail.

— Tes études se passent bien ?

— Je n'arrive pas à croire que j'aurai fini dans quelques mois. Et qu'ensuite je travaillerai pour de bon.

— Et, dis-moi, comment va ta bien-aimée ? »

Il n'y avait pas une once de rancœur dans sa voix.

« Rebecca va très bien. Elle arrive vendredi.

— Alors c'est une bonne chose qu'on reparte demain soir.

— Pourquoi avoir attendu hier pour me contacter ?

— Au lieu de dimanche après-midi, quand je suis arrivée, tu veux dire ? Eh bien, parce que ta dernière lettre était on ne peut plus claire, et je craignais que tu me repousses si je faisais une tentative… Ou pire, que tu m'ignores.

— Mais ensuite…

— Mais ensuite, hier je me suis réveillée très tôt à cause du *jet lag*, j'ai fait une longue promenade à Harvard Square. Le campus est magnifique. Je suis passée devant l'école de droit, et j'espérais contre toute raison que nos chemins se croiseraient. C'est ridicule, je sais bien. Mais les souvenirs, les regrets… Et là, j'ai vu un bureau Western Union déjà ouvert et j'ai décidé de tenter ma chance avec un télégramme. »

Elle m'a pressé la main.

« Samuel. Et si j'étais prête à faire quelque chose avec toi, ici, aux États-Unis ?

— Tu es sérieuse ?

— Je ne te parlerais pas de ça si je n'étais pas sérieuse.

— Et qu'est-ce que tu proposes ? Débarquer ici avec Émilie, emménager dans ma chambre d'étudiant et ses glorieux dix-huit mètres carrés…

— Je pensais à New York. Dans quelques mois, quand tu auras terminé. On pourrait louer un appartement. Et, oui, bien sûr, j'emmènerais Émilie. Toi, tu travaillerais, et j'ai des amis à l'Alliance française là-bas qui m'ont dit que je pourrais enseigner à mi-temps. Tout ça pour te dire : je suis prête à tenter une vie avec toi.

— Et qu'est-ce qui t'a décidée à imaginer cette vie nouvelle ? »

Elle a soutenu mon regard.

« La peur.

— De quoi ?

— De ne pas prendre de risque. D'être trop prudente. De me réveiller dans dix ans, quand j'aurai presque la cinquantaine, et de me demander : Pourquoi n'ai-je pas agi comme mon cœur me disait de le faire ? »

Un long silence a suivi. C'était ce que j'avais tant voulu, pendant si longtemps. Mais, quelque part, j'étais aussi terrifié. Serais-je capable de supporter cette vie ? Une vie avec cette femme brusquement déracinée de son confort parisien. Un petit appartement. La cohabitation avec un enfant. Et ensuite – je réfléchissais à toute vitesse –, si je voulais un bébé avec Isabelle… Car je voulais des enfants, du moins théoriquement… Pas tout de suite… Mais si j'en voulais avec Isabelle… Elle avait trente-huit ans à présent, il faudrait faire vite. Étais-je vraiment prêt à prendre en charge toutes ces responsabilités, si tôt ? À m'enfermer dans une existence à laquelle je pourrais difficilement échapper ?

Elle a serré plus fort ma main. Je ne l'ai pas retirée. Je l'ai regardée droit dans les yeux. Elle était plus que belle. Et voilà qu'elle me disait ce que je rêvais d'entendre depuis des années… Ce genre d'événement est si rare. Mais je ne cessais de penser à Rebecca. Avec elle, je savais à quoi m'attendre. Nous avions tant de choses en commun. Et ce revirement d'Isabelle avait quelque chose de trop soudain, de précipité. Mais de tellement tentant.

« Il faut que je réfléchisse.

— Ne réfléchis pas. Agis. Maintenant. La chambre là-haut est libre. »

J'ai fermé les yeux. Je ne devais pas franchir cette ligne. Si je m'en allais maintenant, je le regretterais toute ma vie. Mais si je montais dans sa chambre, il y avait aussi de fortes chances pour que je le regrette plus tard.

Qu'est-ce que la loyauté ? Peut-elle être brisée en un instant ? Où en serais-je avec Rebecca lorsque je quitterais le lit d'Isabelle, que je me rhabillerais et que je ferais face, deux jours plus tard, à la femme que je disais aimer – et que j'aimais bel et bien.

Peut-être réfléchissais-je trop, en effet. À peser le pour et le contre. À essayer de rationaliser mes actes tout en écoutant la voix de la morale et des conventions.

« Je te veux, Samuel. Je le sais, à présent. La décision, c'est pour un autre jour. Nous sommes ici, maintenant. Viens avec moi. »

Dans un ouvrage religieux, ce moment aurait été celui de la tentation satanique. Ou bien, au contraire, la conversion de Saul sur la route de Damas. Une décision morale majeure. Un choix primordial.

Tout le monde attend un signe dans un moment comme celui-là. « J'ai emprunté le chemin de la trahison amoureuse parce que… (insérer une série d'autojustifications). » Ou bien : « Je me suis retenu de coucher avec cette personne que je désirais tant parce que… (insérer les platitudes habituelles d'autosatisfaction). »

La vérité est ailleurs. Chaque possibilité nous apportera sa part de regret et, possiblement, de chagrin. On nous répète sans cesse de nous engager, de nous vouer corps et âme l'un à l'autre, d'être fidèle à une personne et à elle seule. À notre tour, nous attendons la même chose de celui ou celle avec qui nous voulons bâtir notre futur. Mais, si nous sommes honnêtes avec nous-mêmes, nous sommes tous tiraillés.

À cet instant, ma décision était prise. Si je refusais cet après-midi avec Isabelle, que gagnerais-je en échange – sinon l'éternel regret d'avoir tourné le dos à un moment de singulière passion ?

Elle savait à quoi je pensais. Penchée vers moi, elle a chuchoté :

« La liberté est ce qu'il y a de plus dur à supporter. »

Puis elle a fait glisser une clef vers moi sur la table.

« Chambre 706. »

J'ai regardé ses hanches étroites se balancer sous sa jupe en cuir serrée tandis qu'elle traversait le bar et disparaissait dans le hall de l'hôtel.

Dehors, il neigeait à gros flocons. Elle veut une vie avec moi, ai-je pensé. Tout ce que je désirais était maintenant à portée de main. Pourtant, ce qu'elle venait de proposer me terrifiait comme jamais rien auparavant. Pourquoi, lorsqu'on obtient ce qu'on a toujours cru vouloir, a-t-on soudain peur ? Peur de vivre réellement l'existence qui accompagne la réalisation d'un rêve.

Je me suis levé.

Le garçon d'ascenseur portait l'un de ces uniformes bleus façon années 1930, avec une casquette rigide qui lui donnait l'air d'un réfugié de la marine albanaise. Il a remarqué la clef que j'avais à la main et m'a emmené au septième étage sans poser de questions. La chambre 706 se trouvait au bout du couloir. J'ai frappé.

« Samuel. Entre, je t'en prie. »

J'ai obéi. Les lourds rideaux de velours rouge étaient tirés. Les lumières tamisées. Une bougie illuminait la chambre, le lit immense à l'édredon de velours replié sur le côté. Et Isabelle. Nue. Ses cheveux étalés en halo autour d'elle.

« Vite », a-t-elle soufflé.

J'étais déjà en train de jeter ma veste sur le sol, puis mes chaussures noires, mon pantalon rayé, ma chemise amidonnée et ma cravate, mon caleçon… Je me suis jeté entre les bras d'Isabelle. La chaleur de son corps. Elle m'a plaqué sur le matelas, ses jambes autour de moi, ses lèvres brûlantes contre les miennes. D'une main, elle m'a guidé en elle.

« Je te veux tout de suite. »

Et elle m'a pris, parcourue d'un puissant frisson alors qu'elle s'empalait sur moi. Son soupir lorsque j'ai saisi ses cuisses pour m'enfouir au plus profond d'elle, immobile tandis qu'elle se balançait d'avant en arrière avec des gémissements de plus en plus forts. Je me suis redressé pour l'embrasser, caressant à deux mains son abondante chevelure. J'accompagnais maintenant ses va-et-vient de tout mon corps. Je sentais son plaisir. Nous nous connaissions si bien, si intimement. Nous étions si complices. Faire l'amour ainsi, étroitement enlacés, était notre langage ultime.

Elle a joui, le corps secoué de tressaillements, et elle a retiré ma main de son clitoris pour me mordre l'index. Puis elle m'a fait rouler sur elle d'un mouvement vif, m'enserrant toujours de ses jambes, mon visage entre ses mains, son regard plongé dans le mien d'une façon qui n'appartenait qu'à elle.

« *Je t'adore.*

— *Je t'adore* », ai-je répété.

Nous avons pris notre temps. J'étais conscient de la chaleur qui nous enveloppait. Des contours secrets de son corps. Des variations de ses mouvements, accordés à mon propre rythme. Elle m'a laissé prendre une de ses jambes dans chaque main et les poser sur mes épaules pour la pénétrer encore plus profondément.

J'ai perdu toute notion du temps, enterré toute pensée d'une vie en dehors de cette chambre, en dehors de ce lit. Je me suis retenu aussi longtemps que possible. Puis, sans prévenir, tout a débordé d'un coup. Je me suis effondré contre son épaule, tremblant, un sanglot dans la gorge.

Presque immédiatement, Isabelle nous a fait basculer sur le flanc, son visage à quelques centimètres du mien, ses yeux habités par la passion de l'instant.

« Nous. »

Pendant une éternité, nous n'avons pas détaché notre regard l'un de l'autre, captivés par l'intensité de l'amour que nous ressentions. La pesanteur et les complications s'étaient évanouies, ne restait plus que la griserie de l'extase. Il suffit d'une intimité simple mais profonde, d'une magnitude physique irrésistible.

Nous n'avons pas prononcé une parole pendant très longtemps, dans les bras l'un de l'autre, étourdis par ce que nous venions de provoquer. Mais sans un mot, goutte après goutte, la tristesse s'est immiscée entre nous. Toute cette passion, tout cet émerveillement – et la conscience claire qu'il n'en allait de même avec personne d'autre –, broyés par la réalité : demain, elle s'évaporerait de nouveau vers l'autre côté de l'Atlantique. Vers sa vie élégante. Avec son mari. Et, le jour suivant, Rebecca arriverait par le train, et il serait temps de boire un ou deux verres de vin rouge avant de nous coucher, de nous donner quelques minutes de plaisir, de dormir jusque tard le lendemain matin, puis de nous lever, de décider où prendre le petit déjeuner, de voir si nous pouvions mettre la main sur deux places de concert. Puis prendre un délicieux brunch quelque part. Hanter des librairies. Regarder un vieux film au Brattle ou à l'Orson Welles. Traverser la Charles pour aller dîner à Chinatown ou écouter Ozawa diriger le fantastique orchestre symphonique de Boston. Puis retourner dans ma chambre, dans le grand lit que nous avions acheté ensemble, faire l'amour encore une fois et nous endormir un quart d'heure plus tard. Et je me dirais : Quelle belle journée raffinée nous avons passée. Quelle belle femme raffinée j'ai choisie. Et je me persuaderais que j'avais pris la bonne décision.

« Je ne veux pas que tu partes, a dit Isabelle.

— C'est ma réplique, d'habitude.

— Maintenant, c'est aussi la mienne. »

Son index a tracé les contours de mon visage.

« Tu peux rester ici tout l'après-midi ?

— J'ai un séminaire à seize heures… Et je dois vraiment y aller, si je ne veux pas décevoir mon prof.

— Le travail, c'est le travail.

— Mais je peux revenir demain midi.

— On aura libéré la chambre à cette heure-là.

— Alors, viens chez moi.

— Charles nous a organisé une visite à Salem, là où ils ont jugé et brûlé des sorcières.

— Annule-la et viens me rejoindre.

— Il y a aussi ce déjeuner de clôture où je suis obligée d'aller. Crois-moi, j'ai cherché tous les moyens de me libérer. Mais Charles compte sur moi. Et ce n'est pas souvent qu'il me demande quelque chose.

— Ce soir, alors ?

— On doit être au Symphony Hall à vingt heures, ça fait partie du programme de la conférence. Charles arrivera juste à temps, et il faudra que je joue les femmes dévouées pendant la réception… »

Je me suis tu – la vérité venait de me heurter. C'était mon seul et unique moment avec Isabelle.

Comme toujours, elle a paru lire dans mes pensées.

« Je ne croyais pas que tu allais accepter de me revoir.

— Quelque part, je ne le voulais pas… C'était trop douloureux, de te savoir inaccessible.

— Mais ce n'est plus le cas.

— Tu n'es toujours pas disponible. Ni ce soir ni demain.

— Et toi, tu ne t'es toujours pas décidé. Je ne suis pas assez folle pour te demander de le faire tout de suite. Je sais que c'est une décision monumentale. Pour tous les deux. Alors… du temps, de la réflexion. »

Une fraction de seconde, j'ai voulu répondre : « Tu sais quoi ? Jetons les règles aux orties, soyons imprudents. Lançons-nous dans cette folle aventure. »

Mais une autre pensée a jailli sous la première : Montre-moi ce que tu es prête à faire pour moi. Libère-toi de tes obligations demain. Alors je saurai que tu as vraiment changé d'avis…

« Si seulement je pouvais te revoir avant que tu ne repartes… »

Isabelle s'est raidie. Elle avait saisi le sous-entendu de ma remarque.

« Et si ce n'est pas possible, tu penseras que je ne suis pas aussi motivée que je le prétends ?

— Je n'ai pas dit ça.

— Mais tu le penses.

— Ce que je pense, c'est que je t'aime. Et que ce revirement arrive de nulle part. Que c'est une nouvelle fantastique, vertigineuse. Et que je te veux plus que tout.

— Je suis à toi si tu le veux, a-t-elle dit. Pas seulement ce soir ou demain. Tu n'as qu'un mot à dire. »

J'ai resserré mon étreinte.

« Mon univers tout entier vient de basculer.

— C'est rare que ce soit dans le bon sens. »

Il était presque quatorze heures trente. Il me faudrait une heure pour retraverser la ville, rentrer dans ma chambre, me changer et me rendre en cours.

« On n'a plus que trente minutes, ai-je annoncé.

— Je sais déjà comment je veux les passer. »

À partir de cette seconde, nous ne nous sommes plus quittés du regard, sauf lorsque le plaisir devenait trop extrême et qu'Isabelle fermait les yeux, cramponnée à moi avec une soif et un désir que j'avais déjà ressentis par le passé, mais multipliés à présent par tout ce que nous venions de nous dire. Après avoir joui, elle s'est mise à pleurer.

« Ce sera tellement affreux de me coucher dans ce lit sans toi, ce soir.

— Viens me rejoindre. J'habite à dix minutes en taxi du Symphony Hall, juste au bout du pont.

— Nous avons une règle, Charles et moi. Ne jamais rien faire qui pourrait mettre l'autre dans l'embarras.

— Mais puisque tu veux le quitter…

— Je le respecte trop pour lui annoncer ça ici. Alors qu'il est en plein travail, et qu'il a besoin de se concentrer. Non, ça peut attendre Paris. Et puis, on ne parle jamais de mes amants. »

« Mes amants ». Au pluriel. Un sujet que je n'avais encore jamais abordé… Je ne voulais pas m'aventurer dans les contrées toxiques de la jalousie.

Mais à présent…

« Et depuis la dernière fois, me suis-je entendu demander, depuis la fin de ta dépression, tu as eu quelqu'un d'autre ? »

Elle a tendu la main vers ses cigarettes, sur la table de nuit. De toute évidence, j'avais posé la mauvaise question.

« Quel est le rapport ?

— Alors c'est oui.

— Toi aussi, tu as quelqu'un d'autre.

— Mais c'est légèrement différent, tu vois. Toi, tu es mariée. Pas moi. Je te voulais. Je ne pouvais pas t'avoir. Parce que tu es mariée. Mais si quelqu'un d'autre tombait amoureux de moi… »

Elle a allumé sa cigarette, tirant furieusement dessus pendant plusieurs secondes.

« Ne joue pas au petit garçon naïf, Samuel. On a tous des besoins. Le sexe en est un, peut-être le plus crucial. Tu le sais. Et le sexe juste pour le sexe n'a rien à voir avec le sexe qui exprime l'amour. Ce qu'on a, toi et moi, c'est de l'amour. On en a eu la preuve à l'instant, une fois de plus. »

Un long silence. Une brusque bouffée de culpabilité m'a envahi. De la culpabilité doublée de confusion. Isabelle venait d'avouer qu'elle avait eu un autre homme dans son lit pendant notre séparation. N'était-ce qu'une question de temps avant qu'elle se trouve quelqu'un d'autre à New York, quand nous habiterions ensemble ? Voulait-elle me faire comprendre que toutes ces déclarations d'amour n'empêcheraient jamais la fidélité d'être une variable, qu'il était inévitable que son désir pour moi et moi seul s'étiole avec le temps ?

« Il faut que je rentre, ai-je dit en me levant et en rassemblant mes habits.

— Tu m'en veux, maintenant.

— J'essaie juste d'analyser…

— Analyser ! Analyser ! Foutus Américains, avec votre besoin de réponses. Vous voulez toujours tout comprendre : les mystères de la chair, du désir, la signification du couple, dans toute son étendue et ses profondes limites. Vous voulez de la clarté au cœur de la contradiction humaine. Tout ce que tu y trouveras, c'est encore plus d'étrangeté. Et plus tôt tu comprendras ça, plus vite tu verras que la fidélité envers soi-même est le meilleur moyen d'aimer correctement les autres.

— La fidélité, c'est être loyal à quelqu'un à qui on a promis la constance. Et je viens de rompre ma promesse.

— Et tes promesses à toi-même ? »

Le téléphone sur la table de nuit s'est mis à sonner. Isabelle a décroché et, en entendant la voix à l'autre bout du fil, s'est immédiatement redressée.

« *Oui, chéri. Dis-moi. Comment je peux t'aider ?* »

C'était lui. Charles.

J'ai fini de me rhabiller. Puis j'ai pris le bloc-notes qui se trouvait sur l'autre table de chevet et j'ai écrit :

Rejoins-moi ce soir, je t'en prie. Voici mon adresse. Et le numéro de téléphone du concierge. Il prend les messages. Je t'attendrai après ton concert. Je t'aime.

Isabelle m'a regardé poser le bloc-notes sur l'édredon. Il était quinze heures cinq : il fallait vraiment que je parte, mais elle était en pleine conversation avec son mari, visiblement au sujet de quelque chose dont il avait besoin en urgence – elle notait une foule de détails sur son propre bloc-notes. J'ai tapoté ma montre pour lui indiquer que je n'avais plus le temps, et elle a levé une main dans un geste désespéré. Je me suis approché d'elle. J'ai passé une main dans ses longs cheveux roux, saisi son poignet de l'autre, et j'ai écarté le téléphone de son oreille tout en enveloppant ses lèvres dans un profond baiser. Elle s'est laissé faire pendant une dizaine de secondes, jusqu'à ce que la voix de son mari nous parvienne.

« *Chérie, tu es là ?* »

Comme par réflexe, elle s'est dégagée de mon étreinte pour retourner à sa conversation.

« *Oui, mon amour...* »

Debout à côté d'elle, je ne savais plus quoi faire à part m'en aller. Isabelle m'a adressé de nouveaux gestes signifiant qu'elle ne pouvait pas raccrocher. En silence, elle a articulé trois mots : « *Je t'aime.* »

Je lui ai fait un signe de tête, et je suis parti.

Lorsque je suis rentré de mon séminaire quatre heures plus tard, épuisé par les événements de la journée, un télégramme m'attendait sous ma porte.

Mon amour : désolée d'avoir été aussi prise au moment de ton départ. Je ne peux pas te rejoindre ce soir. C'est impossible. Mais ce qui est possible, c'est ce que je t'ai promis ce midi. Écris-moi à Paris pour me dire oui, et nous commencerons notre grand projet. Je t'aime...

Le télégramme provenait du bureau Western Union de Boylston Street, non loin de son hôtel. Isabelle couvrait ses traces, trop prudente pour expédier ce message d'amour depuis le Ritz, aux frais de son mari…

Le froid était féroce et, après un court répit, la neige tombait de plus belle. Au moment où je quittais ma chambre, emmitouflé contre le vent mordant, la station de radio locale sur laquelle était réglé mon transistor a annoncé que l'aéroport risquait d'être fermé le lendemain si la neige continuait à ce rythme. L'espoir a jailli en moi : l'avion d'Isabelle serait bloqué. Le concert annulé. Elle m'appellerait, ou m'écrirait, pour me dire qu'elle avait trouvé le moyen de s'éclipser quelques heures, et demain, nous serions allongés côte à côte sur mon grand lit. J'aurais le temps, vendredi, de changer les draps avant l'arrivée de Rebecca… et de m'initier à l'art du compartimentage. Ou alors, si quelques heures de plus entre les bras d'Isabelle suffisaient à me convaincre qu'elle était le destin dont je voulais, je dirais tout à Rebecca, et je subirais sa rage et ses reproches amers. Je la laisserais me traiter d'infidèle sacrifiant une vie fantastique avec une femme merveilleuse et fiable. Me dire que je courais après quelque chose qui n'était pas censé exister en dehors de brèves heures passionnées. Que je ne tiendrais pas trois semaines en ménage avec ma femme-fantasme et son enfant on ne peut plus réel, tout en essayant de grimper les échelons dans un cabinet d'avocats, privé de sommeil par les pleurs de ce bébé qui n'était pas le mien. « Ton beau romantisme ne tiendra pas le coup longtemps, monsieur l'adolescent. » Rebecca me dirait que je tournais le dos à une vie new-yorkaise déjà toute tracée, à une femme qui me comprenait jusque dans mes moindres défauts, tout comme je la comprenais, elle. Une femme qui n'était peut-être pas Isabelle, mais qui aimait le sexe et se donnait à moi chaque soir – rapidement, peut-être, mais jamais sans passion. Une femme de mon monde, qui parlait ma langue, avec qui je partageais tant de choses.

« Mais vas-y, cours après ton fantasme inaccessible, cette femme qui t'a maintenu à distance pendant des années et qui vient brusquement de changer d'avis, sans doute sur un simple caprice. Ou à cause de la dépression qu'elle a traversée. As-tu la moindre idée de ce à quoi ressemblera la vie quotidienne avec elle ?

Alors que tu habites pratiquement avec Rebecca depuis presque un an, et que tout se passe bien ?

« Vas-y, fiche tout en l'air pour la promesse d'un rêve… »

Cette scène s'est déroulée tout entière dans ma tête pendant les quelques instants qu'il m'a fallu pour fermer ma parka et enrouler une écharpe autour de ma gorge. Un éclair de lucidité vertigineux. Sous le choc, je me suis assis sur le lit dont j'ai agrippé le cadre, comme si ce symbole de conjugalité avec Rebecca était mon seul point d'attache dans un déluge d'illusions.

Quand je me suis relevé pour me jeter dans la nuit glaciale de la Nouvelle-Angleterre, mes pensées avaient pris une nouvelle tournure. J'étais parvenu à comprendre la valeur et la rareté de ma relation avec Rebecca, et tout ça grâce à cet ultime après-midi en compagnie d'Isabelle. Certes, il me faudrait maintenant dissimuler ce qui était arrivé, mais – peut-être était-ce aussi une forme d'autojustification – le fait d'avoir couché avec elle une dernière fois m'avait permis de me convaincre que je faisais le bon choix en me vouant tout entier à Rebecca.

La vertu survenant à la suite de la transgression. La rédemption apportée par une lourde conscience. Un grand classique américain.

L'angoisse est l'ivresse de la liberté.

Cette phrase m'a hanté une grande partie de la nuit.

Je me répétais : « Il y a une certaine liberté dans une vie stable. Dans la certitude de savoir exactement où l'on va, et pourquoi. »

Mais sait-on jamais vraiment dans quoi on se lance ? Chaque choix engage notre vie sur un sentier imprévisible, au début d'une histoire inconnue. Même si, par nature, la décision de former un couple découle de la croyance qu'on peut investir ensemble dans un avenir heureux.

De nouveau, j'ai mal dormi. Le lendemain, Boston était bel et bien bloqué par la neige. Tous les vols ont été annulés, ainsi que mes cours. J'ai passé la journée à relire une dissertation et à préparer des études de cas. À attendre le coup de téléphone qui me ferait dévier du plan que je m'étais fixé. Ou le télégramme. Ou sa présence derrière ma porte, qui me montrerait que…

Mais de quel signe avais-je besoin ?

Je m'étais déjà convaincu de la meilleure marche à suivre. J'avais mûri ma décision. J'avais confiance en mes facultés de réflexion, alors qu'elles ne sont souvent qu'une tentative de faire taire la peur nichée dans notre esprit.

Bien plus tard, je me demanderais ce qu'il serait advenu si Isabelle m'avait téléphoné cet après-midi-là. Ou si elle avait marché jusqu'à l'arrêt d'Arlington, changé de train à Park Street, émergé à Harvard Square et, de là, trouvé le chemin de ma chambre. Une action produit un résultat. L'inaction, un autre. Mais, à la fin, nous faisons tous nos choix en fonction des choix d'autrui. Qui eux-mêmes se décident en fonction des signaux que nous leur envoyons. Ou que nous ne leur envoyons pas.

J'ai attendu toute la journée. Et rien n'est venu.

Une autre mauvaise nuit.

Le lendemain, je suis allé acheter une carte postale. Un portrait de T.S. Eliot. Sous une photo du poète au crépuscule de sa vie, une citation de son œuvre.

« Entre le mouvement
Et l'acte
Tombe l'ombre[1]. »

Sur la face vierge, j'ai inscrit l'adresse d'Isabelle à Paris. Et ce message :

J'épouse Rebecca. Je t'aime…

Deux émotions contradictoires en une seule ligne.

Mais c'est ce qui nous agite la plupart du temps, même si nous nous efforçons de le cacher aux autres.

J'ai acheté un timbre international. Et j'ai laissé tomber la carte dans une boîte aux lettres. Je savais que, cette fois, le silence qui suivrait serait définitif.

Je me trompais.

Car j'ai bel et bien eu des nouvelles d'Isabelle.

Sept ans plus tard.

---

1. Traduction de Michel Leiris, Gallimard.

4

Sept ans.

J'ai terminé mes études.

J'ai déménagé à New York.

J'ai élu domicile dans l'appartement de Rebecca.

Je me suis fait embaucher chez Larsson Steinhardt and Shulman.

Mon père est mort. Cancer du pancréas. Une mort aussi rapide et impitoyable que celle de ma mère. Nous ne nous étions pas beaucoup vus ces dernières années, puisqu'il gardait ses distances – avec, j'en étais certain, l'appui de ma belle-mère Dorothy. J'acceptais cet éloignement, mais nous restions en contact et je le tenais tout de même au courant de mon existence, à raison de deux lettres par mois. Et il répondait toujours sans faute – amical, me tenant au courant, distant. Une fois par an, je lui rendais visite dans l'Indiana pour un week-end, quand Dorothy n'était pas là.

C'est cette dernière qui m'a téléphoné. Il avait succombé à son cancer la veille – « Tout est allé très vite », a-t-elle affirmé. Je n'en ai pas cru un mot. Mais à quoi bon lui demander pourquoi elle avait attendu qu'il soit trop tard pour me prévenir que la fin approchait ? Je me suis envolé pour l'Indiana. J'ai passé une nuit au salon funéraire de la municipalité, auprès de son cadavre froid dans un cercueil ouvert. À l'enterrement, je n'ai pas cillé lorsque le prêtre a dit que mon père avait été pour moi un père exemplaire, terriblement fier de tout ce que j'avais accompli. Je me suis mordu la lèvre en regardant son cercueil descendre dans les entrailles du Midwest. Sur le chemin du retour vers l'aéroport, je me suis arrêté sur le bas-côté avant de prendre l'autoroute pour Indianapolis. J'ai fait quelques pas dans les champs de maïs. Et puis, affaissé contre le capot de ma Ford de location, j'ai pleuré pendant plusieurs minutes, comme l'enfant perdu que j'avais toujours été, avant de reprendre le volant et de repartir. On pleure sur ce qui aurait pu exister, sur une histoire triste à présent achevée et dont le dénouement ne changera plus jamais.

Deux mois après le passage de mon père dans l'autre monde, Rebecca et moi étions mariés.

Elle voulait un mariage traditionnel, mais à petite échelle. Son vœu a été exaucé, même si nous avions quand même une centaine d'invités. Nous sommes partis en lune de miel sur la côte amalfitaine, en Italie. Épique. Millénaire. Des paysages d'une grandeur somptueuse. Une véritable escapade loin du monde. Charmés d'être ensemble et sereins. Le voyage était couronné par trois jours à Rome. J'aurais voulu y emménager sur-le-champ.

« Ça te rappelle Paris ? m'a demandé Rebecca alors que nous marchions main dans la main dans le Trastevere.

— J'adorerais te faire découvrir Paris.

— Attendons quelques années. »

Je suis devenu new-yorkais. Et ce, avec délectation. Le rythme frénétique de la ville, son audace, les sommets et les tréfonds cohabitant dans ses espaces minuscules, sa croyance merveilleusement arrogante d'être une véritable cité-État malgré l'avis du reste du pays… Je me suis converti à tout. Comme Rebecca, je ne voyais pas l'intérêt de jouer au jeu de l'ascenseur social et du m'as-tu-vu. Le week-end, nous fréquentions les petits cinémas, les petits théâtres, les clubs de jazz et les bouquinistes. Notre cercle d'amis s'élargissait – principalement des jeunes couples, comme nous, dont beaucoup avaient des enfants et luttaient contre la tentation de la banlieue. Nous parlions souvent du jour où arriverait notre tour d'être parents, et nous réaffirmions notre intention de rester dans les rues sauvages de Manhattan… L'existence manucurée de Westchester et du Connecticut ne serait jamais pour nous.

Notre mariage se passait bien, nous étions tous deux si débordés que la vie de tous les jours prenait des airs de mouvement perpétuel. Notre concentration, notre détermination s'accordaient non seulement avec les exigences du monde légal, mais aussi avec les mœurs de cette époque hypercompétitive. Le sexe en semaine s'est fait rare. Le week-end, nous trouvions généralement le temps de nous accorder une matinée et un soir d'intimité – qui, malgré mes efforts pour ralentir le rythme, n'excédaient jamais le quart d'heure.

« Tu veux trop de raffinements, se plaignait Rebecca lorsque je lui faisais remarquer que le sexe ne se mesurait pas à l'efficacité. Moi, j'aime faire ça vite et bien.

Et, avouons-le, tu n'es jamais mécontent du voyage. Je t'ai même laissé me sauter deux fois cette semaine, mardi soir et vendredi matin, alors que j'étais envahie par le stress… Et j'avais dormi à peine quatre heures quand tu m'as réveillée pour ça. »

Je m'efforçais d'ignorer ce genre d'échange. Lorsque nous parvenions à nous détacher du maelström de nos vies professionnelles – les heures supplémentaires indispensables, la nécessité de séduire de nouveaux clients et d'entretenir sans cesse notre réseau, la course à la victoire, coûte que coûte –, nous trouvions le réconfort dans notre couple et dans notre appétit de culture. Depuis un an, Rebecca savait qu'elle n'avait plus la cote dans son cabinet, surtout après qu'une requête en recours collectif s'était très mal passée pour elle : une affaire de négligence criminelle trop vite expédiée. Un étudiant des beaux quartiers avait tué sa petite amie en conduisant ivre et les parents de la fille réclamaient des millions de dollars à la famille outrageusement riche du meurtrier, mais l'avocat de ce dernier avait découvert que la victime – une certaine Samantha, âgée de dix-huit ans – avait elle-même été arrêtée pour conduite en état d'ébriété dix jours avant l'accident fatal. Apparemment, le père de la fille, gros bonnet de Wall Street, avait discrètement étouffé l'affaire grâce à un généreux don de liquidités aux policiers ayant procédé à l'arrestation. L'avocat du jeune homme s'était impitoyablement servi de ce détail au cours de l'audition, avançant que la fille s'était attiré toutes sortes d'ennuis, et que monter dans la voiture de son petit ami ivre en était un de plus. Le juge avait rejeté la requête des parents et, même si la faute en incombait au père, qui n'avait pas informé Rebecca de cet incident avec la police, les anciens de son cabinet l'avaient accusée d'incompétence, affirmaient qu'elle n'avait pas suffisamment préparé l'affaire et que la réputation du cabinet allait en souffrir. Après cet épisode, il était clair qu'elle ne devait plus compter sur la possibilité de devenir associée principale.

J'avais soutenu Rebecca – du moins je l'espérais – du mieux que je le pouvais lors de la période difficile qui avait suivi ce malencontreux épisode. Elle avait été si certaine, encore dix-huit mois auparavant, de décrocher cette promotion qu'elle semblait passer à présent par toutes les phases du deuil : d'abord le déni, puis, lorsque la réalité était devenue impossible à ignorer – et qu'elle s'était rendu compte de la difficulté de trouver un nouvel emploi sur le marché new-yorkais ultracompétitif, où le moindre échec pesait lourdement dans la balance –, la rage. Comme j'étais la personne la plus proche, et que j'avais moi-même obtenu la promotion qu'on lui refusait, c'est sur moi qu'elle a passé ses nerfs pendant environ huit mois. Ce n'était pas tant moi qu'elle attaquait que tout et tous. Déçue, elle répétait sans cesse qu'elle était, elle aussi, une excellente avocate, et qu'il était foutrement injuste que j'aie pu gravir les échelons et pas elle. J'étais entièrement d'accord avec elle. À force de poser des questions discrètes autour de moi et de tirer quelques ficelles, j'ai réussi à lui trouver une offre d'emploi dans un autre cabinet : plus petit, moins important sur la scène légale, mais tout de même respectable, avec un beau palmarès en justice sociale. D'après ce que je savais des associés, Rebecca devrait leur convenir. Il n'y avait qu'un seul problème : le poste à pourvoir ne mènerait pas à une position d'associé. Rebecca n'était pas ravie, même si ce cabinet lui correspondait très bien par ailleurs. Mais lorsque je l'ai encouragée à accepter l'offre et à voir où cela la mènerait, elle est devenue folle de rage. Selon elle, j'avais graissé la patte de personnes influentes pour lui obtenir ce travail, et je devenais exactement comme son père, ce putain de vieux hippie, et…

Le lendemain de cette dispute, je suis resté travailler beaucoup trop tard au bureau, obnubilé par le cas d'une vieille dame effacée du testament de son fils à peine quelques semaines avant le décès de ce dernier (un lymphome à l'âge de cinquante-cinq ans). C'était son épouse qui avait tout manigancé, et j'avais du mal à trouver un angle d'attaque dans la nouvelle version du testament – ainsi que dans les lettres échangées entre l'épouse et le notaire, que j'avais réussi à me procurer – pour contraindre légalement cette Lady Macbeth à payer des dommages et intérêts à ma cliente, qui approchait des quatre-vingt-dix ans et avait besoin d'argent pour ses vieux jours. Alors que minuit approchait, j'ai décidé qu'il était plus que temps de rentrer à la maison. Tandis que je m'aspergeais le visage d'un peu d'eau pour me réveiller, j'ai surpris mon reflet dans le miroir des toilettes. Un avocat de trente et un ans en costume-cravate. Encore assez jeune. Quelques plis de fatigue au coin des yeux. Pas de cheveux gris. Ni d'épaississement particulier au niveau de la taille… même si pour cela, je devais me rendre à la salle de sport cinq fois par semaine, en plus de mes douze à seize heures de travail quotidien. J'ai ressenti un pincement de regret.

Isabelle. Paris. Ce qui aurait pu se passer. Et la vie que j'avais choisi de me bâtir à la place.

« Ce que j'aime, dans ce travail, c'est me rendre compte chaque jour qui passe combien l'étrangeté du comportement humain dépasse celle de la fiction, avais-je dit un jour à Rebecca.

— Aimer son travail, avait-elle soupiré (à l'époque, elle était plongée dans les méandres de sa malheureuse affaire). Quel luxe. Je n'aime presque plus rien en ce moment.

— Ça changera. Et j'espère que tu sais, au moins, à quel point tu es aimée.

— Aimée par un homme qui, contrairement à moi, est devenu associé principal. Le génie des fiducies et successions. Le gourou du droit, descendu parmi nous pour gérer le gâchis des autres. »

Mais ce soir-là, le gâchis n'était plus l'exclusivité des autres. En rentrant à l'appartement, j'ai découvert les restes d'un plat chinois à emporter non seulement étalés sur la table, mais projetés contre le mur blanc de la salle à manger. Au milieu, une vaste tache rouge : un verre de vin qui avait, semblait-il, emprunté la même trajectoire. Un Jackson Pollock écarlate parsemé de débris de nourriture cuite au wok. La chaîne hi-fi crachait du rock'n roll à plein volume, et Rebecca était étendue au sol, près d'une bouteille de très bon margaux vide et d'une autre de pauillac bien entamée. Bouche ouverte, une flaque de vin et de vomi à côté de sa tête. Elle portait encore ses vêtements de travail, la jupe remontée sur ses cuisses, le chemisier et la veste eux aussi tachés de vomissures. Je me suis précipité vers elle, vérifiant avant tout qu'elle respirait, qu'elle était bien vivante. Elle a poussé un grognement tandis que je lui administrais quelques gifles, les yeux soudain écarquillés sur des pupilles dilatées par l'alcool.

Je suis passé à l'action. J'ai forcé Rebecca à se lever et je l'ai emmenée jusqu'à la salle de bains. Là, je l'ai assise sur les toilettes de telle manière qu'elle ne puisse pas glisser, je l'ai déshabillée tout en remplissant le lavabo d'eau froide.

« Je vais te mettre de l'eau sur la tête. Ne panique pas. »

Cela ne l'a pas empêchée de se débattre en rugissant, incapable d'articuler le moindre mot, alors que je joignais le geste à la parole. Je lui ai lavé le visage avant de le sécher à l'aide d'une serviette. Je l'ai portée jusqu'à la chambre. Je lui ai enfilé son pyjama. Je l'ai mise au lit. Puis j'ai passé l'heure suivante à balayer le verre brisé et à nettoyer le sol et le mur à l'aide d'un seau d'eau savonneuse tiède : ramener de l'ordre dans le chaos. Tout à ma tâche, j'ai repensé à ce petit matin dans le studio d'Isabelle à ranger son désordre tout en luttant pour ne pas me laisser impressionner par l'intensité de son mal-être. Animé de bonnes intentions. Terrifié à l'idée de la perdre. Aujourd'hui encore, ce grand ménage était censé me distraire de mon angoisse.

La tache de vin sur le mur n'était pas facile à effacer. Mais, à force d'acharnement et d'huile de coude, j'ai réussi à la faire partir. Une fois la salle à manger remise en état, j'ai pris une longue douche chaude, puis j'ai bu un verre ou deux du pauillac que Rebecca n'avait pas fini. Et, vautré dans un fauteuil, j'ai réfléchi à ce que cet incident augurait.

Le canapé avait un lit-tiroir. J'y ai dormi quatre heures. En me levant, je suis retourné dans notre chambre. Rebecca dormait encore, la respiration ronflante, mais ne semblait montrer aucun signe de complications médicales. J'ai repris une douche, je me suis habillé et, après avoir avalé plusieurs tasses de café, j'ai laissé un mot sur la table : « Appelle-moi... Je t'aime. » Mais, sur le chemin du travail, une terrible question me taraudait : notre couple était-il condamné ?

L'appel téléphonique est survenu autour de midi. Non seulement Rebecca semblait sous l'emprise d'une violente gueule de bois, mais son ton de voix montrait qu'elle était consternée.

« J'ai fait une connerie, c'est ça ?

— Tu veux dire que tu ne te rappelles pas avoir balancé ton repas et ton verre de vin contre le mur avant de te vomir dessus et de tomber dans les pommes ? »

Un long sanglot a retenti à l'autre bout du fil.

« Je suis un cas désespéré...

— Non, arrête avec ça. Qu'est-ce qui t'est arrivé ?

— À la fin de ma journée, l'un de mes chefs m'a fait venir dans son bureau et m'a dit que ma mauvaise humeur mettait tout le monde sur les nerfs. Et qu'ils avaient décidé pendant leur réunion de l'après-midi qu'il valait mieux me mettre dehors tout de suite, même s'ils me paient jusqu'à la fin de l'année... Date à laquelle j'aurais été obligée de partir, de toute façon.

— C'est un coup dur mais de là à te mettre dans un tel état et à faire de l'art contemporain sur le mur de la salle à manger...

— Je vais me faire aider.

— C'est toi qui décides.

— Tu ne vas pas me quitter, hein ?

— On peut parler de ça plus tard ?

— Il n'y a rien à dire. À part que je suis vraiment, profondément désolée. »

Ce soir-là, quand je suis rentré, Rebecca m'a pour ainsi dire jeté sur le lit. Je me suis laissé faire. À la fin, elle a enfoui son visage dans mon cou.

« Ça n'arrivera plus jamais », a-t-elle murmuré.

Et elle a tenu sa promesse… pendant plusieurs années. Et je n'avais plus de raisons de m'inquiéter pour l'avenir de notre couple. Comme l'incident ne se répétait pas, je ne l'ai pas poussée à se faire aider, pas plus que je ne lui ai mis la pression pour quoi que ce soit. Quand Rebecca n'était pas sous l'emprise de la dépression, lorsque le stress toxique qui la suivait toujours de loin – comme un voisin dangereux – ne menaçait pas de l'engloutir, elle était une femme merveilleusement engagée, intelligente et intéressante. Elle a commencé à voir un psychologue et à courir cinq kilomètres par jour, tout en réduisant sa consommation d'alcool à deux verres de vin quotidiens. Et elle a trouvé un nouvel emploi, et a même accepté qu'il ne la mènerait pas à une promotion vers le statut d'associé principal. À moins d'une grave faute de sa part, elle pourrait le garder indéfiniment et cela semblait lui suffire. Quand je lui conseillais de continuer à chercher d'autres postes qui pourraient lui permettre d'obtenir la promotion tant convoitée, elle répondait que son renvoi et le désastre aviné qui s'était ensuivi lui avaient fait perdre toute ambition. De plus, elle venait de décider qu'il était temps pour elle d'avoir un enfant.

Quelque part, j'avais toujours voulu être père. Si seulement Isabelle avait accepté, j'aurais eu un enfant avec elle… Pour moi, donner la vie était la plus grande expression de l'amour dans un couple. Je savais aussi que je vivrais toujours sous l'ombre de mon père qui, de par son triste caractère, n'avait jamais été présent pour moi. Il y avait donc dans mon désir de devenir père une volonté de montrer à cet homme qui m'avait courtoisement évité toute ma vie que, contrairement à lui, je saurais me montrer disponible et aimant. Et, même si la responsabilité de parent me terrifiait, j'espérais que l'arrivée d'un enfant saurait réveiller l'amour profond que j'avais autrefois partagé avec Rebecca, et qui, au fil des années, avait reculé face à la pression de nos carrières respectives et à la compétition qui nous opposait. En bon avocat, je croyais encore que tout problème, même le plus grave, avait une solution, et je restais persuadé qu'après le chaos venait la rédemption.

J'avais remporté le procès pour la vieille dame, et lui avais obtenu presque trois millions de dollars. Je venais également d'étouffer dans l'œuf une tentative de faire main basse sur le fonds fiduciaire de trente millions de dollars réservé à deux enfants, orphelins depuis que leurs parents étaient morts dans un accident d'avion à Nantucket. Ces affaires avaient réellement profité à notre cabinet, et je gagnais tous les procès qu'on me confiait – mais comme mon mentor, Mel Shulman, je faisais toujours profil bas.

« Je vois bien que ce n'est pas ton style, m'avait-il confié après une nouvelle victoire au tribunal, mais laisse-moi te rappeler une règle essentielle : ne jamais se laisser bercer par la mélodie du succès. La réussite est une chose fragile. »

C'était la seconde moitié des années 1980, une ère de surconsommation absurde et d'extrême prospérité matérielle. Je gagnais maintenant beaucoup d'argent – et je voyais certains de mes collègues et amis s'embarquer dans toutes sortes d'excès pour faire étalage de leur réussite. À l'inverse, je restais comme toujours prudent, circonspect, discret – alors même que je faisais plus d'heures supplémentaires que quiconque.

« À quoi bon travailler ? a lancé Rebecca lors d'un dîner avec des amis à elle de Columbia. Monsieur le génie, ici présent, gagne quatre cent mille dollars par an… et se satisfait toujours de notre modeste trois-pièces, alors qu'il a pu rembourser notre prêt rien qu'avec sa prime de Noël.

— Cent dix mètres carrés dans le West Village, je n'appellerais pas ça modeste, ai-je tempéré.

— Mais on pourrait se permettre plus grand. »

Rebecca avait dépassé sa limite de deux verres de vin ce soir-là, voilà pourquoi elle mettait sur le tapis, et en présence de témoins, l'un de nos sujets de tension du moment.

« Ce n'est ni l'endroit ni le moment, ai-je dit.

— Oups, est-ce que je parle comme une compagne frustrée ?

— Pas maintenant, chérie. »

Je lui ai discrètement agrippé la main sous la table, tout en jetant un regard éloquent à son quatrième verre de vin, à présent vide.

Dans le taxi qui nous ramenait chez nous, elle a gardé un silence boudeur.

« C'est du joli, ce que tu as dit… Tu es vraiment ta pire ennemie, par moments.

— Peut-être que tu devrais me quitter. Et qu'on devrait arrêter d'essayer d'avoir un enfant. On dirait vraiment que je ne suis plus assez bien pour toi.

— Ou peut-être que tu devrais parler à ton psy de ton problème d'alcool.

— N'importe quoi. Un verre ou deux de trop… Et ce n'est pas comme si j'allais monter sur une moissonneuse-batteuse. Ou conduire des enfants à l'école. Je te signale que, jusqu'à ce soir, je n'avais pas dépassé la limite une seule fois.

— Je n'aime pas que tu laves notre linge sale en public.

— Parce qu'on a du linge sale, maintenant ?

— Tous les couples en ont.

— Et moi, je viens de montrer à tout le monde tes caleçons tachés de merde ? »

Silence. Je n'arrivais pas à croire ce que je venais d'entendre. Pas plus que le chauffeur, visiblement, qui secouait la tête avec lenteur. Rebecca n'a pas apprécié.

« Personne ne vous a demandé votre avis, a-t-elle sifflé.

— Ne faites pas attention, ai-je dit.

— C'est ça, il ne fait jamais attention à moi.

— Ce sont des conneries et tu le sais très bien ! »

J'avais haussé le ton sous le coup de la colère – un événement si rare que Rebecca a eu un mouvement de recul.

Ce qui a mis fin à la conversation ce soir-là.

Quelques mois plus tard, alors que j'entrais dans mon bureau en début d'après-midi, ma secrétaire m'a tendu une lettre arrivée pour moi le matin même. À la vue du cachet – Paris VIe – et de ces lettres noires tracées au stylo-plume, j'ai été pris à la gorge par un profond sentiment d'angoisse et de regret.

Mon cher Samuel,

Cela fait une éternité. Nous avons besoin, je pense, de reprendre contact – de rouvrir le dialogue. Tu es trop important pour que je te laisse disparaître derrière un mur de silence.

Voici de mes nouvelles, puisque sept ans ont passé depuis notre déjeuner à Boston. Je suis toujours avec Charles. Nous sommes, comme à notre habitude, raisonnables. Émilie est une jeune fille à présent, grande lectrice et pleine d'aplomb, même dans ses rapports avec les petits monstres de son école qui lui font tant de misères (les fillettes sont vraiment horribles les unes envers les autres, comme je ne m'en souviens que trop bien). J'admire beaucoup son état d'esprit et son optimisme, et je ferai tout ce qui est en mon pouvoir pour lui permettre de continuer à voir le monde avec un regard bienveillant. Mais, comme nous le savons toi et moi, plus on avance dans la vie, plus les déceptions et les désarrois se font pressants.

Et à ce sujet... je vais me montrer directe avec toi : après ton refus à Boston, je me suis perdue pendant presque un an. J'ai compris, après coup, que ne pas te rejoindre chez toi avait été une erreur fatale. Parfois, dans la vie, quelqu'un nous demande de dévoiler nos cartes. C'est ce que tu as fait cet après-midi-là, au Ritz. Je savais que tu étais tiraillé.

Que tu avais ta fiancée. Je sentais que tu ne savais pas quel parti prendre. Et je mourais d'envie de m'éclipser après le concert pour me retrouver nue dans ton lit. Cela aurait-il vraiment été impossible ? Charles aurait sans doute haussé l'un de ses sourcils remarquablement broussailleux. Mais j'aurais pu venir à toi, si je l'avais voulu – et sans grande conséquence pour moi-même. Alors pourquoi ne l'ai-je pas fait ? C'est une question à laquelle je ne trouve toujours pas de réponse. Les grands mystères de l'âme... On veut une chose, mais on agit pourtant en sachant que cela nous coûtera sans doute notre rêve. Peut-être refusais-je de laisser entendre à mon mari que j'avais quelqu'un d'autre dans ma vie, alors même que son infidélité ne m'était pas inconnue. Peut-être avais-je trop peur d'atteindre ce point de non-retour avec toi. J'étais réellement prête à venir à New York avec Émilie... Mais lorsque tu m'as demandé de montrer ma résolution, une preuve que je voulais vraiment franchir ce pas immense, quitter Charles, et avec lui tout le confort et la sécurité de mon existence – bien sûr, j'ai hésité. Aurais-je fait ce que tu voulais si tu avais insisté davantage ? En toute honnêteté, je ne sais pas. Je veux croire que oui... Mais je ne suis pas aussi courageuse que je le souhaiterais.

Alors, oui, j'ai sombré dans le désespoir. Je savais que tu allais te marier. Et que tu serais fidèle à ta femme – surtout après cette unique transgression avec moi. Je savais que cette fois, l'éloignement géographique nous séparerait pour de bon. Je t'avais perdu, et par ma seule faute. Longtemps, je me suis demandé si un court trajet en taxi, après ce concert, aurait suffi à transformer mon existence. Si j'avais renoncé à la chance de ma vie ; si, en résumé, j'avais pris la mauvaise décision. J'ai bien reçu ta carte de Noël quelques semaines plus tard, mais je n'y ai pas répondu. J'étais trop blessée... Et j'en étais la seule responsable. Il était clair que je payais pour toutes ces années où tu vivais dans l'espoir que je quitte Charles, alors que c'est une chose que jamais je n'aurais faite. C'est absurde, n'est-ce pas ? Nous voulons la même chose : être ensemble. Et, cette fois, ce n'était pas seulement le moment qui clochait. Mon courage a failli. À présent, tu es marié. Et moi ?...

J'ai fréquenté quelqu'un, ces deux dernières années. Un arrangement très semblable à celui que nous avions. Un homme de mon âge, journaliste, intéressant, marié lui aussi. Et intensément possessif. Était-ce de l'amour ? Pas vraiment. Il a suffi à combler un manque dans ma vie. Mais il n'était pas toi. Ce n'était pas la passion que nous avions tous les deux, la complicité que nous partagions. Et j'y ai mis fin parce qu'il m'en demandait trop, parce qu'il était incapable d'accepter mes limites.

Quel est le but de cette lettre ? Te demander pardon de n'avoir pas traversé la nuit enneigée pour te rejoindre, de n'avoir pas pu te convaincre que je voulais sérieusement de cette vie à tes côtés. Avec un peu de retard, te présenter mes meilleurs vœux pour ton mariage – et mon espoir sincère que tu sois heureux. Et entrebâiller la porte de nouveau, je suppose.

Je pense à toi, et j'espère que la vie te traite raisonnablement. Ainsi que je le découvre peu à peu, il est bon d'aspirer à vivre « raisonnablement ».
Je t'embrasse,
Ton Isabelle

J'ai lu et relu sa lettre. Elle n'y mentionnait pas sa dépression, qui devait être passée depuis longtemps. Ni son travail. Elle n'y disait pas grand-chose sur son mariage – mais il n'y avait là rien d'inhabituel. Elle était manifestement ravie par sa fille. Et il flottait entre ces lignes une désolation discrète qui accompagnait Isabelle partout où elle allait ; une mélancolie qui faisait partie d'elle, mais ne s'exprimait jamais directement. À l'époque, les rares moments où elle parlait de ce sentiment, elle précisait que c'était un aspect de son métier – à force de travailler seule, dans sa tête, avec tous ces textes attendant d'être traduits en français.

Après avoir relu sa lettre une quatrième fois, j'ai glissé une feuille de papier dans la machine IBM à boule posée près de mon bureau, et j'ai tapé une rapide réponse.

Très chère Isabelle,
Une pensée m'est venue en lisant ta lettre : nous considérons tous deux la vie comme quelque chose d'imparfait par nature. Ce qui ne nous rend pas misérables ou pessimistes. Juste réalistes. Et, lorsqu'on a une perspective réaliste de tout ce qui nous entoure, eh bien, c'est probablement de là que naît la mélancolie. Contrairement à ce que pensent ceux qui n'en souffrent pas, elle n'a rien à voir avec

l'abattement, la tristesse, le chagrin ou le cafard (tiens, voici tes quatre synonymes). Pas plus qu'elle n'est choisie. C'est un état d'esprit, entre le trait de caractère et la prédilection, fondé sur cette idée : il faut accepter le désespoir sans se figurer qu'il existe un Saint-Graal du bonheur à l'autre bout du tunnel. L'obscurité est tout ce qu'on a. Chacun doit faire de son mieux avec ce dont il dispose. Mais nul n'est tenu de vivre en permanence avec le sourire.

Ta lettre m'a énormément touché. Et savoir que la porte était de nouveau ouverte a été un déchirement. Pour des raisons évidentes. Le mariage, bien sûr. Mais aussi parce que Rebecca est enceinte d'un peu plus d'un mois.

Où cela nous laisse-t-il, merveilleuse Isabelle ?

En effet, l'enfant tant désiré – et pour lequel nous œuvrions depuis des mois avec application et rigueur – était enfin *en route*. Rebecca était au comble du bonheur. Elle voulait être mère. Et peu à peu, quand mois après mois elle avait constaté qu'elle n'était pas enceinte, son sentiment d'échec s'était doublé d'une peur grandissante. Peut-être n'y arriverait-on pas naturellement. Peut-être l'un d'entre nous avait-il un problème. Alors ce serait l'enfer des tests, des traitements de fertilité… Et si, pire encore, elle était incapable d'avoir un enfant ?

C'était sa plus grande crainte, son cauchemar perpétuel. Et qui en disait long sur le complexe d'infériorité qui lui empoisonnait la vie. Le jour où elle est rentrée de chez le gynécologue avec la confirmation officielle – oui, elle était enceinte –, son soulagement était mêlé de triomphe. Car, malgré le sentiment de compétition et les railleries occasionnelles, malgré les rares incidents liés à l'alcool, notre mariage était bâti sur nos objectifs communs. Du moins, c'était ce que je me disais lorsque le doute s'insinuait en moi au milieu de la nuit. Et j'ai ressenti un gigantesque élan d'amour le soir où Rebecca s'est jetée dans mes bras à mon retour du travail, les yeux pleins de larmes, pour m'annoncer la grande nouvelle. Nous allions devenir parents. Mon soulagement et mon bonheur n'égalaient que mon appréhension : le rôle de père était une responsabilité immense, sans fin. Et je voulais l'endosser du mieux que je pouvais.

Rebecca, fidèle à elle-même, est devenue experte en tout ce qui touchait à la natalité. Elle était déterminée à ce que la grossesse et la naissance se déroulent sans anicroche, et elle s'y est appliquée tout entière. Pas une goutte d'alcool n'a franchi ses lèvres durant cette période, pas même lorsque, pendant son troisième trimestre, le médecin lui a assuré qu'un verre de vin rouge occasionnel lui ferait le plus grand bien en la distrayant de son régime ascétique. Elle a lu au moins vingt livres sur le sujet, a assisté régulièrement à des cours de yoga prénatal qui, me disait-elle, maintenaient son « chakra centré » et lui permettaient de ne pas penser aux « scénarios catastrophe inévitables ». Bien que sa grossesse ne présente aucun signe d'éventuelles complications, elle a décrété une période d'abstinence pendant aussi longtemps qu'elle porterait notre enfant. J'ai bien tenté de la convaincre, à force d'arguments et de patience, qu'il n'était pas nécessaire de se montrer aussi extrême ; mais elle n'en a pas démordu, invoquant toutes sortes d'excuses – elle ne voulait prendre aucun risque, nous avions mis si longtemps à concevoir, et puis, après tout, ce n'était que pour huit mois.

J'ai enduré cette chasteté. Comme je ne voulais pas d'ennuis, et comme je m'étais promis de ne plus franchir cette ligne depuis l'après-midi avec Isabelle à Boston, j'ai évité toutes les tentations. J'ai refusé un voyage d'affaires à Paris, tant je savais que l'envie d'aller voir Isabelle serait irrésistible. De plus, pour toute réponse à ma dernière lettre, je n'avais reçu qu'une simple carte blanche avec la phrase : « Je vous souhaite, à toi et à ta femme, beaucoup de bonheur pour la naissance de votre premier enfant », j'avais donc compris qu'Isabelle souhaitait rompre tout contact. Je l'avais accepté. Alors j'ai rasé les murs, jouant les maris et les futurs pères dévoués. Et puis, il me restait mon travail : le meilleur refuge qui soit pour échapper aux questions nocturnes auxquelles on refuse de trouver une réponse… Pour le moment, du moins.

Notre fils, Ethan Caleb, est né au New York Hospital le 15 janvier 1988. Sa mère avait choisi d'accoucher sans péridurale, contre mon avis et celui de tous ses médecins. J'avais fait de mon mieux pour la dissuader de ce retour au XVIIIe siècle, en avançant par exemple que, si elle allait à l'hôpital pour se faire arracher une dent, elle ne dirait pas non à une injection de novocaïne dans la gencive. Mais Rebecca s'était persuadée qu'une anesthésie, en plus de « diminuer l'expérience », mettrait le bébé en danger. L'obstétricien présent en salle d'accouchement a tenté de la convaincre que cette affirmation n'avait aucun fondement logique, et que l'enfant serait probablement plus heureux si sa mère ne subissait pas d'atroces souffrances au moment de sa mise au monde. Mais, aussi obstinée qu'à l'ordinaire, Rebecca a refusé tout antidouleur. Bien sûr, j'étais présent lors de la naissance, et horrifié par les hurlements qu'elle poussait, par ce supplice monumental, monstrueux et entièrement superflu. Ethan est entré dans le monde porté par une vague de souffrance. Il s'est mis à crier aussi fort que sa mère ; traumatisée par ce qu'elle venait d'endurer, Rebecca était même trop faible pour le tenir dans ses bras. C'est donc moi qui l'ai pris, aussitôt après qu'on a coupé le cordon et qu'une infirmière l'a emmailloté dans une couverture blanche tachée de sang fœtal. Il était inconsolable. Lorsque j'ai demandé à l'infirmière si je le tenais mal, ou si je faisais quelque chose de travers pour provoquer un tel chagrin, elle a lancé un regard vers Rebecca pour vérifier que celle-ci ne pouvait pas l'entendre – épuisée, elle avait sombré dans un demi-sommeil.

« C'est toujours comme ça quand la mère refuse l'anesthésie, a-t-elle soufflé. L'enfant naît dans la panique à cause de ce que subit sa mère. Mais il va se calmer et oublier tout ce qui vient d'arriver. »

Alors que je serrais mon fils contre moi pour la première fois, j'étais aussi ému qu'inquiet. Allais-je pouvoir m'en sortir ? L'énormité de la tâche qui m'incombait à présent me semblait plus claire que jamais. Mais l'amour que je ressentais était tout aussi immense. Je voulais tellement lui dire : « Désolé que ton arrivée ait été aussi pénible. Promis, je vais tout faire pour que le reste se passe mieux. »

Rebecca elle-même a oublié le traumatisme de cette naissance et s'est lancée à corps perdu dans son rôle de mère, refusant toute aide extérieure. Elle s'est installée dans l'autre chambre – que nous avions évidemment transformée en nurserie – afin de m'éviter des nuits sans sommeil. J'ai proposé de prendre la relève le week-end, quand je pouvais me permettre la fatigue des *nuits blanches*, mais Rebecca était résolue à tout faire absolument toute seule, malgré le manque de sommeil évident et l'épuisement qui la guettait. Ainsi, au bout de six semaines, alors qu'elle était censée reprendre le travail, elle m'a annoncé qu'elle souhaitait prolonger son congé maternité afin de passer cette « période cruciale » avec Ethan. Son cabinet a accepté, à condition que le congé soit sans solde. J'ai soutenu sa décision, même si je me demandais au fond si son désir de consacrer jour et nuit à notre nouveau-né ne dépassait pas dangereusement le cadre d'une attitude parentale saine. Suivre le fil de cette pensée revenait à s'engager en terrain miné, car il me faudrait, pour intervenir, m'opposer à ses puissantes pulsions maternelles. Chaque jour, je voyais son comportement devenir plus alarmant – elle ne lâchait plus Ethan une seule seconde, au point de passer ses nuits entières sur le lit de camp installé près de son berceau. Et lorsque j'ai tenté d'aborder le sujet, de laisser entendre avec douceur qu'elle n'avait pas besoin de le materner en permanence, elle a retourné contre moi toute la force accusatrice de sa colère.

« Tu veux m'empêcher de tenir mon rôle parfaitement, ou quoi ? »

J'ai répondu qu'il n'était vraiment pas nécessaire de viser la perfection. Ainsi que je commençais à m'en rendre compte (lorsque Rebecca me laissait passer du temps avec notre fils), être parent pour la première fois implique une bonne dose d'improvisation et d'apprentissage sur le tas.

« Ça ne me dérange vraiment pas de me lever en pleine nuit le week-end, ai-je répété. Je serais ravi de rentrer plus tôt le soir pour le garder pendant que tu sors voir des amis, ou au cinéma, ou au théâtre. Et je pense que ce serait une bonne idée d'engager une baby-sitter pour passer au moins une soirée ensemble.

— Tu veux le laisser tout seul avec une inconnue ? Tu délires, là. Dis-moi que c'est une blague. »

Sa voix filait dans les aigus. J'ai dû battre en retraite.

Le sexe a pourtant fini par refaire son apparition dans notre couple. Environ dix semaines après la naissance d'Ethan – alors qu'elle repoussait mes avances depuis presque un mois –, Rebecca m'a de nouveau ouvert son corps. J'ai bien senti que l'ardeur n'y était pas, qu'elle était à moitié ailleurs. Je n'ai rien dit. J'étais simplement heureux de refaire l'amour avec elle. C'est devenu par la suite une activité rationnée : deux fois par semaine, peut-être, et au pas de course. « On jouit et on passe à autre chose. » J'aurais dû insister pour avoir une discussion sur le sujet, et sur le fait que le monde entier, aux yeux de Rebecca, tournait maintenant autour d'Ethan, Ethan, Ethan. Ce n'était pas sain et je le voyais bien. Mais j'ai gardé le silence, et je me suis absorbé encore plus profondément dans mon travail, sans remettre en question son idée fixe. J'ai laissé passer toutes les occasions d'exprimer mon inquiétude, car je savais d'expérience que cela ne nous mènerait qu'à une confrontation pénible. Et je n'avais aucune envie de me lancer là-dedans.

Peu après les neuf mois d'Ethan, Rebecca a eu un rendez-vous avec les associés de son cabinet, puis elle est retournée au travail. Elle avait cédé à mes instances d'engager une baby-sitter pour la journée – et a mené les entretiens d'embauche avec, sans doute, la même intransigeance que la CIA sélectionnant ses espions en Union soviétique. Enfin, nous nous sommes mis d'accord sur Rosa, une trentenaire dynamique d'origine dominicaine, visiblement très qualifiée : elle nous avait plu d'entrée, et j'appréciais secrètement le fait qu'elle ait immédiatement saisi et su gérer l'anxiété de Rebecca à l'idée de reprendre le travail. Une fois de retour au bureau, celle-ci a entrepris de téléphoner à Rosa toutes les heures sans faute, et Rosa s'est montrée admirablement patiente envers elle – même si elle me faisait parfois des remarques discrètes qui laissaient paraître sa lassitude.

« Votre épouse ne devrait pas s'inquiéter autant pour Ethan… Plus elle sera détendue, plus il suivra son exemple. »

Mais un rythme a fini par s'établir entre elles, en même temps que notre vie de couple retrouvait une certaine régularité. Rebecca avait recommencé à dormir dans notre lit, elle sortait un soir par semaine, et, un autre soir, nous avions ce qu'elle appelait notre « soirée en amoureux », qui consistait en un dîner au restaurant et une activité culturelle, suivis par du sexe. Je me suis mis à prendre des cours de français trois fois par semaine, avec une jeune femme lyonnaise du nom de

Danielle, très rigoureuse, et qui voyait en moi un élève « attentif et scrupuleux » (ce sont ses mots). Nous nous retrouvions à mon bureau les lundis, mercredis et jeudis à dix-huit heures, à moins d'une obligation professionnelle de mon côté, auquel cas elle était toujours prête à décaler notre horaire. Je lui avais parlé de mon séjour à Paris et de mon intention de parler quasi couramment le français. Je travaillais dur. Je faisais mes devoirs. Et je ne disais pas un mot de tout cela à Rebecca, qui n'aurait pas manqué de voir dans ces cours une manière de rester lié à ma mystérieuse amante parisienne, que je n'aurais jamais oubliée. Ce qui, en un sens, était sans doute vrai. Mieux valait ne pas en parler, laisser mes livres de français au bureau – et rentrer à la maison tout de suite après mes cours pour passer du temps avec Ethan.

Je passais cinq soirs par semaine à la maison avec mon fils. En plus de la « soirée en amoureux », je sortais tous les vendredis avec un nouvel ami : David Kennicott, journaliste au *Wall Street Journal* et profondément marqué par son récent divorce. Le temps que nous passions ensemble est vite devenu pour moi une soupape salutaire. Il était père, lui aussi : sa fille de sept ans, Polly, vivait à présent dans une maison de l'East Side avec sa mère et le nouveau compagnon de celle-ci. David, qui tentait de retrouver une vie amoureuse, n'avait vraiment pas de chance avec ses conquêtes, au point de se demander s'il avait une tête à s'attirer des problèmes. Il était pourtant intelligent, drôle, avec un goût prononcé pour le whisky et les cigarettes (qu'il fumait non-stop), ainsi que pour le saxo ténor : il jouait dans un groupe amateur, et n'était pas mauvais du tout. Lui aussi semblait très content de passer un soir par semaine avec moi. Nous faisions souvent la tournée des clubs de jazz de la ville tout en parlant ouvertement de nos problèmes – soit, dans mon cas, les difficultés de mon couple, et ma crainte d'aborder le sujet avec ma femme depuis que nous avions trouvé un équilibre de vie raisonnable ; équilibre qui, je le savais, pouvait voler en éclats à n'importe quel moment. David était venu prendre le brunch chez nous un dimanche et s'était très bien entendu avec Rebecca, mais, lorsque je l'avais interrogé plus tard, il avait admis avoir discerné sans mal son obsession maternelle. Il me conseillait, pour l'instant, de m'en tenir au *statu quo*, et de m'estimer heureux que les choses soient passablement stables.

« Un enfant, ça crée une dynamique complètement différente au sein d'un couple. Et, dans certains cas, c'est le début de la fin. Pour toi, ce n'est pas si mal : elle s'est un peu calmée, vous avez une vie de couple normale, vous couchez ensemble, vous sortez dîner une fois par semaine et vous vous épargnez les disputes du genre "Tu ne fais pas ta part de travail", toutes les conneries habituelles. Espérons juste que rien de sérieux ne vienne tout foutre en l'air. Une crise pourrait révéler toutes les fissures planquées sous le tapis. »

Il n'y allait pas de main morte – mais David était quelqu'un de direct, surtout à ce sujet.

Il avait vu juste, aussi. Ses mots me sont revenus en mémoire seize mois plus tard.

Ce jour-là, Rebecca m'a appelé du bureau pour me dire qu'elle travaillerait tard et qu'elle avait demandé à Rosa de garder Ethan pour la soirée. On était vendredi, le jour de mon rendez-vous jazz et bourbon avec David ; je venais de passer deux semaines éprouvantes, sans un seul jour de repos, à jongler entre deux affaires très difficiles. J'ai proposé d'annuler, mais Rebecca m'a persuadé qu'un moment de détente entre amis me ferait du bien. Rosa pouvait bien garder Ethan jusqu'à vingt-deux heures : elle ne travaillait pas le lendemain, puisqu'on serait samedi.

« Et elle sera peut-être contente de faire quelques heures supplémentaires », ai-je ajouté.

Je suis donc allé rejoindre David après le travail. Il était venu avec une amie, une jeune dramaturge du nom de Phoebe Rossant. Je l'ai trouvée originale, drôle, encore plus vulnérable que David – et, de prime abord, relativement méfiante envers moi, qui sortais juste du tribunal dans mon habituel costume sombre de chez Brooks Brothers. En apprenant que je travaillais dans les fiducies et successions, elle a ri et fait une plaisanterie sur le « droit de cimetière ». J'ai rapidement changé de sujet, et détourné la conversation sur le Gilded Age, l'« âge d'or », ainsi qu'on surnommait notre époque. Ma manœuvre a réussi, car Phoebe s'est mise à parler des difficultés à écrire une série télévisée familiale à tendance féministe, dans une époque où les gens se soucient avant tout de pouvoir se payer un grand loft à Tribeca. Parmi notre génération de *Young Urban Professionals*, on ne parlait que de ça : ses vacances d'été dans les Hamptons, la valeur de son portefeuille d'actions, le nombre de costumes Armani dans son placard…

« Et toi, tu en as combien ? m'a-t-elle demandé d'un ton espiègle.

— Pas d'Armani. Je n'ai aucune fringue de marque. Juste trois costumes pour le boulot.

— Et quand il sort écouter du jazz, il se met en jean et veste en cuir, a ajouté David.

— Deux identités qui s'opposent. »

J'ai haussé les épaules.

« Je suis comme toi : j'écris des histoires, j'observe la capacité infinie des gens à compliquer leur vie et celle des autres… Comme tu le sais, l'argent et le sexe ne sont pas seulement les deux plaques tectoniques de notre culture – enfin, de presque toutes les cultures. Ce sont surtout les motivations centrales qui se cachent derrière le moindre drame personnel. »

Phoebe s'est tournée vers David.

« Tu le cachais où, celui-là, depuis tout ce temps ? »

Je n'ai pas su quoi répondre. Cette fille m'étonnait… Et je sentais qu'un lien s'était tout de suite établi entre nous.

À cet instant, c'était comme si tous mes doutes concernant mon mariage – toute la frénésie post-natale, toutes les disputes hystériques de l'année passée – me rattrapaient. Pour la première fois depuis que j'avais quitté le Ritz de Boston sous la neige en me demandant si me marier était une bonne décision, j'ai ressenti une attirance envers quelqu'un d'autre. Ce jour-là, je m'étais promis de ne plus jamais être infidèle. Aujourd'hui, j'étais père, et la situation avec Rebecca, sans être romantique, avait l'avantage d'être stable. Or cette stabilité était cruciale pour l'avenir d'Ethan. On nous répète sans cesse que le mariage est un travail permanent, mais en réalité, c'est un compromis infernal. J'étais avec Rebecca depuis dix ans maintenant et, à l'exception de cette incartade (qui avait eu lieu avant que nous décidions de nous engager davantage), j'avais été fidèle. J'avais été constant. J'avais été patient. Je l'avais soutenue, même quand mon instinct me soufflait que j'étais irrémédiablement seul. Parce que ma femme vivait avec un démon depuis le jour où sa carrière s'était enrayée. Et j'avais choisi d'ignorer la fragilité naissante de notre couple en me noyant dans le travail, en la laissant faire toutes ses folies sans réagir, en faisant ce que je faisais de mieux en cas de confrontation : fuir les disputes, esquiver les crises, m'estimer heureux de survivre à chaque nouvelle journée sans psychodrame. Le reste de ma vie, c'était mon travail. Et une question insistante me taraudait : mon obsession de gagner des procès compensait-elle cette sensation d'être perdu quand je rentrais chez moi ?

J'ai surpris le regard de Phoebe sur l'alliance à ma main gauche. J'ai instinctivement serré le poing, comme pour nier son existence. Elle a souri. Puis elle a tiré de sa poche un carnet et un stylo, et a griffonné son nom et un numéro sur une page.

« Il faut que j'y aille. Mais tu m'appelleras, pas vrai ? »

Elle a posé la page arrachée devant moi.

« Si tu veux, je peux te faire visiter le studio où on tourne la série. Mais ce serait encore mieux si tu me payais une bière.

— C'est vrai qu'on a une conversation à finir. »

J'en avais envie, bien sûr. Je savais que je devais à tout prix éviter de me compliquer la vie, mais une voix dans ma tête s'est rebellée : « À quoi sert une vie simple mais sans plaisir ? »

Phoebe s'est penchée pour déposer un léger baiser directement sur mes lèvres.

« J'attendrai ton coup de fil », m'a-t-elle murmuré.

Quelques secondes plus tard, David me donnait un petit coup taquin sur le bras.

« Sacré Sam. Tu as réussi à taper dans l'œil de l'insaisissable Phoebe.

— Ce n'était pas du tout le but.

— Et c'est pour ça que ça a marché.

— Mais je n'essayais pas de faire marcher quoi que ce soit…

— En tout cas, tu avais l'air paniqué.

— N'importe quoi.

— Je t'ai vu cacher ton alliance. Elle aussi, elle l'a vu. Le message était on ne peut plus clair : “Je suis un type intéressant et très malheureux en ménage.”

— Je suis flatté… Mais ça n'ira pas plus loin. Les choses ne vont pas si mal, à la maison.

— Mais est-ce qu'elles vont vraiment bien ? »

J'ai évité de répondre en prétextant qu'il était tard et que je devais rentrer. Mais, à mon arrivée, j'ai trouvé Rebecca dans le salon, l'air bouleversé, notre fils dans les bras.

« Quand je suis rentrée, juste avant dix heures, Rosa m'a dit qu'Ethan avait vomi plusieurs fois dans la soirée et qu'il ne réagissait pas beaucoup. D'après elle, c'est juste une petite grippe. Ce qui me fait peur, c'est que les vomissements et l'apathie sont des symptômes de méningite.

— Est-ce qu'il a des rougeurs ou des convulsions ? Fais-moi voir. Je peux le prendre ? »

Ethan semblait effectivement fiévreux, et plongé dans un sommeil profond. Quand j'ai tenté de le réveiller, il n'a réagi ni au son de ma voix, ni à mes tapotements de plus en plus prononcés.

« Tu es sûre qu'il n'a aucune rougeur ? ai-je demandé.

— J'ai regardé partout… »

C'est alors que j'ai levé l'une de ses petites jambes pour regarder la plante de son pied. Rebecca, debout à côté de moi, a laissé échapper un « Oh non, merde… ». Là, sur son talon, s'étalaient des petits points bruns et écarlates : une rougeur qui commençait déjà à se boursoufler.

J'ai fait de mon mieux pour ravaler mon anxiété.

« Tu n'avais pas vu ça ?

— Mais non, je ne l'avais pas vu, bordel ! Tu crois que je serais toujours plantée là si je savais que mon fils a la méningite ?

— Ce n'était pas une accusation. Mais il faut l'emmener aux urgences. Tout de suite. »

Dans les moments de grande détresse, ma voix baisse de volume, elle exprime un calme prodigieux que je suis loin de ressentir. J'ai fait un pas vers la porte d'entrée, Ethan entre les bras.

« C'est moi qui le prends ! » a crié Rebecca en s'emparant d'une couverture pour le protéger de l'air conditionné qui sévissait partout à cette période de l'année. Je lui ai tendu notre enfant sans discuter, et je l'ai guidée hors de l'appartement, dans l'ascenseur, et jusque dans le premier taxi que j'ai pu héler au bas de l'immeuble. L'hôpital le plus proche, Saint-Vincent, avait une réputation de véritable zoo urbain ; mieux valait traverser la ville à toute vitesse vers le New

York Hospital, où était né Ethan, et qui se trouvait dans une oasis de calme de l'Upper East Side. Le service des urgences était encore bondé à vingt-trois heures un vendredi, mais, à partir du moment où j'ai dit à la réceptionniste que notre fils de neuf mois présentait des symptômes de méningite, elle a décroché le téléphone, et nous nous sommes retrouvés en moins de deux minutes en présence d'un pédiatre, le docteur Hutheesing, et de deux infirmières. Le médecin a immédiatement confirmé notre diagnostic : Ethan semblait atteint de méningite, soit bactérienne, soit virale. Il a ordonné des analyses de sang et une ponction lombaire. Rebecca était au bord de l'évanouissement.

« Si seulement je l'avais vu plus tôt…, a-t-elle gémi.

— Quand avez-vous remarqué la rougeur ?

— Il y a une demi-heure, ai-je répondu.

— Mais j'étais avec lui depuis une heure quand mon mari est rentré. Il n'y avait rien, je vous jure. J'avais vérifié partout.

— Oh, je vous crois, madame. La rougeur peut apparaître très subitement. Vous avez bien fait de venir tout de suite. Vous n'avez rien à vous reprocher.

— Tu aurais dû m'empêcher de travailler tard », a affirmé Rebecca d'une voix forte, mais je voyais bien qu'elle se parlait davantage à elle-même qu'à moi.

Hutheesing a posé une main sur son épaule.

« Vous n'auriez rien pu faire pour empêcher ça. Pourquoi et comment la méningite s'en prend à un enfant…

— J'aurais pu l'empêcher ! »

Elle avait hurlé, cette fois. Hutheesing et moi avons échangé un regard.

« Vous voyez ! Vous voyez ! a-t-elle poursuivi, hystérique. Vous pensez que c'est ma faute ! »

Hutheesing a glissé quelques mots à l'une des infirmières avant de se retourner vers Rebecca.

« Madame, ma collègue va vous emmener dans une autre chambre où vous pourrez vous allonger. Si vous avez besoin de quelque chose pour vous calmer…

— Ne prenez pas ce ton avec moi !

— Rebecca, ne parle pas comme ça au…

— Vous pensez tous que c'est ma faute, pas vrai ?

— Il va falloir vous calmer, madame », est intervenue l'infirmière, qui venait de passer un bras autour d'elle d'une manière plus coercitive que rassurante. « Venez, on va vous trouver une chambre pour vous reposer…

— Je ne vous laisserai pas mon bébé. Vous ne pouvez pas… »

Elle a commencé à se débattre. La seconde infirmière – moins imposante physiquement, mais sans doute tout aussi forte que sa collègue – l'a attrapée par l'autre bras. Rebecca était encerclée, piégée. Elle s'est démenée comme une diablesse, hurlant des insultes et des obscénités, complètement incontrôlable. Hutheesing m'a demandé si j'étais d'accord pour qu'on lui donne un tranquillisant et j'ai accepté – la violence de Rebecca avait quelque chose d'alarmant. Calmement, Hutheesing s'est approché d'un chariot de médicaments, sur lequel il a pris un flacon et une seringue hypodermique, avant d'ordonner à l'une des infirmières de remonter la manche de Rebecca. Cette dernière a redoublé de panique.

« Mais sauve-moi, putain ! m'a-t-elle crié.

— On est venus ici pour Ethan », ai-je répondu.

Debout au-dessus du petit lit à roulettes sur lequel on avait placé mon fils, j'étais en proie à cette pensée terrifiante : Et s'il ne survivait pas ?

« Tenez-la bien », a dit Hutheesing tout en insérant l'aiguille dans le bras de Rebecca.

Quelques secondes plus tard, ses convulsions ont cessé. Hutheesing a murmuré quelque chose à l'une des infirmières, qui a relâché sa prise et quitté la pièce. Elle est revenue quelques secondes plus tard avec un fauteuil roulant dans lequel sa collègue a installé Rebecca, qui oscillait comme une somnambule. Tandis qu'elle l'emportait, Hutheesing m'a expliqué qu'il l'envoyait aux urgences psychiatriques pour la mettre en observation.

« Est-ce qu'elle a déjà montré des signes de trouble psychiatrique ? »

J'ai acquiescé en silence.

« Elle a besoin d'aide, c'est certain, a dit Hutheesing. Mais pour l'instant, c'est votre fils qui m'inquiète. »

Pendant que l'infirmière restante s'affairait autour d'Ethan, il m'a informé qu'il l'envoyait en soins pédiatriques intensifs, où on lui ferait une ponction lombaire pour récolter du liquide céphalorachidien : en cas de méningite, ce liquide montre souvent une forte baisse du taux de glucose, ainsi qu'une multiplication des globules blancs et un taux protéique dangereusement élevé.

« Il peut y avoir des séquelles graves ? ai-je demandé.

— Je ne vais pas vous mentir en disant que vous n'avez pas de souci à vous faire. Oui, il peut y avoir des complications à long terme. Mais, comme vous nous avez amené Ethan tout de suite, et puisque votre femme avait vérifié une heure avant et n'avait pas vu de rougeur, vous avez réduit les risques autant que possible. Les examens vont prendre quelques heures. À votre place, je rentrerais à la maison pour dormir un peu. Donnez votre numéro à la réception, on vous appellera dès que…

— Je préfère rester ici.

— Je comprends. Mais on n'en saura pas plus avant demain matin. Pourquoi passer la nuit sur une chaise en plastique alors que votre présence ici ne change rien ? Avec votre femme en pleine crise, votre fils a besoin d'au moins un parent en forme. Rentrez chez vous, monsieur. Je peux vous donner quelque chose pour vous aider à dormir ? »

J'ai secoué la tête. J'aurais préféré, de loin, pouvoir rester avec Ethan pendant qu'il subirait tous ces examens effroyables. Mais quand j'ai expliqué ça au docteur Hutheesing, il m'a fait signe que c'était impossible.

« Rentrez chez vous. Donnez-nous votre numéro de téléphone. Je promets qu'on vous appellera dès qu'il y aura du nouveau. »

Je ne voulais pas partir… Mais il était évident que ma présence ici ne servirait à rien. Et le médecin avait sans doute raison – mieux valait que je sois en forme pour affronter tout ce qui allait suivre.

« Il va s'en sortir ? » ai-je demandé, désespéré.

Le docteur Hutheesing a hésité avant de répondre.

« Les prochaines quarante-huit heures seront décisives. »

Il y avait un téléphone public dans la salle d'attente. Je m'en suis servi pour appeler David : son répondeur indiquait qu'il était en déplacement pour le travail, mais qu'il consulterait sa messagerie de temps en temps. Je lui ai laissé un bref message pour lui demander de me rappeler aussitôt que possible, puis je suis rentré à la maison, où j'ai passé deux heures assis près du téléphone avec un verre de scotch. J'ai appelé l'hôpital et demandé à parler avec l'infirmière de garde des soins pédiatriques intensifs. L'état d'Ethan était stationnaire. Je me suis déshabillé. Je me suis mis au lit. J'ai tenté de dormir. Impossible. J'ai rappelé l'hôpital. Toujours aucun changement – et l'infirmière a ajouté que, si je lui donnais mon numéro, elle s'arrangerait pour que le docteur Lonergan me téléphone dès son arrivée à huit heures trente. Je l'ai remerciée. J'ai réglé mon réveil, et le fait de savoir que le médecin allait m'appeler m'a permis de sombrer dans le sommeil pendant quelques heures. Le réveil a sonné à huit heures trente. Le téléphone, à huit heures trente-six. Le docteur Lonergan avait de bonnes nouvelles : l'état d'Ethan s'était stabilisé, et il était à présent hors de danger – cependant, il se faisait du souci à propos d'« un ou deux problèmes à long terme ». Quand je lui ai demandé d'être plus précis, il a répondu qu'il préférait ne pas s'étendre sur le sujet avant de me rencontrer en personne. J'ai pris des nouvelles de Rebecca : elle aussi était « stable »… Mais lorsqu'elle s'était réveillée, un peu plus tôt, elle avait exigé de voir Ethan. L'infirmière de garde lui avait intimé d'attendre l'arrivée du responsable de service, suite à quoi elle avait piqué une nouvelle crise et tenté de fuir l'étage de psychiatrie (« un projet ambitieux, étant donné que tous les accès sont verrouillés en permanence »). Il avait fallu la rattraper et la remettre sous sédatifs. Tout en me massant les tempes d'une main, j'ai déclaré que je serais sur place dans moins d'une heure.

Ethan est resté en soins intensifs pendant presque dix jours. Durant cette période, le docteur Clarke, responsable du service de pédiatrie, m'a confirmé ses craintes. Malgré la disparition de la bactérie, les séquelles de la méningite avaient affecté l'audition, l'équilibre, les reins et le foie de notre fils.

« Comme c'est encore un bébé, il est difficile de se rendre compte de l'étendue des dégâts : ils peuvent être permanents, mineurs ou même inexistants. On a fait quelques tests, et je ne suis pas satisfait de son ouïe. Mais seul le temps nous dira ce qu'il en est. Je suis désolé de ne pas pouvoir vous donner d'informations plus précises. Au moins, il s'en est sorti. »

Je n'ai transmis ces nouvelles à Rebecca qu'après son retour à la maison. Entre-temps, j'avais développé une obsession pour la méningite. Je lisais tout ce que je pouvais trouver à ce sujet et j'ai fait jouer quelques contacts afin d'obtenir des rendez-vous avec deux spécialistes de cette maladie, qui m'ont confirmé les dires du docteur Clarke : étant donné l'âge d'Ethan, il était encore trop tôt pour évaluer la gravité des séquelles. Rebecca est sortie de l'hôpital le même jour qu'Ethan, et Rosa a repris son travail chez nous, à temps plein cette fois. Rebecca ne cessait de me répéter que la maladie de notre fils était sa faute ; que si seulement elle n'avait pas travaillé aussi tard ce soir-là…

J'ai tenté de la convaincre que ça n'avait pas de sens, qu'un virus est un virus, et qu'elle n'aurait rien pu faire pour protéger Ethan. C'est là qu'elle s'est retournée contre moi – moi qui étais rentré tard, qui étais allé boire un verre avec David. Des accusations qui, je l'avoue, n'ont rien fait pour alléger ma culpabilité. Moi aussi, cette idée me hantait depuis dix jours. Si je n'avais pas été dehors, à flirter avec une autre femme, si j'étais rentré à la maison une ou deux précieuses heures plus tôt…

C'est Rosa qui a fini par nous faire entendre raison : aucun de nous n'était responsable de ce qui était arrivé, a-t-elle déclaré d'un ton catégorique, et Rebecca n'avait aucune raison de s'en vouloir à ce point. Loin d'être apaisée, Rebecca a menacé Rosa d'un renvoi. J'ai bien sûr assuré à Rosa qu'elle n'avait rien à craindre, que Rebecca parlait sous le coup de la douleur. Douleur qui s'est encore accrue la semaine suivante, lorsque nous avons emmené Ethan chez son pédiatre. Le docteur Ellingham, qui avait été parfaitement tenu au courant par l'équipe du New York Hospital, allait mener une batterie de tests pour mesurer l'audition et l'oreille interne de notre fils, car il s'inquiétait d'une potentielle surdité. Il a également sommé Rebecca de se faire suivre urgemment par un professionnel – d'autant que cette dernière ne prenait plus les calmants qu'on lui avait prescrits à sa sortie de l'hôpital.

Sur le chemin du retour, dans le taxi, lorsque j'ai demandé à Rebecca pourquoi elle avait arrêté de prendre le Valium qui stabilisait son humeur depuis plus d'une semaine, elle m'a répondu que c'était parce qu'elle ne méritait pas d'être stable. Elle devait ressentir toute cette souffrance mentale.

Sur mes instances, elle a consulté un nouveau psychologue, qui l'a à son tour orientée vers un psychiatre, car il était évident qu'elle avait besoin d'une aide pharmaceutique. Elle a donc recommencé à prendre du Valium. Cela l'a beaucoup aidée pendant plusieurs mois, et elle en a réellement eu besoin lorsque le diagnostic du pédiatre a fini par tomber. À cause de la méningite, Ethan était devenu sourd à 75 %. Dire que cette nouvelle nous a profondément ébranlés serait le plus grand des euphémismes. Nous étions catastrophés. Par la suite, nous avons consulté trois éminents oto-rhino-laryngologistes. Nous avons fini par choisir une Allemande directe et efficace, le docteur Helga Cerf. Elle a fait passer toutes sortes de tests à Ethan, sans négliger le moindre aspect de son nouveau handicap.

D'après ses estimations, la situation était difficile. Les tympans fonctionnaient encore un peu, puisqu'il y avait de la réverbération dans son oreille interne mais malheureusement, la méningite s'attaquait au système nerveux, ce qui avait eu pour résultat une surdité neurosensorielle. Et, comme Ethan n'avait même pas deux ans, il était difficile de juger s'il réagissait aux stimulations auditives. Les tests avaient pu révéler qu'il avait perdu les trois quarts de son ouïe, mais quant à savoir si un appareil auditif lui serait utile, s'il serait capable d'apprendre à parler et à communiquer de manière normale ou s'il devrait apprendre la langue des signes, elle ne pouvait hélas pas nous donner de réponse dans l'immédiat… Avec notre permission, elle voulait lui faire poser deux petits implants auditifs pour voir si cela ferait une différence, si cela lui permettrait d'absorber les sons et les voix – ce qui, à ce stade de son développement, était absolument crucial. Le docteur Cerf continuerait à suivre son cas de très près, afin de faire tout ce qui était en son pouvoir pour qu'Ethan puisse surmonter son handicap.

Lorsque nous sommes rentrés à l'appartement cet après-midi-là, Rebecca est allée s'enfermer dans la salle de bains. Là, elle a pleuré et hurlé pendant près d'une demi-heure. Elle refusait de me laisser entrer et lorsque j'ai compris que mes efforts pour la réconforter ne produisaient aucun résultat, j'ai décidé de la laisser purger son chagrin elle-même. Je l'ai laissée à l'appartement et je suis sorti marcher.

J'ai pris la direction d'un bar du quartier, le Chumley's, où j'ai commandé une bière et un shot de whisky irlandais avant d'allumer une cigarette. Puis je me suis caché le visage dans les mains. Il n'était pas question que je m'effondre en public, mais je sentais bien que je n'étais pas loin de l'épuisement. Depuis des jours, je faisais de mon mieux pour ne pas penser au drame qui avait frappé Ethan, qui nous avait frappés, nous… Je tentais de faire taire la voix pernicieuse qui me soufflait que j'avais été incapable de le protéger. Je découvrais maintenant combien la vie pouvait être tragique. À part la mort de ma mère et l'indifférence polie de mon père, je n'avais jamais connu de grande difficulté. Ni cataclysme, ni perte immense, ni blessure terrible infligée à un proche.

Jusqu'à maintenant.

J'imagine que c'est inévitable, inhérent même au simple fait d'être là, de vivre. Certaines catastrophes ne se produisent qu'avec notre complicité : qu'on me montre par exemple un divorce imputable uniquement à la malchance ou à la fatalité, où aucune des deux parties n'aurait quoi que ce soit à se reprocher. Mais il y a aussi la force du hasard, la colossale infortune déposée sans prévenir au cœur de notre existence. Pour un parent, il n'existe pas de souffrance plus grande que de voir le malheur s'abattre sur son enfant. J'étais à présent le père d'un petit garçon handicapé – et je savais que cette difficile réalité influencerait désormais le moindre aspect de ma vie.

Rebecca voyait son psychologue trois fois par semaine. Nous pouvions nous le permettre, et cela semblait l'aider à garder le cap. Elle a bientôt annoncé qu'elle souhaitait quitter son travail pour s'occuper d'Ethan à plein temps, et je l'ai convaincue de garder Rosa pour lui prêter main-forte – et aussi, ai-je ajouté en mon for intérieur, pour protéger notre fils si elle faisait une nouvelle crise. Nous pouvions aussi nous permettre d'employer Rosa, ainsi que de payer le meilleur traitement médical pour Ethan. Des micro-appareils auditifs ont été implantés chirurgicalement dans ses oreilles. Rebecca ne cessait de répéter que la différence était énorme, et je n'osais pas la contredire, mais il était évident qu'il ne réagissait presque pas aux bruits. Rosa était d'accord avec moi : Ethan semblait enfermé dans une prison de silence. Nous l'emmenions régulièrement voir le docteur Cerf, qui nous conseillait d'être patients et de voir si, avec le temps, ses aides auditives couplées à son développement physique n'amélioreraient pas sa situation. D'après elle, il était encore trop tôt après la méningite pour se rendre compte de la gravité et de la durée possible des dégâts. Rebecca a fini par installer un lit simple dans un coin de la chambre d'Ethan, où elle s'est mise à passer toutes ses nuits sans exception. Notre vie sexuelle a pris fin. Même si je comprenais son besoin d'être en permanence aux côtés de notre fils, je lui ai laissé entendre plusieurs fois que notre absence de vie intime ne ferait qu'aggraver les choses, et qu'un mariage sans cette complicité était généralement condamné à se compliquer.

« Notre fils est handicapé, peut-être pour toute sa vie… Et toi, tu ne penses qu'à te vider les bourses ?

— Ce n'est pas une question de me "vider les bourses". Je peux faire ça tout seul. Mais le sexe est un élément essentiel de la vie de couple…

— Je connais beaucoup de couples mariés qui ne couchent plus ensemble.

— Des couples généralement proches de la cinquantaine, et qui ont déjà commencé à se détester.

— Il y en a, je t'assure.

— Pourquoi ne pas essayer de trouver un peu de temps pour nous, juste une fois par semaine ?

— Parce que j'ai d'autres choses auxquelles penser, là, en ce moment. Et puis je me sens aussi sensuelle qu'une cuvette de chiottes.

— Charmante métaphore.

— Tu l'as cherché.

— On a besoin de ça, Rebecca.

— Je ne veux plus en entendre parler. »

Son ton était résolu – et, à partir de ce jour, elle a bel et bien refusé d'aborder le sujet.

Le désespoir est une situation à laquelle il n'est pas rare d'être confronté, mais, comme pour la tragédie, j'étais en terre inconnue. Isabelle ne s'était pas trompée quand elle parlait de la mélancolie comme d'une affliction qui faisait partie de moi, et que je cachais aux yeux du monde. Mais le désespoir était nouveau. J'essayais de passer une heure par jour à jouer avec mon fils pendant la semaine, et je lui consacrais la majeure partie des week-ends. Ethan passait peu à peu du stade de bébé à celui d'enfant : un petit garçon taciturne, qui souriait rarement et ne réagissait presque pas au son de ma voix. Je me raccrochais aux moments où crier attirait son attention – mais il fallait vraiment que je m'époumone, et, même ainsi, je soupçonnais Ethan de percevoir davantage une vibration lointaine qu'un véritable son. Le docteur Cerf nous encourageait à lui parler aussi fort que possible, mais seulement à petites doses, pour ne pas le mettre mal à l'aise. Les lueurs d'espoir étaient épisodiques. En dedans, je sentais une noirceur m'alourdir – l'impression de me noyer peu à peu dans un désespoir aux antipodes de ma personnalité pragmatique et résolument optimiste.

Sans doute parce qu'il avait été aux prises avec une dépression sévère à la suite de son divorce, David n'a pas manqué de remarquer les symptômes de ma descente aux enfers, et m'a envoyé manu militari chez son propre psychologue, un ancien jésuite du nom de Patrick Keogh, aussi rigoureux qu'humain. Celui-ci m'a poussé à affronter la vérité de mon enfance solitaire, de mon mariage à présent toxique, et de mon besoin désespéré d'amour. Naturellement, je lui ai longuement parlé d'Isabelle, et de mon sentiment d'avoir perdu quelque chose d'essentiel en la chassant de ma vie.

« Mais, a-t-il répondu, si quelqu'un exprime une ambivalence permanente à l'idée d'être avec vous, puis fait volte-face sans prévenir, il est tout à fait normal de se retrouver en proie au doute et à la tourmente. Il faut arrêter de vous considérer comme responsable de ce qui est arrivé. Isabelle vous a perdu, elle aussi. »

Au sujet de Rebecca, Keogh semblait penser qu'elle présentait beaucoup de signes de bipolarité. Je devais me tenir prêt à me protéger, ainsi qu'Ethan, si elle perdait le contrôle. Pour le reste, le choix me revenait : je pouvais décider de supporter ses sautes d'humeur démentes et son irrationalité, ou bien partir… et emmener Ethan avec moi.

Quelques mois après le début de nos séances hebdomadaires, je suis venu m'asseoir sur son sofa vieux d'un demi-siècle et je lui ai annoncé que j'avais une maîtresse. Une dramaturge brillante et passionnée.

« Vous êtes amoureux ? a demandé Patrick.

— Ça se pourrait. Elle me dit qu'elle l'est, elle. Mais aussi qu'elle a peur d'être blessée, parce qu'une liaison avec un homme marié ne se termine jamais bien.

— À moins que l'amour ne soit réciproque, et ne vous pousse à vouloir bâtir un futur ensemble.

— C'est trop tôt pour le dire.

— Bien sûr. Et comment est-ce que vous gérez la complexité de cette relation – si tant est qu'elle soit complexe pour vous ?

— Vous connaissez mieux que personne mon rapport à la culpabilité. Je m'en suis toujours voulu du détachement de mes parents, j'ai toujours pensé que je faisais quelque chose de mal pour qu'Isabelle garde ainsi ses distances par rapport à moi… Évidemment, je me sens affreusement coupable de trahir Rebecca. Mais c'est elle qui s'est éloignée, qui refuse toute intimité. J'ai eu beaucoup de mal à le supporter. »

La liaison avait commencé dans des tâtonnements. Un soir que je n'arrivais pas à dormir, j'avais envoyé une longue lettre à Phoebe, dans laquelle j'admettais l'étrangeté de cette prise de contact plusieurs mois après notre rencontre. Mais il s'était passé beaucoup de choses. J'y décrivais tout ce qui était arrivé à Ethan, le naufrage de mon mariage, et je lui demandais de m'excuser de me montrer aussi direct et de partager toutes ces difficultés avec elle. Dans ma dernière phrase, je lui disais que, si elle était toujours partante pour boire un verre, je serais heureux de lui payer un Martini ou deux.

Quels étaient mes sentiments tandis que je tapais ces mots sur mon ordinateur Apple flambant neuf, à trois heures du matin, alors que ma femme et mon fils dormaient dans la pièce voisine ? Certes, je ressentais un certain malaise, et la certitude de prendre un énorme risque. Mais il y avait aussi une part d'excitation. Et – oserai-je l'avouer ? – un curieux souffle d'espoir.

Pour imprimer et faxer cette lettre, j'ai attendu d'arriver au bureau le lendemain matin : si je l'avais fait depuis l'appartement, Rebecca aurait pu découvrir le numéro de la destinataire sur la liste hebdomadaire des fax envoyés, que je la voyais inspecter avec une grande attention. J'avais toujours été conscient de sa nature jalouse. Et, même si je lui avais toujours promis par le passé de lui rester loyal, elle était devenue hypervigilante depuis sa décision de ne plus coucher avec moi, et contrôlait avec qui je sortais et où, ainsi que les fax envoyés depuis chez nous. Je n'ai commis qu'une fois l'erreur de pointer du doigt l'incohérence de sa suspicion d'infidélité, alors que c'était elle qui refusait que nous fassions l'amour.

« Va coucher avec quelqu'un d'autre, alors, avait-elle crié.

— Tu es sérieuse ?

— Vas-y, tu es un homme libre. »

J'étais à peu près sûr qu'elle parlait sous le coup de la colère et ne le pensait pas réellement. Au moins, sa furie avait provoqué quelque chose d'extraordinaire : Ethan venait de tressaillir au son de sa voix.

« Tu as vu ça ? ai-je demandé, surexcité – quand bien même la réaction de notre fils était en réponse à une dispute.

— Dès que je te crie dessus, notre fils nous montre qu'il ressent les mauvaises vibrations entre nous.

— Des mauvaises vibrations qui n'ont pas lieu d'être.

— Alors, selon toi, notre vie est un putain de paradis ?

— Ethan reçoit les meilleurs soins médicaux possibles. Et ce sera pareil pour son éducation : il apprendra la langue des signes, il apprendra à parler comme il le pourra, et peut-être même qu'avec le temps il s'en sortira très bien. Et puis, avec les progrès de la médecine, il est tout à fait possible qu'il finisse par être capable d'entendre de nouveau.

— Ça va, là-haut, oui ? Tout ça est un désastre. Notre mariage est un désastre. Et tu ferais aussi bien d'aller en sauter une autre, parce que tu ne me toucheras plus jamais. Je te hais. Et tu sais pourquoi ? Parce que, le soir où il a attrapé cette saleté de virus, tu m'as laissée travailler tard. Si j'avais été là…

— Tu vas arrêter avec ces insanités ?

— Ces insanités ? Ma vie est un enfer, et tu parles d'insanités…

— Tu t'es remise à boire, c'est ça ?

— Oh, va te faire foutre.

— La vodka. C'est ça, ton poison. La Stoli. Parce que ça ne se sent pas sur l'haleine. Je sais que tu gardes tes bouteilles sur la fenêtre de la salle de bains.

— Tu en as, de l'imagination. »

Tout en disant ces mots, elle a tourné les talons pour aller s'enfermer dans la salle de bains, justement. J'ai voulu la poursuivre, mais elle avait poussé le verrou. Pris d'une rage soudaine, je lui ai crié d'ouvrir. J'ai secoué la poignée. J'ai martelé le bois…

« Vas-y, défonce la porte », a-t-elle lancé depuis l'intérieur.

J'ai entrepris de me jeter de tout mon poids contre le battant.

« Trop tard, connard ! »

Elle a ouvert la porte à la volée juste au moment où je me lançais dessus pour la seconde fois. Emporté par mon élan, je l'ai percutée de plein fouet, nous projetant tous deux contre le lavabo. Elle m'a lacéré le cou avec ses ongles. J'ai poussé un juron, et je suis parvenu à saisir sa main avant qu'elle ne recommence.

« Te gêne pas, casse-moi le poignet, a-t-elle hurlé, comme ça je pourrai te dépouiller pendant le divorce ! »

Je l'ai repoussée. Tout en agrippant une serviette pour éponger le sang dans mon cou, j'ai vu que la fenêtre était grande ouverte. Je me suis approché. Le rebord était vide. Je me suis penché sur la ruelle en contrebas, prêt à voir les restes d'une bouteille fracassée sur le bitume, mais il n'y avait rien. Pivotant sur mes talons, j'ai écarté Rebecca de mon chemin pour me rendre dans la chambre, jeter quelques affaires dans un sac et déguerpir. Debout dans le couloir, tandis que j'attendais l'ascenseur qui me mènerait à la rue, à la libération – j'ai soudain pensé à quel point tout ça était absurde. Ce chaos conjugal… et moi, qui laissais mon fils tout seul avec une folle.

J'ai fait demi-tour. Je suis rentré dans l'appartement et j'ai dit à Rebecca : « Oublions tout ça. » Elle s'est contentée de hausser les épaules, notre fils dans les bras, l'air complètement épuisé. J'ai pris le relais. Tout d'abord, elle a refusé de me donner Ethan, mais je lui ai dit, calmement, qu'elle avait avant tout besoin de sommeil. Alors elle m'a laissé la soulager du poids de notre enfant, et elle est allée s'allonger sur son lit, dans la chambre d'Ethan. J'ai attendu une demi-heure, afin d'être sûr qu'elle dormait, puis je suis entré sur la pointe des pieds déposer Ethan dans son lit. Une fois dans notre chambre, j'ai pris l'un des somnifères prescrits par le médecin. Le sommeil a mis plus longtemps que d'habitude à me trouver, étendu sur le dos, à fixer le plafond comme si j'y voyais le cosmos prêt à m'avaler tout entier. J'ai fini par sombrer pendant quelques heures. Lorsque j'ai repris conscience, Rebecca m'avait rejoint au lit, en pyjama. Les bras passés autour de moi, elle sanglotait, murmurait qu'elle m'aimait, qu'elle était désolée pour tout ce qu'elle avait dit. Je lui ai rendu son étreinte et je l'ai rassurée en affirmant que tout allait bien – c'était loin d'être la vérité, mais il y a certains moments, en compagnie de personnes fragiles, où la vérité serait bien trop destructrice. Elle m'a embrassé, longuement. Mais, lorsque je lui ai rendu son baiser avec ardeur, elle m'a repoussé.

« Je ne suis pas prête. »

Ce matin-là, au bureau, un fax m'attendait. Il était de Phoebe.

Cher Sam,

Lire ta lettre était une expérience vertigineuse, en ce que les malheurs des autres ont quelque chose d'une chute par procuration... L'équilibre de la vie est-il donc si instable ? Bien entendu, ton récit m'a donné matière à réfléchir, en particulier à ta persévérance et à ta ténacité. Bien que je n'aie pas d'enfants – mon premier et unique mari (pour l'instant) n'en voulait pas –, j'ai des neveux et des nièces, cinq en tout ; eh oui, je suis l'échec de la famille en matière de fécondité. L'une d'entre eux est trisomique, ce qui a mis fin au mariage de mon frère... Je connais donc de source sûre les conséquences du handicap d'un enfant sur une union. Je sens bien, dans ta lettre, que tu te poses beaucoup de questions sur ton couple. Tu m'excuseras d'être si directe. Mais je serais, effectivement, ravie d'aller bientôt boire un verre avec toi.

Courage.

Avec toute mon affection,

Phoebe

J'avais dit à Rebecca que je sortais avec des collègues avocats ce soir-là. Le début de matinée avait été difficile – Ethan avait passé la moitié de la nuit à pleurer, et lorsque je m'étais réveillé à six heures, seul dans le lit, au son de ses cris étranglés, je m'étais levé immédiatement pour proposer à Rebecca de prendre la relève pendant qu'elle irait dormir un peu dans notre chambre (dont elle s'était de nouveau exilée). Elle avait refusé, catégorique.

« Je maîtrise la situation. Et puis, tu as une grosse journée au tribunal aujourd'hui, et ton dîner entre collègues…

— Mais ce n'est pas très juste pour toi.

— Arrête de jouer les altruistes. Je sais très bien que tu ne supportes rien de tout ça…

— Tu ne vas pas recommencer.

— Sinon quoi ? Je m'en prends une ? »

Elle s'est rapprochée de moi en disant ces mots. Beaucoup d'alcooliques optent pour la vodka à cause de sa faible odeur, mais j'ai tout de même senti un effluve de pomme de terre distillée dans son haleine… De toute façon, je savais que Rebecca démarrait au quart de tour dès qu'elle était saoule. J'étais à peu près certain que c'était le cas à présent. J'ai battu en retraite pour aller m'habiller dans la chambre, puis j'ai pris la direction de la salle de bains. Une fois à l'intérieur, porte verrouillée, j'ai ouvert la fenêtre et tâtonné le long du rebord jusqu'à trouver une bouteille. Un litre de Stolichnaya, aux deux tiers vide. Pourquoi continuait-elle à cacher son alcool ici, alors qu'elle me savait maintenant au courant ? Était-ce par méfiance, pour me narguer ? Mais en faisant cela, elle admettait que son problème d'alcool était suffisamment sérieux pour devoir rester clandestin…

Je suis retourné dans le salon. Rebecca ronflait, effondrée sur le canapé. Il était maintenant six heures cinquante, ce qui signifiait que Rosa serait là dans un peu plus d'une heure. J'ai vérifié qu'Ethan dormait paisiblement, puis je suis allé faire du café avant de laisser un message à ma secrétaire pour qu'elle prévienne mon associé de me retrouver directement au tribunal, et de prendre tous les papiers avec lui. Ensuite, j'ai bu mon café en regardant ma pauvre femme alcoolique endormie. Rosa est arrivée. Je lui ai laissé quelques secondes pour observer la scène et comprendre que le sommeil de Rebecca n'était pas seulement dû à l'épuisement. Je lui ai fait signe de me suivre dans la cuisine. Après avoir refermé la porte derrière nous, je lui ai servi une tasse de café et je suis allé droit au but.

« Vous êtes au courant du fait que ma femme boit ? »

Rosa a secoué la tête.

Je lui ai tout raconté de l'alcoolisme de Rebecca, de ses crises de rage, de sa réserve de vodka sur la fenêtre. Elle m'a répondu, choquée, qu'elle n'avait jamais vu Rebecca sous l'emprise de l'alcool.

« C'est vrai que, parfois, elle sort de la salle de bains avec un grand verre à la main… J'ai toujours cru que c'était de l'eau. Et après, elle va faire une sieste dans votre chambre.

— Mais vous ne l'avez jamais vue saoule ?

— Je pense que je m'en rendrais compte.

— Peut-être qu'elle boit juste assez pour ne pas avoir à réfléchir… Et que, parfois, elle prend un verre de trop. Je sais que c'est délicat pour vous, mais est-ce que je peux vous demander de vérifier régulièrement la bouteille sur la fenêtre de la salle de bains ? Pour voir si le niveau baisse, ou si elle est remplacée… »

Rosa a hoché la tête, l'air préoccupé.

« Elle fait une sieste tous les jours ? ai-je demandé.

— Oui, pratiquement.

— Vous voulez bien regarder, ensuite, si le verre contenait de la vodka ? Et puis, je suppose qu'elle sort de temps en temps, ne serait-ce que pour faire les courses ou voir son psy. À ce moment-là, vous pourrez fouiller l'appartement pour voir si elle cache une réserve de bouteilles quelque part.

— Je n'aime pas beaucoup l'idée d'espionner mon employeuse, monsieur… mais je comprends bien que c'est la sécurité d'Ethan qui est en jeu.

— Je ne vous le demanderais pas, autrement. Et je tiens à vous offrir une compensation. Une jolie prime.

— Ce n'est pas nécessaire, monsieur.

— Mais si. Est-ce que vous pouvez garder Ethan ce soir… même si Rebecca est là ?

— Bien sûr. »

Cette conversation tout entière – et la scène de ménage avec Rebecca qui l'avait précédée – m'est revenue en mémoire tandis que je prenais la main de Phoebe dans la mienne. J'étais sans doute en train d'utiliser cet incident (et tous ceux qui avaient eu lieu depuis peu) comme excuse pour ce que je m'apprêtais à faire. Mais, lorsque quelqu'un se refuse à vous – en particulier la personne avec laquelle on a bâti sa vie, à laquelle on s'est promis corps et âme, à l'exclusion de toute autre, etc., etc. –, deux possibilités subsistent :

souffrir en silence ou chercher la passion et le réconfort ailleurs.

« Tu n'as pas besoin de rentrer tôt, rassure-moi ? s'est enquise Phoebe.

— Elle sera endormie dans la chambre du bébé à mon retour… Mais je me suis arrangé pour que la baby-sitter soit là. »

Cette réponse était une manière délibérée de lui dévoiler la situation catastrophique de mon couple. Ses doigts ont enserré les miens.

« Partons d'ici. »

Ce qui m'a frappé, en faisant l'amour avec Phoebe pour la première fois, c'était à quel point elle semblait en manque d'affection, vulnérable, prête à tout pour être aimée. Sa manière de donner tout ce qu'elle pouvait, et en même temps d'en éprouver de la crainte – la crainte de s'exposer à de nouvelles souffrances. Cette préoccupation prend de plus en plus de place à mesure que la vie nous maltraite, que les amants nous déçoivent, que les échecs et les pertes amoureuses se multiplient. Cette pensée insidieuse devient impossible à ignorer : Je suis pour beaucoup dans tout ce qui a mal tourné. C'est sans doute ainsi qu'on se retrouve écartelé entre besoin et prudence. Cela dit, au lit, Phoebe n'avait rien de prudent. Son ardeur était sauvage, absolue, comme dictée par un sentiment d'urgence. Grisé, je lui rendais la pareille, conscient de ce que tout ça signifiait : ce ne serait pas une simple liaison. Notre romance pouvait mener à quelque chose de plus vaste… À condition de lui en donner la possibilité.

Lorsqu'on est perdu dans les brumes du désespoir, lorsqu'on doit s'en retourner, nuit après nuit, à une relation qui nous fait du mal, l'idée d'être sauvé a quelque chose de miraculeux. Quelqu'un pour veiller sur moi. Phoebe, comme je l'ai rapidement découvert, voulait à tout prix vivre avec un homme. Et moi, je voulais à tout prix un refuge, loin du psychodrame quotidien de mon foyer. Sans jamais l'exprimer, j'ai senti dès le départ que la disparité de nos objectifs pourrait difficilement culminer en une fin heureuse.

Mais nous étions trop émerveillés par notre rencontre, trop heureux de ne plus être seuls, pour penser à tout ça. Même si nous étions contraints par les limites tacites d'une liaison dont l'un des participants est contractuellement lié à quelqu'un d'autre.

Même ainsi, pendant des mois nous nous sommes amplement contentés du temps qui nous était échu. Très vite, j'ai eu une clef de chez elle, un petit studio en plein Chelsea. J'y laissais toujours quelques vêtements. Deux soirs par semaine, je la rejoignais à dix-huit heures, en m'arrangeant pour que Rosa passe la soirée à l'appartement – je disais à Rebecca que je voulais lui laisser la possibilité de sortir avec des amis lorsque je travaillais tard. Ainsi, je m'assurais qu'Ethan ne serait pas seul avec elle pendant mon absence. Dès que j'entrais dans l'appartement de Phoebe, nous nous retrouvions immédiatement au lit. Nos ébats n'étaient jamais précipités, mais toujours fiévreux, avec un désir ardent encore accru par l'impossibilité de nous retrouver plus souvent, et par notre clandestinité forcée. Tout cela nous donnait une avidité immense, une énergie enivrante. Une heure plus tard, j'enfilais ce que nous appelions pour rire mon « camouflage urbain » et nous allions nous perdre en ville. Nous profitions de notre temps limité avec une intensité extraordinaire, car il y a quelque chose de magique dans cette lucarne d'opportunités. Phoebe affirmait que cet arrangement lui convenait à merveille. Elle travaillait souvent tard le soir sur l'un des quatre épisodes annuels que lui commandait sa série télévisée. Elle écrivait aussi des pièces, qui avaient toutes été jouées dans des petits théâtres – prestigieux, mais pas lucratif. Souvent, elle s'inquiétait à l'idée que les producteurs de la série puissent décider de renvoyer tous les auteurs pour engager de jeunes talents, la privant ainsi de sa principale source de revenus.

Passer du temps avec Phoebe n'était jamais banal. Le jour où Rebecca a décidé d'aller pour une semaine rendre visite à Barbara, une amie de l'université (qui se trouvait habiter à Santa Barbara), et d'emmener Ethan, je l'ai convaincue de se faire accompagner par Rosa afin qu'elle ait du temps à consacrer à son amie sans s'inquiéter sans cesse d'Ethan, et je me suis occupé de tous les billets d'avion. Rebecca n'était pas dupe, mais elle a néanmoins accepté.

En l'absence de Rebecca, j'ai pu passer sept jours entiers avec Phoebe. J'appelais le répondeur du téléphone de l'appartement tous les soirs pour voir si Rebecca avait laissé un message, ce qui était souvent le cas : je la rappelais alors depuis le téléphone de Phoebe, en pressant une touche spéciale pour masquer le numéro. Un soir, Rebecca m'a demandé pourquoi notre numéro ne s'affichait pas sur le téléphone de son amie, même quand elle appuyait sur la touche de rappel. J'avais déjà préparé un mensonge : j'étais en négociations avec un nouveau client potentiel de la côte

Ouest, à qui je devais régulièrement téléphoner depuis l'appartement à cause du décalage horaire.

« Mais je n'ai pas envie qu'il connaisse mon numéro privé, ai-je achevé.

— Couvrir tes traces, ça, tu sais faire, hein ? »

Prudence. Surtout ne pas lui montrer mon anxiété, ma peur d'être surpris.

« De quoi tu parles ?

— À toi de me le dire.

— Te dire quoi ?

— Comment elle s'appelle.

— Qui ?

— La femme avec qui tu couches.

— Je couche avec quelqu'un ?

— Je suppose, oui.

— Alors tu supposes mal.

— C'est ce qu'on verra, a-t-elle sifflé.

— Tu ne voudrais pas t'inquiéter de la réalité, plutôt ? Ethan a rendez-vous avec le docteur Cerf la semaine prochaine, et j'ai passé une heure au téléphone avec elle aujourd'hui. Elle a beaucoup d'idées de projets éducatifs qui pourraient l'aider…

— Félicitations, tu es le meilleur papa du monde ! Sauf que c'est moi qui passe toutes mes journées avec Ethan. Tu ne penses pas que j'en sais un peu plus sur ses progrès ? Tu ne le vois pas plus d'une heure par jour.

— Je suis à la maison au moins cinq soirs par semaine, tout comme toi.

— Et les deux soirs restants, tu es avec ta maîtresse.

— Les deux soirs restants, je travaille.

— Mais bien sûr. Tu me détestes juste parce que je ne veux plus baiser.

— Tu as encore bu, c'est ça ? »

Clac. Elle m'a raccroché au nez.

J'avais passé l'appel depuis la cuisine de Phoebe. Phoebe elle-même se trouvait dans la pièce voisine, en train de relire le premier jet d'un nouvel épisode. Bien sûr, j'avais fait de mon mieux pour ne pas parler trop fort, mais chuchoter aurait encore renforcé les soupçons de Rebecca… Phoebe avait entendu l'essentiel de la conversation.

« Je te sers un verre de quelque chose ?

— Je ne voulais pas que tu entendes tout ça.

— Ne t'en fais pas. C'est quoi, ton poison ?

— Un scotch, ce serait bien.

— Ça dure depuis combien de temps, maintenant ?

— Nous, tu veux dire ?

— Oui, nous.

— Tu sais depuis combien de temps ça dure.

— Toi aussi.

— Quatre mois.

— Quatre mois, a-t-elle répété. Quatre mois extraordinaires. Je n'ai jamais été aussi heureuse.

— Moi non plus.

— Même pas quand tu étais à Paris ?

— Je ne t'ai pas beaucoup parlé de tout ça.

— Ce qui me laisse penser que c'était quelque chose de sérieux.

— Dans la vie, il y a des chapitres. Celui-là est terminé. »

En réalité, même si mes derniers échanges avec Isabelle avaient sonné comme une fin définitive, mon douloureux sentiment de perte était toujours là – bien caché au fond de moi.

« Et ce chapitre-ci ? a demandé Phoebe.

— Il n'a que quatre mois.

— Mais si je te disais, maintenant : "C'est Rebecca ou moi" ? »

Silence. Je savais que tout faux pas serait retenu et utilisé contre moi.

« Pourquoi je serais obligé de choisir ?

— Tu réponds à une question par une autre question.

— Parce que ta question est un véritable nœud gordien.

— Ça ne t'empêche pas d'essayer d'y répondre. »

J'ai fermé les yeux quelques secondes, puis j'ai attrapé son paquet de cigarettes.

« Si je pouvais la quitter, je le ferais. Mais il y a Ethan. Et, comme tu le sais, il est handicapé. Et sa mère est alcoolique. Tant que j'ai une baby-sitter à plein temps pour l'aider, et tant que je ne la surprends pas en train de mettre notre fils en danger, je n'ai pas besoin d'entamer les démarches pour obtenir la garde. Mais imaginons que ça se produise. Et que je gagne le procès. Je me retrouverai avec un enfant qui passera des années et des années à fréquenter des écoles spécialisées et à recevoir des soins de rééducation. Tu te sens vraiment prête à devenir sa deuxième mère ? »

C'était au tour de Phoebe de garder le silence. De toute évidence, elle n'avait pas envisagé la question sous cet angle. Enfin, elle a pris la parole.

« Je veux un enfant. Un enfant qui soit le mien, implanté en moi… par toi, de préférence. Un enfant que je sentirais grandir et bouger dans mon ventre, qui quitterait mon corps d'une manière très douloureuse, qui m'empêcherait de dormir, me causerait mille inquiétudes, et que j'aimerais inconditionnellement. Et, pour être tout à fait franche, je veux cet enfant maintenant. J'ai trente-sept ans. Si j'attends encore un an ou deux, je pourrais très bien me retrouver incapable de concevoir. Alors, c'est maintenant ou jamais. Et je t'aime. Et je sais que te dire tout ça revient probablement à faire peser sur toi une énorme pression. Mais je pense que, tous les deux, on y arriverait merveilleusement bien. Une chance pareille, ça ne se rencontre pas souvent… »

À son tour, elle s'est emparée d'une cigarette, le visage baissé. J'ai passé mon bras autour d'elle.

« Je dois éloigner Ethan de ma femme. C'est le plus important pour moi. Si tu penses que tu peux vivre avec lui… »

Son hésitation était presque palpable lorsqu'elle a allumé sa cigarette, l'air profondément pensif.

« Je peux le rencontrer ? a-t-elle fini par demander.

— Ça peut s'arranger, oui, je pense.

— Et si j'accepte qu'Ethan vienne vivre avec nous ?…

— Alors, oui, je te donnerai le bébé que tu désires. »

Elle m'a saisi la main avec force, les yeux embués. Mais il n'y avait rien de joyeux dans ce moment : au contraire, il régnait une sorte de mélancolie. Pour des raisons évidentes. Nous venions de conclure une sorte de pacte – un échange de maternité. Échange qui, je le pressentais, pourrait s'avérer la source de nombreuses tensions. Je l'ai embrassée sur le crâne.

« Je sais que j'apporte un lourd passif avec moi.

— Je pense que je peux m'en accommoder. »

Rebecca est rentrée deux jours plus tard, avec un Ethan pâle et fatigué. Elle-même n'avait pas meilleure mine. Devant mon inquiétude, elle a expliqué qu'il n'avait pas fait une nuit complète de toute la semaine.

« Il hurlait à la mort, impossible de le calmer. »

Elle avait téléphoné au docteur Cerf pour lui demander conseil. D'après celle-ci, la conscience d'Ethan était en train de se développer, si bien qu'il commençait à réagir au monde silencieux dans lequel il vivait.

« Pourquoi tu ne m'as pas prévenu de tout ça ?

— Parce que tu as passé la semaine ailleurs.

— Arrête tes conneries. J'étais ici même.

— Mes conneries ? Ramon, le portier de nuit, m'a dit qu'il ne t'avait pas vu de la semaine.

— Il t'a dit ça, juste comme ça, en passant ?

— Bien sûr que non. Je lui ai demandé s'il t'avait vu ces derniers jours. Et il a répondu : "Je pensais que votre mari était parti avec vous. Il n'est pas rentré un seul des soirs où je travaillais."

— C'est qu'il ne fait pas son travail correctement.

— Tu t'enfonces. J'ai appelé Juniata pour lui demander de changer les draps avant mon retour. Elle est venue hier, et m'a rappelée en disant que le lit ne semblait pas avoir été défait de la semaine.

— J'ai changé les draps moi-même. J'avais beaucoup transpiré.

— Ah ? Qu'est-ce qui t'a fait transpirer comme ça ?

— Le fait d'être marié à une alcoolique hargneuse, peut-être. C'est très stressant, même à cinq mille kilomètres de distance. Ah, et aussi parce que j'ai trouvé ta réserve de vodka.

— Quand est-ce que tu as eu le temps de chercher de la vodka ? Tu as passé la semaine à sauter ta maîtresse.

— J'étais ici, je t'ai dit. Et comme j'avais un peu de temps libre, je suis allé fouiller dans ton placard et je suis tombé sur la valise avec une demi-douzaine de bouteilles de Stoli. »

En réalité, c'était Rosa qui l'avait découverte et m'en avait informé peu avant leur départ pour la côte Ouest. Un jour où Rebecca était sortie, nous nous étions retrouvés à l'appartement et elle m'avait montré la cachette, un peu honteuse d'avoir fouiné dans l'intimité de son employeuse, muette tandis que j'allais chercher l'appareil photo et prenais minutieusement des clichés de tout : la valise, les bouteilles, leur emplacement dans le placard… J'étais allé jusqu'à enjamber le rebord de fenêtre de la salle de bains pour immortaliser la bouteille de vodka à demi vide qui s'y trouvait. J'avais promis à Rosa de ne pas révéler son rôle dans cette affaire, et de la garder comme nounou à plein temps lorsque j'aurais obtenu la garde de mon fils et déménagé ailleurs – après tout, ce logement appartenait majoritairement à Rebecca, qui l'obtiendrait sans nul doute dans le divorce.

« Tu bluffes, a sifflé Rebecca.

— J'ai des photos.

— Tu bluffes, a-t-elle répété.

— Les photos, ce sont des preuves.

— Qu'est-ce qui prouve que tu n'as pas tout mis en scène pour que…

— Pense ce que tu veux.
— Tu veux divorcer, c'est ça ?
— Cette situation n'est plus vivable.
— Si tu crois obtenir la garde d'Ethan…
— Ce sera au juge d'en décider.
— J'aurai deux ou trois choses à leur dire à ton sujet.
— Comme quoi ?
— Tu verras. Et n'espère pas me faire passer pour une ivrogne. Parce qu'il s'est passé quelque chose en Californie. J'ai rencontré quelqu'un. »
Il m'a fallu plusieurs secondes pour digérer l'information.
« Et qui ça, je peux savoir ?
— Jésus.
— Oh, dis-moi que c'est une blague…
— C'est la pure vérité.
— Et tu l'as rencontré où, exactement ?
— Au YMCA de Santa Barbara.
— Je ne savais pas que Jésus traînait là-bas.
— À une réunion des Alcooliques Anonymes.
— Et toi, qu'est-ce que tu faisais là ?
— C'est Barbara qui m'a convaincue d'y aller.
— Parce que tu étais ivre.
— Parce que j'avais besoin d'aide.
— Tu comprends, maintenant, pourquoi j'ai voulu que Rosa t'accompagne ? J'avais peur que tu boives avec Ethan sous ta responsabilité.
— Fais-moi grâce de tes arguments. J'en ai, moi aussi. Phoebe Rossant, ça te dit quelque chose ? Au 333, 26e Rue Ouest, appartement 2B. Tu la fréquentes depuis seize semaines et deux jours. Tu l'as

rencontrée grâce à ton ami David, le journaliste, et vous allez souvent boire un verre au Chumley's et acheter des bouquins chez Strand.

— Je peux savoir comment tu as appris tout ça ? ai-je dit, tentant en vain de masquer la colère et la panique dans ma voix.

— À l'ancienne. Un détective privé.

— Bon Dieu… Tu avais vraiment besoin d'aller aussi loin ?

— Bien sûr. Il me fallait des preuves pour demander le divorce et la garde d'Ethan.

— L'adultère n'est plus un motif de divorce dans l'État de New York. L'alcoolisme, en revanche…

— Tu as des preuves, à part quelques bouteilles de vodka jamais ouvertes ?

— Tu te figures que tu vas remporter le procès juste en restant sobre quelques jours et en déblatérant sur le pardon de Jésus ?

— On verra ça au tribunal, maître. En attendant, je veux te voir dégager ce soir même.

— Va te faire foutre.

— Pas question que tu dormes une nuit de plus ici.

— C'est ce qu'on va voir. »

J'ai foncé dans la chambre. Notre chambre. Où j'avais dormi seul pendant des mois. Je me suis assis sur le lit. Le lit où nous avions conçu Ethan, où nous nous étions juré un amour éternel. Où nous nous étions donné des saccades de plaisir. Ce lit dans lequel nous avions passé des nuits entières à parler, dans les bras l'un de l'autre, enveloppés d'un cocon de complicité et de projets d'avenir. À quel moment avions-nous franchi le point de non-retour ? Mon cerveau d'avocat bouillonnait. Saisissant mon carnet d'adresses dans la poche de ma veste, j'ai téléphoné à Gordon Collins, l'expert en divorces de notre cabinet, toujours enjoué – comme il sied à un homme qui se fait appeler Gordy et affronte quotidiennement les soubresauts d'agonie d'innombrables mariages brisés. Par chance, il était chez lui, et ravi de mon appel. Après que je lui ai exposé la situation, il a émis un long sifflement.

« Ne t'en fais pas, on va limiter la casse. Comment tu te sens à l'idée de laisser ton fils avec elle ? Elle se prétend repentie et en pleine renaissance spirituelle, mais est-ce qu'elle avait l'air d'avoir bu ?

— Malheureusement, elle m'a paru réellement sobre et très sûre d'elle.

— Comme tous les anciens alcoolos – surtout quand ils ont fait la connaissance de leur Sauveur. Tu penses que ta copine peut t'héberger pour la nuit ?

— Je ne sais même pas si elle est chez elle.

— Si oui, et si elle veut bien de toi, vas-y. Sinon, trouve-toi un hôtel. Et écoute-moi : c'est très important que tu passes du temps avec ton fils ce week-end. Je sais que tu es un père responsable, mais maintenant qu'on est en pleine procédure de divorce, il va falloir montrer que tu veux faire partie de sa vie. Surtout en ce qui concerne son handicap. À tous les coups, si elle suit les douze étapes du bonheur de je ne sais quoi, Rebecca aura une réunion des Alcooliques Anonymes demain pour garder de bonnes ondes de sobriété. Dis-lui que tu t'occuperas d'Ethan pendant son absence. Et, deux autres règles de base : tu as parfaitement le droit de la haïr, mais reste d'une politesse exemplaire, et sois ferme si elle joue les petits chefs arrogants. Elle va te balancer toutes sortes de menaces cauchemardesques. Dans les divorces, on commence toujours par une phase d'intimidation. Ne te laisse pas désarçonner par ta femme ou son avocat. Mon boulot, c'est de rembarrer leurs réclamations extravagantes et de les forcer à être raisonnables. Deuxième règle : ne mets rien par écrit, ne laisse pas de message furieux sur son répondeur, ne fais aucune menace. Appelle ta copine, ou un hôtel, fais ta valise, arrange-toi pour garder Junior pendant sa séance de spiritisme détox, et fiche le camp. Appelle-moi demain. »

Avant de raccrocher, j'ai remercié Gordy pour sa réactivité et son humour dans un moment aussi noir. Il a ri.

« Je ne vais quand même pas laisser madame te mettre sur la paille ! Et puis, t'enfoncer dans la déprime n'arrangera pas tes affaires. »

Immédiatement après, j'ai téléphoné à Phoebe. Elle a décroché à la troisième sonnerie. Je lui ai brossé un rapide tableau de ce qui venait de se passer, avant de lui demander si elle voulait bien m'héberger quelque temps.

« Amène-toi tout de suite. »

J'ai trouvé une valise. Puis une housse de costume. En seulement quinze minutes, j'avais entassé assez de vêtements pour une semaine, attrapé ma veste sur le portemanteau et tout déposé devant la porte. Je suis entré dans la chambre d'Ethan, qui pleurait de manière incontrôlable.

« Il passe une mauvaise journée, ai-je fait remarquer.

— Et ça fait une semaine que ça dure. Mais ce soir, c'est encore pire. Il ressent les ondes violentes entre toi et moi.

— Arrête avec ton délire *new age*.

— Les enfants ressentent les vibrations des adultes. Surtout un enfant sourd. Notre colère l'agresse.

— Mais il n'y a pas de violence.

— Une violence émotionnelle. Quand tu m'accuses de stocker de la vodka en cachette, par exemple.

— D'accord. Toutes ces photos, c'était une mise en scène. Et si tu vas aux Alcooliques Anonymes, ce n'est pas parce que tu as des problèmes de boisson. Tu fais des recherches pour un *one woman show* sur Dorothy Parker.

— Tu me confonds avec ton écrivaillonne. Tu vas te réfugier dans ses jupes, ce soir ?

— C'est toi qui me mets dehors.

— Tu n'as qu'à rester.

— Vraiment ?

— Non.

— Bon. Au moins, ça, c'est clair. Tu vas aux AA, ce week-end ?

— En quoi ça te regarde ?

— Quand tu y seras, je voudrais garder Ethan.

— Pour te volatiliser avec ? Pas question.

— Tu sais très bien que je ne ferais jamais ça.

— Tu es avocat, Sam. Tu as toujours besoin de gagner, besoin d'avoir raison. Rien ne t'arrêtera tant que tu n'auras pas obtenu la garde d'Ethan à plein temps.

— Ce n'est pas mon intention.

— Ne te fous pas de moi.

— J'ai le droit de voir mon fils.

— C'est ce que tu crois.

— C'est la loi, Rebecca. À moins que la vie de l'enfant soit menacée. Comme par un parent alcoolique.

— On se verra au tribunal.

— Je peux avoir le nom et le numéro de ton avocat ?

— Pourquoi ? Pour l'appeler et faire un concours de bite ? »

Gordy m'avait prévenu : « Ne réponds pas à ses provocations. » Je me suis donc contenté de tirer de ma poche un carnet et un stylo.

« Le nom et le numéro de ton avocat, s'il te plaît. »

Elle a pincé les lèvres, pesant manifestement le pour et le contre d'une énième rebuffade. Peut-être se demandait-elle si m'empêcher de voir Ethan pourrait se retourner contre elle pendant le procès. Je me suis retenu d'ajouter : « Comportons-nous comme des adultes, tu veux ? » Ça n'aurait fait que la pousser encore plus loin dans ses retranchements. Je suis resté planté là, en silence, jusqu'à ce qu'elle griffonne ce que je lui avais demandé sur une page vierge.

« Merci », ai-je dit.

Et je suis parti.

Ce soir-là, au lit, Phoebe m'a demandé :

« Je mets mon diaphragme, ou pas ?

— Tu n'as pas encore rencontré Ethan.

— Je n'ovule que dans deux semaines. On ne court aucun danger, même sans. »

Mais mon hésitation ne lui a pas échappé.

« Tu n'es toujours pas sûr de toi, a-t-elle dit.

— Je veux que tu rencontres Ethan d'abord.

— Parce que tu n'es pas sûr de toi.

— Parce que je veux que tu rencontres Ethan.

— Et parce que tu es chamboulé par la fin de ton mariage.

— Ça t'étonne ?

— Malheureusement, non.

— Tout ça s'est passé il y a moins de trois heures, je suis avec Rebecca depuis dix ans, et le bien-être de mon enfant est en jeu – mon enfant "aux besoins particuliers", pour utiliser cette expression que je déteste.

— D'accord, d'accord. Je sais, je ne pense qu'à moi. Tu n'es pas le premier à me le dire…

— Je n'ai pas dit ça. Je préfère juste être…

— … prudent. Parce que tu n'es pas sûr de vouloir un enfant avec moi. Et comment t'en vouloir, étant donné tout ce que tu es en train de subir ? Si tu veux savoir, ça me fait très peur de vivre avec un enfant sourd. Pas parce que je ne pense pas être à la hauteur. Je sais que je peux y arriver. Mais j'ai peur de tout le travail que ça représente, et des conséquences négatives sur ma relation avec mon propre enfant. Alors, pour le moment, je ne peux te promettre qu'une chose : je vais rencontrer Ethan, bien sûr, et tout ce que je t'ai dit l'autre jour, le fait de vouloir un bébé avec toi, ça tient toujours. Simplement… »

Un silence s'est abattu. Un long silence. Puis Phoebe s'est levée, a traversé la pièce jusqu'à sa commode, a ouvert le tiroir dans lequel elle rangeait la grosse boîte en plastique contenant son diaphragme et un tube de crème spermicide, et a disparu dans la salle de bains. À son retour, quelques minutes plus tard, elle n'a rien dit d'autre que :

« Voilà, tu ne risques plus rien, maintenant. »

Gordy a appelé le lendemain matin. Les nouvelles n'étaient pas bonnes : d'après l'avocat de Rebecca, celle-ci se murait dans son obstination et refusait de me laisser voir mon fils.

« Elle est presque schizo, si tu me passes l'expression. Même son avocat – je le connais, j'ai travaillé avec lui sur une affaire – me dit qu'il essaie de la raisonner. Mais elle est persuadée que, si elle te laisse t'approcher d'Ethan, tu vas prendre le large avec lui.

— Pour aller où ? Au Guatemala ?

— À ses yeux, c'est sûrement une possibilité. Laisse-moi quelques jours pour que les choses se tassent, et je me débrouillerai pour que tu voies ton petit. »

En mal de conseils et de camaraderie, j'ai appelé David. Il était chez lui, avec du jazz à plein volume en fond sonore. J'étais dans une mauvaise passe et lui parler me ferait du bien.

Il m'a immédiatement donné l'adresse d'un restaurant de Union Square. Et une demi-heure plus tard nous nous retrouvions pour un brunch.

David, comme toujours, m'a prêté une oreille attentive, ainsi que son esprit acéré et calculateur. Il était prêt à parier que Rebecca avait rencontré un autre alcoolique à ses réunions.

« Sans doute pas aussi classe ni aussi instruit qu'elle, mais elle a besoin d'un gourou et d'un chevalier pour la défendre. Et puis, à tous les coups, il va essayer de la séduire pour profiter de tout ce qu'elle va gagner en te dépouillant dans le divorce. »

Il avait également des réserves quant à Phoebe. Certes, elle était merveilleuse, mais d'après lui elle ne démordrait pas de son idée d'avoir un enfant.

Voulais-je vraiment m'enchaîner encore plus ? Avoir deux enfants avec deux femmes différentes ? Pour lui, même si Phoebe était une femme extraordinaire, je risquais fort de me retrouver dans une impasse, la plus étroite de toutes : une prison aux barreaux forgés de mes propres mains.

Et puisqu'on parlait de prison, un de mes clients, Jeff Swarbeck, risquait de se retrouver dans une prison bien réelle, lui : les fédéraux accusaient son associé californien, Dan Montgomery, d'avoir détourné des fonds pour créer une fiducie pour ses enfants et ceux de Jeff. Mon client connaissait bien sûr l'existence de cette fiducie, et y avait contribué afin de réduire ses impôts, mais il était loin de se douter que Montgomery s'était procuré les fonds de manière illégale. Une procédure pénale était en cours, et le procureur de Californie, certain que Jeff avait participé au détournement de fonds, le menaçait d'emprisonnement. Je n'avais pas d'autre choix que de me rendre à Los Angeles. Ma secrétaire a réservé mes billets d'avion et mon hôtel, et j'ai passé deux jours dans la Cité des Anges, à rencontrer les officiels qui avaient proposé à mon client un échange de bons procédés : s'il plaidait coupable, il ne serait condamné qu'à dix ans de prison. Je les ai noyés sous un déluge de preuves de l'innocence de Jeff. Le procureur a commencé par argumenter que, puisqu'il partageait la fiducie avec son associé, il aurait dû se demander d'où venait l'argent ; mais, au bout de deux longues séances de négociations, je lui ai arraché la promesse que, si Jeff acceptait de témoigner contre son associé, il ne serait pas inquiété davantage.

L'affaire était conclue. Je suis rentré à l'hôtel et j'ai appelé mon client pour lui dire que, à condition de faire preuve d'intelligence en coopérant avec les autorités, il était hors de danger. Jeff a accepté toutes les conditions du procureur général, puis m'a remercié avec profusion. Ouvrant le minibar, j'ai trouvé une demi-bouteille de vin rouge, que j'ai éclusée en quelques minutes. Puis j'ai aperçu mon reflet dans le miroir immense de ma chambre cinq étoiles. En un instant, je me suis revu à vingt-deux ans, à demi rasé devant le miroir fêlé de l'hôtel de Jussieu, en train de me dire : « Bienvenue dans la vie de bohème. » Voilà qu'à présent j'évoluais dans la réalité concrète, mesquine et souvent déplaisante de la vie adulte. Sans un gramme de poésie.

Plus tard dans la soirée, au téléphone, j'ai raconté cette étrange impression à Phoebe.

« Qu'est-ce que tu veux que je te dise ? Laisse tout tomber, vends tes costards, retourne à Paris, retrouve ton Isabelle et loue un studio sous les combles pour écrire des vers libres et t'essayer à l'absinthe.

— D'accord, d'accord, j'ai compris. Tu trouves que c'est un cliché.

— On en a tous besoin. Regarde-moi, je passe mon temps à pondre des intrigues alambiquées pour les masses. Et j'ai de la chance de pouvoir le faire, de vivre de ma plume. Mais je veux être une vraie dramaturge, pas juste une scénariste à la petite semaine. Peut-être que j'y arriverai. Peut-être pas. Peut-être que, dans vingt ans, quand j'aurai presque la soixantaine, je me ferai à l'idée que les déceptions font partie du voyage.

— C'est sans doute pour ça que tant de gens ressentent le besoin de se reproduire. Ça leur donne un espoir que la génération suivante réussisse mieux. D'ailleurs, à ce sujet…

— Je n'ai pas envie de parler de ça ce soir, chéri. Ma journée a été tout aussi longue que la tienne. Je n'ai qu'une envie : me mettre au lit et oublier toutes mes idées au conditionnel ou au futur simple.

— On en reparlera demain, alors.

— Non, on en reparlera lundi. Ma copine Jayne m'a invitée à passer le week-end chez elle à Rhode Island. Elle vient de divorcer et elle est directrice d'un pensionnat pour jeunes filles à Barrington. Du coup, je saute dans un train demain après-midi et je vais passer les deux ou trois jours qui viennent à marcher sur la plage, à boire trop de chardonnay en écoutant ses réflexions sardoniques, et à me vider complètement la tête.

— Veinarde.

— Ce n'est pas une retraite de trois mois au Tibet… Mais j'espère retrouver un peu d'énergie pour affronter la folie de Manhattan à mon retour.

— Tu me manques.

— Ça fait plaisir à entendre. Je t'envoie un baiser de l'autre bout du continent. »

Comme mon billet de retour n'était pas avant la semaine suivante, et puisque j'avais conclu mon affaire beaucoup plus vite que prévu, j'ai entrepris de rencontrer des clients potentiels pendant les quelques jours qui me restaient. Je communiquais quotidiennement avec Rosa, qui m'a appris que Rebecca se rendait effectivement à de nombreuses réunions des Alcooliques

Anonymes, et qu'elle avait demandé au portier de la débarrasser de toutes les bouteilles de vin et de vodka encore présentes dans l'appartement. Le lundi après-midi, après ma conversation avec Rosa, j'ai appelé Phoebe chez elle en pensant qu'elle serait rentrée. Mais je suis tombé sur son répondeur. J'ai décidé de lui laisser un message.

« Mon amour… Je pense à toi constamment. Il m'a suffi de quelques jours loin de toi pour y voir plus clair. Si tu veux un enfant avec moi, je veux la même chose. Je ferai toujours tout mon possible pour mon fils. Je serai toujours là pour lui. Comme je le serai aussi pour toi, et pour l'enfant que nous aurons ensemble. Mon amour pour toi ne connaît pas de limites. »

Ah, les belles paroles de l'amour optimiste, pleines d'élan vers l'avenir… Le mystère amoureux ne peut être affronté sans espoir. L'équilibre de l'édifice tout entier repose sur cette base fragile.

À la fin de mon message, j'ai rappelé à Phoebe les numéros de téléphone et de fax de mon hôtel – au cas où il lui prendrait l'envie romantique de m'écrire une lettre. Je serais de retour entre ses bras le jeudi soir.

Puis j'ai téléphoné à David, histoire de discuter un peu. Mais c'est un de ses collègues au journal qui a décroché pour m'annoncer que David avait décidé à la dernière minute de partir une semaine à Rome, et qu'il ne reviendrait que le lundi suivant.

La nuit a été courte, car j'avais un rendez-vous à huit heures trente le lendemain. En m'apportant mon petit déjeuner dans ma chambre, le serveur de l'hôtel m'a également tendu une enveloppe : un fax était arrivé pour moi tard dans la nuit, et avait été glissé sous ma porte pendant que je dormais. Alors que le serveur disposait les assiettes, les couverts et la cafetière sur la petite table à manger de la chambre, j'ai ouvert l'enveloppe et découvert avec surprise une lettre manuscrite sur un papier à en-tête de l'hôtel Raffaelo, Via Urbano 3/5 – 00184 Roma.

Et puis j'ai reconnu l'écriture.

Cher Sam,

J'ai consulté mon répondeur et j'ai trouvé ton message. Alors j'ai décidé qu'il était plus que temps de te mettre au courant d'une chose survenue sans prévenir la semaine dernière, et qui a tout changé.

Je ne tenterai pas de me justifier ou de trouver des raisons à mes actes. Voici les faits, purs et simples :

Je suis à Rome avec David. Je l'aime. Il m'aime. Et si tu penses que tout ça va trop vite, étant donné que nous sommes amis depuis des années, je ne sais quoi te répondre, sinon qu'en ce qui concerne les mouvements du cœur, nous sommes tous à la merci du hasard et de notre propre mystère.

Pardonne-moi.

Phoebe

Je n'ai pas froissé la feuille. Je ne l'ai pas laissée échapper pendant que j'absorbais cette dure réalité nouvelle. Je n'ai pas remis en question cette volte-face. J'en connaissais les raisons. Je n'ai pensé qu'à la nature obtuse et décourageante de l'être humain, au fait qu'on ne connaît jamais réellement qui que ce soit. Et à quel point la perte d'un amour sincère, la perte de cet avenir hypothétique et heureux – même lorsqu'on n'a pas la moindre idée de ce que signifie le bonheur – est une blessure qui ne cicatrise jamais vraiment.

Une dernière pensée a achevé de m'abattre.

La semaine prochaine, tu as trente-cinq ans.

Ma jeunesse était derrière moi.

5

Le divorce est un drame qui se mue inévitablement en mélodrame.

La fin de l'amour, le début de la haine – lorsque le processus tourne au pugilat, soit dans l'immense majorité des cas. La découverte que la haine n'est qu'une version corrompue de l'amour.

Une arène où l'argent est en même temps un mobile et une arme de choix, et sert à punir le responsable présumé de cet amour déçu, celui qui a trahi ses promesses – car l'infidélité peut prendre bien des formes, et ne se borne pas au monde physique.

Le divorce, où, même quand on gagne, on a en fait perdu. À moins, bien sûr, de considérer que mettre fin à ce contrat matrimonial est le seul moyen d'échapper au chaos, à la violence, à la terreur.

« Étant donné qu'il n'y a eu entre vous aucun incident aux conséquences physiques ou psychologiques, et puisque vous avez un enfant aux besoins particuliers qui se trouve en tête de vos priorités, je propose d'essayer de faire au plus simple et au plus rapide.

Avec un peu de chance, on parviendra à un accord sans avoir à dépenser des sommes astronomiques. »

C'était ce que Gordy venait de déclarer à Mark Judson, un avocat courtaud, nerveux et au débit de paroles impressionnant, qui représentait Rebecca. Elle était assise à côté de lui, directement en face de moi, vêtue d'une robe bleu marine stricte, les cheveux attachés, un simple crucifix en or autour du cou. Six mois avaient passé depuis notre séparation, et nous nous trouvions à présent dans une salle de réunion du cabinet de Judson. Ce dernier avait longuement parlé de la conversion de Rebecca au catholicisme, qui, selon ses mots, l'avait « transformée », avant d'aborder le sujet de l'énorme pension alimentaire qu'elle réclamait, en plus du coût faramineux de l'éducation spécialisée d'Ethan. Je n'ai pas quitté Rebecca du regard tandis que Gordy exprimait sans ambages son mépris pour le budget hebdomadaire qu'elle avait établi, et qui comprenait deux massages thérapeutiques (afin de demeurer sobre), un coach sportif particulier et trois rendez-vous avec sa psy.

« C'est du délire », a affirmé Gordy.

Aucun juge n'approuverait une demande pareille, a-t-il ajouté. Surtout avec les antécédents de Rebecca et de son nouveau compagnon.

« Ma cliente a rejoint les Alcooliques Anonymes de son propre chef, a rappelé Judson, ce qui, en soi, montre déjà un immense besoin de changer de trajectoire. Mais elle n'a jamais été sous l'emprise de l'alcool pendant qu'elle s'occupait de son fils. Et ma cliente, dois-je le rappeler ?, n'a commencé à boire qu'après que son mari – un homme si absorbé par son travail qu'il passait tout au plus trois ou quatre heures par semaine avec son enfant – a entamé une liaison avec une femme qui voulait fonder une famille avec lui. »

Je me suis raidi face à ces accusations, au point que Gordy a dû poser une main sur mon bras pour m'intimer de garder mon calme. Il m'avait déjà prévenu : céder à la colère reviendrait à faire le jeu de Rebecca. Je n'ai donc rien dit tandis qu'elle me fixait, un sourire triomphant sur le visage.

Ce ping-pong accusatoire coûtait à chaque partie la somme rondelette de trois cents dollars de l'heure – et puisque Rebecca n'avait aucun revenu, le juge de l'audience préliminaire m'avait informé que tous ses frais juridiques seraient à ma charge.

« C'est comme si je lui achetais des balles pour m'assassiner, ai-je dit à Gordy une heure plus tard.

— Bienvenue dans le divorce à l'américaine. Ça lui donne l'avantage, c'est vrai… Mais on n'est pas sans ressources. Au final, tout dépendra surtout de si elle décide de jouer les revanchardes ou non. Toi, reste raisonnable. N'essaie même pas de gagner. Tout ce qui compte, c'est de s'en sortir avec le moins de pertes possible. Ce sera ça, la vraie victoire. »

En l'occurrence, Rebecca était sacrément en rogne. Mais, au moins, je pouvais avoir Ethan un week-end sur deux et deux nuits par semaine. Je lui avais trouvé une nounou expérimentée avec les enfants sourds. Ethan avait maintenant trois ans – l'âge auquel la plupart des enfants ont déjà commencé à parler. Jennifer, une jeune femme de vingt-six ans, avait entrepris de lui apprendre très progressivement les bases de la langue des signes. Elle avait fait des études afin de devenir professeure spécialisée pour enfants souffrant de handicap, mais s'était vite rendu compte que, dans l'Amérique post-Reagan (avec ses coupes budgétaires à tout-va et ses enseignants sous-payés), il était beaucoup plus lucratif de se faire engager comme nounou spécialisée… « Et quand je dis lucratif, je veux seulement dire être en mesure de payer mon loyer et de vivre correctement. »

Après tous les désastres successifs que j'avais essuyés, je m'étais résolu à louer un appartement dans l'ouest de Manhattan. La décoration était basique, mais Ethan avait sa propre chambre. Au bout de plusieurs semaines à travailler avec lui, Jennifer a estimé qu'il réagissait bien à sa méthode d'enseignement ; elle a donc commencé à me donner des cours de langue des signes, et a proposé de s'occuper de lui également lorsqu'il serait chez sa mère. Conscient que c'était la meilleure chose à faire, j'ai appelé Rebecca, en lui assurant que je paierais tous les frais. Elle m'a tout simplement raccroché au nez. Quelques semaines plus tard, cependant, au cours de l'une des nombreuses séances de négociation, Gordy a fait valoir à Judson l'avantage indéniable d'avoir toute la semaine une éducatrice spécialisée auprès de notre fils – surtout si c'était moi qui payais.

« Elle passe par ton portefeuille pour t'écraser », m'a expliqué Gordy lorsque Judson nous a fait part de leur demande : vingt mille dollars par mois, sans compter les frais éducatifs, jusqu'aux vingt et un ans d'Ethan.

C'était la moitié de mon revenu. Gordy avait beau me répéter qu'on parviendrait à un accord, que ça ne durerait pas indéfiniment, que je devais lui faire confiance et surtout éviter de paniquer, je paniquais bel et bien. Phoebe m'avait lâché pour mon meilleur ami, mon ex-femme essayait de me dépouiller jusqu'au dernier centime, j'étais en chute libre sentimentale et, quelque part, je sentais que j'avais été l'architecte de ce cauchemar. Je ne cessais de me demander ce qui se serait passé si j'avais suivi mon instinct, si j'avais accepté la proposition d'Isabelle de vivre ensemble à New York. Serions-nous au beau milieu d'un divorce, nous aussi ? Serais-je obligé de payer pour son retour en France ? J'avais l'impression d'incarner littéralement l'échec. Pour me rassurer, Gordy affirmait que toute personne un tant soit peu sensée se serait posé exactement les mêmes questions lors d'une procédure de divorce. Et puis, que ce soit pour l'alcoolisme de Rebecca ou pour la décision de Phoebe de partir avec un autre homme, je ne pouvais vraiment pas m'en vouloir.

« Tu as fait ce que tu as pu avec les cartes qu'on t'avait données, voilà tout.

— Merci pour cette belle métaphore, maître. »

Mais, en réalité, je connaissais depuis le début la rigidité de Rebecca et son besoin d'avoir chaque chose à sa place. Comment n'avais-je pas envisagé que, lorsque les difficultés surviendraient (comme c'est toujours le cas dans un couple), son inflexibilité et ses tendances colériques pourraient la pousser vers un comportement extrême ? Idem, je savais depuis longtemps que David avait des vues sur Phoebe, et elle m'avait laissé entendre plusieurs fois que le handicap de mon fils était pour elle aussi inquiétant que le tic-tac irréversible de son horloge biologique. Je n'ai jamais parlé à Gordy du désespoir dans lequel j'ai sombré en lisant ce fax venu de Rome ; de mes nuits blanches, de ma désolation, de mon sentiment d'échec. J'ai commencé à perdre du poids. Et j'ai aussi commencé à perdre des procès. L'associé principal, Geoff Mitchell, me considérait jusque-là comme l'une des valeurs sûres du cabinet, avec presque dix ans sans un seul raté… Mais, à présent, je venais de me planter sur trois affaires majeures. Tout le monde savait que je traversais un divorce cauchemardesque, sans compter mes « autres problèmes personnels » (comme disaient tous mes collègues pour indiquer qu'ils en connaissaient le moindre détail). On m'a donc proposé de me retirer quelque temps des tribunaux pour m'orienter vers un poste d'encadrement, éventuellement dans l'une de nos filiales hors de New York.

« Tu nous as dit que tu avais passé du temps à Paris, et que tu étais presque bilingue. Que dirais-tu de diriger notre cabinet parisien ? »

La veille, Gordy m'avait annoncé que le meilleur marché qu'on puisse conclure avec l'« autre camp » s'élevait à quinze mille dollars par mois, mais seulement jusqu'aux dix-huit ans d'Ethan, et avec la garantie que Rebecca paierait la moitié du salaire de Jennifer.

« Tu verras, dans cinq ans, tu trouveras que c'est une somme tout à fait raisonnable…

— Il n'y a rien de raisonnable là-dedans, ai-je dit.

— C'est vrai. La colère est en effet très mauvaise conseillère et l'amour même perdu a un prix. Dans ton cas, c'est un prix psychique et financier. Eh bien, tant pis. Ton ex se doute qu'on va déduire ses frais juridiques du règlement final, pour la simple raison qu'elle en demande trop. Et si, par un putain de coup du sort, vous vous retrouvez encore une fois au tribunal, le juge verra bien qu'elle a trop poussé son avantage. Ça marche dans les deux sens. J'ai un autre client dont la femme l'a plaqué pour un tennisman professionnel, un gamin de quinze ans de moins que lui. Il veut à tout prix se venger. Mais, comme je dis toujours : la vengeance, c'est boire le poison en espérant que ce soit l'autre qui crève. »

Poison ou non, Rebecca était en effet bien décidée à se venger. Son avocat lui a conseillé de revoir ses exigences à la baisse, au motif qu'il était absurde de s'acharner ainsi à augmenter un règlement final déjà très généreux, et que ça pourrait bien se retourner contre elle. Elle avait fini par accepter d'engager Jennifer, et Ethan apprenait relativement vite : selon Jennifer, si nous les laissions continuer au rythme de trois heures de cours particulier par jour, cinq jours par semaine, il serait capable de signer correctement dès l'âge de six ans.

Bien sûr, elle nous a informés de ça séparément, puisque Rebecca et moi avions rompu tout contact. Nos avocats se parlaient pour nous. Le jour où Gordy a abordé le sujet d'un jour supplémentaire entre Jennifer et Ethan, voilà ce que Judson a répondu :

« Ma cliente se demande si votre client, à présent célibataire, ne coucherait pas avec l'enseignante de son fils. »

Gordy lui a poliment répondu d'aller se faire foutre. Après bien des négociations, Rebecca a fini par battre en retraite. Nous sommes parvenus à un accord qui, bien que lucratif pour elle, ne me ruinait pas pour autant – ce qu'elle trouvait visiblement dommage.

L'argent est important. Les gens qui affirment ne pas s'en préoccuper sont presque toujours des menteurs. Si certains sont véritablement obsédés par ça, le reste de l'humanité en subit les tourments de différentes manières. C'est une vérité aussi déplaisante qu'absolue, mais l'argent est notre outil pour compter les points, il est la référence sur laquelle se fonde notre vision du monde. Il offre leur revanche aux anciennes têtes de Turc du collège, aux célibataires endurcis, aux épouses trompées – Rebecca en était le parfait exemple, elle qui tentait de me punir par la voie financière. Mais les négociations ont fini par aboutir, culminant en un arrangement ciselé sur mesure. Je m'en suis contenté. Ma vie a pris un nouveau rythme : cinq jours de travail non-stop, suivis de deux jours complets avec Ethan. Les week-ends où il était avec sa mère, je travaillais. Jennifer, décidément géniale, lui donnait des cours trois heures par jour. J'ai moi aussi appris les bases de la langue des signes. J'ai accéléré la cadence de mes leçons de français. Bref, je me suis absorbé dans ce qu'il fallait pour assurer le bien-être d'Ethan, ma réussite professionnelle et mon avenir en France. Toutes ces activités m'offraient un répit mental indispensable au milieu de toute cette douleur résiduelle.

Peu de temps après, j'ai appris que Phoebe venait de donner naissance à un garçon de 3,2 kg, baptisé Henry (comment peut-on infliger à son enfant un prénom de quadragénaire ?). Je lui ai fait parvenir un petit mot de félicitations – qui m'a valu une réponse de la part de David. C'était la première fois que j'avais de ses nouvelles depuis que Phoebe m'avait quitté pour lui. Il me remerciait de mon message touchant, d'avoir repris contact et de m'être montré si bienveillant. À la fin, il me proposait de boire un scotch.

Je n'ai pas daigné répondre.

Le jour où j'ai appris à signer « Je t'aime » à Ethan en quelques gestes, j'ai décidé d'accepter la mutation à Paris – à la condition expresse que le cabinet me paie deux allers-retours par mois pour passer un week-end sur deux avec mon fils. Ils ont accepté. J'avais été mis K.-O., je m'étais relevé tant bien que mal pour me défendre, puis j'avais mis fin à la guerre pour comprendre que, malgré les escarmouches qu'il fallait encore craindre, la plus grande bataille était derrière moi… Que me restait-il à faire, sinon prendre le large vers la prochaine étape de mon histoire ?

Dans mon cas, il s'agissait plutôt de reprendre le cours d'une histoire interrompue depuis longtemps – même si, la première fois qu'on m'a parlé de Paris, je n'ai pas pu m'empêcher de penser : Seulement, cette fois, ce sera sans Isabelle.

Ce qui était une manière de me promettre à moi-même : Avec elle, bien sûr.

Je suis arrivé au milieu de l'automne. Le cabinet possédait un appartement de fonction non loin des bureaux, dans le VIIIe : un deux-pièces modeste, sans âme, à la décoration aussi personnelle que celle d'une chambre d'hôtel international. Quant au quartier, il semblait entièrement dévolu aux affaires, tout en immeubles de bureaux, boutiques huppées et résidences hors de prix destinées aux brigades fortunées du globe. Partout régnait une atmosphère de luxe factice et vain. Je m'en fichais. Il ne m'a pas fallu longtemps pour investir l'appartement et me l'approprier. Des livres. Une chaîne stéréo. Des CD de jazz qui me faisaient penser au VIe arrondissement. Quelques affiches de films encadrées et suspendues sur le papier peint beige. Une bonne machine à expresso. Mon ordinateur, mes carnets et mes stylos éparpillés sur le bureau. Et un appétit nouveau et irrésistible pour les cigarettes, seul moyen de lutter contre ma mélancolie, et contre le vide béant laissé en moi par l'absence de mon fils. Diriger la filiale parisienne – deux avocats à demeure et cinq employés administratifs – n'avait rien de compliqué. Pas de grosses affaires comme aux États-Unis, mais un géant pétrolier du Koweït basé à Paris luttant contre une menace d'extradition à New York pour fraude fiscale ; des problèmes de résidence internationale, ou encore de taxation des entreprises, de droits d'auteur, de fiducies et successions sur le plan international…

Somme toute, de la paperasse haut de gamme, guère plus. Rien de passionnant. Mais je ne me plaignais pas : je recevais le même salaire que quand j'étais associé à New York, pour une charge de travail moitié moins importante, et sans la moindre pression professionnelle. Mes collègues étaient efficaces, consciencieux, et satisfaits dans l'ensemble de travailler dans une entreprise bien rodée et sans stress. De plus, on m'avait accordé une « indemnité de transfert international ».

J'avais repris au moins cinq des kilos perdus pendant mon festival de désastres. Sans être en surpoids, je commençais à m'empâter et j'avais grand besoin d'exercice. Au moins, je possédais encore tous mes cheveux, et mon visage, bien qu'un peu ridé au coin des yeux, n'avait pas été trop ravagé par le chaos personnel des mois précédents. Au cours de ma première semaine à Paris, on m'a envoyé passer la visite médicale de rigueur chez un médecin du quartier, le docteur Huthwa, un Libanais élégamment vêtu avec toujours un air de profond ennui sur le visage. Son diagnostic s'articulait en trois points : j'avais environ six kilos de trop par rapport à mon poids idéal, les troubles du sommeil dont je lui avais parlé l'inquiétaient (il m'a prescrit un somnifère très efficace, mais que je ne devais prendre ni trop souvent ni à trop long terme, au risque de développer une sévère accoutumance), et j'étais complètement fou de fumer un paquet par jour.

« Je n'ai qu'un conseil à vous donner : arrêtez immédiatement. Dans la foulée, comme on dit. Et, si ce n'est pas possible pour vous, donnez-vous moins d'un an pour mettre fin à votre dépendance. À part ça, vous n'êtes pas en mauvaise forme, et ce que je vous ai prescrit devrait réguler vos problèmes de sommeil. Mais, pour ça aussi, il faudra vous surveiller. C'est à notre âge que les dépendances se développent le plus facilement. »

Un médecin philosophe de Beyrouth. Malgré son air d'ennui perpétuel, j'ai senti que lui aussi avait traversé des périodes difficiles. Et, en mon for intérieur, j'ai décidé que la seule dépendance dont je devais surtout me défaire était la dépendance à l'amour.

J'ai également pris une décision professionnelle : celle de me détacher le plus possible de mon travail. Au bureau, en costume, je resterais aussi rigoureux qu'à l'ordinaire, qu'il s'agisse d'inviter un client à dîner ou de faire un aller-retour à Lausanne ou à Genève (nous avions quelques dossiers d'exil fiscal très lucratifs en Suisse). Mais, ensuite, je rentrerais chez moi, j'enfilerais mon jean et ma veste en cuir, je prendrais le métro vers la rive gauche, et… je me laisserais flotter. Mon ambition – ce besoin si américain de valider mon existence à travers la réussite – avait fini par s'essouffler, reléguée à présent dans un coin sombre de mon cerveau. Irréprochable et compétent dans mes tâches professionnelles, j'étais aussi secrètement ailleurs. Personne ne se rendait compte de cette déconnexion. À dix-neuf heures, j'étais parti. Cinq minutes à pied et j'arrivais chez moi, avant de ressortir presque immédiatement sous une identité vestimentaire complètement différente, prêt à occuper ma soirée de toutes les manières habituelles : cinéma, jazz, librairies, cafés… Mais j'avais encore si peur du rejet que, pour l'instant, je me retenais de renouer le contact avec *elle*.

Le désespoir m'envahissait par vagues. Ethan me manquait, mais je pouvais passer deux longs week-ends avec lui aux frais de l'entreprise, qui me laissait même l'usage d'un petit appartement de fonction à Manhattan. Gordy et moi nous étions mis d'accord avec l'autre camp pour que Jennifer accompagne Ethan pendant ces périodes de trois jours. De son côté, ma secrétaire parisienne avait trouvé, via ses contacts à l'ambassade, une expatriée qui parlait couramment la langue des signes américaine grâce à sa fille sourde et qui avait accepté de me donner trois heures de cours chaque semaine. J'avais également engagé un professeur de français avec lequel je passais une heure par jour. Tous ces apprentissages me prenaient du temps, et je passais mes soirées à des activités culturelles, sans cesser de fumer un paquet de Camel filtre par jour.

Chaque soir, je marchais plusieurs kilomètres – surtout quand les somnifères ne faisaient pas effet et qu'après avoir tenté de lire ou de travailler, je me retrouvais tout habillé dans les rues sombres, à errer sans but, assommé par l'insomnie et le besoin de déambuler.

Un soir, trois semaines après mon arrivée, je me suis réveillé en sursaut vers trois heures du matin avec cette pensée : Prends le risque. Jette les dés. Je me suis emparé d'une feuille de papier qui traînait sur le bureau, d'un stylo, et j'ai écrit.

Chère Isabelle,

Je vis à Paris. Cela fait presque un mois, et c'est parti pour durer au moins cinq ans. Si tu peux supporter de me voir, puis-je t'inviter à déjeuner ? Si ce n'est pas possible, inutile de me répondre. Je comprendrai.

Je t'embrasse,

Sam

P.-S. : C'est le milieu de la nuit et je vais déposer moi-même ce message dans ta boîte aux lettres – à condition, bien sûr, que le code n'ait pas changé.

J'ai glissé la feuille dans une enveloppe sur laquelle j'ai écrit son prénom. J'ai pris mon manteau. Trente minutes plus tard, je me tenais devant le 9, rue Bernard-Palissy. Les rues étaient désertes, à l'exception d'un pochard de temps en temps. De nouveaux livres ornaient la devanture des Éditions de Minuit – avec exactement les mêmes couvertures uniformes que treize ans plus tôt. J'avais fait face à cette porte en bois sombre éraflé des dizaines de fois. Même après tout ce temps, le code m'est revenu sans effort : A8523. *Clic*. Ça s'est ouvert. Certaines choses ne changent pas. Sa boîte aux lettres était sur la droite. Je me suis avancé dans la petite cour, où il tombait à présent une pluie fine et glacée, et j'ai levé les yeux vers les deux fenêtres du haut, tout à droite, juste sous les combles. Ses fenêtres. Sombres. Je ne m'étais pas attendu à ce qu'elle soit là… Mais, bien entendu, j'avais eu un semblant d'espoir. La pluie a forci. J'ai tourné les talons. J'ai fui. Un taxi sur la rue de Sèvres, de retour chez moi après quinze minutes de trajet. J'ai jeté mes vêtements au hasard. Je me suis remis au lit. Et, cette fois, le sommeil est venu – peut-être parce que, après tout ce temps, j'avais enfin trouvé le courage de la contacter.

Trois heures plus tard, j'étais levé, en train de préparer mon sac. Je rentrais à New York le soir même. J'ai passé six heures sur les huit du vol à dormir, épuisé, conscient que je ne trouverais jamais le sommeil la nuit suivante. La seule chose qui comptait, c'était que j'avais hâte de revoir mon fils. Lorsque je suis arrivé à l'appartement, sur la 57e Rue Ouest, entre les 8e et 9e Avenues – un autre logement sans âme qui me servirait de pied-à-terre new-yorkais pour les cinq années à venir, Jennifer s'y trouvait déjà, avec Ethan endormi dans l'une des deux chambres.

Son sommeil était si profond que, lorsque je me suis agenouillé à son chevet pour lui embrasser le front, il a poussé un grognement et m'a tourné le dos.

« Quel accueil », a commenté Jennifer.

Je me suis surpris à sourire.

« Il sait que j'arrive ce soir ? ai-je chuchoté.

— Oui. Avant qu'il se couche, je lui ai dit qu'il vous trouverait sûrement dans le grand lit de l'autre chambre quand il se réveillerait. Alors ne soyez pas surpris si vous avez de la compagnie tôt demain matin.

— Vous lui avez expliqué tout ça en langue des signes ?

— Pas besoin de parler doucement, vous savez. »

La réalité m'a heurté de plein fouet. Bien sûr, je vivais avec cette idée depuis le jour où la méningite avait exclu mon fils de l'univers sonore. Mais le fait d'avoir oublié, dans mon état de fatigue et de *jet lag*, qu'il était inutile de baisser le ton à côté de son lit pour éviter de le réveiller… J'en ai eu le cœur brisé.

« Il est vraiment très futé, et il apprend vite », s'est empressée d'ajouter Jennifer, qui avait perçu ma tristesse.

J'ai embrassé Ethan une deuxième fois avant de me tourner vers elle.

« Bonjour, Jennifer ! ai-je signé. C'est impressionnant, ce que vous faites avec mon fils. »

Elle m'a répondu par le même moyen.

« C'est parce qu'il est très intelligent. Il commence déjà à faire des phrases complètes. Et hier, quand je lui ai montré une photo de vous, il a tout de suite répondu : "Papa !" »

Peut-être était-ce l'heure tardive – près de cinq heures du matin à mon horloge interne. Peut-être étaient-ce mes semaines d'insomnie, le mal que j'avais à m'adapter à une vie quotidienne sans Ethan, ou encore ma solitude depuis que Phoebe m'avait quitté. J'ai senti des larmes couler le long de mes joues.

Je suis allé me coucher peu après, non sans avoir vérifié par deux fois que mon fils dormait toujours. Le lendemain matin, je me suis réveillé en sentant qu'on me tirait les cheveux. J'ai ouvert les yeux et Ethan était là. Encore à moitié endormi, il émettait des sons discordants en agitant les mains dans tous les sens. Puis il a signé « Papa ! » et « Bienvenue ! ». Je l'ai attrapé et attiré contre moi. Il a passé ses bras autour de mon cou pendant quelques secondes. Puis il a porté ses petites mains à ses oreilles et s'est mis à rire.

« Tu m'as manqué », ai-je signé.

Il m'a souri. Avait-il compris ce que je venais de dire ? J'ai poursuivi :

« Tu as faim ? »

Il m'a pris la main, m'a tiré hors du lit et jusqu'à la cuisine, et m'a montré une boîte de céréales – des Coco Pops – sur une étagère. Lorsque j'ai attrapé la boîte, il m'a fait signe de la lui donner, l'a ouverte et s'est mis à manger des céréales à pleines mains.

« Attends, je les mets dans un bol », ai-je signé.

Il m'a regardé sans comprendre, serrant la boîte contre lui d'un air protecteur, et a poussé quelques cris lorsque j'ai fait mine de la lui reprendre. Je lui ai fait signe d'arrêter de pleurer, avant d'expliquer par gestes que j'allais juste lui donner un bol pour qu'il puisse y mettre les céréales. Puis je lui ai montré comment verser du lait par-dessus – l'arrêtant avant qu'il n'inonde la cuisine –, et, lorsqu'il s'est remis à manger avec les mains, je lui ai désigné le tiroir à côté de l'évier. Une fois muni d'une cuillère, il s'est enfin assis pour prendre son petit déjeuner.

En le regardant, j'ai ressenti une pointe de culpabilité : parce que je travaillais à l'étranger, j'étais en train de rater la majeure partie de son développement. Il était évident qu'il avait besoin de la présence de son père, et que je lui manquais. Cela dit, j'étais soulagé que Rebecca ait réussi à le rendre propre et à lui apprendre à marcher, et ses progrès en langue des signes étaient fulgurants. Malgré son vocabulaire limité, il était déjà capable de s'exprimer par gestes sur des sujets simples. Au cours du week-end, tandis que je l'emmenais au zoo de Central Park, que je le regardais s'extasier sur le T-Rex de la galerie des dinosaures du Muséum d'histoire naturelle, et que je lui offrais des jouets dans le grand magasin FAO Schwarz, j'ai ressenti un plaisir que je n'avais pas connu depuis des mois, peut-être des années. Ma vie sentimentale était en lambeaux, et j'étais devenu l'employé de bureau en costume que je m'étais juré de ne jamais être sans pourtant cesser de gravir avec acharnement les échelons vers mon poste actuel. J'étais hanté par toutes sortes de questions sur les compromis, les déceptions qui avaient fait ma vie. Pourquoi n'avais-je jamais passé six mois à traverser l'Asie avec un sac à dos ? Ou disparu en Patagonie ? Ou même traversé mon propre pays à pied, comme je m'étais promis de le faire pour mes trente-cinq ans – mais le divorce avait mis un terme à ce projet. En cherchant bien, je trouvais des excuses pour toutes les occasions manquées. Après tout, je gagnais plus d'argent que 99 % des gens sur la planète, et même après les impôts, la pension alimentaire et tous les frais liés à l'éducation spécialisée d'Ethan, il me restait assez pour mener une vie agréable. Je n'étais encore propriétaire de rien, puisque Rebecca avait récupéré son appartement (dont j'avais remboursé le prêt immobilier). En surface, même si j'avais réussi dans la vie, je ne voyais pas la moindre preuve de ce succès – pire, il m'était impossible de prendre un nouveau départ ailleurs, entravé comme je l'étais par les conséquences du divorce.

Le week-end est passé beaucoup trop vite. Lorsque Jennifer est arrivée, le dimanche après-midi, pour ramener Ethan chez sa mère, je me suis surpris à le serrer si fort contre moi qu'il s'est débattu et m'a regardé avec de grands yeux. Lorsqu'il a remarqué les larmes sur mon visage, il a aussitôt entrepris de me faire rire en me tirant les oreilles des deux mains avec un gloussement. L'opération a été un franc succès. Mais, à présent, je devais le laisser partir. Il a laissé Jennifer lui prendre la main pour le guider jusqu'à sa poussette. Au moment où ils quittaient l'appartement, il a levé le bras et signé : « Papa ! »

Je suis resté assis sur le canapé pendant un très long moment, avec cette pensée : mon fils était l'unique remède à la mélancolie qui imprégnait mes jours. Et, contrairement à tous les autres vers qui je me tournais pour être aimé et qui m'abandonnaient dans les moments les plus critiques, Ethan m'inspirait un amour qui serait toujours inconditionnel. Sans entraves. Sans limites. Sans équivoque.

Une demi-heure plus tard, une voiture est venue me chercher pour me ramener à l'aéroport J.F. Kennedy. J'y suis parvenu une heure et demie avant le décollage de mon avion. Air France était à l'heure : un événement suffisamment rare pour être remarqué. Le vol transatlantique du retour est toujours propulsé par de forts vents arrière, si bien que nous avons atterri en avance. À dix heures, j'étais de retour dans mon appartement et, trente minutes plus tard, j'étais au bureau, douché et changé. Ma secrétaire, Monique, m'a apporté un café ainsi que le courrier accumulé au cours des trois jours précédents, et m'a regardé fouiller la pile avec fébrilité. Elle a eu un sourire lorsque j'ai trouvé ce que je cherchais : une enveloppe blanche carrée, avec mon nom et mon adresse inscrits à l'encre noire. Une fois qu'elle a eu quitté le bureau, j'ai tiré de l'enveloppe la même carte blanche toute simple que j'avais déjà reçue tant de fois, pour en dévorer le message.

Très cher Samuel,

J'ai toujours su que tu viendrais à Paris plus longtemps que quelques semaines. J'en suis ravie. Le passé est le passé. Et le présent nous voit aujourd'hui vivre dans la même ville. Par conséquent : non, pas de déjeuner. Mais, oui, viens me voir. Que penses-tu de mardi ? 17 heures ? Tu connais l'adresse. Tu connais le code.

Je t'embrasse très très fort,

Isabelle

Isabelle ignorait tout de mes années de cours particuliers de français. Et pour cause : nous n'avions pas échangé un mot depuis ce moment de folie à Boston. Elle ne savait rien de ma vie, ni moi de la sienne. Je lui avais écrit en anglais, parce que nous avions toujours communiqué dans cette langue, et parce que je ne voulais pas qu'elle se pose trop de questions sur mes brusques progrès en français : par exemple, si j'avais connu une autre Française depuis notre dernière rencontre.

Je suis sorti du bureau à seize heures quarante-cinq. Il pleuvait à verse, les rues étaient encombrées, et mon taxi avançait à une allure d'escargot. Je lui ai dit de me déposer à l'angle de la rue de Rennes et de la rue Bernard-Palissy, et j'ai couru jusqu'à la porte, serrant mon imperméable autour de moi – pas le temps d'ouvrir mon parapluie. J'ai pianoté le code, traversé à pas vifs la cour jusqu'à l'escalier C. Sa sonnette était la même. J'avais maintenant les cheveux trempés. La porte s'est ouverte avec un déclic. Du bas de l'escalier, j'ai entendu sa voix.

« Bonjour… »

J'ai gravi les marches au pas de course en pensant à la vitesse avec laquelle je les montais, presque quinze ans plus tôt ; aujourd'hui, même si je n'étais pas complètement essoufflé, j'étais loin de tenir le même rythme. Elle m'attendait dans l'encadrement de la porte. Elle avait changé – et elle n'avait pas changé. Sa peau était toujours translucide. De fines rides ornaient le contour de ses yeux. Ses cheveux flamboyaient encore, malgré le gris qui s'y mêlait. Elle était vêtue de noir, comme toujours, d'une longue jupe ample et d'un col roulé adapté au froid hivernal. Elle avait toujours été extrêmement mince, et avait maintenant une corpulence normale – qui lui donnait l'air moins fragile. Enfin, elle portait de grandes lunettes d'écaille à monture ronde. Elle m'a tendu la main.

« *Mon jeune homme.*

— *Tu es si belle* », ai-je répondu en la prenant dans mes bras.

Elle a posé un doigt sur mes lèvres.

« Je ne veux rien entendre. »

Puis elle m'a muselé d'un long et profond baiser.

Nous nous sommes déshabillés en quelques secondes.

« Je suis énorme », a-t-elle gémi tandis que nous nous laissions tomber sur son lit.

« *Tu n'es pas énorme. Tu es magnifique.*

— Menteur. Mon jeune et merveilleux menteur.

— Je suis vieux.

— Tu es bien plus jeune que moi.

— Menteuse. »

Elle s'est hissée sur moi, m'attirant profondément en elle avec un long gémissement. Nos mouvements étaient lents, délibérés, nos regards rivés l'un à l'autre – comme si, après toutes ces années, nous craignions de nous perdre de nouveau si nous nous quittions des yeux un seul instant. Ses nouvelles courbes avaient beau lui déplaire, preuves de la course inévitable du temps et de la jeunesse désertant peu à peu nos corps, j'adorais cette Isabelle plus voluptueuse, moins sèche, au regard plus intense que jamais. Nous avons pris notre temps. Nulle hâte. Nul compte à rebours avant la ligne d'arrivée. Nulle trace de l'érotisme frénétique qui avait défini nos premiers mois ensemble. Ce que nous avions, à présent, c'était une fusion silencieuse, absolue, de nos deux êtres. Et la certitude, alors qu'elle se laissait aller contre moi après l'extase, que cette séparation avait été pour nous deux une longue torture inexprimable au cœur de nos vies si différentes, de part et d'autre de l'Atlantique, pendant tant d'années.

« J'ai tant rêvé de nous, a-t-elle murmuré, la tête posée sur mon épaule.

— *Moi aussi... Tu as été avec moi tout ce temps... même si...* »

De nouveau, elle a posé un doigt sur mes lèvres.

« Je vois que mon jeune homme a perfectionné son français en mon absence.

— *Parce que je voulais parler avec toi dans ta langue maternelle.*

— Et je suis très impressionnée par tes progrès. Tu espérais bien revenir un jour, je présume…

— *Je n'ai jamais prévu le fait que je reviendrais à Paris pour y vivre.*

— Ton français est incroyable. Et ton professeur a fait des merveilles avec ton accent. Il est beaucoup moins américain qu'avant. Mais tu connais mon goût pour la routine et la méthodologie. Pour nous voir, c'est ici, l'après-midi. Et pour nous parler, c'est en anglais.

— Pourquoi ne pas mélanger les deux ?

— Parce que je suis tombée amoureuse de toi en anglais. Et je continue à t'aimer en anglais.

— Alors, tu restes inflexible, sur la langue comme sur tout le reste ?

— Maintenant que tu habites à Paris, et que ma situation personnelle a un peu changé, on pourra peut-être se montrer un peu plus souples.

— Tu n'es plus mariée à Charles ?

— Je serai mariée à Charles jusqu'à ce que la mort nous sépare. Mais il a soixante-quatre ans, maintenant. Ce qui ne serait pas si vieux, s'il n'avait pas eu tous ces problèmes de santé ces dernières années : diabète, hypertension… Les effets secondaires d'une vie entière à jongler avec des sommes folles sans jamais réfléchir aux bénéfices d'une activité sportive. Pour ma part, j'ai réussi à rester à peu près mince grâce au régime typique des Parisiennes : cigarettes et vin rouge.

— J'aime ton corps comme il est. Moi aussi, je me suis épaissi.

— Tu vois ! Tu l'as dit toi-même. Je suis grosse.

— N'importe quoi. Tu es juste…

— Quoi ? Généreuse ? Ronde ? Plantureuse ? Tous ces synonymes inventés par des hommes pour adoucir une seule vérité : madame, vous êtes plus grasse qu'autrefois.

— Tu as oublié "bien en chair"… »

Elle m'a assené une petite tape sur la main, comme pour châtier un élève insolent.

« *Tu es atroce.*

— *Donc on parle en français, maintenant ?*

— Jamais de la vie. Mais je veux bien ouvrir le vin que tu as apporté. Et fumer une cigarette. À moins que tu n'aies arrêté.

— J'ai arrêté tant que j'étais marié. Depuis le divorce, je m'y suis remis avec ardeur.

— Bravo. J'approuve. Même si, après plus de trente ans à fumer, je commence à me demander quand les dieux m'apporteront l'addition.

— J'avais une grand-mère qui fumait deux paquets par jour et qui a presque atteint les quatre-vingt-dix ans. Mais d'après elle, c'était lié au fait d'être "une vieille bique baptiste".

— Je n'y connais pas grand-chose, mais je suppose que les mots "baptiste" et "vieille bique" ne sont pas souvent utilisés ensemble.

— Non, sauf pour parler de cette femme et de ses copines d'église.

— Il n'empêche que je devrais arrêter de fumer, a-t-elle repris.

— Alors arrête.

— Je ne peux pas imaginer la vie sans cigarettes. Elles sont mon seul repère dans ce monde perpétuellement instable.

— Tu as eu des soucis ?

— Va chercher le vin et les cigarettes, mon amour. C'est l'heure des histoires de guerre. Au passage, il y a un cintre dans l'armoire, au cas où tu voudrais garder ton beau costume en état pour ton prochain rendez-vous.

— Je n'ai pas de prochain rendez-vous. Mais pour le cintre, je ne dis pas non. »

En ouvrant l'armoire, j'ai constaté une fois de plus le peu de vêtements que gardait Isabelle dans ce studio. J'ai trouvé un cintre, puis j'ai ramassé et plié mon pantalon en alignant méticuleusement les deux jambes avant de le suspendre sur la barre transversale. J'ai disposé ma chemise et ma veste sur le cintre, récupéré ma cravate sur le sol, et je l'ai pliée avec soin pour la mettre dans la poche intérieure de la veste. Enfin, j'ai rangé mon uniforme d'avocat dans l'armoire.

« Très impressionnant, a commenté Isabelle. Même si le pire devait se produire, tu aurais toujours devant toi une brillante carrière de valet.

— Très drôle. Le tire-bouchon est toujours au même endroit ?

— Rien ne change, ici… Sinon le fait que je devienne de plus en plus bordélique avec l'âge.

— Ça ne m'a pas frappé.

— Menteur. »

C'était pourtant la vérité : à peine entrés dans la pièce, nous nous étions retrouvés au lit, dévorés par une passion lente et profonde. Je ne découvrais que maintenant l'ampleur du désordre d'Isabelle : des vêtements gisaient partout au sol, les trois cendriers disposés dans le studio débordaient de mégots, les étagères contenaient encore plus de livres qu'avant, le bureau était entouré de véritables montagnes de papiers et de manuscrits, et il y avait des assiettes et une cafetière sales dans l'évier.

« Je me rappelle la seule fois où tu as dormi ici, et à quel point j'étais furieuse contre toi pour avoir osé ranger mon chaos. J'ai été très injuste, et j'ai compris par la suite que ta résolution de ne jamais partager un *domicile conjugal* avec moi date de ce jour-là.

— Ce n'est pas pour cette raison que j'ai refusé ta proposition de vivre ensemble à New York, avec Émilie. »

Je suis retourné vers elle, muni de la bouteille, de deux verres de vin et de cigarettes.

« Pour quelle raison, alors ? Ton amour pour ta future femme ?

— En partie. Mais surtout, j'avais peur. »

Isabelle a encaissé cette confidence avec retenue.

« Je comprends. On laisse souvent passer des occasions merveilleuses par crainte de souffrir. Je me suis rendue coupable de ça avec toi, moi aussi. En fait, c'est même moi qui ai commencé.

— Rétrospectivement, je savais déjà que je faisais une erreur en me mariant.

— Comme dirait Kierkegaard, “la vie ne se comprend que par un retour en arrière, mais on ne la vit qu’en avant”. Ça s’est si mal passé, entre toi et ta femme ? »

J’ai débouché la bouteille et rempli les verres.

« Si je commence à te raconter, ça pourrait prendre un certain temps.

— Je veux savoir tout ce que tu seras prêt à me dire. »

Nous avons allumé des cigarettes. Elle ne m’a interrompu que lors des passages les plus terribles de mon histoire – la méningite d’Ethan et la surdité qui en avait découlé, puis le naufrage de Rebecca dans l’alcoolisme. Lorsque j’ai eu terminé, elle a passé ses bras autour de mon cou et m’a fixé dans les yeux pendant un long moment.

J’ai évité son regard.

« Samuel, je t’en prie… »

Je l’ai regardée.

« Quand tu es arrivé, tout à l’heure, deux choses m’ont sauté aux yeux : ton beau costume, et la tristesse qui te ronge de l’intérieur. Mon Samuel, déprimé… Même notre façon de faire l’amour, si belle qu’elle puisse être, a été pour moi la preuve de ta solitude, de ton besoin désespéré de réconfort. À présent, je comprends pourquoi. Quels terribles coups du sort tu as dû affronter…

— Merci de ne pas avoir appelé ça des “épreuves”, comme on le fait chez nous, aux États-Unis.

— Je ne ferais pas une chose pareille. Tu as vécu une véritable tragédie.

— Ethan n'a rien de tragique. Mais, pour tout te dire, je n'ai jamais entièrement su ce que je voulais. À part toi.

— Je n'en suis pas si sûre. Si c'était le cas, tu n'aurais pas hésité à nous faire venir à New York, Émilie et moi.

— Je ne craignais qu'une seule chose : te dire oui, mettre fin pour toujours à mon histoire avec Rebecca, et que tu décides finalement de ne pas venir. »

Un long silence s'est installé. Isabelle a bu son vin, pensive.

« Je ne sais pas ce que j'aurais fait, a-t-elle fini par dire. Mais je pensais vraiment avoir été claire avec toi en te faisant cette proposition.

— Peut-être que j'avais peur que tu changes d'avis à cause des règles absolues que tu appliques toujours à tout. Même si je les comprends et que je les respecte.

— J'ai l'impression que tu me connais mieux que je ne me connais moi-même. Effectivement, j'aurais très bien pu abandonner l'idée de partir pour New York avec Émilie : je suis profondément française, après tout, et je voulais vraiment que ma fille grandisse ici.

— En parlant d'Émilie, comment va-t-elle ? »

Elle l'avait à peine mentionnée depuis le début de cette conversation.

« Ma fille a quatorze ans et toutes sortes de moments difficiles.

— Difficiles comment ?

— Je te parlerai de ça une autre fois. Une seule histoire triste suffit pour cet après-midi. Pour l'instant, elle s'en sort sans faire trop de vagues, et dans un excellent collège. J'en suis heureuse. Mais c'est une âme fragile. Et je crains que le moindre problème de quelque importance ne la laisse de nouveau abattue. »

Cette fois, c'était à mon tour de lui prendre la main. Et le sien de détourner le regard.

« Je n'ai pas envie d'aborder ce sujet pour l'instant, a-t-elle murmuré. Je te parlerai d'elle, ne t'en fais pas. Je te raconterai ce qu'elle fait au collège, qui sont ses quelques amis, ce qu'elle lit, ce qu'elle va voir au cinéma… Les petites choses simples, normales. Mais si je me mets à te parler de sa part d'ombre, ce sera parce que ça aura recommencé, au point de devenir intenable.

— Je suis vraiment désolé.

— Je le suis aussi, pour tout ce que tu as subi.

— La dernière fois que je t'ai vue, tu m'as dit pour la première fois que tu m'aimais.

— C'était vrai. Ça l'est toujours.

— Pour moi aussi. »

Nos regards se sont croisés pendant une fraction de seconde, un instant fugace de complicité. Je savais. Elle savait. Et ce savoir nous terrifiait tous les deux. Je l'ai attirée à moi et embrassée longuement.

« Je suis si heureux d'être là, avec toi.

— Moi aussi. Et maintenant… Maintenant, je dois me rhabiller et rentrer chez moi. »

Nous avons recommencé à nous voir trois fois par semaine. L'après-midi. Je n'ai pas contesté la règle. Je n'ai pas réclamé de plus grande flexibilité. Si je me fiais à ce qu'elle m'avait dit, ça viendrait en temps voulu. Pendant plusieurs mois, nous avons eu nos rendez-vous du lundi, du mercredi et du jeudi soir – à moins, bien sûr, que je n'aie une obligation de travail ou que je ne sois en déplacement. Tel était le plus grand changement dans notre dynamique : la nécessité de se plier aux exigences de mon emploi du temps. Émilie était au collège jusqu'à dix-sept heures presque tous les jours, et avait beaucoup d'activités extrascolaires, sans compter que la bonne était là pour lui faire à dîner ou lui tenir compagnie jusqu'au retour d'Isabelle.

« Émilie est arrivée à l'âge où sa mère n'est plus pour elle qu'une geôlière, ou, au mieux, une casse-pieds gênante. Surtout avec sa dépression, qu'elle doit traiter avec des médicaments et des séances régulières avec un psychothérapeute. Elle est très contente que je ne sois pas à la maison pour l'attendre trois soirs par semaine, ce qui ne l'empêcherait pas de crier à la négligence si je rentrais plus tard que dix-neuf heures… Par contre, elle voue à son père une adoration sans bornes. Une vraie fille à papa. Et depuis qu'il ne quitte presque plus la maison, elle est ravie. Non qu'elle passe tout son temps avec lui, mais le fait de l'avoir près d'elle, dans la pièce à côté, ça la rassure. Et Charles et moi sommes prêts à faire tout ce qu'il faut pour Émilie. »

Isabelle voulait tout savoir d'Ethan : ses progrès en langue des signes, sa relation aux autres, si nous oserions l'envoyer dans une école « normale » sans enfants sourds, quand elle pourrait enfin le rencontrer… J'appelais Jennifer presque tous les jours. Gordy, fidèle à lui-même, m'avait obtenu quatre jours de garde supplémentaires mensuels, et avait convaincu mes supérieurs de faire preuve d'humanité en m'accordant une semaine complète à New York chaque mois, en plus du week-end restant. Il y avait, bien évidemment, une contrepartie à cela : j'étais censé jouer le rôle de consultant et participer activement à toutes les grosses affaires de fiducies et successions confiées au cabinet.

Ces deux séjours mensuels avec Ethan étaient les moments les plus importants de mon calendrier. Et, selon Jennifer, lui aussi comptait les jours jusqu'à ma prochaine visite. Chaque fois qu'il se réveillait le samedi matin dans mon appartement de fonction et se précipitait dans ma chambre pour constater que j'étais bel et bien arrivé pendant la nuit, il se jetait sur moi en signant avec frénésie : « Papa est là ! » Je continuais à prendre des cours de langue des signes à Paris, afin de communiquer avec lui du mieux que je pouvais.

Jennifer m'avait expliqué ses projets. Elle essayait de lui faire suivre un programme aussi normal que possible. Il apprendrait à lire à cinq ans, comme tous les autres enfants, et puis elle commencerait les mathématiques. Le plus gros défi serait la socialisation. Arriver à le faire jouer avec d'autres enfants. Elle en avait déjà parlé à Rebecca, lui avait demandé d'essayer de trouver d'autres enfants de son âge avec lesquels il puisse s'amuser, puisqu'il n'allait pas à la maternelle. Mais Rebecca était encore très absorbée par ses réunions des AA et par sa paroisse, l'église Notre-Dame-de-Pompéi. Celle-ci gérait aussi une école élémentaire tenue par des bonnes sœurs et du personnel laïc. D'après elle, les sœurs auraient beaucoup aimé accueillir Ethan, mais s'inquiétaient de son intégration auprès des autres enfants.

« Je lui ai demandé s'il était possible de prendre rendez-vous avec la sœur Morena, qui dirige l'endroit, m'a dit Jennifer.

— Il y a certainement d'autres écoles qui accepteraient que vous l'accompagniez pour le soutenir.

— Je l'accompagnerai au début, bien sûr, mais je formerai quelqu'un d'autre pour prendre la relève. Et je continuerai à m'occuper de lui après l'école et les vendredis soir où vous rentrerez de Paris. »

J'ai essayé d'entamer une discussion avec Rebecca au sujet de l'école. Je lui ai envoyé un fax pour suggérer une entrevue afin de faire des recherches ensemble et de se mettre d'accord sur ce qui constituerait la meilleure option pour Ethan à New York. À coup sûr, nous voulions tous deux la même chose : qu'il s'intègre le plus vite possible parmi des enfants non sourds.

Elle n'a pas répondu à mon message.

Isabelle était scandalisée par l'absence de dialogue avec mon ex-femme sur un sujet aussi crucial que l'éducation de notre fils.

« Vous, les Américains, vous êtes ridicules avec vos divorces. Tu as juste eu une aventure, mais tout le monde se fiche que ton ex ait passé des années à se saouler… Tu as couché avec quelqu'un d'autre, et tu devras payer cette transgression toute ta vie. Et maintenant qu'elle a trouvé la foi, qu'elle est devenue toute pieuse et catholique, avec son nouvel amoureux – qui, crois-moi, ne va pas tarder à suivre ton exemple et à se prendre une maîtresse –, elle peut jouer les saintes-nitouches en face de toi. Alors même que c'est toi qui paies son train de vie, et que tu te montres totalement responsable envers votre fils. »

Cette conversation avait lieu pendant le dîner – oui, nous dînions ensemble ! – dans un petit restaurant japonais branché, juste en face du 9, rue Bernard-Palissy.

Je venais de rentrer de New York et, comme promis, j'avais rapporté des photos d'Ethan : Isabelle en réclamait de nouvelles à chacune de mes visites, afin de suivre de près son développement. Elle avait aussi voulu savoir quels manuels Jennifer utilisait, et était allée jusqu'à se rendre à l'université américaine du boulevard Saint-Germain pour faire des recherches à la bibliothèque. Elle était revenue avec cinq suggestions d'écoles élémentaires à New York, ainsi que le nom et les coordonnées des directeurs. Et elle était entrée dans une colère noire quand Rebecca avait refusé de laisser Ethan passer un mois à Paris avec moi pendant les vacances d'été, l'accusant de le priver de son père pour continuer à exercer sa vengeance.

« Elle t'a perdu. Elle a perdu sa carrière. Elle est malheureuse. Et elle dirige toute sa rage contre toi, comme le font les gens médiocres. Votre fils et l'argent sont les deux seules armes dont elle dispose, et elle les utilise sans aucun scrupule. C'est consternant. »

Pendant cette discussion, assis face à face au restaurant, ses doigts effleurant régulièrement les miens tandis qu'elle parlait, je me suis surpris à penser que nous formions un couple. Ses manières protectrices envers moi, son intérêt pour Ethan, son désir d'apprendre les bases de la langue des signes afin de pouvoir communiquer avec lui lorsqu'il viendrait enfin à Paris… C'était merveilleux à voir. Cependant elle continuait à s'imposer des limites. Je lui avais demandé plusieurs fois si je pouvais rencontrer Émilie, mais elle s'obstinait à déclarer que, à cause de sa fragilité et de son attachement à son père, sa fille ne devait en aucun cas connaître mon existence.

« Même si je te présentais comme un simple ami, elle aurait des soupçons. Je n'ai pas envie de la mettre en colère. Mieux vaut éviter ça pour l'instant. »

À d'autres reprises, je lui avais proposé de venir avec moi à New York pour voir mon fils, mais elle ne voulait pas quitter Paris, même pour quelques jours, craignant que sa fille ne retombe en dépression pendant son absence. J'avançais chaque fois l'argument que, depuis de nombreux mois que nous étions de nouveau ensemble, Émilie n'avait montré aucun signe de rechute, j'ajoutais aussi que ce serait l'occasion pour elle de rencontrer Ethan et de bâtir une relation avec lui. Elle m'opposait toujours un refus catégorique.

« Je sais que c'est pitoyable, ridicule et presque provincial… mais je n'aime vraiment pas voyager. Je fais de la claustrophobie en avion. Je ne supporte pas de passer plus d'une heure enfermée dans ce tube de métal. J'ai l'impression de ne rien contrôler, ce qui est vrai. La seule raison pour laquelle j'ai accepté de faire le voyage jusqu'à Boston, c'était dans l'espoir de te revoir. Mais il m'a fallu beaucoup de Valium pour survivre aux vols aller et retour. Et je n'ai pratiquement pas repris l'avion depuis.

— Mais si je venais avec toi… Si j'étais assis juste à côté…

— Ça ne changerait rien. J'ai réessayé avec Charles pour des vacances en Afrique du Sud il y a cinq ans. J'ai fait une crise d'angoisse à peine arrivée à l'aéroport, au point que Charles a dû appeler un médecin. Je me suis retrouvée à l'infirmerie. Charles voulait annuler tout le voyage, mais je lui ai dit d'y aller sans moi : il avait un rendez-vous d'affaires là-bas, et il avait déjà payé dix nuits d'hôtel de luxe près du cap de Bonne-Espérance. Je sais qu'il a invité sa maîtresse du moment à le rejoindre deux jours plus tard. Je ne peux pas lui en vouloir. Tout ça pour dire que, si tu veux emmener ta maîtresse à New York à ma place...

— Je ne suis plus marié, donc je n'ai pas de maîtresse. Et je n'ai pas d'autre femme dans ma vie, puisque je suis avec toi.

— Tu devrais trouver quelqu'un d'autre. Je suis beaucoup trop instable mentalement.

— Quoi, parce que tu refuses de monter dans un avion... ?

— Parce que j'ai déjà dépassé la cinquantaine, parce que ça fait vingt-cinq ans que je viens tous les jours dans ce petit appartement pour travailler sur mes traductions, que je suis mariée au même homme calme et discret, que je passe les mêmes week-ends calmes et discrets dans la maison familiale de Normandie, un mois par an dans le cabanon de mon beau-frère au fin fond du Var, et que je fréquente les mêmes cinémas, salles de concert et opéras. Je n'ai jamais été dans le besoin matériel. J'ai une fille merveilleuse que je redoute chaque jour de voir s'enfoncer dans une détresse noire et détruire nos vies en même temps que la sienne. Je t'ai, toi – ce qui me rend profondément heureuse. Alors pourquoi je ne peux pas m'empêcher de penser que j'aurais pu faire mieux ? Que j'ai décidé de rester immobile au lieu de mener une vie audacieuse... ? Mais je suis sans doute la seule responsable de mon désespoir... »

J'ai mêlé mes doigts aux siens.

« Je me pose toutes ces questions, moi aussi. Jusqu'aux dix-huit ans d'Ethan, je resterai enchaîné financièrement à sa mère. Mais si je te disais : "Plaquons tout et partons vivre à Tahiti…" ?

— Je répondrais non. Pas seulement parce que je suis certaine que les tropiques sont d'un ennui mortel – surtout les tropiques français. Ce serait surtout à cause d'Émilie. Mais, même si elle était entièrement stable, indépendante et autonome, je dirais quand même non.

— Pourquoi ?

— Parce que j'ai atteint un âge suffisamment avancé pour comprendre quelques-unes de mes vérités. Je suis lâche…

— Mais non…

— Si. Je choisis toujours la prudence. Je me suis toujours restreinte. Je ne dis pas que ça me rend malheureuse, ni que j'aurais préféré visiter soixante pays, comme certaines de mes connaissances. Honnêtement, j'ai mes limites, et je les accepte. Ma vie est exactement ce que j'en ai fait. Je suis mélancolique, et c'est probablement une sorte de choix de ma part. Mais quant à savoir si je suis prête à faire quoi que ce soit pour changer ça… Malgré mon amour pour toi, la réponse est non. »

Enfin, elle venait d'exprimer ce que j'avais su sans m'en rendre compte depuis le début : jamais elle ne quitterait Paris. Son incapacité à embarquer sur un vol long-courrier disait tout. Si jamais je retournais vivre à New York, que se passerait-il ? Et pourtant… Pourtant… Nous nous voyions trois soirs par semaine. Notre désir mutuel ne diminuait pas. L'ennui ne pointait jamais dans nos conversations. Elle me conseillait des livres et des films. Je lui faisais écouter du jazz.

Et, à la fin de ces heures magiques passées ensemble, elle retournait vers son mari vieillissant et sa fille fragile. Même si Charles devait mourir demain, je doutais fortement qu'elle accepte de vivre avec moi. Car telle était la réalité que nous nous étions bâtie. Même si c'était Isabelle qui avait imposé toutes ces règles, je m'étais fait, moi aussi, l'artisan de cet édifice. Cette relation avait été pour moi la réalisation d'un étrange idéal : l'amour qui ne menait ni au mariage ni à la moindre forme de cohabitation. Un lien plus profond et plus fort que tous ceux que j'avais connus, mais également, d'une certaine manière… transitoire. Certes, nous formions à présent une sorte de couple : deux personnes d'âge moyen qui, comme chacun dans ce monde, avaient fait l'expérience intime de la déception et du chagrin. Cela n'apportait que plus d'eau au moulin de notre passion, ce besoin désespéré de se perdre en l'autre en passant par les plaisirs charnels. Mais nous pouvions aussi nous détacher l'un de l'autre à loisir. Enfin, après tout ce temps, nous étions dans la même ville. Une certaine stabilité durement acquise.

Les mois ont passé, la situation a tenu. L'hiver a fait place au printemps, puis à l'été. J'ai rejoint Ethan aux États-Unis, où j'avais loué une maison dans le Maine pour un mois. J'étais de retour à Paris sitôt après sa rentrée à la Little Red School House de Greenwich Village (Rebecca avait abandonné l'idée d'une école paroissiale quand la mère supérieure de celle de Notre-Dame-de-Pompéi lui avait fait part de leur incapacité à « répondre aux besoins particuliers du petit Ethan »).

Clara Flouton, une étudiante en sciences de l'éducation à Columbia, l'accompagnait en permanence. L'avancée d'Ethan dans le milieu scolaire général ne se faisait pas sans mal. La première semaine, il a fait un caprice et détruit les blocs de construction d'un camarade par pure frustration. Son professeur principal nous a prévenus à deux reprises, sa mère, Clara et moi, que même s'il était très important pour l'école d'accueillir un élève comme Ethan, il ne pourrait pas rester s'il continuait à faire des crises.

J'ai téléphoné à Rebecca, et, cette fois, elle a accepté d'organiser une réunion avec Jennifer (qui donnait toujours des cours à Ethan après l'école), Clara et moi dans son appartement. Je ne l'avais pas vue depuis longtemps : elle avait perdu beaucoup de poids – elle qui n'avait jamais été particulièrement ronde – et ses cheveux étaient maintenant pleins de mèches argentées. Avec son chemisier gris et sa jupe de laine d'un gris plus sombre, il émanait d'elle la sévérité pincée d'une jeune veuve dans une région particulièrement reculée de la Nouvelle-Angleterre. Ce qui ne l'a pas empêchée de diriger la discussion de main de maître. À la fin, Ethan a été autorisé à nous rejoindre. Il a regardé ces quatre personnes responsables de son futur, et a couru enfouir sa tête dans mon ventre, tout en saisissant la main de sa mère. Je l'ai serré contre moi tandis que Jennifer et Clara lui expliquaient par gestes que, s'il voulait rester à l'école, il allait devoir être très sage. Ethan s'est mis à sangloter. Je l'ai pris dans mes bras, l'ai déposé entre sa mère et moi, et en langue des signes je lui ai dit que nous l'aimions tous les deux, et que nous serions toujours unis pour lui. Il s'est jeté dans les bras de Rebecca. Malgré la beauté de la scène, il était évident que le fossé creusé entre Rebecca et moi ne serait pas comblé par ce moment de rédemption digne d'un mélo d'Hollywood.

Ethan a insisté pour que je le mette au lit. Il m'a tendu son livre préféré, *Max et les Maximonstres*, et, sous l'œil attentif de Jennifer, je suis parvenu à improviser une version en langue des signes du texte de Maurice Sendak. Ethan a adoré. Tandis que je terminais les dernières pages, Rebecca a passé la tête par la porte de la chambre.

« Pas mal, a-t-elle commenté, d'un ton qui n'était ni sec ni conciliant.

— Merci. »

Elle m'a fait un petit signe et elle a quitté la pièce – il était temps pour moi de partir.

À Paris, la vie suivait son cours. J'avais mon travail. Isabelle avait le sien. Sans que j'aie besoin de lui fournir une quelconque explication, Monique a pris en main mon emploi du temps et s'est arrangée pour que je puisse être présent à presque tous nos *rendez-vous*, quitte à enchaîner sur des dîners professionnels. Isabelle refusait de jouer le rôle de ma compagne durant ces événements, au prétexte, assez juste d'ailleurs, que le droit et la finance étaient des cercles rapprochés et que, par respect pour Charles, elle ne pouvait pas s'afficher avec moi. Se rendre à l'opéra ou à des concerts au Théâtre des Champs-Élysées était plus facile – même si nous tombions fréquemment sur des gens de sa connaissance, auxquels elle me présentait comme « Samuel, mon ami avocat d'Amérique ». Mettre en avant notre *amitié* lui permettait de conserver un semblant de bienséance. Malgré ça, d'après elle, tout le monde devait se douter qu'il y avait quelque chose entre nous.

« Attends, que je comprenne bien la différence, lui ai-je dit un soir. Tu peux te rendre avec ton amant à une représentation de *Norma*. Mais tu ne peux pas l'accompagner à un dîner d'affaires, parce que ça serait le signe de quelque chose de plus sérieux.

— Le problème, c'est que je me retrouverais avec les épouses de tes collègues. Je serais obligée d'endosser le même rôle, et c'est impossible, à cause de Charles, même s'il est à la retraite. »

Le temps a passé. Rigoureuse dans son travail, Émilie était en pleine préparation du bac. Je ne l'avais toujours pas rencontrée – et j'avais cessé d'insister. Je continuais à survoler l'Atlantique un week-end sur deux. Ethan s'était plutôt bien adapté à l'école, et s'était même fait une amie : une camarade de classe appelée Pam Casper qui, sans rien connaître à la langue des signes (elle n'avait que cinq ans, après tout), avait rapidement compris comment communiquer avec lui en improvisant des gestes et en le laissant lire sur ses lèvres – une nouvelle compétence que Clara et Jennifer avaient commencé à lui enseigner. J'avais élargi la clientèle de notre filiale parisienne, à la grande satisfaction de mes associés new-yorkais, obsédés par le profit. Cette année-là, j'ai reçu une prime très substantielle, que je me suis contenté de mettre de côté. Après tout, puisque je ne payais pas de loyer, à quoi bon acheter quelque chose à Paris ? Seul l'avenir d'Ethan déterminerait où j'atterrirais ensuite.

Dans la vie, il y a des périodes – rares – durant lesquelles tout nous laisse tranquille : les catastrophes, les pertes, les terribles problèmes des autres. Les cinq années qui ont suivi, tout me semblait paisible. Il en allait de même pour Isabelle. On était à la fin des années 1990, la guerre froide était terminée, Clinton avait été réélu et, malgré ses scandales sexuels – « Pourquoi ne pas se trouver une maîtresse plus mûre, au lieu de cette adolescente sans expérience ? », tel avait été le commentaire excédé d'Isabelle –, c'était une époque de paix et d'abondance.

Un lundi matin, à mon arrivée au bureau, j'ai trouvé un fax du directeur des communications du cabinet, à New York, nous ordonnant d'entamer au plus vite une transition afin d'effectuer tous nos échanges « non contractuels » par e-mail. En plus de devoir nous adapter au nouveau monde « connecté », tous les partenaires et associés du cabinet se voyaient intimer l'ordre d'obtenir un téléphone portable avant la fin de l'année. Je me suis exécuté – bien que les portables soient encore un concept nouveau à Paris. Isabelle faisait fi de tous ces moyens de communication électroniques. Pour elle, ce n'était qu'une mode passagère, la lettre ne serait jamais remplacée, et l'idée même de porter sur elle un attirail qui la rendrait joignable en permanence la hérissait. Malgré ses résistances, moins d'un an plus tard, elle disposait elle aussi de son adresse e-mail et d'un téléphone à clapet – pour la simple raison qu'Émilie en avait voulu un aussi. Et cette dernière, après avoir passé deux ans à parcourir le monde aux frais de son père et tenté d'écrire un roman sur ses aventures au Népal, en Thaïlande, au Cambodge, au Laos et au

Vietnam, sans compter ses neuf mois dans un ranch bovin du nord de l'Australie, était revenue faire sa dernière année d'études (ses excellents résultats au bac lui ayant permis d'intégrer Sciences Po). Nous avions fini par être présentés, six ans à peine après mon emménagement à Paris. Isabelle nous avait trouvé des places pour aller voir une célèbre troupe de danse allemande – Pina Bausch – au Théâtre du Châtelet. Pour Émilie, je ne serais rien de plus qu'un « ami de maman ».

Malgré toutes les photos que j'avais vues d'elle au fil des années, j'ai eu un choc devant cette copie conforme d'Isabelle avec trente ans de moins : même chevelure flamboyante, même intensité, même beauté désinvolte et discrète. Nous nous étions donné rendez-vous tous les trois dans un café avant la représentation, mais Isabelle avait du retard à cause des embouteillages. Émilie m'a détaillé du regard tandis que j'approchais de sa table, et a entamé la conversation en anglais. Mais, lorsque je lui ai démontré ma pratique courante du français, elle est devenue intarissable : pensais-je que les républicains avaient une chance de reprendre la Maison-Blanche aux élections de l'an 2000 ? Saddam Hussein se bornerait-il à son statut d'autocrate diminué en Irak, ou bien ses ambitions territoriales reprendraient-elles le dessus ? Elle s'était inscrite à un cours intensif d'arabe pour l'été suivant et envisageait sérieusement de se lancer dans la diplomatie.

« Mais papa m'a toujours dit que, si je voulais faire carrière dans la finance internationale, il pourrait m'ouvrir toutes les portes. Puisque vous êtes un ami de maman, vous devez connaître papa.

— Je ne l'ai jamais rencontré. On ne fréquente pas les mêmes cercles. »

Elle a eu un sourire pincé, avant de changer brusquement de sujet. Isabelle est arrivée peu après, et j'ai pu observer attentivement leur dynamique mère-fille : de toute évidence, Isabelle se montrait très protectrice, sans doute trop, à voir la manière dont elle s'est inquiétée de la tenue si légère de sa fille en hiver, avant de demander si le chauffage avait été réparé dans son studio de la rue Mouffetard.

« Je ne pense pas que toutes ces banalités intéressent monsieur, a rétorqué Émilie.

— Samuel est parent, lui aussi. Quand tu auras des enfants, tu comprendras…

— Je n'aurai jamais d'enfants, l'a coupée Émilie d'un ton sans réplique, piquée au vif.

— Je disais ça, moi aussi, autrefois… Quand je n'avais pas les cheveux aussi gris et que j'étais aussi fine que toi. »

Mes réflexes d'avocat – toujours prendre en compte la portée de la moindre déclaration – m'ont empêché de dire quelque chose de rassurant comme : « Tu es toujours fine… », alors que ce n'était pas la vérité. Tout comme moi, Isabelle s'était épaissie. Elle n'était pas grosse, mais elle n'était certainement plus « fine ». Ses cheveux grisonnaient, des rides parsemaient son visage. Et elle fumait toujours deux cigarettes à l'heure. Au lit, elle me taquinait sur ma petite bedaine – alors même que je tâchais de me maintenir en forme en m'imposant une séance d'exercices cinq matins par semaine. Isabelle trouvait ce régime sportif ridicule.

« C'est ton côté américain qui revient au galop : la croyance que tu peux ralentir la course du temps.

— Tu n'as toujours pas compris, avais-je répliqué en faisant courir mon doigt le long de son dos nu, que nous autres Américains adorons cette illusion de contrôle. L'impression qu'on peut battre la mort.

— C'est l'un des aspects les plus épuisants de votre culture. Vous vous pensez à même de maîtriser tant de choses.

— Même moi ?

— Chez toi, ce n'est plus qu'un arrière-goût. La France t'a presque entièrement corrompu. »

J'avais glissé mes mains dans sa chevelure luxuriante, caressant sa tête du bout des doigts – mouvement qui provoquait toujours chez elle un plaisir extrême.

« C'est toi qui m'as corrompu. »

Émilie m'a-t-elle surpris à lever les yeux au ciel quand Isabelle a prononcé cette phrase sur ses cheveux gris et sa minceur disparue, dans le café où nous étions ? Si oui, elle devait se douter à présent que j'étais un « ami » avec un certain degré d'intimité dans la vie de sa mère, pour avoir entendu déjà plusieurs fois ses récriminations sur sa prise de poids et les fils d'argent qui peuplaient sa chevelure. Mais elle n'a rien dit, pas plus qu'Isabelle, qui, ayant elle aussi observé ma réaction silencieuse, savait à présent que son secret était sans doute éventé. J'ai changé de sujet, amenant la conversation sur Chirac et sa maîtrise inattendue du centrisme à la française. Émilie a réagi au quart de tour.

« Je ne savais pas que ma mère fréquentait des conservateurs américains.

— Américain, je ne peux rien y redire, mais conservateur, certainement pas. »

S'est ensuivi un échange politique à feu nourri – sans une étincelle de colère ou de dogmatisme, passionnant et intelligent. Les reparties d'Émilie m'ont fait forte impression. Bien des heures plus tard, après une représentation de danse avant-gardiste et un dîner somme toute assez classique, j'ai accompagné Isabelle et sa fille jusqu'à leur taxi. Alors que je me penchais pour lui administrer les deux bises réglementaires, Émilie m'a glissé cette phrase :

« Tu as ma bénédiction. »

Lorsque j'ai répété cette phrase à Isabelle quelques jours plus tard, au lit, ç'a été à son tour de lever les yeux au ciel.

« Ça fait trois ou quatre ans maintenant qu'elle a compris que Charles et moi menions des vies secrètes. Et puis, elle est en âge de comprendre que la vie intime est plus compliquée qu'il n'y paraît. »

J'ai prolongé la durée de mon poste à Paris sans rencontrer la moindre objection de la part de mes collègues. Notre seule filiale européenne florissait sous ma direction : je savais me montrer économe, non sans plaider pour une augmentation raisonnable du salaire de mes neuf employés tous les deux ans à peu près. J'étais récompensé de mon travail par une prime substantielle chaque mois de décembre – prime que je continuais à déposer sur mon compte en banque new-yorkais. Mon banquier, lors d'un de mes passages en ville, m'a demandé ce que je comptais faire de cette accumulation de fonds.

« Acheter une maison pour mon fils et moi quand le moment sera venu. »

En effet, je prévoyais toujours de l'arracher aux griffes de sa mère, même si je faisais extrêmement attention à la façon dont je parlais d'elle en sa présence. Lui-même avait presque dix ans et il commençait à évoquer timidement, à l'occasion, les difficultés de sa vie avec Rebecca : par exemple, sa piété rigoriste (même si ce n'était pas en ces termes exacts), le fait qu'elle le traîne à la messe tous les dimanches – une expérience comparable, pour lui, au septième cercle de l'enfer (la référence à Dante n'est pas de lui non plus). Il aimait sa mère lorsqu'elle abandonnait cette raideur et se montrait affectueuse et heureuse d'être avec lui ; en résumé, lorsqu'elle ne se laissait pas dominer par ses démons.

Du moins, c'était mon interprétation de ce que me racontait Ethan.

En cette nouvelle ère de communication numérique, Ethan disposait à présent d'un ordinateur portable, et Jennifer lui avait montré comment brancher la prise téléphonique dessus et se connecter pour m'envoyer des e-mails à Paris, auxquels je répondais aussitôt que j'étais en ligne. Mon fils était devenu un garçon élancé, il parlait couramment la langue des signes, lisait très bien sur les lèvres et gagnait en confiance à l'écrit. Lorsque j'étais de l'autre côté de l'Atlantique, il m'écrivait un e-mail tous les matins – soit, pour moi, en début d'après-midi – et tous les soirs, si bien qu'un message m'attendait chaque jour à mon réveil. Un été, après des années et des années de bataille légale, Rebecca a fini par accepter qu'il me rejoigne à Paris de la mi-juillet à la mi-août. Clara l'a accompagné les deux premières semaines, comme je devais travailler jusqu'à ce que mon bureau (comme les neuf dixièmes de la ville) ferme boutique pour le dernier mois de l'été.

L'un des aspects les plus intrigants de la surdité d'Ethan était l'hypersensibilité qu'elle lui conférait dans presque tous les autres domaines. Par exemple, comme il ne pouvait pas entendre les voix – puisque le monde était, pour lui, perpétuellement silencieux –, il n'a pas été décontenancé par le fait que tout le monde à Paris parle une autre langue, mais a simplement constaté avec surprise qu'il ne parvenait pas à lire sur les lèvres des Français. Cette première visite lui a fait une forte impression. Je l'ai vu s'adapter peu à peu à la grandeur épique de la ville, à son imposante splendeur, à sa taille modeste et à l'intimité de ses quartiers. Il a fait connaissance avec la boulangère à laquelle nous achetions chaque matin le pain au chocolat qu'il aimait tant. Le métro parisien l'a fasciné. Il a pris un bateau-mouche sur la Seine en compagnie d'Isabelle pendant que je travaillais – et a déclaré par la suite qu'Isabelle était « très gentille ». Mais sa favorite était sans conteste Émilie, qui l'a emmené voir le Guignol du jardin du Luxembourg, la tour Eiffel, et même le zoo de Vincennes… Toutes ces attractions touristiques que j'avais pris soin d'éviter depuis toujours étaient, pour mon fils de neuf ans, une aventure spectaculaire.

« Je peux venir habiter ici ? a-t-il demandé tandis que je le ramenais à New York au terme des quatre semaines.

— Ça te plairait ?

— Je voudrais vivre avec toi… et maman. »

Cette déclaration ne m'a pas surpris. Juste attristé. Car il me fallait maintenant décevoir mon enfant en lui confiant que cette possibilité n'avait aucune chance de se réaliser ; que, même si son père et sa mère l'aimeraient toujours passionnément, jamais ils ne se remettraient ensemble. Lorsque j'ai tenté de lui expliquer ça, sa réaction a été un déni complet.

« Mais peut-être que, maman et toi, vous allez retomber amoureux. »

J'ai choisi mes mots avec soin.

« C'est une idée très mignonne, Ethan, mais ce n'est pas comme ça que ça se passe quand les gens décident qu'il vaut mieux vivre séparément. Tu sais, les choses sont bien comme ça. Regarde comme tu réussis à l'école. Clara et Jennifer trouvent que tu es le meilleur.

— Mais maman est triste, quelquefois.

— Ce n'est pas ta faute, Ethan. Si quelqu'un est triste, c'est sa responsabilité de trouver le moyen d'aller mieux. Même dans une situation difficile.

— Mais moi, je veux que ça se termine bien, papa. »

Comme nous tous, ai-je pensé. Comme nous tous.

Mais ce n'était pas le moment de philosopher.

« On est heureux, toi et moi, ai-je dit.

— Est-ce que ça va changer ? Est-ce que le bonheur va s'en aller ?

— Entre toi et moi ? Jamais.

— Mais le bonheur peut s'en aller, pas vrai ? »

Il ne servait à rien de lui mentir.

« Oui, le bonheur peut s'en aller. »

Et, quelque temps plus tard, c'est exactement ce que le bonheur a fait.

6

Lorsque les choses partent en vrille, rien ne tient plus. La vie peut présenter un vernis immaculé de stabilité, de paisible assurance – un long fleuve tranquille. Puis quelque chose prend un mauvais virage, le vernis se révèle aussi mince qu'une coquille d'œuf, et l'univers entier s'effondre à une telle vitesse qu'on se prend à penser, après coup : les certitudes n'existent pas. Seulement la musique désespérée des circonstances.

Paris est entré dans l'année 2001 sous une fine couche de neige. Ethan était retourné à New York deux jours plus tôt, après avoir passé Noël avec moi. Âgé de douze ans à présent, il avait déclaré vouloir faire le voyage seul : j'avais demandé leur avis à Clara et à Jennifer, qui l'estimaient toutes deux assez mûr pour relever le défi. Sa mère, que j'avais contactée par e-mail, n'y voyait pas d'inconvénient. Je m'étais donc arrangé pour qu'un employé d'Air France l'accompagne au moment de l'embarquement et du débarquement, et j'étais venu le chercher à l'aéroport Charles-de-Gaulle le 22 décembre. Huit jours plus tard, j'avais regardé une hôtesse de l'air (mise au courant de sa surdité) lui attacher un carton « mineur non accompagné » autour du cou. Nous avions avancé ensemble jusqu'au portillon de sécurité, main dans la main.

« À dans deux semaines ? » a-t-il demandé.

Ses signes étaient d'une fluidité hors du commun, une véritable seconde nature. Après de nombreuses consultations et une opération chirurgicale, trois ans auparavant, dans l'espoir qu'un petit appareil dernier cri implanté dans son canal auditif lui permette de commencer à discerner les sons – l'opération avait été un échec cuisant –, il était clair qu'Ethan ne ferait jamais l'expérience du même monde que les autres. J'avais dû lui expliquer que, malheureusement, sa situation ne changerait jamais. Mais ça ne l'empêcherait pas de continuer à être brillant en cours et de mener une vie extraordinaire.

« Je suis privé de tant de choses, avait-il répondu par gestes désespérés. Pas de musique, pas de dialogues ni de son dans les films, je n'entends pas ta voix, ni celle de maman, ni celle de personne. Et tout le monde me répète tout le temps que je suis courageux et exceptionnel, mais je me sens juste tellement seul. Et je sais que ça ne fera qu'empirer avec le temps.

— Je serai toujours là, moi.

— Pas toujours.

— Pour très longtemps, alors.

— Maman dit que tout est fragile.

— Ta mère a une vision très pessimiste des choses.

— C'est un truc de catholiques, je pense. »

J'avais ri. Mon fils développait une réelle finesse dans son appréhension du monde et des gens – et j'en ai eu une nouvelle preuve ce Noël-là, quand Isabelle a décidé de l'emmener voir *Casse-Noisette* au Théâtre des Champs-Élysées, juste tous les deux. En apprenant ça, il s'est inquiété de savoir comment il comprendrait ce qui se passait sans la musique. J'ai transmis sa question à Isabelle.

« Je tapoterai les notes de Tchaïkovski dans ta main au fur et à mesure », avait-elle répondu.

Et c'est ce qu'elle a fait. Lorsqu'elle l'a ramené chez moi, à la fin de la soirée, Ethan était tout fier.

« J'ai réussi à suivre toute la musique grâce à Isabelle. »

Émilie a passé Noël avec ses parents en Normandie. Elle s'était vu refuser par deux fois l'entrée dans le corps diplomatique qu'elle voulait intégrer. Depuis sa dernière année à Sciences Po, elle sortait avec un certain Éric de Saint-Bris, aspirant écrivain, dont elle était éperdument amoureuse. Mais sa dépression et sa vulnérabilité avaient refait surface à plusieurs reprises, et elle avait constaté à ces occasions qu'Éric n'était pas aussi irréprochable qu'elle l'avait pensé. Sur les conseils de sa mère et de sa psy, elle avait fini par le quitter à quelques jours de Noël – après une soirée où, sous l'emprise de l'alcool et de la cocaïne, il s'était mis à la traiter de tous les noms et avait même tenté de la gifler. Fort heureusement, plusieurs personnes s'étaient interposées, et Émilie avait couru droit chez ses parents en pleine nuit pour y chercher refuge et réconfort. Après Noël, Charles et Isabelle lui ont recommandé de rester passer le Nouvel An au calme avec son père dans le manoir familial, afin de récupérer quelques forces. Mais elle préférait célébrer la nouvelle année avec des amis d'école, près de Talloires. À contrecœur, ils l'ont laissée repartir le 27 décembre vers Paris, où elle devait prendre un train pour Annecy.

Les choses se sont passées autrement. Pendant son passage à Paris, Éric l'a contactée pour la supplier de lui accorder une deuxième chance. Il lui a dit qu'elle était l'amour de sa vie, qu'il regrettait son attitude. Et, vulnérable, dépressive et abattue comme elle l'était, elle a avalé tous ses mensonges. Le matin du Nouvel An, j'ai reçu un coup de téléphone à l'aube. C'était Isabelle, au bord de la folie. Au cours d'une dispute avec l'affreux Éric, qui avait bu, Émilie avait cédé au désespoir et couru se jeter dans la Seine tandis qu'ils traversaient le Pont-Neuf. Le fleuve était au plus bas. Elle avait fait une chute de près de quinze mètres avant d'être entraînée par le courant. Mais les dieux étaient avec elle : une embarcation de police, qui patrouillait dans la zone pendant cette nuit de toutes les extravagances, l'avait repérée, et l'un des policiers avait sauté à l'eau pour la saisir avant qu'elle ne soit engloutie par les flots. Puis, hissée sur l'embarcation par les collègues de ce dernier, elle avait été ramenée en urgence sur la berge, où une ambulance l'attendait déjà pour la transporter à l'hôpital le plus proche, tandis que le policier héroïque était soigné pour hypothermie.

Mal réveillé, j'ai écouté ce récit avec une horreur grandissante, qui a culminé lorsque Isabelle m'a appris qu'elle avait heurté le fleuve sur le dos, se broyant deux vertèbres, avant d'aspirer une grande quantité d'eau dans ses poumons.

« Et si elle était paralysée ? Si son cerveau gardait des séquelles ? » criait-elle au téléphone, hystérique.

Je lui ai demandé le nom de l'hôpital.

« Non, non, non… tu ne peux pas venir ici.
— Merde aux apparences. Je viens.
— Charles est ici. Et il est en pleine crise.
— Isabelle, je t'en prie, laisse-moi t'aider… »

Clac. Elle avait raccroché.

Et, malgré mes appels et mes messages répétés, je n'ai pas eu d'autres nouvelles pendant plus de trente-six heures. La signification de ce silence était claire, elle voulait gérer seule ce cauchemar absolu. Mais, au bout du deuxième jour de silence, j'ai commencé à me demander comment nous pouvions être un couple, si elle me fermait ainsi la porte au nez dans un moment aussi grave.

Puis j'ai reçu un message.

La situation a encore empiré. Je t'expliquerai plus tard.

Rien d'autre.

J'ai commis une erreur. Je l'ai appelée. Et j'ai laissé un message disant que je voulais qu'on parle, que j'avais besoin de savoir ce qui se passait, que j'étais là pour elle, en la suppliant de me laisser l'aider.

J'étais au comble du stress et de l'angoisse. Je ne dormais plus. J'étais furieux d'être ainsi écarté de sa vie. J'aurais dû prendre du recul, faire preuve de patience. Mais je me sentais rejeté. Marginalisé. Je n'étais pas fier de ces sentiments : dans une situation aussi horrible, nous voudrions tous nous montrer entièrement altruistes et soutenir la personne qui partage notre vie. Mais pouvais-je réellement dire que je partageais la vie d'Isabelle ? N'était-ce qu'une illusion de plus ? Il me semblait qu'elle me disait : « Quand il est question de la famille, de *ma* famille, tu seras toujours en dehors de ça. »

À la suite de ce message irréfléchi et insistant, je lui ai envoyé un SMS.

Pardon. Je suis inquiet pour toi, et pour Émilie. Je t'aime.

Pas de réponse.

Et puis, une semaine plus tard, le 10 janvier, un message.

J'ai un peu de temps pour te voir. B. Palissy demain ? 17 h ?

Sans attendre, j'ai envoyé :

J'y serai. Je t'aime.

Sa réponse : silence radio.

Je suis arrivé au studio à l'heure dite. Pas une minute de retard. Code de la porte, traversée de la cour à grands pas, interphone. Le déclic habituel de la porte qui s'ouvre. Une pensée m'a frappé. Je vivais à Paris depuis bien des années, maintenant. Je parlais français couramment, malgré un léger accent américain, même si Isabelle s'obstinait à ne me parler qu'en anglais. Mais jamais elle ne m'avait confié une clef de son appartement. Jamais elle n'était venue dormir chez moi. Et elle avait refusé catégoriquement toutes mes propositions de week-end ou de vacances ensemble.

Dans la vie, chacun voit ce qu'il veut voir. Surtout en ce qui concerne ceux avec qui on souhaite bâtir un futur. Puis, un jour, ce futur cesse d'être tangible. Et on se rend compte qu'on vivait depuis tout ce temps dans un royaume étranger à la réalité – ce domaine d'angoisse perpétuelle qu'on nomme l'espoir.

J'ai gravi les cinq volées de marches jusqu'à sa mansarde. Pourquoi avais-je l'impression de monter à l'échafaud ? Au dernier étage, la porte était ouverte. Mais Isabelle ne se tenait pas debout à m'attendre. Elle était assise derrière son bureau, une cigarette aux lèvres, les yeux perdus dans le vague derrière les carreaux noircis de la fenêtre.

Je me suis approché. Lorsque j'ai voulu lui toucher l'épaule, elle a eu un mouvement de recul – comme si je l'avais piquée avec un aiguillon.

« Assieds-toi, Samuel. Ce ne sera pas long. »

Mais j'ai insisté pour la toucher. Pour lui prendre la main. Elle l'a retirée avec colère.

« Qu'est-ce qui ne va pas, chez toi ?

— Tu penses que je veux coucher avec toi ?

— Je pense que tu ne te rends pas compte de ce que je suis en train de traverser.

— Comment va Émilie ?

— Elle va être en fauteuil roulant pendant au moins un an. À un centimètre près, elle devenait paraplégique. Mais il lui faudra quand même des années de physiothérapie pour marcher de nouveau sans support.

— Au moins, elle n'est pas paralysée.

— Merci infiniment pour cette belle pensée. Une simple calamité au lieu d'un désastre absolu, tu as raison, ça se fête ! Ce n'est pas si mal. Ce n'est pas une tragédie, on ne croit pas aux tragédies, nous. On dit simplement que quelque chose s'est mal passé. »

Elle avait prononcé ces dernières phrases avec un faux accent américain. Je me suis assis sur une chaise, tirant de ma poche mon paquet de Camel et mon Zippo. J'avais vraiment besoin d'une cigarette.

« Et l'eau dans ses poumons ?

— Pas de séquelles. Mais ils l'ont maintenue en coma artificiel pendant cinq jours.

— Je suis désolé.

— Oh, et Charles – bouleversé par ce que sa fille chérie venait de s'infliger – a fait une crise cardiaque deux jours plus tard. Sans gravité. Il sortira de l'hôpital demain ou après-demain. Mais c'est un rappel qu'il ne vivra pas éternellement. Il ne devrait pas mourir la semaine prochaine, Dieu merci, mais dans cinq, dix ans… Tu imagines ce que c'est, de se dire qu'on n'a plus que cinq ou dix Noëls à passer ensemble ? Charles va avoir besoin de soins continus, maintenant. Et Émilie aussi. J'ai discuté de ça avec Charles hier soir. Mentalement, il avait toutes ses facultés. Secoué, traumatisé, encore apeuré, je pense… Mais il se rend bien compte que ce n'est pas encore son tour, pas cette fois. Et il m'a fait une proposition. Il veut qu'on quitte tous Paris. La maison de Normandie est grande, suffisamment pour qu'on ait tous les trois notre espace en vivant sous le même toit. Émilie aura besoin d'attention en permanence et d'une équipe entière pour la remettre sur pied, littéralement. Il y a un bon hôpital pas très loin. On pourra faire venir des spécialistes et des kinésithérapeutes pour la soigner. Charles sera au calme, ça lui permettra d'arrêter de courir après l'argent et tous les jupons qui passent.

— Et toi ? ai-je demandé.

— Moi, je serai la mère supérieure de cette maison de convalescence.

— À plein temps ? »

Elle a hoché la tête.

« Je sens bien que tu désapprouves. Oui, je jette ma vie citadine aux orties. Je pars jouer les infirmières. Et, pire que tout, j'abandonne mon amant américain, que j'aimais tant avant qu'il ne devienne jaloux de tous les malheurs de ma famille.

— Mais je ne suis pas jaloux !

— Inutile. Ton dépit ne m'a pas échappé. Il fallait absolument que tu m'envoies un message, quoi, toutes les heures, pour me rappeler que tu existes, alors que mon Émilie s'était brisé le dos et presque noyée.

— Je t'écrivais parce que j'avais peur pour elle.

— Et peur de ce qui est en train de se produire… Peur que je choisisse mon mari et ma fille plutôt que toi. Dommage, c'est exactement ce que je fais.

— Je ne comprends pas pourquoi tu m'accuses comme ça.

— Ton message…

— Je me suis immédiatement excusé d'avoir dépassé les bornes.

— Il m'a mise dans un état… Cette façon de peser sur moi pour que je sois là pour toi…

— C'est faux. Si je t'ai autant appelée, c'est parce que je voulais, moi, être là pour *toi*, je voulais t'aider…

— Parce que tu as besoin de te dire que tu es mon âme sœur.

— Je *suis* ton âme sœur.

— Pas réellement. Et tu l'as toujours su. J'ai toujours été claire à ce sujet. Depuis des années. Des décennies. Mon amour pour toi est toujours là. Mais quand tu t'immisces dans…

— Je ne m'immisce nulle part. Je sais que tu traverses un véritable cauchemar. Je voulais juste t'aider.

— Et maintenant, je suis méchante et injuste avec toi ?

— Non, tu es en colère, et folle de tristesse et de chagrin. C'est normal de se défouler sur la personne qu'on aime. C'est comme ça que ça marche.

— Que c'est noble de ta part. Que c'est chevaleresque.

— Tu n'as pas besoin de tout arrêter, Isabelle. Tu n'as pas besoin de tout détruire…

— Si je quitte Paris…

— Alors vous allez vendre le studio et l'appartement familial ? »

Une pause. Elle a allumé une nouvelle cigarette.

« Pas encore.

— Alors, en réalité, même si tu habites en Normandie, tu…

— La réalité est un concept flexible. Jusqu'à nouvel ordre, je serai en Normandie, à prendre soin de mon mari et de ma fille. Jusqu'à nouvel ordre, je ne veux plus te voir.

— Juste comme ça ?

— Si tu n'avais pas réagi comme tu l'as fait…

— Je n'ai pas mal réagi. Tu te cherches des excuses. »

Elle n'a pas répondu tout de suite.

« C'est possible, oui. Peut-être que je suis très injuste envers toi. Que je me sers de toi comme bouc émissaire. Ou peut-être que cette tragédie a servi à me montrer quelles sont réellement mes priorités.

— Quand tu dis “jusqu'à nouvel ordre”…

— Tu vois ! Tu t'accroches à un espoir !

— Je ne te dis pas de délaisser ton mari et ta fille. Pars avec eux, concentre toute ton attention sur eux. Mais ne décide pas qu'on ne peut plus se voir. Ça n'empêche rien…

— Tu penses que ça n'empêche rien ? Que je ne suis pas entravée émotionnellement par le fait de savoir que je t'aime ?

— Prends un peu de recul, je t'en prie…

— L'accident d'Émilie, la crise cardiaque de Charles… Elles me montrent une seule chose : j'ai déjà pris beaucoup trop de recul, par rapport à tout.

— Ne te précipite pas, prends le temps de laisser tous ces malheureux événements se décanter…

— Ah, l'éternel avocat, toujours raisonnable. Tu ne comprends pas : il faut que ça s'arrête. Finie, la loyauté partagée. Fini, le cœur coupé en deux.

— Tout ce que je te demande, c'est…

— Je sais ce que tu demandes. Et c'est non. C'est fini. Tu n'as pas besoin de partager mon raisonnement, mais tu dois l'accepter. Un point c'est tout. Et maintenant, je veux que tu t'en ailles. »

D'où me venait cette impression d'avoir toujours su que ça finirait ainsi ? C'était donc cela, notre histoire. Elle fonctionnait si bien parce qu'elle pouvait finir… Et, parce qu'elle pouvait finir, elle ne serait jamais parfaite. Mais que signifient ces mots, « bien », « parfait », quand on regarde les méandres du cœur humain ? Je n'avais aucune réponse à ces questions. Je n'avais rien à opposer à la véhémence d'Isabelle. Pour elle, la décision était prise : c'était un choix auquel elle devait se tenir pour ne pas perdre pied. Cette rupture était sans doute le moyen qu'elle avait trouvé pour alléger la culpabilité qu'elle ressentait. J'en avais le sentiment – mais je ne pouvais l'exprimer devant elle, le fossé entre nous était trop grand déjà. Je la connaissais assez, à présent, pour savoir que la moindre tentative de ma part d'essayer d'analyser ses pensées et ses motivations ne ferait qu'accroître sa colère et sa détermination.

Je me suis levé. J'ai écrasé ma cigarette. Je me suis approché pour un baiser d'au revoir. Elle m'a laissé l'embrasser sur la joue, rien d'autre. Le message était clair. Je suis parti.

« La porte restera toujours ouverte », ai-je tout de même dit.

Silence.

Une dernière tentative.

« Et mon amour pour toi sera toujours là. »

Cette fois, elle a pivoté sur sa chaise et m'a tourné le dos. Le dialogue était clos.

Et il le resterait pendant de longues années.

Les mauvaises nouvelles sont une marée noire. Elles montent et recouvrent tout, puis, au lieu de se retirer proprement, elles laissent derrière elles un résidu sale et collant. Et, à l'image de toute eau polluée, elles reviennent régulièrement déposer davantage de vase noire sur le sable.

J'ai gardé cette rupture pour moi. Du moins jusqu'au jour où Ethan m'a demandé quand il pourrait revoir Isabelle et si elle allait bien. J'ai dû lui expliquer qu'Émilie avait eu un accident, qu'Isabelle et moi avions décidé de prendre nos distances, et qu'il y avait de fortes chances pour qu'on ne se remette jamais ensemble.

« Alors je ne la reverrai pas ? a-t-il demandé, les yeux écarquillés.

— Je ne sais pas.

— D'abord toi et maman. Et maintenant, toi et Isabelle. »

J'aurais voulu lui expliquer que la rupture n'était pas de mon fait. Mais je ne voulais pas paraître sur la défensive, ni avoir l'air d'accuser Isabelle. Sauf en cas de violences, la faute n'incombe jamais à une seule personne. Et il suffit d'une fausse note dans la symphonie du hasard pour précipiter un couple dans la mésentente.

Quelques mois après notre séparation – et alors qu'Isabelle s'était bel et bien volatilisée et n'était plus à Paris –, j'ai reçu un appel téléphonique en pleine nuit. C'était Jennifer, qui m'appelait de New York, où il n'était que vingt et une heures. Ethan avait découvert sa mère évanouie dans son propre vomi, avec une bouteille de vodka presque vide auprès d'elle. Rebecca avait recommencé à boire depuis qu'Ethan rentrait seul de Dalton, l'école qu'il fréquentait dans l'Upper East Side : il était passé maître dans l'art de circuler avec le métro new-yorkais. Ce soir-là, il avait été invité à dîner chez un camarade d'école, dont la mère avait insisté pour le renvoyer chez lui en taxi autour de vingt heures. C'est ainsi qu'il était tombé sur Rebecca. Il avait eu le bon réflexe en dévalant les escaliers pour prévenir le gardien de nuit, qui avait appelé les urgences, tandis que lui-même contactait Jennifer par e-mail. L'ambulance était arrivée avant que Jennifer ne soit là, et avait emporté Rebecca à l'hôpital Bellevue, où on lui avait administré un lavage d'estomac. Puis elle avait été placée en observation. Jennifer avait accepté de rester passer la nuit avec Ethan. Quant à moi, j'ai attrapé le premier vol du lendemain matin. Ethan était traumatisé d'avoir vu sa mère dans un tel état.

« Ne m'oblige pas à rester avec elle », a-t-il réclamé.

Selon les médecins de Bellevue, Rebecca avait un début de cirrhose du foie. Rien de mortel, apparemment, puisque les dégâts n'étaient pas encore irréversibles ; mais il était évident qu'elle avait recommencé à boire depuis un long moment. Les services sociaux n'ont pas tardé à trancher : Rebecca représentait un danger pour elle-même et, plus grave encore, pour son fils. J'ai immédiatement accepté de prendre la garde complète d'Ethan, et organisé une réunion avec mes supérieurs pour leur expliquer la situation. Rebecca, il faut le dire, s'est également montrée responsable. Elle a demandé à me parler. L'entrevue a eu lieu dans une salle de visite du département de psychiatrie de l'hôpital, sous la surveillance continue d'un garde.

« C'est vraiment nécessaire ? ai-je demandé à celui-ci – un Latino baraqué, au fort accent du Queens – avant l'arrivée de Rebecca.

— Vous voulez dire, est-ce que je suis obligé d'être là pendant que vous voyez notre patiente… ?

— Mon ex-femme.

— C'est notre patiente quand même. Et, oui, faut que je sois là. Ne vous faites pas de bile, je ne vais pas me mêler de vos affaires, et je ne vais rien répéter à personne. Mais on ne peut pas vous laisser tout seul avec elle, au cas où elle ferait quelque chose de pas malin. C'est le règlement. »

Rebecca est arrivée quelques minutes plus tard, escortée par une infirmière à la carrure imposante qui la tenait fermement par le bras. Elle portait une combinaison jaune presque identique à ce que j'imaginais être celles des malheureux détenus des prisons de la ville.

« Dites-moi quand vous aurez terminé, monsieur », a déclaré l'infirmière avant de quitter la pièce.

Rebecca a lancé un regard au garde.

« Ils me prennent pour une dangereuse criminelle. »

J'ai eu un petit rire. Elle n'avait pas entièrement perdu l'humour incisif que j'aimais tant, autrefois.

« Il est obligé de nous surveiller, ai-je expliqué. Mais il ne prendra pas de notes. Comment vas-tu ?

— Oh, eh bien, la vie est belle.

— Je suis désolé.

— Pourquoi ? C'est moi qui ai merdé, pas toi. Je viens de te tendre le bâton pour me faire battre.

— Ce n'est pas mon intention.

— Mais tu vas me prendre Ethan.

— Je n'ai pas dit ça.

— Après ce qui est arrivé, n'importe quel juge serait de ton côté.

— Personne n'a parlé de retourner au tribunal. Ils ont dit que tu risquais une cirrhose.

— C'est ce qu'on m'a dit aussi. Tu savais qu'il y a des réunions des Alcooliques Anonymes ici, à l'hôpital ?

— Comme c'est pratique.

— Toujours aussi cynique.

— C'était de l'ironie.

— Je me rends bien compte que je vais tout perdre, a-t-elle repris. C'est toi qui vas décider maintenant.

— Écoute, tous les deux, on ne veut qu'une seule chose : le bien d'Ethan. J'ai parlé à mes associés. Je peux revenir vivre à New York. Dans moins d'un mois, si je le veux. Et j'ai eu une discussion avec Jennifer ce matin. Elle peut s'arranger avec son mari pour venir vivre à l'appartement quelques semaines, jusqu'à ce que j'arrive. »

Rebecca s'est emparée du pichet en plastique sur la table et s'est servi un verre d'eau tiède, qu'elle a bu d'une traite.

« Une assistante sociale est venue me voir hier pour me parler de ce programme en internat dans le Nord, près d'Albany. Six mois de sobriété, de thérapie et de vie communautaire. Ce n'est pas gratuit – mais avec ce que tu me donnes tous les mois, je peux me le permettre. Et je veux le faire. Tu peux récupérer l'appartement, si tu veux. Tu me l'achètes, tu t'y installes, et, comme ça, Ethan n'a pas à subir un déménagement en plein milieu de l'année scolaire. Quand j'aurai fini mes six mois, ce sera la fin de l'été et j'aurai eu le temps de décider de la suite. Où je vais vivre, tout ça.

— C'est généreux de ta part.

— Non, c'est juste du bon sens. Et c'est la meilleure chose à faire pour Ethan, tu ne penses pas ?

— Si, je le pense. »

En moins de quatre semaines, j'avais trouvé un remplaçant pour diriger le bureau parisien. Rebecca avait voulu voir Ethan – sous la supervision de Jennifer – pour lui demander pardon. Elle avait aussi fait enlever toutes ses affaires de l'appartement pour les mettre en dépôt avant que j'emménage.

Et c'est ainsi que j'ai dit au revoir à Paris, une fois de plus.

Je suis revenu à New York au printemps. Dix jours avant mon départ, j'avais envoyé un e-mail à Isabelle pour lui expliquer les grandes lignes de la situation, prendre des nouvelles de la santé d'Émilie et de Charles, et lui demander si, après ces quelques mois, elle serait prête à me revoir une dernière fois avant que je quitte la ville.

Quatre jours plus tard, j'ai reçu la réponse.

Cher Samuel,

Tu es un père merveilleux. Je t'admire de retourner à New York pour sauver Ethan de cette situation difficile. Émilie fait des progrès. L'état de Charles est stable. Je ne serai pas en mesure de te voir avant ton départ.

Je t'embrasse,

Isabelle

Je n'ai pas insisté. J'ai fait mes valises, survolé l'Atlantique une fois de plus, et emménagé avec Ethan. La reprise du travail au cabinet de New York s'est faite sous une avalanche de nouvelles affaires. Je n'ai plus eu de contact avec Isabelle, à l'exception d'un e-mail où elle me demandait si je n'avais pas été directement affecté par le cataclysme du 11 Septembre. Ethan était au collège, et je me rendais à une réunion au moment où le premier avion a percuté l'une des tours, ébranlant le monde tout entier. Je lui ai répondu par un e-mail assez long. J'y décrivais la terreur démente de cette journée d'horreur, le fait que j'avais perdu deux associés qui étaient en rendez-vous d'affaires dans la deuxième tour. Les cauchemars d'Ethan qui, pendant des semaines après la catastrophe, s'est réveillé la nuit en pleurant et en me demandant si des avions allaient s'écraser sur notre immeuble. Le dernier message d'Isabelle – écrit à la main sur l'une de ses éternelles cartes blanches – était d'une politesse tout impersonnelle.

Je suis désolée de ce que vous avez traversé. Je pense très fort à vous deux. Courage...

Le sujet était clos. Je me suis de nouveau consacré presque entièrement à mon travail, tout en continuant d'être présent pour Ethan. Il avait maintenant des amis, et évoluait dans Manhattan avec aplomb. Toujours aussi bon élève, il m'a annoncé qu'il allait tenter d'intégrer l'université. Avec ses notes, il pouvait même se permettre de viser assez haut. Son désir de transcender son handicap était pour moi une source inépuisable d'émerveillement – mais, si je commettais l'erreur de lui faire une remarque de ce genre, sa réponse était typiquement adolescente : « C'est bon, papa. Ça va. »

Le temps a passé, passé, inexorable. J'ai eu des petites amies, en évitant les trentenaires impatientes de fonder une famille. Je me suis même cru amoureux d'une psychanalyste, Natalie. Mais son lourd passif de compulsions et de névroses, en particulier son besoin de me décrire avec force détails sa vie sexuelle en compagnie des nombreux hommes qu'elle avait fréquentés avant moi, a eu raison de notre histoire. Quand je lui ai dit que j'aurais préféré ne pas en savoir autant sur sa liaison avec son ex-psychologue de soixante-dix ans – alors qu'elle en avait à peine quarante –, même si l'intéressé avait « un corps à tomber pour son âge » et était « sauvage au lit comme jamais elle ne l'aurait imaginé », elle l'a très mal pris.

« Quoi, tu es jaloux, c'est ça ?

— Non, j'ai juste l'impression d'entendre une ado. »

Il y a eu cette brillante journaliste du *New York Magazine* que j'ai fréquentée pendant environ trois mois… jusqu'à ce qu'elle m'annonce que la surdité d'Ethan la mettait trop mal à l'aise.

« Je ne sais jamais comment me comporter avec lui… Et puis, sa présence me rappelle constamment l'enfant que je n'ai pas eu. »

Il y a eu cette professeure de français à Columbia, qui adorait mon bilinguisme, mon appartement à Greenwich Village, nos longues soirées au Vanguard et notre compatibilité au lit. Mais, après seulement quelques semaines, elle m'a annoncé que son ex, un Français, lui avait demandé une seconde chance. Or, elle savait que c'était l'homme de sa vie.

Puis il y a eu une avocate allemande qui travaillait à l'ONU, Julianna : grande, élégante, hypercosmopolite, et très chaleureuse à l'égard d'Ethan. Malheureusement, elle s'est rapidement révélée trop autoritaire. Mes habituelles sorties au cinéma, au théâtre et dans les clubs de jazz ne collaient pas avec son désir de soirées paisibles, à lire tranquillement chez elle, au coin du feu.

« Il faut arrêter de croire qu'à presque cinquante ans, tu peux continuer à te pavaner dans toute la ville comme un jeune de vingt ans sans la moindre responsabilité. »

À quoi j'ai pensé : Ça, ça m'étonnerait.

Ethan a été admis dans l'une des meilleures universités de l'État de New York. Stony Brook, sur Long Island, disposait d'un excellent dispositif de soutien aux étudiants malentendants. Au moment de faire ses vœux, je lui avais fait remarquer que NYU était quasiment au coin de la rue ; mais il avait décidé, avec raison, que le moment était venu pour lui de quitter le nid. Il a donc opté pour Stony Brook, et, le dernier samedi du mois d'août, j'ai loué une voiture pour l'emmener sur son nouveau campus, à deux heures de route. Son camarade de chambre, Frank, était lui aussi un jeune citadin, de Brooklyn, très désinvolte mais parfaitement prêt à partager sa chambre avec un camarade sourd, et déterminé à aider Ethan à s'adapter le mieux possible pendant ces premiers jours qui n'allaient pas être faciles. Je l'ai aidé à déballer ses affaires, à s'installer un minimum, et après avoir partagé un déjeuner très ennuyeux en compagnie d'autres élèves de première année et de leurs parents, il a fallu me résoudre à lui dire au revoir. Ma tristesse à l'idée de le laisser s'en tirer seul dans cette transition houleuse entre adolescence et vie adulte devait être évidente car Ethan a essayé de me réconforter.

« Ça va bien se passer, a-t-il signé. Tu m'as appris à bien me débrouiller.

— J'ai appris en même temps que toi, ai-je avoué.

— Tu vas inviter maman à dîner ? »

En effet, Rebecca nous avait rejoints plus tôt dans la journée. Elle avait fait le trajet depuis chez elle, à Albany, où elle vivait avec son nouveau mari, Fred, haut fonctionnaire dans l'administration pénitentiaire. Ils s'étaient rencontrés aux Alcooliques Anonymes. Elle-même avait repris le cours de sa carrière d'avocate et travaillait comme défenseuse publique dans l'aide juridictionnelle. Je n'avais pas encore eu le plaisir de rencontrer Fred, contrairement à Ethan, qui me l'avait décrit comme un type un peu vieux et sec. Mais d'après lui, Rebecca était heureuse et ils étaient, selon ses mots, « aussi catholiques l'un que l'autre ».

Je n'ai pas répété ce commentaire à Rebecca tandis que nous prenions place dans le petit restaurant de fruits de mer que j'avais choisi, non loin du campus. C'était la première fois que nous partagions un repas depuis bien des années, et nous étions tous les deux sur nos gardes. Je l'ai vue pincer les lèvres en m'entendant commander un verre de sauvignon blanc pour accompagner mes huîtres. Comme tant d'alcooliques repentis, ce qu'elle regrettait le plus, c'était de ne plus pouvoir simplement boire un verre. De mon côté, je me suis efforcé de rester neutre pendant qu'elle récitait le bénédicité avant de commencer à manger. Notre conversation a surtout porté sur Ethan et son parcours extraordinaire, et j'ai fait remarquer que nous avions tous les deux contribué à sa réussite actuelle : il était dans une université pour étudiants sans handicap, où il s'en sortirait avec le strict minimum en matière d'assistance.

« C'est toi qui as géré toute l'organisation, a nuancé Rebecca. Engager des professeures, explorer toutes les possibilités médicales et éducatives qui s'offraient à lui…

— Mais c'est toi qui l'as élevé.

— Parce que tu ne me supportais plus, moi et mes problèmes d'alcool. Et comment t'en vouloir ?

— C'est du passé. Tu vas mieux, maintenant ?

— Est-ce que j'ai replongé, tu veux dire ?

— Est-ce que tu es heureuse ?

— Ça veut dire quoi, être heureux ?

— Bonne question.

— Je n'ai pas à me plaindre de ma vie. Fred est quelqu'un de bien. Albany est une ville plus intéressante qu'on ne pense. On a un abonnement à l'orchestre de la ville et au théâtre régional, on va souvent faire de la marche. Mon travail a ses bons côtés… Mon Dieu, qu'est-ce que ça paraît banal, dit comme ça. Mais, honnêtement, la vie n'est pas si mal. Ce n'est pas comme ça que je voyais mon avenir quand j'ai eu mon diplôme à Columbia, il y a plus de vingt-cinq ans… Mais ça va. Par contre, je me demande souvent ce qui se serait passé si Ethan n'avait jamais eu sa méningite…

— Ne pense pas à ça, ai-je dit. C'est arrivé, c'est tout. On s'est adaptés…

— Je n'ai jamais réussi à m'y faire.

— Mais si. Tu as fait de ton mieux.

— Arrête de jouer les gentils.

— Et toi, arrête d'être aussi dure avec toi-même.

— C'est la surdité d'Ethan qui nous a séparés.

— Cela a pesé, ai-je admis. Mais…

— Et puis, j'ai toujours su que ton cœur était ailleurs. »

J'ai mis du temps à répondre, les yeux au fond de mon verre de vin.

« Je n'ai jamais regretté une seule seconde d'être avec toi. Je t'aimais.

— Mais c'était avec elle que tu voulais être, et tu ne pouvais pas.

— C'est du passé.

— Vraiment ? Tu étais avec elle à Paris, toutes ces années. Et maintenant ?

— Maintenant, elle est avec le mari qu'elle n'a jamais quitté, et sa fille, fragile et infirme, qui a besoin d'elle.

— Vous êtes en contact, au moins ?

— Pas vraiment, non.

— Et elle te manque ? »

J'ai secoué la tête. Rebecca a eu un sourire – pas méchant, non, un sourire de commisération.

« Ce n'est pas grave, Sam. Elle a toujours été là. Dès l'instant où je suis tombée amoureuse de toi, j'ai su que tu étais déchiré, mais je t'ai voulu quand même – et je t'ai eu. Je me doute bien qu'à un moment, tu aurais pu me quitter pour elle. Mais tu m'as choisie, moi. Ce qui, rétrospectivement, était sans doute une erreur. Et maintenant, après toutes ces années, après tout ce bordel, elle est toujours là. Quelle chance tu as. Ta grande passion, ta grande histoire. Même si vous avez tous les deux une vie ailleurs. On veut tous ce qu'on ne peut pas avoir. Et ce qu'on a, on se rend souvent compte qu'on n'en veut plus. C'est comme ça que ça marche, depuis toujours. L'amour. La grande quête. La grande angoisse. Le rêve qui ne s'arrête jamais. Tu rêves toujours d'amour, n'est-ce pas ? »

J'ai repris une gorgée de vin.

« Bien sûr.

— Tu as quelqu'un en ce moment ? »

J'ai simplement haussé les épaules.

« Je le savais. Tu as rencontré quelqu'un.

— Comment tu as deviné ?

— On a été mariés, je te rappelle. Et puis, contrairement à moi, tu es resté un grand romantique. »

J'ai souri.

« Je plaide coupable.

— Allez, tu vas bien me parler d'elle, quand même ?

— Pas encore. »

J'avais mes raisons de classer Lorrie Williams sous l'étiquette du « pas encore ». Nous nous étions rencontrés dans la file d'attente du Vanguard. Elle était avec deux amies, j'étais seul. Remarquant que je lisais *Downbeat* – le meilleur magazine de jazz des États-Unis –, elle m'avait demandé si j'étais musicien, et la conversation s'était engagée.

« Tu viens toujours écouter du jazz seul ? » s'était-elle étonnée.

J'avais rapidement expliqué que j'étais divorcé, avec un fils qui partait bientôt pour l'université, et célibataire.

« Quand tu dis célibataire, ça fait longtemps, ou… ? Est-ce que je suis trop curieuse ? »

Julianna datait déjà de plusieurs mois. J'ai donc répondu :

« C'est relativement récent. Mais sans séquelles durables.

— J'aime bien l'expression. Moi aussi, je suis divorcée, et célibataire depuis pas longtemps. Enfin, le divorce, c'était il y a cinq ans.

— Tu as des enfants ?

— Je n'en voulais pas. Pas avec lui, en tout cas.

— Et ensuite ?

— C'était trop tard. Et ce n'était pas le bon type non plus, de toute façon. »

Les portes se sont ouvertes pour la session de vingt-trois heures. Elle m'a dit son nom, je lui ai dit le mien, et elle m'a présenté ses deux amies. Toutes les deux du même âge qu'elle. Toutes les deux avec la bague au doigt. Elles s'étaient connues à l'université, et l'une d'elles – elle s'appelait Joan – fêtait son anniversaire ce soir-là. Elles m'ont proposé de me joindre à elles, mais je n'ai pas voulu m'immiscer dans leur soirée. À la place, j'ai demandé à Lorrie son numéro de téléphone, et j'ai griffonné le mien dans son carnet.

Pendant le concert, j'ai surpris plusieurs fois le regard de Lorrie sur moi, et elle m'a adressé des petits signes de tête coupables. Au bout des quarante-huit heures réglementaires, je lui ai téléphoné pour lui donner rendez-vous. Elle a proposé l'East Village. Il y avait un festival de films expérimentaux des années 1960 à l'Anthology Film Archives. C'était un test, de toute évidence : elle était professeure en études cinématographiques à la New School. J'avais mon uniforme du week-end au lieu de mes habituels costumes et cela a semblé lui plaire, tout comme le fait que je connaisse un des réalisateurs. Le petit restaurant mexicain où je l'ai emmenée ensuite lui a plu aussi. Ainsi que notre conversation, puisque nous avons parlé à bâtons rompus jusqu'à minuit. Puis je l'ai mise dans un taxi et j'ai tendu un billet de vingt dollars au chauffeur, en lui disant de garder la monnaie. Avant de refermer sa portière, elle m'a déposé un baiser furtif sur les lèvres.

« C'était une bonne soirée. »

Nos trois rendez-vous d'après ont suivi le même cours. Nous avons parlé, parlé, encore parlé, appris à nous connaître. Discrètement, nous construisions notre relation avec toute l'hésitation des gens trop souvent déçus en amour et qui ne veulent pas souffrir de nouveau. Et pourtant, à la fin de ce quatrième rendez-vous, un samedi soir, en sortant d'un bar à presque une heure du matin, Lorrie m'a pris la main.

« Et maintenant, j'aimerais beaucoup que tu m'invites chez toi. »

Au lit, nous avons été prudents, peut-être un peu timides. Lorrie m'a confié que, après sa dernière rupture, elle n'avait couché avec personne depuis presque un an.

« J'espère que je ne t'ai pas déçu.

— Ne dis pas des choses pareilles. C'était la première fois. On était nerveux. Et puis, ce n'était pas si mal. Demain est un autre jour, comme on dit. »

Le lendemain matin, nous avons trouvé un meilleur rythme. Une complicité nouvelle, à l'épanouissement rapide. Après quoi je suis sorti acheter le *Sunday New York Times* et des provisions. De retour à l'appartement, j'ai fait griller des bagels et préparé des œufs brouillés, deux Bloody Mary et du café.

« Notre premier petit déjeuner ensemble », a-t-elle annoncé en se penchant pour m'embrasser.

J'ai aimé ce moment. Nous avons passé deux heures à table, à s'échanger des pages de journal en parlant, parlant, parlant, sans discontinuer. J'aimais la spontanéité qui s'était établie entre nous. Je pouvais nous imaginer dans cinq ou dix ans, assis à cette même table autour des restes d'un brunch, à parler, toujours aussi passionnés l'un par l'autre. Déjà mon indécrottable romantisme prenait les commandes, et il me restait encore tant à apprendre sur cette Mlle Williams… Et elle sur moi. Tout cela était agréable. Rien de compliqué. Et, d'après ce que j'avais entendu et observé au cours de nos quatre soirées ensemble, Lorrie était quelqu'un de profondément conscient de ses défauts : elle avait admis avoir des problèmes d'anxiété et douter énormément d'elle-même et de son droit au bonheur. À mon tour, je lui avais avoué m'être engagé dans un mariage alors que je pressentais déjà des faiblesses structurelles dans cette relation. Et avoir hésité lorsque la personne dont je me sentais le plus proche au monde, cette personne qui m'avait toujours refusé l'espoir d'un avenir, m'avait subitement offert cet avenir sur un plateau.

« Ça faisait des années qu'elle te disait "non, non, non" à tout bout de champ, a dit Lorrie.

— J'ai juste eu peur. Peur d'obtenir exactement ce que je voulais.

— Mais, plus tard, vous vous êtes retrouvés.

— Peut-être… Mais toujours dans les mêmes conditions. Une fenêtre s'était ouverte, et je n'ai pas eu le courage d'entrer. Quand elle s'est rouverte dix ans plus tard, ce n'était que pour une relation à temps partiel…

— Vous étiez quand même ensemble. La possession à plein temps est quelque chose de difficile, enfin d'après mon expérience. Qui sait combien de temps ça peut durer… Nous sommes tous si changeants. C'est pour ça qu'un lien profond, quand on a la chance de le trouver, est si précieux. Et si fragile. »

Je partageais cette vision des choses. Au bout d'un mois ensemble, les choses allaient bien. Lorrie dormait chez moi deux à trois nuits par semaine – d'autant que j'habitais à dix minutes à pied de la New School. Nous avions encore beaucoup à apprendre sur les habitudes de l'un et de l'autre. Mais nous prenions notre temps. Le quotidien n'a souvent rien à voir avec l'idéal qu'on s'en fait. Nous en étions encore au stade où nous devions trouver le moyen de dévoiler nos difficultés respectives. Peut-être, si nous étions assez malins, parviendrions-nous à les maintenir à distance, à respecter chacun les névroses de l'autre, à les intégrer à quelque chose de durable. Ou peut-être, comme cela m'était souvent arrivé par le passé, allions-nous être débordés. Mais les présages étaient bons. Nous nous sommes mis d'accord – sans trop en parler néanmoins – pour laisser les choses se dérouler à leur rythme.

Ethan ne se plaisait pas beaucoup à l'université. La plupart de ses camarades étaient superficiels et trop fêtards à son goût. Et il voulait une petite amie.

« Mais qui voudrait sortir avec un mec sourd et bizarre ? »

Sans compter que, après avoir vécu à Manhattan et visité Paris à tant de reprises, il trouvait ce recoin de Long Island aussi provincial que peu inspirant.

« Fais-toi transférer à NYU au prochain semestre, alors.

— Je veux aller à Columbia.

— Alors il va falloir augmenter ta moyenne.

— C'est qui, ta nouvelle copine, papa ? a-t-il demandé de but en blanc.

— Qu'est-ce qui te fait croire que j'ai une nouvelle copine ?

— Tu as l'air heureux.

— Et tu ne m'avais pas vu heureux depuis un moment, c'est ça ?

— Pas depuis Isabelle. »

Isabelle.

Tous les ans, je lui écrivais pour Noël – deux ou trois paragraphes de vœux, quelques nouvelles de ma vie. Je ne parlais jamais des femmes que je fréquentais, pas plus que je n'évoquais mon immense regret de la façon dont les choses s'étaient finies entre nous. Je me cantonnais à Ethan, mon travail, la vie à New York. Sans jamais jouer cartes sur table, je lui laissais entendre chaque année la même chose : je t'attends toujours. Et elle me répondait immanquablement – quelques lignes à propos de Charles, qui se faisait toujours plus vieux et plus infirme, des nouvelles d'Émilie, qui marchait de nouveau, retrouvait une certaine stabilité, et était même (d'après la dernière lettre en date) retournée vivre à Paris. « Nous avons bon espoir pour elle », avait conclu Isabelle avant de me souhaiter une bonne année, sans jamais me dévoiler ce qu'elle avait en tête, ce qu'elle pensait de sa vie, comme si elle m'écrivait pour la simple raison qu'il est impoli de laisser une lettre sans réponse.

Isabelle.

Environ deux mois après ma rencontre avec Lorrie, j'ai pris conscience, un matin en faisant mon jogging, que je ne portais plus le deuil de notre histoire. Parce que j'avais rencontré quelqu'un avec qui je pouvais entrevoir la possibilité fugace d'un avenir raisonnable.

Et puis, sans prévenir, Isabelle a refait irruption dans ma vie. Et j'ai annulé tout ce que j'avais de prévu dans les jours à venir pour attraper le dernier avion du vendredi après-midi à destination de Paris.

Mon très cher Samuel,

Il semble que mon heure soit venue.

Il me reste quelques jours... Une semaine, peut-être.

Voici l'adresse. Ce sera ma dernière.

Tu sais où me trouver, si tu le veux, après le mur que j'ai érigé entre nous... Mais, comme je l'ai dit il y a quelques phrases, le temps n'est pas de notre côté.

Isabelle

L'avion a atterri à l'aube. J'avais répondu à l'e-mail d'Isabelle depuis l'aéroport, lui disant que j'arriverais le lendemain matin. La réponse ne s'était pas fait attendre.

Les heures de visite le matin sont entre 10 h et midi. Mais j'ai parlé à mon infirmier de nuit, qui termine à 8 h. Si tu arrives avant son départ, il te fera entrer... Étant donné que tu fais le déplacement depuis New York, et que le temps presse. Je t'attends.

Je suis monté dans un taxi juste avant six heures. À six heures trente, j'arrivais devant l'hôpital américain de Neuilly. J'ai envoyé un SMS à Isabelle, qui m'a répondu que l'infirmier, un certain Loïc, m'attendrait dans le hall principal et me ferait monter sans attirer l'attention des employés de l'accueil.

N'aie pas l'air trop choqué quand tu me verras, a-t-elle ajouté.

Loïc avait l'air de quelqu'un qui n'a pas dormi depuis des mois, ce qui, je suppose, est le lot de tout le personnel de nuit des hôpitaux. Il a été soulagé de voir que je parlais français.

« Pas le temps de traîner, a-t-il chuchoté. Mon supérieur arrive dans une demi-heure, et il est très à cheval sur le règlement. »

Il m'a fait montrer mon passeport à l'agent de sécurité posté devant la porte, puis m'a guidé le long de plusieurs couloirs jusqu'à un ascenseur de service désert. Nous sommes montés au sixième étage.

« Mme de Monsambert était heureuse d'apprendre que vous alliez venir. C'est très important pour elle. Plus que ça, même. Vous avez bien fait de vous déplacer. »

En sortant de l'ascenseur, il m'a précédé le long d'une nouvelle série de couloirs réservés au personnel. Puis nous sommes ressortis dans les parties publiques de l'hôpital.

« Elle est dans la chambre 242. »

Loïc a regardé sa montre.

« Je finis mon service à huit heures, donc je passerai vous chercher quelques minutes avant. Elle a une chambre privée, et je vais m'arranger pour que personne ne vous dérange. En cas d'urgence, il y a un bouton d'alarme à côté du lit. »

Une carte blanche portant l'inscription « Monsambert » était fixée sur la porte. La vie se résumait-elle à ça – un nom de famille écrit à la hâte sur un bout de carton, qui finirait à la poubelle une fois rendu notre dernier souffle ? Un instant, j'ai été pris de panique. Je ne voulais pas savoir ce qui se passait derrière cette porte – même si c'était l'unique raison de ma venue.

Loïc a frappé. Pas de réponse. Il a ouvert la porte sur une petite chambre contenant un imposant lit médical équipé de tout l'attirail habituel : perfusions, tuyaux, câbles de toutes sortes, trois écrans, un sac d'urine et plusieurs plateaux chargés de médicaments, sur fond de *bip, bip, bip* métronomiques… Les battements du cœur de mon Isabelle.

Elle était là, encerclée par toute cette technologie de fin du monde. Son message m'est revenu en mémoire, sa demande de ne pas avoir l'air choqué en découvrant ce qu'elle était devenue. J'ai lamentablement échoué. Elle portait une tunique d'hôpital qui paraissait trois fois trop grande pour son corps émacié, gris, cadavérique. Un foulard de soie raffiné était noué sur sa tête, sans doute acheté il y a longtemps dans une boutique de marque bien trop chère, et à présent le seul souvenir de cette vie de luxe et d'élégance qu'elle avait menée. Peut-être était-ce un cadeau de son mari, ou d'un amant, qui lui servait maintenant à couvrir son crâne chauve. Assoupie à notre arrivée, elle a ouvert les yeux. Il lui a fallu un peu de temps pour stabiliser son regard.

« Si tu me dis que j'ai bonne mine, tu peux repartir tout de suite. »

J'ai étouffé un rire qui menaçait de virer aux larmes.

« Je n'allais pas dire ça.

— Tant mieux. »

Elle m'a désigné la chaise à son chevet, et indiqué d'un hochement de tête à Loïc – toujours debout dans l'encadrement de la porte – qu'il pouvait nous laisser seuls. Je me suis assis sur le métal glacé.

« Prends ma main, a-t-elle dit en me tendant ses doigts décharnés. Enfin, si tu n'as rien contre les squelettes.

— Tais-toi. »

Je me suis penché pour l'embrasser. Elle a voulu me présenter sa joue, mais j'ai effleuré ses lèvres. Ses lèvres qui avaient parcouru chaque centimètre de mon corps.

« Tu es romantique jusqu'au bout, Samuel. Au point même d'embrasser un cadavre.

— Tais-toi », ai-je répété, affichant tant bien que mal un sourire.

Elle me l'a rendu.

« J'apprécie ton effort de faire comme si de rien n'était. Je veux dire, je ne vois rien de normal dans tout ça, mais pour les infirmiers d'ici, à cet étage, c'est la routine. C'est ici qu'on va quand la fin est proche.

— Tu sais depuis combien de temps… ?

— Que je vais mourir ? Depuis que j'ai découvert l'existence de la mort à l'enterrement de ma grand-tante Véronique, quand j'avais six ans. Ça fait soixante ans maintenant que je vis avec l'idée de mon inévitable mortalité.

— Tu n'as pas changé. Ça fait plaisir à voir.

— J'ai un rare moment de lucidité, peut-être parce que tu es là. Depuis combien de temps j'ai ce cancer, tu voulais dire ? »

Et Isabelle m'a raconté. Dix-huit mois plus tôt, on lui avait trouvé une tumeur sur le poumon gauche. Opération, chimio, radio… La ritournelle classique. Puis ils lui en avaient trouvé une deuxième. Mais celle-là s'était avérée impossible à contenir. Elle avait métastasé, et s'était répandue partout avec une férocité et une détermination saisissantes. Il y a deux mois, on lui a annoncé qu'elle vivrait peut-être un an de plus si elle optait pour un traitement agressif. Mais son oncologue l'avait prévenue que ce serait une longue année d'agonie. Mieux valait choisir les soins palliatifs et profiter au mieux du temps qui lui restait. Puis le pronostic était passé de douze mois à trois, puis à six semaines, puis à « sept jours, si vous avez de la chance »… C'est là qu'elle m'avait écrit. En apprenant que j'arrivais ce matin, elle avait demandé à Loïc de ne pas lui donner sa morphine habituelle. La morphine est une pure merveille, le meilleur moyen de finir sa vie. Mais elle ne laissait que peu de place à la clarté d'esprit, à la cognition, au langage.

« Mais tu souffres, sans morphine ?

— Bien sûr. Mais je peux le supporter quelque temps, pour profiter d'un peu de lucidité avec toi.

— Je suis désolé.

— Pourquoi ? Le cancer des poumons est ce qui arrive généralement quand on fume entre trente et quarante cigarettes par jour pendant un demi-siècle. Je m'y attendais plus ou moins. Tout le monde me répétait à quel point c'est une mauvaise habitude. »

Le silence est retombé. J'ai senti ses doigts se serrer autour des miens – mais elle n'avait presque plus de forces. Je les ai pressés avec douceur, tant je craignais de les briser.

« Je ne veux pas d'obsèques, a-t-elle repris. Je leur ai dit : pas d'enterrement. Qu'on disperse mes cendres là où Charles et Émilie le décideront… Pas de plaque sur un arbre. Pas d'urne enfouie dans un cimetière. Aucune trace de ma présence dans ce monde. Et surtout, pas de service funèbre. Je veux simplement disparaître.

— Je vois.

— Tu n'approuves pas.

— Je ne suis pas toi.

— Ah, mais tu es une part essentielle de moi. Que j'emporterai dans l'inconnu. »

Je me suis mordu la lèvre, retenant un sanglot.

« Si tu commences à pleurer, je te mets dehors, a-t-elle averti. Tu sais ce qu'a écrit Puccini dans la marge de sa partition de *La Bohème*, au moment de la mort de Mimi ? "Du sentiment, pas de sentimentalisme." J'ai dit la même chose à Charles l'autre jour. Et à Émilie.

— Comment va-t-elle ?

— D'abord Charles – qui dort dans la chambre d'à côté.

— Quoi ?

— Tu verrais ta tête, comme si mon mari jaloux allait soudain surgir pour te provoquer en duel… Ne t'inquiète pas, Charles a presque quatre-vingts ans et il est en fauteuil roulant. Il ne tardera pas à me rejoindre dans l'autre monde. Émilie vit tout ça extrêmement mal. Elle a épousé son Jean-Pierre l'an dernier, et elle s'est tellement bien remise de ses blessures qu'un miracle a eu lieu : elle est enceinte. Ses médecins lui ont dit que, si elle fait très attention, son corps fraîchement réparé sera en mesure de porter l'enfant jusqu'au terme. C'est prévu pour dans quatre mois.

— C'est une merveilleuse nouvelle.

— J'ai toujours voulu être grand-mère : tout le plaisir des enfants sans aucune des contraintes immédiates. Mais je n'y aurai pas droit. »

Une vague de douleur l'a prise en traître : le corps convulsé, elle a crispé tous les muscles de son visage aux joues creuses. J'étais déjà debout, sur le point de presser le bouton d'appel d'urgence…

« Non, non, a-t-elle murmuré. Je peux encore tenir un petit moment. »

J'ai rapproché ma chaise pour lui saisir les deux mains.

« Où en étais-je ? a-t-elle demandé d'une voix faible.

— Ce n'est pas important.

— Mais si, c'est important. Où en étais-je ?

— À Émilie. »

Elle a été prise d'une nouvelle convulsion. Cette fois, je n'ai pas attendu son aval pour presser le bouton, et Loïc est arrivé quelques secondes plus tard, juste à temps pour la troisième vague de souffrance. Il m'a fait signe de m'écarter et s'est mis au travail, vérifiant le moniteur cardiaque, chuchotant quelque chose à son oreille. Sur un hochement de tête presque imperceptible d'Isabelle, il a saisi une seringue, mesuré une dose de produit et injecté le tout directement dans le tuyau de perfusion.

« Morphine ? » ai-je demandé.

Il a acquiescé. J'ai observé la course de l'anesthésiant dans les veines de mon Isabelle tandis qu'elle sombrait dans le silence et la tranquillité.

« Il faut que je m'en aille ?

— Restez. »

Je me suis rassis. Isabelle fixait à présent le plafond, les yeux aussi vitreux qu'un lac gelé, débarrassée de sa douleur. Sans prévenir, une image m'est revenue – elle, au lit près de moi, un sourire de béatitude d'après l'amour sur les lèvres, une cigarette entre les doigts, le regard au plafond. « Un moment pareil, c'est la meilleure des drogues… Pour quelques secondes, la vie semble parfaite… » Et moi, plus tard ce soir-là, marchant sous la pluie jusqu'à mon hôtel miteux, en train de penser : Je viens de vivre un moment d'amour pur.

Je me suis penché pour lui reprendre les mains. Ses lèvres ont bougé légèrement. Un sourire ? Difficile à dire. Ses mains étaient chaudes. Sans la lâcher, je me suis laissé aller sur ma chaise et j'ai fermé les yeux un instant, emporté par une vague d'épuisement. Lorsque je les ai rouverts, j'ai eu quelques secondes d'égarement. Où étais-je ? Qu'est-ce que je faisais là ? L'horloge de la table de chevet affichait à peine sept heures. Je ne m'étais assoupi que quelques minutes, les mains d'Isabelle encore dans les miennes. Elle avait toujours le regard au plafond, un semblant de sourire sur le visage. Seulement, quelque chose avait changé. Elle ne respirait plus.

Je me suis levé en sursaut et je me suis rendu compte que ce qui m'avait réveillé était le petit bruit strident et monotone de l'électrocardiogramme, qui n'affichait plus maintenant qu'une ligne continue. J'ai appuyé sur le bouton d'urgence, désespéré. En arrivant, Loïc a tout de suite compris. Il s'est affairé, sans un mot, avec un professionnalisme clinique. Vérifier ses signes vitaux. S'emparer d'un stéthoscope pour ausculter ce cœur qui avait cessé de battre. Éteindre les écrans. Ôter l'oreiller auquel elle était adossée. Abaisser le lit jusqu'à ce qu'elle soit complètement allongée, les yeux fixés sur une éternité invisible. Jusqu'à ce qu'il ferme ses paupières.

J'ai observé ce ballet de mort sans savoir quoi faire. Enfin Loïc s'est redressé, et j'ai croisé son regard.

« Merci.

— Elle voulait vous voir. Elle vous attendait. Vous êtes venu. Et maintenant, elle nous a quittés. Elle a tenu bon pour vous. Sachez-le. »

J'ai acquiescé, tête baissée, appuyé d'une main contre le mur comme pour chercher un peu de stabilité dans cette chute libre.

« Il faut que je prévienne son mari », a dit Loïc.

Sa manière de dire que mon temps ici était écoulé.

« Bien sûr, bien sûr. »

J'ai regardé Isabelle une dernière fois, avant qu'il ne la couvre d'un drap. Elle n'était plus. Son histoire avait pris fin. La mienne continuerait encore un peu, et Isabelle en ferait partie, comme toujours depuis ce soir fatidique, trente ans plus tôt, sur le boulevard Saint-Germain. Un regard échangé, deux vies bouleversées. Ainsi va la vie, lorsque le hasard répond à la plus humaine des quêtes : la recherche d'une passion qui ne s'éteint jamais.

Loïc a toussoté – il fallait vraiment que je parte. J'ai ramassé mon sac et je suis sorti dans le couloir trop éclairé. Et là, je me suis retrouvé face à un très vieil homme assis dans un fauteuil roulant, le visage semblable à un bas-relief antique, les rides de son cou comme une multitude de replis, les paupières lourdes de fatigue, mais le regard toujours acéré. Il m'a fixé. Je me suis figé. Il me dévisageait avec fureur : des décennies de colère muette, à sentir cette présence invisible dans sa vie. L'autre grand amour de sa femme. Puis Charles a fait quelque chose de remarquable. Il s'est mis debout – lentement, péniblement, mais seul, avec une détermination terrible. Une fois sur ses pieds, une main cramponnée au fauteuil pour se tenir, il était encore très grand tandis qu'il faisait de son mieux pour redresser ses épaules voûtées. Il a avancé la main droite. M'a saisi l'épaule. Et m'a regardé droit dans les yeux. Sans un mot. Sans une larme. Juste un profond chagrin silencieux, partagé l'espace d'une seconde.

Il s'est rassis, et Loïc est sorti de la chambre, laissant la porte ouverte. Charles a détaché son regard de moi pour le poser sur le lit, où gisait ce corps aimé à présent couvert d'un drap, ce corps qui avait été Isabelle. Il a fermé les yeux. Loïc a poussé son fauteuil dans la chambre et refermé la porte. Tandis que je m'éloignais et me retournais une dernière fois, une infirmière avec un classeur s'est arrêtée devant la porte pour retirer le petit carton portant le nom d'Isabelle.

J'ai quitté l'hôpital. Une fois dehors, sur le trottoir, j'ai pris une décision : pas de promenade nostalgique dans Paris. Pas d'errance pensive dans le passé. Pas de rêvasserie sur ce qui aurait pu être, sur cette autre version des faits, sur nos espoirs détruits. « Du sentiment, pas de sentimentalisme. » Et la vie continue.

Il y avait une file de taxis devant le bâtiment. Je suis monté dans le premier, et j'ai dit au chauffeur de m'emmener à l'aéroport.

La circulation était fluide : trente minutes plus tard, j'étais au guichet d'embarquement, à demander l'heure du vol suivant pour New York. Il restait une place dans l'avion de onze heures cinq. J'ai fait glisser un rectangle de plastique sur le comptoir. La transaction n'a pris que quelques secondes. J'ai pensé à Lorrie. La veille, je l'avais appelée depuis l'aéroport, au moment d'embarquer. Je lui avais expliqué les raisons de ce voyage imprévu.

« Il faut que tu ailles la voir, avait-elle simplement dit. Appelle-moi, jour et nuit, si tu as besoin de parler. »

À présent, je lui ai envoyé un message.

> *Je suis arrivé à Paris juste à temps. Nous n'avons eu que quelques minutes. C'est fini. Je rentre à New York. Je t'appellerai à l'atterrissage, à 13 h 15. Je pense à toi.*

Le vol est passé comme dans un rêve. J'ai mis des bouchons d'oreilles, fermé les yeux, et je me suis abandonné au sommeil après une trentaine d'heures sans dormir. Une hôtesse m'a réveillé vingt minutes avant notre arrivée à l'aéroport JFK. J'ai regardé par le hublot. Une légère couche de neige saupoudrait l'immense paysage de New York. Le monde était immaculé. Débarrassé de toute imperfection. Pour quelques instants, en tout cas.

Nous avons touché le sol. J'ai passé rapidement les formalités de débarquement : pas de questions au contrôle des passeports, un bref regard à ma sacoche, et j'étais libre. Les portes électroniques se sont ouvertes sur la ville, le bruit et le tumulte du hall des arrivées. Toutes ces allées et venues, la danse sans fin de la vie.

« Sam ! »

On m'appelait. Pourtant, je n'attendais personne.

« Sam ! »

Je me suis retourné. Là, sur la gauche, se tenait Lorrie. Mon air de surprise a dû la déconcerter, car elle m'a lancé un regard inquiet, l'air de penser : J'en ai fait trop, c'est ça, en venant te chercher ?

« Ça alors ! ai-je dit. Bonjour. »

J'ai lu le soulagement sur son visage. Elle s'est avancée, dans l'intention évidente de me prendre dans ses bras. Je voulais l'étreindre moi aussi. Même en sachant que je ne la connaîtrais jamais vraiment, pas plus qu'elle ne me connaîtrait, elle. Car le plus grand mystère de la vie n'est pas la personne auprès de laquelle on cherche l'amour. Le plus grand mystère réside en nous-même.

Mais elle était là, devant moi. Un avenir heureux, peut-être. L'espoir, inépuisable. Était-ce possible ? Pourrions-nous trouver le moyen de nous rendre heureux ? Et nous prouver, par la même occasion, que nous ne sommes pas seuls dans les ténèbres… ?

C'est ce que nous cherchons tous.

N'est-ce pas ?

Composition et mise en pages
Nord Compo à Villeneuve-d'Ascq

Imprimé en Espagne par:
CPI Black Print
en septembre 2021

Pocket - 92 avenue de France, 75013 Paris

S31557/01